JENNIFER ALICE JAGER

Being Beastly

DER FLUCH DER SCHÖNHEIT

im.press

Being Beastly. Der Fluch der Schönheit

Im.press
Ein Imprint der CARLSEN Verlag GmbH
Februar 2017

Lektorat: Nicole Boske, Lana Schmitz
Umschlagbild: shutterstock.com / © Igor Stepovik / © mythja
Umschlaggestaltung: formlabor
Schrift: Alegreya, gestaltet von Juan Pablo del Peral
Satz und Umsetzung: readbox publishing, Dortmund
Druck und Bindung: BoD, Hamburg
ISBN 978-3-551-30076-8
Printed in Germany
www.carlsen.de/impress

Alle Bücher im Internet: www.carlsen.de

Für das Monster in uns allen,
für die Schönheit, die wir vor der Welt verstecken,
für das Biest, das wir werden müssen, um zu überwinden, was uns in die Schatten treibt.

***

In Gedenken an

Che
The undying Spirit

Mein Schöner, mein Biest. Meine Inspiration zu diesem Buch.
Gemeinsam haben wir deine Monster besiegt, wir haben Seite an Seite gekämpft – bis zuletzt.
Was du mir gegeben hast, kann mir niemand mehr nehmen.

Die Schönheit

Sanft fuhr die Bürste durch ihr rot glänzendes Haar. Wie jeden Abend saß Valeria im langen Nachtgewand am Schminktisch vor dem Spiegel. Hinter ihr stand ihre Mutter Alannah und vor sich sah sie ihr eigenes Antlitz, das sie sanft anlächelte.

»Perfekt«, flüsterte ihre Mutter und strich ihr ein weiteres Mal durchs Haar. »Jeder deiner Züge, dein Blick. Du bist wahrlich die Schönste.«

Valerias Lächeln wurde ein klein wenig breiter. Sie wusste, dass man ihr nachsagte, sie wäre das schönste Mädchen in ganz Monaghan, denn sie bekam es tagtäglich zu spüren.

Es war ein Segen wie eine Last zugleich und dass ihre Mutter in ihr nichts weiter sah als ein hübsches Gesicht, das glatte feuerrote Haar und die wohlgeformten Wölbungen ihres Körpers, machte es nicht leichter.

Dennoch lächelte sie und bedankte sich für die netten Worte. So hatte sie es gelernt. Immer höflich bleiben, freundlich und umsichtig. Das stand ihr gut zu Gesicht und gehörte sich für eine Dame von Stand.

»Morgen wird sich das alles auszahlen, mein Liebchen«, versprach ihre Mutter. »Du wirst vor den König treten, er wird einen Blick auf dich werfen und das wird genügen, um zu wissen, wo du hingehörst.«

»Ja Mutter, so wird es sein.«

Noch immer lächelte sie sanft und ließ sich nicht anmerken, wie aufgeregt sie tatsächlich war. Morgen war ihr sechzehnter Geburtstag und wie jedes Mädchen in diesem Alter würde sie sich dem König präsentieren, er würde sie fragen, ob sie noch frei und ungebunden wäre und natürlich würde sie mit Ja antworten. Dann käme der Moment, auf den sie ihr Leben lang hingearbeitet hatte. Für diesen einen Tag hatte sie stets auf alles verzichtet. Auf Naschereien, ungezügelte Spiele, Reiten und Sonnentage. Und endlich würde sich das alles bezahlt machen.

»Nun ab ins Bett!«, forderte ihre Mutter sie auf und Valeria erhob sich so hastig, dass die Haarbürste zu Boden fiel.

»Nicht so stürmisch«, ermahnte Alannah.

»Verzeih, Mutter. Ich bin nur so aufgeregt.«

Sie huschte zum Bett und schlüpfte unter die weiße Daunendecke.

»Das ist verständlich«, räumte ihre Mutter wohlwollend ein. »Schon bald wirst du nicht mehr von mir, sondern von einer Zofe zugedeckt werden.«

Sie strich die Decke glatt und gab ihrer Tochter einen Kuss auf die Stirn. Alannah selbst war ebenfalls eine recht hübsche Frau. Sie sah jung aus für ihr Alter, hatte feines blondes Haar, blaue Augen und hohe Wangenknochen. Dennoch hatte sie wider Erwarten nicht über ihren Stand geheiratet. Ebenso wie ihre Tochter hatte sie eine arrangierte Ehe angestrebt und auf alles verzichtet. Doch es kam anders als gewünscht und so setzte sie nun alle Hoffnungen in ihre einzige Tochter.

»Und jetzt schlaf gut.«

Sie nahm die Kerze vom Nachttisch und löschte diese, als sie die Zimmertür erreichte.

Valeria blieb allein im Dunkeln zurück und natürlich bekam sie kein Auge zu. Die ganze Nacht über lag sie wach und spürte, wie ihr Nacken immer steifer wurde. Sie wagte es nicht sich hin und her zu wälzen. Nicht auszudenken, wenn ihr Haar am morgigen Tag verknotet wäre.

Als dann die Vögel vor ihrem Fenster zu zwitschern begannen und die Sonnenstrahlen des anbrechenden Tages ihre Nase kitzelten, richtete sie sich schwerfällig auf und reckte ihre steifen Glieder.

Ein Geräusch am Fenster zog ihre Aufmerksamkeit auf sich. Sie schlüpfte aus dem Bett, richtete ihre Decke und lief mit nackten Füßen durch das Zimmer. Es fiel ihr schwer zu glauben, dass sie das alles bald hinter sich lassen würde. Sie kannte hier jeden Winkel, jede Ritze an der holzvertäfelten Wand, hatte tausende Male die Blumengirlanden auf der Tapete gezählt und wusste genau, welche der Dielen knarzte, wenn sie darüber hinweglief. Es war ihr Zuhause, ihr Zimmer und bald wäre es nur noch eine Erinnerung.

»Valeria?«, rief eine ihr wohlvertraute Stimme von draußen.

Belltaine winkte von der Straße zu ihr herauf. In der Hand hielt sie ein paar Kieselsteine.

Es war ein nebliger Morgen, wie die meisten Tage zu dieser herbstlichen Jahreszeit. Dichte Schwaden lagen über den eng an eng gebauten Fachwerkhäusern und in den verwinkelten Gassen, durch die sich unzählige Kutschen, Karren und Reiter bewegten.

»Guten Morgen, Belltaine!«, rief Valeria hinunter.

Ihre Freundin hatte am selben Tag Geburtstag wie sie und dicke Augenringe zeugten davon, dass ihr dieser Tag eine ebenso schlaflose Nacht bereitet hatte wie Valeria.

»Schau mich an«, rief Belltaine. »Ich sehe aus wie eine Vogelscheuche!«

»Nein, gar nicht!«, widersprach Valeria. Dabei war der Vergleich gar nicht so weit hergeholt. Das kohlrabenschwarze Haar war struppig und zerzaust, am Leib trug sie ein bodenlanges Leinenhemd und ihre Haut war blass und von roten Tupfen übersät.

Die feinen Damen, die zur frühen Morgenstunde schon unterwegs waren, um frisches Brot vom Bäcker zu holen oder sonstigen Geschäften nachzugehen, sahen das Mädchen naserümpfend an. Wie lächerlich einige von ihnen mit ihren breiten Hüten und gestreiften Reifröcken aussahen, war ihnen offensichtlich nicht bewusst – man musste schließlich mit der Mode gehen, auch wenn das bedeutete sich wie exotische Vögel zu kleiden.

Valeria schmunzelte. Niemals würde sie sich erlauben schlecht über diese Frauen zu reden, doch was sie dachte, blieb im Verborgenen.

»Komm rauf, wir kriegen das schon hin.«

Das ließ Belltaine sich nicht zweimal sagen. Sie war die Tochter eines mittelständigen Kaufmanns und ihre Aussteuer somit bescheiden, aber sie war hübsch anzusehen, schlank und groß. Ihre Chancen auf eine gute Partie standen nicht schlecht.

Valerias Familie war von niederem Adel. Ihr Vater trug den Titel eines Junkers, was erst einmal nicht viel her machte. Allerdings besaß ihre Familie einen guten Ruf und war dem König stets treu ergeben.

Was Valeria aber eine Heirat in den Hochadel sichern sollte, war ihr Aussehen, und wenn sie den Stand der Sonne betrachtete, blieben nicht einmal fünf Stunden, um das Beste aus sich herauszuholen.

Es klopfte an der Tür.

»Zwiebeln, Bienenwachs und Pulverkalk«, verkündete ihre Mutter nach dem Eintreten. Sie trug ein Tablett bei sich, das über und über mit verschiedenen Behältnissen gefüllt war.

Sie hatte sich bereits schick gemacht, trug einen braun gestreiften Rock und darüber die passende Schoßjacke. Ihr Haar war hochgesteckt und gepudert und ihre Lippen glänzten in einem satten Rot.

Hinter Valerias Mutter trat Belltaine in die Tür und ihre Stresspusteln waren von der gleichen Farbe wie Alannahs Lippenstift.

»Jetzt aber schnell, schnell, Mädchen! Uns läuft die Zeit davon!«

***

Es war exakt fünfeinhalb Stunden später, als Valeria aus der Kutsche trat. Von Monaghan bis in die Hauptstadt war es nur ein Katzensprung. Oft war Valeria mit ihrer Mutter hier unterwegs, um Hüte und Schuhe zu kaufen, sich beim Schneider die neueste Mode zeigen zu lassen oder im Krämerladen zu schmökern. Sie kannte die Läden von Waterport wie ihre Westentasche und dennoch sah sie die Stadt heute mit ganz anderen Augen. Bald wäre sie vielleicht ihre Heimat. Viele Junggesellen aus gutem Hause lebten hier in großen Villen oder in Herrenhäusern nahe der Stadt. Womöglich würde bald schon einer von ihnen ihre Hand halten und dann hätte sie endlich die Gelegenheit auch mal andere Seiten von Waterport zu entdecken, durch Parks zu flanieren oder gar die Pferderennbahn zu besuchen. Orte, an die ihre Mutter sie nie im Leben lassen würde.

»Kindchen, beeil dich!«, rief Alannah und winkte ihr zu.

Die Kutsche hatte sie direkt bis vor die Tore des Schlosses gebracht. Zwei Palastwachen öffneten ihnen das gusseiserne Tor und Valeria folgte ihrer Mutter in den Innenhof. Staunend sah Belltaine sich um, während Valeria sich mühte die Fassung zu bewahren. Der Vorplatz selbst war ohnehin nicht sehr beeindruckend. Er war groß, geschottert und von einer mächtigen Mauer umgeben. Auf den Zinnen patrouillierten weitere Palastwachen und beäugten die drei Damen misstrauisch, als sie den Weg direkt zum Haupteingang nahmen.

»Nimm die Hände da weg«, zischte Alannah und schlug Valeria auf die Finger. Sie hatte ihren Rock etwas angehoben, um bequemer laufen zu können. Ihr Kleid war nicht dazu gedacht sich zu bewegen. Es hatte viel zu viele Rüschen und Schleifen, saß schmerzhaft eng um ihre Taille und hob ihren Busen so weit an, dass sie sich gleich drei Jahre älter fühlte. Der König würde Valeria tief in den Ausschnitt schauen können, wenn sie sich vor ihm verbeugte. Aber genau das hatte ihre Mutter wohl auch beabsichtigt, als sie den Schneider beauftragte dieses Kleid zu nähen.

Ein kirschroter Topas, der an einer Kette in ihrem Dekolleté hing, sorgte außerdem dafür, dass die Blicke aller auf das gezogen wurden, was Valeria vorzuzeigen hatte. Er war in derselben Farbe wie ihr Gewand und hatte Valerias Vater ein Jahresgehalt gekostet.

An der Treppe hinauf zum Schloss blieb den dreien dann doch nichts anderes übrig, als ihre Röcke anzuheben, um die Stufen zu erklimmen.

Alannah kündigte die beiden Debütantinnen bei den Männern an, die links und rechts der Tür standen und man bat sie einzutreten.

Sie waren heute nicht die einzigen Damen, die dem König ihre Aufwartung machen wollten. Zwar arrangierten viele Familien die Verbindungen ihrer Kinder untereinander und auch die Heirat aus Liebe wurde immer häufiger als Entscheidung akzeptiert, doch jeden Tag kamen sechzehnjährige Mädchen in die Hauptstadt, um vor den König zu treten. Die Chance auf eine Heirat in einen höheren Stand war so immer noch am größten.

Valeria sah einem unscheinbaren Ding nach, das bitterlich weinend von ihrer Mutter zurück zum Haupteingang geführt wurde. Ihr Herz schlug schneller bei dem Anblick. War es vielleicht doch ein Fehler vor den König zu treten? War sie womöglich doch nicht so hübsch, wie ihr alle immer sagten? Was, wenn der König das ganz anders sah als ihre Mutter? Wenn ihre

Aufmachung doch zu gewagt war und sie die Augen des Königs damit beleidigen würde?

»Mach dir keine Sorgen, mein Täubchen«, flüsterte Alannah, die die Verunsicherung ihrer Tochter zu spüren schien. »Du bist mit Abstand die Schönste hier.«

Tatsächlich entgingen Valeria die Blicke der Mütter nicht, die bei ihren aufgetakelten Töchtern standen. Missgunst und Eifersucht sprachen daraus. Sie kannte das nur zur Genüge. Immer, wenn sie geschubst und beleidigt worden war, hatte ihre Mutter ihr eingetrichtert, dass sie es als Kompliment sehen solle. So tat sie es auch jetzt. Valeria schob die Schultern zurück und schritt erhobenen Hauptes durch das Foyer, als wäre sie eine Königin.

Sie waren genau zur rechten Zeit gekommen, das Prozedere war bereits in vollem Gange und Belltaine wurde sogleich in den Thronsaal gerufen. Nur kurz konnte Valeria einen Blick ins Innere werfen, bevor die Tür sich wieder schloss. All die Adligen, die dort standen und durch dessen Reihen Belltaine schreiten musste, flößten ihr nur noch mehr Ehrfurcht ein und die wenigen Minuten, die vergingen, bevor ihr Name aufgerufen wurde, kamen Valeria wie Stunden vor.

Sie stand vor der geschlossenen Flügeltür, atmete tief durch und schloss für einen Moment die Augen.

Ein Raunen ging durch die Menge, als die Tür für sie geöffnet wurde, und Valeria ließ ihren Blick über die Adelsgesellschaft schweifen. Alle starrten sie an, warteten darauf, dass sie ihren ersten Schritt tat, und sie stand nur da. Wagte es nicht vorzutreten.

»Pss!«, zischte ihre Mutter sie von der Seite an.

Sofort richtete Valeria ihren Blick wieder nach vorne. Sie durfte sich nicht aus der Ruhe bringen lassen. Dem König und nur ihm allein musste ihre volle Aufmerksamkeit gelten.

»Ihre Hochwohlgeboren Fräulein Valeria von Lancaster«, kündigte man sie lautstark an.

Mit erhobenem Haupt lief sie durch den Gang, den die Adligen ihr bereitet hatten.

»Wunderschön«, hörte sie es tuscheln, »Eine Augenweide« und »Bezaubernd.«

Valeria atmete tief durch. Sie durfte sich nichts anmerken lassen. Ein verlegenes Lächeln oder gerötete Wangen könnten ihr jetzt zum Verhängnis werden.

Der König saß schief auf seinem Thron. Den Kopf hatte er auf eine Hand gestützt und sein Blick ruhte müde auf Valeria.

Das war der wichtigste Tag ihres Lebens und der Mann, der über ihr Schicksal entscheiden sollte, sah aus, als wäre er gerade aus dem Bett gefallen und würde dort am liebsten sofort wieder hinein kriechen.

Gerade, als in Valeria die Panik aufsteigen wollte und ihr Herz schon heftig pochte, richtete er sich auf und begutachtete sie wohlwollend.

Valeria machte einen tadellosen Knicks vor dem König und verharrte mit gesenktem Blick.

»Welch anmutiger Anblick«, lobte der König sie. »Sagt, Kindchen, ist Euer Herz bereits vergeben?«

»Nein, mein König«, antwortete sie und kam dabei nicht umhin an all die jungen Männer zu denken, die bereits um ihre Gunst geworben hatten. Keiner von ihnen konnte bisher ihr Herz erobern. Nicht, weil sie nicht gutaussehend oder charmant gewesen waren. Sie wollte sich bloß nie auf ihre Avancen einlassen. Schon in frühester Kindheit war ihre Zukunft festgestanden. Dies hier war der Tag, auf den sie alles ausgerichtet hatte und heute würde sich entscheiden, ob es die Mühe wert gewesen war.

»Euer Haar ist rot gleich dem Feuer. Sagt mir, lebt Magie in Eurer Seele?«

»Nein, mein König«, erklärte sie.

Valeria schielte zu Belltaine. Sie stand etwas abseits bei einigen adligen Damen in eher schlichter Aufmachung. Sie sah hübsch aus, trug ein Kleid aus smaragdgrünem Samt und farblich passenden Haarschmuck. Es war die Farbe ihrer Augen, die darin aufgegriffen wurde. Sie lächelte breit. Dass sie noch hier und nicht etwa mit ihrem zukünftigen Ehemann fortgeschickt worden war, zeigte, dass sie entweder zum Dienste als Zofe berufen worden war oder aber auf eine Schule der Magie geschickt werden sollte. Wenn sie dann in ein oder zwei Jahren wieder vor den König träte, wäre ihr eine Heirat in den niederen Adel so gut wie sicher.

Für Valeria kam beides nicht in Frage. Sie war weder magisch begabt noch fehlte es ihr am notwendigen gesellschaftlichen Schliff.

»Eine Dame von solcher Schönheit verdient eine Heirat in ein gutes Haus. Mehr noch sollt Ihr einen treuen Ehemann an Eurer Seite wissen, der stets ein vorbildlicher Diener der Krone war.«

Valeria huschte ein Lächeln über die Lippen. Sie konnte die anwesenden Junggesellen an einer Hand abzählen und jeder von ihnen wäre eine gute Partie.

Nur wer würde es werden? Wieder wanderte ihr Blick zu Belltaine. Ihr breites Grinsen war so unziemlich wie es aufmunternd war. Mit den Lippen formte sie unverkennbar die Worte »der Prinz« und nickte in Richtung des Thrones.

Valeria hob leicht den Kopf.

Tatsächlich. Neben den König war sein Sohn getreten. Ein stattlicher junger Mann, groß, mit dunklem dichtem Haar und kantigen Gesichtszügen.

»Erhebt Euch, Kindchen«, forderte der König sie auf.

Valeria tat wie ihr geheißen. Sie spürte die Hitze aufsteigen, als sich ihr Blick und der des Prinzen trafen.

Links neben dem König trat ein Vasall mit einer Schriftrolle in den Händen vor. Er rollte das Pergament auf und begann zu lesen.

»Ihre Hochwohlgeboren Valeria von Lancaster beherrscht fünf Sprachen fließend, ist kundig in hoher Mathematik und Geisteswissenschaften, sie spielt Piano und Cello, des Weiteren ...«

»Ja, schon gut«, unterbrach der König ihn. »Meine Entscheidung ist bereits gefallen. Es besteht kein Zweifel daran, dass Ihr eines der schönsten Mädchen des Landes seid.«

Die Adligen begannen untereinander zu tuscheln. Valeria sah fragende Gesichter und die eine oder andere in Falten gelegte Stirn. Niemand wusste, worauf der König hinaus wollte, am wenigsten Valeria selbst. Unsicher sah sie sich um.

»So hört meinen Entschluss«, dröhnte die Stimme des Königs in ihren Ohren. »Der erstgeborenen Junkerstochter aus dem Hause Lancaster wird die Ehre zuteil mit dem herrschaftlichen Haus Westwood vermählt zu werden.«

Die Worte trafen Valeria wie ein Schlag. Sie taumelte und ein Schwindel überkam sie, so dass sie glaubte jeden Moment in Ohnmacht zu fallen.

Das Raunen um sie herum wurde lauter, doch zu ihr drang davon nur ein undefinierbares Tosen vor.

Steif knickste Valeria vor dem König.

»Habt Dank«, murmelte sie mit erstickter Stimme.

Dann ging sie. Sie hob den Blick nicht, verschloss Augen und Ohren vor allem, was um sie herum geschah, und verbot sich sogar zu atmen, bis sie den Thronsaal hinter sich gelassen hatte.

***

Valeria lag auf ihrem Bett und weinte bitterlich. Sie schluchzte und schnappte nach Luft. Sie schrie in ihr Kopfkissen, bis ihre Stimme versagte, und dennoch fühlte sie sich keinen Deut besser als in dem Moment, da der König verkündet hatte, wen sie heiraten musste.

»Ein Graf!«, hörte sie die aufmunternden Worte ihrer Mutter. »Wir hätten uns nicht mehr erträumen können!«

Valeria drückte sich das Kissen fest gegen die Ohren.

»Er soll ein Herrenhaus haben, das prächtiger ist als das Schloss selbst!«, versuchte ihre Mutter sie zu trösten.

»Ein verfallenes Gemäuer im Herzen eines verfluchten Landes«, schluchzte Valeria.

»Ach, Kindchen, du darfst auf solche Gerüchte nicht viel geben.«

Alannah ließ sich neben ihrer Tochter auf dem Bett nieder und strich ihr die Haare aus dem Nacken. Valeria stemmte sich hoch und rieb sich die Tränen aus dem geröteten Gesicht.

»Gerüchte?«, fragte sie höhnisch. »Das sind mehr als nur irgendwelche Gerüchte oder warum glaubst du hat der König das getan? Ich bin wahrscheinlich so etwas wie ein Menschenopfer, um den Teufel, der in Westwood haust, milde zu stimmen.«

Sie sah zur Zimmertür. Ihr Vater stand dort mit versteinerter Miene. Noch kein einziges Wort hatte er zu alldem gesagt. Als ob es ihn nicht berühren würde. Dabei wusste Valeria, dass genau das Gegenteil der Fall war.

Ihr Blick fiel auf die gepackten Koffer, die neben ihm standen, und wieder kamen ihr die Tränen. Ihre Mutter reichte ihr ein Taschentuch.

»Das ist der Hochadel, mein Liebchen«, erklärte sie ihr. »Da sind solche Vereinbarungen üblich. Es hat nichts mit Flüchen oder dergleichen zu tun.«

»Die Kutsche«, erinnerte ihr Vater sie mit monotoner Stimme.

Valeria nickte. Alles Weinen und Jammern nützte ihr am Ende doch nichts. Gegen den Willen des Königs konnte sie sich nicht auflehnen.

Sie wischte sich erneut die Tränen aus dem Gesicht, stand auf und strich ihren Rock glatt.

»Atme einmal tief durch und morgen sieht die Welt schon ganz anders aus«, sagte ihre Mutter.

Schultern zurück, Brust raus, Bauch rein. Und immer lächeln. Nie das Lächeln vergessen. So hatte Valeria es gelernt. Mit erhobenem Haupt nahm sie die Treppe nach unten und öffnete die Haustür. Bevor sie in die Kutsche stieg, drehte sie sich noch einmal um und betrachtete ihr Elternhaus.

Das alles hier würde sie vermissen. Es war kein sehr großes Gebäude, mit bloß einem Empfangszimmer und ohne Garten. Es stand eingepfercht zwischen zwei Bauten, die größer und ansehnlicher waren, teilte sich mit einem davon die Stallungen. Tagtäglich hatte ihre Mutter ihr eingebläut, dass sie es einmal besser treffen solle, dass sie nur hart genug an sich arbeiten, nur immer brav und vorbildlich sein müsse. Hatte sie denn je ein Leben gehabt, das erfüllt und glücklich gewesen war? Sechzehn lange Jahre, eine verlorene Kindheit, verpasste Gelegenheiten, Entbehrungen. Und wozu das alles? Um an der Seite eines alten kauzigen Mannes, in einer abgelegenen Grafschaft, einem verfluchten Land, vor die Hunde zu gehen.

Die Kutsche, die man ihr geschickt hatte, war geschlossen und schwarz. Sechs prachtvolle Rappen waren davor gespannt und scharrten unruhig mit den Hufen.

Auch wenn sie wusste, dass solche Kutschen selten eine andere Farbe trugen, schüchterte sie der Anblick ein. Sie versuchte sich an den Gedanken zu klammern, dass sechs Pferde vor einer Kutsche etwas waren, das man üblicherweise nur im Gespann des Königs selbst sah, als eine Gestalt hinter dem Wagen ihre Aufmerksamkeit auf sich zog.

»Belltaine?«, fragte sie verwundert.

Ihre Freundin trat hinter der Kutsche hervor. Gerade hatte sie einen Koffer an den Kutscher übergeben und sah dem Mann dabei zu, wie er das Gepäck auf den Wagen bugsierte.

Sie grinste breit, als sie Valerias verblüfften Gesichtsausdruck sah.

»Rate mal, an wessen Hof ich dienen soll?«

»Du kommst mit mir?«, fragte Valeria erschrocken und zugleich außer sich vor Freude und ergriff Belltaines Hände.

»Für zwei Jahre soll ich im Dienste stehen und lernen, wie eine feine Dame zu sein hat!«

Die Hand ihrer Mutter legte sich auf Valerias Schulter. »Dein Vater hat sich dafür eingesetzt, dass sie dich begleiten darf.«

Valeria wirbelte herum und fiel ihr in die Arme. Über die Schulter ihrer Mutter hinweg flüsterte sie ihrem Vater einen Dank zu, den dieser mit einem Lächeln durch schmal zusammengepresste Lippen quittierte.

»Jetzt aber auf, auf! Der Kutscher wartet nicht ewig auf euch«, ermahnte Alannah sie und schob Valeria von sich. Eine Weile betrachtete sie ihre Tochter wehmütig, bevor diese sich der Kutsche zuwandte.

»Meine Kleine wird erwachsen«, sagte Alannah wehmütig seufzend.

***

Die Kutsche polterte schon seit Stunden durch schier unwegsames Gelände.

Valeria sah aus dem Fenster. Ihre Hand lag auf der ihrer besten Freundin und ihr Blick war in die Ferne gerichtet.

»Mir tut alles weh«, beschwerte Belltaine sich. Sie spielte damit auf die vergangene Nacht an. Sie waren in einem Gasthaus eingekehrt und hatten auf harten Strohbetten geschlafen. »Ich verstehe nicht, warum wir unbedingt rasten mussten. Wir wären längst da, wenn wir einfach weiter gefahren wären.«

»Vielleicht ist das nicht das Schlechteste«, murmelte Valeria, ohne sich Belltaine zuzuwenden.

»Ach, sag doch so etwas nicht. Du wirst sehen, es wird ganz wundervoll!«

Die Kutsche rumpelte über einige Wurzeln und Belltaine beschwerte sich lauthals darüber. Valeria hingegen gab keinen Mucks von sich.

Die Felder, die weite Hügellandschaft und die vom Wind gepeitschten Auen verschwanden bald in den Schatten dunkler Wälder. Knorrige Bäume reckten ihre Wurzeln weit in den schmalen Pfad, den die Kutsche nur mühsam befahren konnte.

Es war mitten am Tag und doch stockfinster. Noch immer sah Valeria aus dem Fenster, versuchte in den Schatten etwas zu erkennen und schrak zurück, als etwas an ihr vorüber huschte. Sie warf ihren Rücken gegen den Sitz und schnappte nach Luft.

»Was ist los?«, wollte Belltaine wissen.

Zögerlich sah Valeria wieder nach draußen. Nur Bäume und Gestrüpp. Mehr nicht.

»Es war ... Ich weiß es nicht ...«, hauchte sie. »Ein Wolf vielleicht?«

Belltaine lachte verhalten. »Oder vielleicht auch nur ein Reh? Hier im Wald wimmelt es sicher von Tieren.«

»Ja, bestimmt.« Sie schloss für einen Moment die Augen, doch statt dass ihr dies die Ruhe verschaffte, die sie sich erhoffte, sah sie vor ihrem geistigen Auge bloß wieder den Schatten, der zwischen den Bäumen hindurch huschte.

»Hoffentlich sind wir bald da«, jammerte Belltaine und fügte ein verkniffenes »Autsch!« hinzu, als die Kutsche über ein Schlagloch polterte und ihr Kopf gegen das Dach schlug.

Ein plötzlicher Ruck brachte das Gefährt in eine Schräglage. Valeria unterdrückte einen Aufschrei. Das Herz schlug ihr bis in die Kehle. Belltaine rutschte über den Sitz und die beiden Mädchen wurden an die Seitenwand gedrückt.

Stille folgte. Die Kutsche bewegte sich nicht mehr, Valeria und Belltaine hielten gespannt den Atem an, wagten es nicht sich zu regen und nur das ferne Zirpen von Grillen drang durch die Ruhe des düsteren Waldes.

»Was ...?«, flüsterte Belltaine und verschluckte die folgenden Worte, als sie den Kutscher fluchen hörten.

»Was ein verflixter Dreck!«, knurrte der Mann und sprang vom Kutschbock.

Valeria streckte den Kopf aus dem Fenster.

»Was ist passiert?« , fragte sie.

Der Kutscher trat gegen das Vorderrad.

»Die Viecher haben die Karre in den Dreck gefahren!«

Valeria warf einen Blick zurück. Der Pfad war so schmal, dass die Pferde gar keine Möglichkeit gehabt hätten dem tiefen Schlagloch auszuweichen, in dem das Rad festsaß.

Sie öffnete die Tür und sprang aus der Kutsche. Sofort versanken ihre Pantoletten im Morast und sie ging in Gedanken durch, in welchem ihrer Koffer sie Ersatz dafür fände.

»Oh bitte, bleibt in der Kutsche!«, bat der Mann sie. »Der Wald ist kein sicherer Ort für eine Dame.«

Auch Belltaine streckte ihren Kopf nach draußen und sah sich um.

»Die Kutsche ist bestimmt nicht sicherer«, meinte Belltaine.

Der Mann kratzte sich am Hinterkopf.

»Wie Ihr meint ... Vielleicht auch nicht das Schlechteste, wenn die Gäule weniger Gewicht ziehen müssen.«

Ein Knacksen im Wald ließ Valeria aufschrecken. Sie suchte das Dickicht ab, konnte aber nichts entdecken.

»Vorwärts!«, schrie der Kutscher und ließ die Peitsche knallen.

Die Pferde warfen sich in ihre Geschirre, doch das festsitzende Rad kam kaum ein paar Fingerbreit voran, bevor es wieder zurück in das Loch sank.

Ein weiteres Mal knallte die Peitsche über die Köpfe der Pferde hinweg.

»Das wird doch nichts!«, meinte Belltaine kopfschüttelnd. »Wir sollten diesen schlammigen Boden irgendwie befestigen.«

»Bitte haltet einfach etwas Abstand, meine Dame«, bat der Kutscher, ohne sich Valeria dabei zuzuwenden, und murmelte daraufhin irgendetwas Unverständliches in seinen Bart. Was auch immer er da von sich gab, klang nicht gerade sehr nett.

Valeria krempelte die Ärmel hoch.

»Belltaine, such ein paar Äste zusammen, um sie vor das Rad zu legen. Ich gehe nach hinten und schiebe.«

Sie hob ihren Rock an. Der Saum hatte sich bereits mit dem Schlickwasser vollgesogen und ihre Füße versanken bei jedem Schritt bis zu den Knöcheln im Matsch des holprigen Waldweges. Hinter der Kutsche angekommen bereute sie diese Entscheidung getroffen zu haben.

Außer Sicht ihrer Begleiter fühlte sie sich hilflos und der Wald wirkte noch dunkler und erschreckender als zuvor.

Sich wie ein verzogenes Gör behandeln zu lassen, als wäre sie nicht fähig selbst Hand anzulegen, wollte sie sich aber auch nicht gefallen lassen. Also ignorierte Valeria das Gefühl, jemand würde sie aus den Schatten heraus beobachten, und lehnte sich gegen die Kutsche.

Wieder knallte die Peitsche. Mit einem kräftigen Ruck setzten die Räder sich in Bewegung und Valeria warf sich mit aller Kraft gegen die Rückwand.

Erst schien die Kutsche wieder hängen zu bleiben, dann aber schoss sie so plötzlich nach vorne, dass Valeria den Halt verlor und auf die Knie fiel.

»Wir sind frei!«, rief Belltaine außer sich vor Freude.

Valeria mühte sich auf die Beine und versuchte den Schlamm so gut es ging von ihrem Rock zu wischen. Ihr Kleid war ruiniert, soviel stand fest. Und bis zur nächsten Einkehr würden sie noch eine ganze Zeit lang fahren müssen. An Umziehen war hier draußen aber nicht zu denken.

Ein erneutes Knacksen im Unterholz ging Valeria durch Mark und Bein. Sie sah sich flüchtig um und lief zurück zu Belltaine.

Ihre Freundin lachte herzlich, als sie Valerias verschmutzte Kleidung sah.

»Lasst uns schnell weiterfahren«, bat Valeria den Kutscher.

***

Es dämmerte bereits, als sie den Wald hinter sich ließen und über einen breiten Feldweg auf das gusseiserne Tor des Herrenhauses der Grafschaft Westwood zufuhren.

Aus Stein gehauene Figuren mit scheußlich verzerrten Grimassen schauten Valeria aus toten Augen an. Rissig und von Moos bewachsen waren diese geflügelten Löwenbildnisse, Grünspan zog sich über das Eisengestänge des mächtigen Tores.

Valerias Blick haftete ungläubig auf der verfallenen Pforte, auch nachdem sie schon weit hinter ihnen lag.

Sie wagte es nicht nach vorne zu schauen, aus Angst, dass sich bewahrheiten würde, was sie befürchtete. Dass das Herrenhaus in einem ebenso miserablen Zustand war, wie es sich hier schon erahnen ließ.

Sie richtete sich wieder nach vorne, ließ den Blick an ihren Händen haften und lauschte dem Rauschen der Schottersteine, über die die Kutsche preschte, als sie auf den Hof fuhren.

»Hooo!«, rief der Kutscher und zügelte das Gespann.

»Wir sind da«, flüsterte Belltaine.

Valeria wartete, bis der Kutscher ihr die Tür öffnete, und selbst dann blieb sie noch ein, zwei Minuten sitzen, bevor sie ausstieg.

Schweigend blickte sie auf das Herrenhaus. Es war einst, vor langer Zeit, wohl einmal prachtvoll gewesen. Heute war es nicht mehr als eine Ruine. Verfallen, ungepflegt. Risse zogen sich durch die mächtigen Säulen, Fensterläden hingen schief in ihren rostigen Scharnieren und Teile der Terrasse sowie einige Balkone waren in sich zusammengefallen oder fehlten gänzlich.

»Nein!«, rief sie dem Kutscher zu, als der bereits dabei war ihr Gepäck vom Dach zu hieven. »Das ist ganz sicher ein Irrtum! Das ... das kann doch niemals ein bewohntes Haus sein.«

»Das hat schon alles seine Richtigkeit, meine Dame«, grunzte der Mann in seinen Bart.

»Unmöglich«, entgegnete Valeria.

Belltaine lief ein paar Schritte auf den Eingang zu.

»Schauderhaft«, murmelte sie.

Und sie hatte Recht. Der Anblick des Gebäudes jagte Valeria einen Schauer über den Rücken. Niemals würde sie hier auch nur eine Nacht verbringen können. Der heulende Wind, das Klappern der losen Fensterläden und das Quietschen rostiger Scharniere spielten eine gespenstische Musik und ihr war, als würden sich alle dunklen Wolken am Himmel direkt über den Dächern und Zinnen des Anwesens bündeln.

Der Kutscher warf den letzten ihrer Koffer achtlos auf den Schotter. Valeria löste sich von dem Anblick des Herrenhauses, lief zu ihm und packte ihn am Arm.

»Bitte, Ihr müsst Euch irren. Das hier kann unmöglich bewohnt sein! Unmöglich!«

Der Mann suchte die Fassade ab.

»Sieht aber bewohnt aus«, brummte er schulterzuckend.

Valeria folgte seinem Blick. Tatsächlich. Hinter einem der Fenster flackerte das schwache Licht einer Kerze und umspielte dabei die Silhouette eines Mannes, der zu ihnen hinunter sah.

Der Kutscher schlug die Tür des Wagens zu, was die beiden Mädchen aufschrecken ließ.

»Ich verschwinde jedenfalls«, sagte er knapp. »Dieses verfluchte Land bringt nur Unglück.«

»Ihr könnt doch jetzt nicht einfach wieder fahren!«, beschwerte Valeria sich in hysterischem Tonfall.

»Ich habe Euch abgesetzt, wie es mir aufgetragen wurde, und jetzt verschwinde ich von hier, solange es noch etwas Tageslicht gibt.«

Mit einem Satz war er auf dem Kutschbock und ließ die Peitsche knallen.

»Wartet!«, rief Valeria ihm hinterher.

Der Mann achtete nicht auf sie, wie sie ihm wild gestikulierend nachlief. Er trieb die Pferde schneller an und Valeria konnte ihm nur noch verzweifelt hinterher blicken.

Laut schreiend und stampfend blieb sie zurück. Ihre Hände ballten sich zu Fäusten. »Unverschämter …«, knurrte sie, doch das passende Schimpfwort fiel ihr nicht ein.

Sie war nicht begabt darin zu fluchen. Eine Eigenschaft, die ihr bisher immer zugutegekommen war, sie jetzt aber über alle Maßen ärgerte.

Sie stapfte zurück zu Belltaine, packte wortlos einen der Koffer und zerrte ihn zum ersten Treppenabsatz. Dort angekommen blieb sie noch einen Moment stehen und sah an dem verfallenen Gebäude hinauf. Sie atmete tief durch, dann lief sie weiter.

Stufe für Stufe zerrte sie das schwere Gepäck hinauf, bis es auch Belltaine gelang sich aus ihrem Bann zu lösen. Sie kam zu Valeria gelaufen, packte mit an und gemeinsam hievten sie den schweren Koffer die Treppe hinauf, durch die angelehnte Eingangstür und in die weite Vorhalle hinein.

Es war zumindest geputzt. Das war ein gutes Zeichen. Zwar waren die Kronleuchter nicht angezündet, doch wenigstens war der Boden gewienert und auf den Vitrinen, Statuen und Vasen, die das große Foyer schmückten, lag kein Staub.

»Ist denn hier niemand?« Belltaines Stimme hallte durch den Raum und verlor sich in der Weite des offenen Treppenhauses.

Zweimal ließ Valeria ihren Blick durch den riesigen Eingangsbereich schweifen, ohne dass sich irgendjemand zeigte, und erst beim dritten Mal sah sie den Mann oben im ersten Stock. Er stand regungslos am Treppenabgang, hatte eine Hand auf dem Geländer der Galerie liegen und die andere in seine Hosentasche eingehakt.

»Verzeiht, mein Herr«, rief sie ihm zu. »Es scheint, man hat uns nicht angekündigt.«

Der Mann sah nicht aus wie ein Page oder Butler. Er trug ein einfaches Hemd unter einer grauen Weste aus fein geknüpfter Seide und aus seiner Brusttasche lugte der Zipfel eines blutroten Taschentuchs hervor.

Er mochte dreißig Jahre alt sein, vielleicht auch jünger. Seine Miene war freundlich, ebenso seine hellen Augen.

»Mein Herr?«, wiederholte Valeria unsicher.

»Verzeiht!«, entschuldigte er sich plötzlich, wie aus einem Bann gerissen. »Ihr seid wahrlich so schön, wie man Euch nachsagt.«

Valeria ging nicht darauf ein. Sie hatte im Moment wirklich kein Interesse an solch einem Geplänkel. Nicht in Anbetracht des Umstands, dass sie soeben eine Ruine betreten hatte und befürchten musste dort den Rest ihres Lebens zu verbringen. Zudem klebte noch der Dreck der anstrengenden Reise an ihr und ihrer Kleidung. Sie fühlte sich alles andere als schön. »Und Ihr seid?«

Schwungvoll nahm er die Stufen nach unten zu den beiden jungen Damen.

»Callahan«, antwortete er schlicht und warf sich in eine tiefe Verbeugung.

Valeria reichte ihm die Hand, die er annahm und höflich küsste.

»Liam Callahan, Leibarzt und Berater des jungen Lords.«

»Es freut mich sehr«, entgegnete Valeria steif.

Sie hatte gehofft, dass seine Antwort anders ausfiele. Der junge Arzt war höflich, gutaussehend und schien ihr gleich auf den ersten Blick vertrauenerweckend. Zumindest aber hatte er Lord Westwood als jung bezeichnet und das ließ sie hoffen.

»Und Ihr seid?«, fragte er Belltaine.

»Beachtet mich nicht, ich bin lediglich die Zofe.«

Callahan lächelte milde.

»Wie könnte ich Euch nicht beachten?«

Belltaine errötete augenblicklich und senkte den Blick.

»Zwei junge Damen von solcher Schönheit haben diese alten Gemäuer lange nicht mehr gesehen. Ihr bereichert dieses Gut um ein Vielfaches.«

»Ihr seid zu freundlich«, bedankte Valeria sich.

»Ein Kind.«

Verwundert folgte Valerias Blick der kalten Stimme, die unvermittelt gesprochen hatte, hinauf zum Geländer der Galerie. Ein Mann stand dort in den Schatten. Er trug einen schwarzen Gehrock, war schmal gebaut, nicht sonderlich groß, aber auch nicht klein. Mehr als seine Umrisse konnte Valeria kaum von ihm erkennen.

»Schickt sie fort«, sprach er weiter.

»Was erlaubt Ihr Euch?«, rief Valeria ihm empört zu, doch schon wandte er sich von ihr ab und verschwand.

Bestürzt richtete sie sich an Callahan.

»Bitte sagt mir nicht, dass das Lord Westwood war.«

»Er ... er hat nur einen schlechten Tag«, beteuerte der Mann.

»Ihr werdet doch wohl nicht wirklich mit dem Gedanken spielen meine Heimreise zu veranlassen, kaum dass ich einen Fuß über diese Schwelle gesetzt habe?«

Valeria wunderte sich selbst über ihre Worte. Nichts lieber täte sie, als von hier zu verschwinden. Davonjagen lassen wollte sie sich aber ganz gewiss nicht.

Callahan winkte ab und deutete auf die Treppe.

»Aber natürlich nicht. Ich zeige Euch, wo Ihr nächtigen werdet.«

Valeria nickte entschlossen. Auch wenn sie von dieser arrangierten Verbindung nicht begeistert war, würde sie alles daran setzen, um eine Heimkehr in Schmach zu verhindern. Wer würde sie schließlich nach einer Ablehnung noch heiraten wollen?

»Ich lasse Euch Euer Gepäck nachbringen«, versprach der Arzt und führte sie hinauf.

Von wem, war die Frage, die Valeria sich unwillkürlich stellte. Das Haus, das sicher einmal beeindruckend gewesen war, schien wie ausgestorben. Sie begegneten keiner Menschenseele, bis sie ihre Gemächer erreicht hatten. Callahan öffnete die Tür und ließ sie eintreten.

Während Valeria sich im Foyer noch über die Sauberkeit gefreut hatte, zeigte sich hier ein ganz anderes Bild.

Staubige und vergilbte Vorhänge hingen zugezogen vor den Fenstern und beraubten den Raum um das letzte bisschen Tageslicht, das sich noch gegen die herannahende Nacht zu behaupten vermochte. Ebenso staubbedeckt waren der Behang des Himmelbettes, die Kissen und die Tagesdecke.

Die Nase gerümpft strich Valeria mit dem Zeigefinger über das Bett und rieb sich den daran hängengebliebenen Staub mit dem Daumen von der Kuppe.

»Bitte, richtet Euch ein und macht es Euch bequem. Und macht Euch keine Gedanken wegen Lord Westwood. Ich rede mit ihm.«

Valeria war nicht in der Lage zu antworten. Ein Kloß steckte ihr im Hals. Es roch alles so alt und modrig. Ihr war, als müsste sie hier drinnen ersticken.

Nachdem auch Belltaine eingetreten war und den großzügigen Raum mit Skepsis betrachtet hatte, schloss Callahan hinter ihnen die Tür.

»Und wo soll ich schlafen?«, murmelte sie verwundert und sah sich zu ihm um, doch Callahan war schon fort.

Hinter dunklen Mauern

Ganz so ausgestorben, wie Valeria anfänglich geglaubt hatte, war das Herrenhaus dann doch nicht. Am selben Abend brachte man ihnen ihre Koffer. Auch frisches Bettzeug und eine Waschschüssel standen bald bereit. Das Zimmermädchen, ein dürres junges Ding mit schmalen Lippen und unscheinbarem Äußeren, erledigte seine Aufgaben rasch und wenig gründlich. Valeria stand nur da und starrte in den viel zu kleinen Kleiderschrank, in dem kaum Platz für ihre Mäntel war, während sich Belltaine alle Mühe gab mit dem Mädchen ins Gespräch zu kommen.

»Und wie heißt du?«, fragte sie neugierig.

»Tara«, antwortete das Mädchen knapp, während es den Staub von der Kommode aufwirbelte, zu Valerias Enttäuschung aber nicht wegwischte.

Belltaine hustete.

»Und wie lange bist du schon im Dienst des Lords? Wie ist er so? Ist er ein guter Herr?«

Das Mädchen überlegte kurz, entschloss sich dann aber wohl nicht zu antworten, denn sie steckte den Staubwedel in ihre Schürze und knickste vor Valeria.

»Wenn Ihr mich nun entschuldigen würdet. Ich wünsche eine gute Nacht.«

Valeria öffnete den Mund, um Einspruch zu erheben, ließ es dann aber doch bleiben. Dann würde sie eben die Nacht in einem verdreckten Zimmer verbringen. Das war allemal besser, als sich schon am ersten Abend mit dem Hauspersonal anzulegen.

»Habt Dank, meine Liebe.«

Tara wirbelte herum und lief zügig aus dem Zimmer.

»Halt, warte!«, rief Belltaine ihr hinterher und schnappte sich einen ihrer Koffer. Dann wandte sie sich noch einmal Valeria zu. »Ich gehöre jetzt ja auch zu den Bediensteten. Die anderen Koffer hole ich später!«

Tara dachte nicht daran auf Belltaine zu warten, also musste sie ihr zügig nachlaufen, um sie nicht zu verlieren. Sie schubste hinter sich die Zimmertür zu, die träge quietschend ins Schloss fiel. Der dadurch entstandene Luftzug ließ drei der Kerzen am Kronleuchter erlöschen und mit einem Mal wurde es düster.

Valeria rieb sich die Oberarme. Es fröstelte sie und wenn man bedachte, dass das Zimmermädchen trotz herbstlicher Temperaturen kein Feuer im Kamin entzündet hatte, war das auch nicht verwunderlich.

Wie sollte sie bloß die Nacht überstehen?

Draußen heulte der Wind noch immer dieses schaurige Lied und sie hatte das Gefühl, er würde bis durch die Fensterritzen dringen. Die verbliebenen Kerzen flackerten heftig und zeichneten bedrohliche Schatten an die Wände.

Sie sah sich um. Das Zimmer war groß, ja, aber die Einrichtung mehr als spärlich. Der runde Teppich in der Mitte des Raumes war ausgeblichen und zottelig. Darauf stand ein Tisch und auf diesem eine rissige Vase, die lange schon keine Blumen mehr gesehen zu haben schien. Der Schminktisch in der Ecke war dreimal so groß wie der in Valerias Schlafgemach im Haus ihrer Eltern, doch der Spiegel war fleckig und stumpf. Sie wagte es nicht in das zweite Zimmer zu linsen, dessen Tür nur angelehnt war. Sicher war es ein Badezimmer und ein Bad würde ihr jetzt wahrlich guttun. Tara hatte aber nicht den Eindruck gemacht, als würde sie sich darum reißen, jetzt noch eimerweise Wasser zu erhitzen und bis in Valerias Gemächer zu schleppen. Die Waschschüssel, die auf der Kommode stand, war Beweis genug dafür.

Seufzend sank sie auf ihr Bett und hustete, als der aufsteigende Staub sie in der Nase kitzelte. Um diese eine Nacht machte sie sich Sorgen? Wie sie den Rest ihres Lebens hier verbringen sollte, das sollte sie sich fragen!

***

In der Nacht hatte Valeria kaum geschlafen. Ihr Bett war klamm gewesen und gegen Morgen hatte es sie so gefröstelt, dass sich ihr Atem in Wolken vor ihrem Gesicht abgezeichnet hatte.

Sie war heilfroh gewesen, als Belltaine bei Tagesanbruch zu ihr gekommen war und Tara den Kamin richtete, während ihre Freundin ihr die Kleidung bereit legte, wie es bisher immer ihre Mutter getan hatte.

»Das kann ich schon selber machen«, erklärte sie, doch Belltaine schüttelte nur energisch den Kopf.

»Das ist jetzt meine Pflicht, also werde ich das auch machen.«

Valeria lächelte. So war Belltaine schon immer gewesen. Zielstrebig, dickköpfig. Immer hatte sie ihr beigestanden, hatte ihr mit Rat und Tat geholfen, wo sie nur konnte und nie eine andere Gegenleistung dafür verlangt als Valerias Freundschaft. Nur zu gerne hatte sie ihr diese geschenkt, wo sie doch selten einem Menschen begegnet war, der nicht hinter ihrem Rücken schlecht über sie sprach – getrieben von Eifersucht und Missgunst.

»Wenn ich dich nicht hätte ...«

»Das wird schon«, flüsterte Belltaine ihr zu. »Die Leute hier sind eigentlich alle ganz nett.«

Valeria sah zu Tara. Nicht ein Mal hatte sie gelächelt, seit sie ins Zimmer gekommen war. Aber vielleicht war das ja ihre Art. In Waterport hätte sie mit dieser Einstellung jedenfalls nicht so schnell eine Anstellung gefunden.

»Ich bringe Euch jetzt in den Speisesaal, Lady Lancaster«, erklärte Tara und knickste knapp.

»Ja, danke.«

»Sicher werdet Ihr dann künftig den Weg alleine finden«, fügte das Zimmermädchen beiläufig hinzu und lief zur Tür.

Valeria atmete tief durch. Auch dieses Mal würde sie nichts sagen. Ganz offensichtlich hielt man hier nicht viel von den Sitten und Gebräuchen, die andernorts gang und gäbe waren. Sie knirschte mit den Zähnen. War es denn zu viel verlangt? Wenn sie schon so abgelegen leben musste, wieso konnte es ihr dann nicht wenigstens vergönnt sein wie eine Prinzessin behandelt zu werden? Warum dieses verwahrloste Haus und so wenige Bedienstete, wenn die Grafschaft Westwood eigentlich in Reichtum und Wohlstand schwelgen müsste? Das Land war weitläufig, sicher reich an

Bodenschätzen und die Abgaben der Einwohner mussten doch für mehr reichen als für den Lohn von einer Handvoll Bediensteter.

Sie hätte weinen können, wenn sie daran dachte, dass das hier jetzt ihr Leben war. Sie hasste dieses Haus, hasste alles hier. Aber natürlich ließ sie sich das nicht anmerken.

***

Vor dem Speisesaal ließ Tara sie alleine zurück. Valeria war aufgeregt, ja beinahe ängstlich. Hinter dieser Wand wartete ihr Zukünftiger auf sie und sie betete, dass er gestern tatsächlich nur einen schlechten Tag gehabt hatte.

Sie tat, was sie für das einzig Richtige hielt, schüttelte ihre Sorgen und Bedenken ab, schob ihre Schultern zurück, setzte ein seichtes Lächeln auf und hob die Nase in die Höhe.

Mit beiden Händen öffnete sie die Flügeltür und trat ein.

Der Speisesaal war so groß wie Valerias gesamtes Elternhaus. Reich verzierte Wandvertäfelungen erzählten Geschichten von Jagdgesellschaften und Tanzbällen, drei Kronleuchter hingen über einer langen Tafel, die Platz für gut dreißig Mann bot, und an ihrem Ende saß der Lord vor einem spärlich gefüllten Teller.

Valeria knickste tief und lange vor ihm, während er nicht einmal den Blick anhob, als sie ihm die Ehre erwies. Er war jung. Jünger als sie anfänglich gedacht hatte. Vielleicht zwanzig, kaum älter, schmal und gut gebaut. Seine Züge waren schön anzusehen, seine Augen groß und von einer auffallend hellbraunen, ja fast goldenen Farbe. Wenn sein Blick nur nicht so kühl und abweisend gewesen wäre, hätte sie ihn als sehr ansprechend empfunden.

»Mein Herr«, grüßte sie ihn, nachdem ihr Eintreten ihn nicht dazu veranlasst hatte ihr seine Aufmerksamkeit zu schenken.

»Setzt Euch, esst«, murmelte er, ohne aufzusehen.

Valeria legte die Stirn in Falten.

»Und schaut nicht so griesgrämig, nicht dass Ihr schon in jungen Jahren runzlig werdet wie eine alte Schachtel.«

»Wie meinen?«, fragte sie empört, bemüht die Fassung zu bewahren.

Wie hatte er ihre Mimik überhaupt sehen können, wo er es nicht einmal für notwendig erachtete von seinem Teller aufzusehen? Natürlich schwieg er und ignorierte Valerias entsetzten Gesichtsausdruck. Wenn das hier ein Spiel war, so hatte sie den ersten Zug haushoch verloren. Trotz empörtem nach Luft Schnappen und intensivem Blickkontakt durch zu schmalen Schlitzen zusammengekniffenen Augen ließ der Lord sich nicht erweichen. Schließlich zog sie mit einem kräftigen Ruck den Stuhl vor und nahm am anderen Ende der Tafel Platz. Es blieb ihr auch kaum eine andere Wahl. Das Tischgedeck, das man für sie bereit gestellt hatte, lag nämlich genau dort, so weit wie möglich von ihm entfernt.

Sie sah hinüber zur Anrichte, auf der Brötchen, gekochte Eier und eine reichlich gefüllte Platte mit frischem Aufschnitt standen.

Er sah nun doch auf. Seine Augen faszinierten sie. Erst hatte sie an Gold gedacht, nun wirkten sie eher wie Kupfer.

»Ihr habt zwei Beine«, erklärte er trocken. »Steht auf und holt Euch, was Euch beliebt.«

Valeria presste die Lippen zusammen. Sie zog sich die Serviette vom Schoß und warf sie grob auf den Tisch. Ungerührt senkte der Graf den Blick und widmete sich wieder seinen pochierten Eiern.

Ob er sich auch selbst bedient hatte? Sicher nicht. Ganz bestimmt gab es hier unzählige Bedienstete, die ihn tagein tagaus umschwärmten. Sie hatten wahrscheinlich den Befehl sich von ihr fernzuhalten, damit sie freiwillig den Heimweg antrat. Womöglich gab es sogar ein anderes Herrenhaus und dies hier war tatsächlich nur eine Ruine. Er versuchte sie zu reizen, sie aus der Reserve zu locken, doch die Genugtuung wollte sie ihm nicht gönnen.

Sie war sich sicher nicht zu fein den Teller selbst zu füllen, wenn es denn nötig war. Sie nahm sich also etwas Fleisch und frischen Salat und verspeiste ihr Morgenmahl schweigend.

Gerade war sie dabei den letzten Bissen auf ihre Gabel zu schieben, da erhob der Graf sich.

»Ihr reist heute wieder ab«, erklärte er mit monotoner Stimme und versetzte ihr damit einen Stich. »Diese Ehe wird nicht zustande kommen. Sicher ist das auch in Eurem Sinne. Und macht Euch keine Gedanken, die Schuld hierfür nehme ich voll und ganz auf mich. Euch soll daraus kein Nachteil erwachsen.«

Valeria sprang auf.

»Wie glaubt Ihr das bewerkstelligen zu können?«, fragte sie mit unverkennbarer Panik in der Stimme. »Der König selbst hat seinen Segen gegeben. Nichts, was Ihr tut oder sagt, kann die Schmach nehmen, die mich treffen wird, wenn Ihr diese Verbindung ablehnt!«

Ihr Herz pochte schnell. Sie wollte von hier weg, aber verstand er denn nicht, was das für sie bedeuten würde? Welche Schande es für ein junges Mädchen war abgewiesen zu werden? Für einen Moment glaubte sie so etwas wie Unsicherheit in seinem Blick erkennen zu können, doch das verflog ebenso schnell, wie es gekommen war.

»Es ist zu Eurem Besten. Dieser Ort ist nichts für junge Damen.«

»Dann muss er es eben werden!«, fuhr sie ihn an.

Er öffnete den Mund und schloss ihn gleich wieder. Da war sie wieder, diese Unsicherheit.

»Ich werde an den König schreiben. Ihr könnt bleiben, bis seine Antwort eingetroffen ist.«

Mit den letzten Worten ging er.

»Habt Dank!«, rief sie ihm hinterher und biss sich gleich darauf auf die Lippen.

Es gab wirklich nichts, wofür sie dankbar sein musste. Sie hätte wahrlich kein schlechteres Los treffen können.

***

Von Unruhe getrieben lief Valeria im Zimmer auf und ab.

»Dieser unmögliche ...«, knurrte sie. »Er ist einfach ein ... ein totaler ...« Es fielen ihr nicht die richtigen Worte ein.

»Ein Mistkerl? Dreckskerl? Schwein?«, fragte Belltaine spöttisch.

»Ja genau!«, stimmte Valeria zu. »Das alles und noch Schlimmeres. Wenn er wenigstens ein alter Sack wäre! Dann müsste ich nur ein paar Jahre mit ihm durchhalten. Aber er sieht aus, als würde er mich noch überleben.«

»Zumindest sieht er gut aus«, stellte Belltaine trocken fest.

Sie war gerade dabei Valerias Zimmer auf Vordermann zu bringen. Sie klopfte die Vorhänge aus, während Valeria ihren Schminktisch einrichtete.

»Was macht das schon?«, fragte sie. »Wenn ich den Rest meines Lebens mit diesem Mann verbringen soll, glaubst du da spielt allein sein Aussehen eine Rolle?«

Belltaine lachte.

»Vielleicht denkt er dasselbe über dich?«

»Er kennt mich doch überhaupt nicht! Was erlaubt er sich da ein Urteil über mich?«, fauchte Valeria und knallte dabei ihr Puderdöschen so kräftig auf den Tisch, dass sich daraus eine weiße Wolke erhob. Hustend wedelte sie den Puder vor ihrer Nase weg.

»Du kennst ihn doch auch nicht und urteilst dennoch über ihn.«

»Ja«, knurrte sie. »Weil er sich eben benimmt wie ein ... ein ...«

»Mann?«

»Genau! Nein, ich meine ... Ach, du weißt schon.« Sie winkte ab.

»Ich finde es hier jedenfalls recht angenehm. Die Zimmer der Bediensteten sind großzügig und die anderen Angestellten nett. Ja, es sind nicht sehr viele, aber die, die hier arbeiten, sind schon seit vielen Jahren im Dienste dieser Familie. Und Tara hat mir erzählt, dass der Lord ein sehr großzügiger und entgegenkommender Arbeitgeber ist.«

Valeria wunderte es, dass diese Tara überhaupt mehr als zwei zusammenhängende Sätze herausbekam, und sie konnte sich kaum vorstellen, dass die anderen Bediensteten herzlicher waren. Aber sie war zu wütend, um klar zu denken und urteilte sicher zu hart.

»Das mag ja alles so sein, aber richte dich nicht allzu häuslich ein. Der Graf ist gegen unsere Heirat. Er will dem König schreiben. Was glaubst du, was man von mir denkt, wenn das ans Tageslicht kommt?«

Bei den letzten Worten spürte Valeria einen Kloß im Hals, der ihr das Atmen erschwerte. Sie sah sich jetzt schon als alte Jungfer im Haus ihrer Eltern. Sie würde nicht mehr auf die Straße gehen können, ohne dass man hinter ihrem Rücken lachte. Jetzt schon beurteilte jeder sie nur nach ihrem

Äußeren. Lehnte Lord Westwood diese Verbindung ab, würde jeder glauben, es läge an ihrem Charakter, dass sie dumm oder eitel oder auch beides zugleich wäre.

Belltaine legte ihr die Hand auf die Schulter.

»So weit wird es nicht kommen. Er wird dich kennenlernen und seine Meinung ändern.«

Valeria sagte nichts dazu. Sie stand an den Schminktisch gelehnt vor dem Spiegel und betrachtete ihr Antlitz. Sie verstand nicht, womit sie das alles verdient hatte. Sie hatte doch immer getan, was alle von ihr verlangten. Sie war immer eine gute Tochter gewesen und jetzt wollte sie nichts weiter, als eine gute Ehefrau zu sein. War das denn schon zu viel verlangt? Wenn sie gewusst hätte, was sie nach ihrem sechzehnten Geburtstag erwarten würde, hätte sie ein ganz anderes Leben geführt. Sie hätte so viel erleben können. All die Dinge, auf die sie verzichtet hatte, die sie verpasst hatte. Nie hatte sie mehr bereut, ihre Jugend nicht in vollen Zügen genossen zu haben, als in diesem Moment.

Das hier hätte alles ganz anders laufen sollen. Eigentlich hätte sie jetzt ihre Hochzeit planen müssen. Rosen oder Tulpen, Frühjahr oder Sommer, das sollten die Fragen sein, die sie hätten beschäftigen müssen. Biskuit oder reinweiß, im kleinen Kreise oder pompös. Stattdessen stand sie hier und bereute jede Entscheidung, die für sie getroffen worden war und gegen die sie sich nicht aufgelehnt hatte.

»Was soll's«, sagte sie schließlich. »Machen wir das Beste daraus.«

***

Valeria verbarg sich hinter einem Vorhang, als Lord Westwood das Foyer betrat. Sie hatte auf der Galerie gestanden und durch das Fenster beobachtet, wie er den Brief an den König an einen Boten übergeben hatte und sich schnell versteckt, als er sich wieder dem Herrenhaus näherte.

Es gab nichts mehr, was sie machen konnte. Der König würde erfahren, dass der Lord die Verbindung ablehnte, und was dann geschähe, lag im Ungewissen. Ändern hätte sie daran ohnehin nichts können. Sie hätte es ja versucht, doch der Lord hatte sich den ganzen Tag in seinem Arbeitszimmer verkrochen. Wahrscheinlich weil er die Konfrontation mit ihr fürchtete.

Er war nicht nur unhöflich und abweisend, feige war er auch noch. Zumindest aber brachte er den Mut auf sich gegen den Willen des Königs zu stellen.

Gerade betrat er die Vorhalle und Valeria konnte von hier oben beobachten, wie er die Tür hinter sich schloss und den Raum durchquerte.

Zum Teil hatte Belltaine schon Recht. Er sah nicht schlecht aus. Wäre sie ihm auf einem der zahlreichen Tanzbälle begegnet, die sie in ihrem Leben schon besucht hatte, hätte sie sich gewünscht, dass er sich in ihre Tanzkarte eintrug. Wer weiß, womöglich hätte sie ihn gar selbst bei der Damenwahl aufgefordert. Aber sicher war er selten, wenn überhaupt je, auf solchen Festivitäten anzutreffen. Er konnte wahrscheinlich nicht einmal tanzen und hätte ihr – in seinen Augen noch ein Kind – im Leben nicht die Aufwartung gemacht.

Sie schob sich weiter hinter den Vorhang. Zu ihrer Verwunderung kehrte der Lord nicht zurück in sein Arbeitszimmer, sondern nahm den Weg in die entgegengesetzte Richtung.

Von Neugier getrieben folgte Valeria ihm in sicherem Abstand. Schließlich war es so, dass sie womöglich den Rest ihres Lebens mit diesem Mann verbringen musste. Da hatte sie doch wohl das Recht zu erfahren, was er so trieb. Zumindest redete sie sich das ein.

Der Lord schien zu spüren, dass ihm jemand folgte. Immer wieder sah er sich um, gleich so, als wäre er gerade dabei etwas Verbotenes zu tun. An einer unscheinbaren Tür blieb er stehen. Noch einmal sah er sich um und schlüpfte dann hindurch.

Valeria biss sich auf die Lippen. Sie zögerte, dann huschte sie über den Gang und folgte ihm. So ein Benehmen an den Tag zu legen hätte sie sich bisher nie erlaubt, doch was hatte sie, nach seinem Benehmen seit ihrer Ankunft, noch zu verlieren?

Sie lugte durch das Schlüsselloch. Der Gang dahinter war düster, lang und leer, also öffnete sie die Tür. Sie war nur ein paar Schritte auf Zehenspitzen schleichend in den Gang hinein gelaufen, da hörte sie, dass der Lord wieder zurückkam. Hektisch sah sie sich um und entdeckte eine Tür, hinter der sie verschwinden konnte.

Durch den Türschlitz beobachtete sie, wie Lord Westwood den Weg zurück nahm, den er gekommen war. Direkt neben ihr hielt er einen Moment inne. Hatte er sie entdeckt? Womöglich ihr Atmen gehört? Sie hielt die Luft an.

Der Lord kniff die Augen zusammen und sie wusste plötzlich, woran sie seine Pupillen erinnerten. An die Augen einer Katze. Sie waren groß, wach und leuchtend wie der Vollmond in klarer Sternennacht. Wenn er doch nur nicht so arrogant und unhöflich wäre, dann hätte er durchaus eine gute Partie sein können.

Erst als sie seine Schritte nicht mehr hören konnte, verließ sie ihr Versteck und lief den Gang hinunter. Um die Ecke gebogen blieb sie wie angewurzelt stehen. Ungläubig sah sie sich um. Hinter ihr endete der Gang an einer Tür, doch gekommen war Westwood von rechts. Dort aber war nichts weiter als ein alter klappriger Schrank. Zögerlich griff sie nach den Türen und zog sie auf. Was sie dahinter entdeckte, war noch merkwürdiger als alles, mit dem sie hätte rechnen können.

Windlichter. Es mussten Dutzende sein, flackernd in kristallklaren Gläsern füllten die Kerzen jedes einzelne Regalbrett.

War Lord Westwood tatsächlich bloß hierher gekommen, um sie anzuzünden? Doch wozu das Ganze?

Es musste schwarze Magie sein. Anders konnte sie es sich nicht erklären. Es wunderte sie aber auch nicht. So wie der Lord sich benahm und angesichts des verfallenen Anwesens … Ihr Herz schlug schneller, als sie an den König dachte, und sie musste sich fragen, warum er ihr das angetan hatte. Warum er sie nur hatte ansehen müssen und schon seine Entscheidung gefallen war sie mit Westwood zu vermählen statt mit einem der unzähligen Junggesellen in Waterport.

So ablehnend, wie Westwood ihr gegenüber war, schien er aber wohl ebenso unzufrieden mit der Entscheidung des Königs zu sein wie sie. Zu ihrem Glück.

Zögerlich hob sie die Hand, unsicher, ob sie es tatsächlich wagen sollte eine dieser Kerzen näher zu betrachten.

Aber was hatte sie schon zu verlieren? Sie griff beherzt zu und ließ das Glas sofort fallen. Es war so heiß, dass ihr die Finger brannten. Klirrend fiel es zu Boden und zerbarst.

Rauch stieg von der erlöschenden Kerze auf, mehr Rauch, als so eine einzelne kleine Kerze hätte auslösen sollen.

Valeria hustete und hielt sich die Hand vor den Mund, doch schon ergriff sie eine Müdigkeit, wie sie sie noch nie vorher gespürt hatte. Dunkelheit umfing sie und die Augen fielen ihr zu.

***

Jayden staunte nicht schlecht, als die Kutsche, die ihn und seine Mutter zu dem Anwesen der Familie Westwood brachte, durch das mächtige Eisentor fuhr. Das war es also, das Land, das ihr künftiges Zuhause werden sollte.

Alleine die Kutsche war schon so prachtvoll, wie man es sich nur erträumen konnte. Seine Mutter lächelte, als sie ihn so staunen sah.

Sie hatte lange nicht mehr gelächelt. Seit sein Vater gestorben war, grämte sie die Trauer und das stand ihr wahrlich nicht gut zu Gesicht. Sie war eine hübsche Frau. Ihr Alter von fast fünfunddreißig Jahren sah man ihr nicht an. Ihre Haut war hell, glatt und makellos. Ihr Gesicht schmal, ihre Nase zart und klein. Ihre Lippen leuchteten in solch einem roten Glanz, dass keine Farbe nötig war, um sie zu betonen. Und ihr Haar? Es war wie Gold.

Sie war die Schönste – die Schönste aller Frauen. Da war er sich ganz sicher. Nicht nur, weil sie seine Mutter war, sondern auch, weil das der Grund ihrer Reise war.

Sie hatte versucht es ihm zu erklären, aber verstehen konnte er es dennoch nicht. Sie würde ihn heiraten, diesen Mann, diesen Fremden, den sie zuletzt in ihrer Jugend gesehen hatte. Dabei hatte sie Jaydens Vater geliebt, auch wenn er nur ein Hufschmied gewesen war und sein Leben lang nie mehr als eben dieser Schmied geworden wäre.

Doch nun war er tot. Er war eines Tages in den Wald gegangen und nicht wieder heimgekehrt. Tage später erst hatte man seinen von Wölfen zerfetzten Körper gefunden. Jayden selbst hatte den Leichnam seines Vaters nicht gesehen und dennoch verfolgte ihn das Bild bis in seine Albträume.

Seine Mutter hatte ihm versprochen, dass ihre Liebe zu seinem Vater niemals verblassen würde, dass diese zweite Ehe nur dem Zweck diente ihr Überleben zu sichern.

Er fühlte sich dennoch nicht gut bei diesem Gedanken. Er war zwar erst zehn Jahre alt, doch er war jetzt das Oberhaupt ihrer Familie und musste sie beschützen.

Die Kutsche fuhr über den geschotterten Hof und hielt vor dem pompösen Haupteingang des Herrenhauses an. Ein Page öffnete die Tür der Karosse und bot Jaydens Mutter an ihr beim Aussteigen behilflich zu sein. Links und rechts vom Eingang standen weitere Bedienstete und verbeugten sich, als sei sie nicht die Frau eines Hufschmieds, sondern eine Königin.

Jaydens Mutter nahm ihn bei der Hand und gemeinsam betraten sie die Eingangshalle. Unsicher und doch voller Staunen sah er sich um. Alles hier glänzte in Gold und Silber. Reich verzierte Holzvertäfelungen schmückten die Wände, die Kronleuchter an der Decke waren so mächtig, dass sie Jayden beinahe Angst machten, und der Holzboden war so gründlich poliert, dass er sich darin spiegeln konnte. Eine Weile betrachtete er sich darin, bis er die Füße eines Mannes vor sich treten sah.

Da stand er. Der Mann, der um alles in der Welt Jaydens Mutter und sonst niemanden ehelichen wollte. Der Mann, der gut zwölf Jahre gewartet hatte, bis sein Wunsch nun endlich in Erfüllung ging.

Er war groß und kräftig gebaut, doch so stark, wie Jaydens Vater es gewesen war, sah er nicht aus. Er hatte kein Feuer in den Augen. Nein, er konnte ihm nicht das Wasser reichen.

Dennoch empfand Jayden Ehrfurcht vor diesem Mann, vor Lord Westwood, dem Herrn dieses Hauses. Er sah aus wie jemand, der wusste, was er wollte, wie jemand, der wusste, wie er sich dessen bemächtigen konnte, was er anstrebte.

Das Lächeln, das sich auf den Lippen des Mannes kräuselte, wirkte falsch und trügerisch. Er hatte noch kein Wort gesagt und bei dem Jungen trotzdem schon verspielt.

»Lord Westwood«, grüßte seine Mutter ihn und knickste auf elegante Weise.

Der Lord senkte sein Haupt, nahm ihre Hand und küsste sie. Wie gerne hätte Jayden dem Mann auf die Finger geschlagen.

»Miss Ackland, welch eine Freude, welch ein Anblick. Wenn denn möglich, seid Ihr noch schöner als an dem Tag, da ich Euch zuletzt sah.«

»Ihr lasst Scham in mir aufsteigen, mein Lord«, antwortete sie diplomatisch.

Jayden unterdrückte das Bedürfnis zu würgen und dem Mann vor die Füße zu rotzen. War es nicht schon unverschämt genug einer Frau drei Tage nach dem Tod ihres Mannes einen Antrag zu machen? Musste er dann auch noch so dreist sein sie so ungeniert zu bezirzen, während sie noch Schwarz trug? Und das vor den Augen ihres Sohnes, den er bislang nicht einmal eines Blickes gewürdigt hatte?

»Nun kommt, ich will Euch unsere Gemächer zeigen.«

Seine Mutter legte die Stirn in Falten.

»Unsere?«, fragte sie unsicher und lächelte verlegen. »Bedenkt, noch ist diese Ehe nicht rechtskräftig.«

Er grinste. »Das wird sie schon sehr bald sein, macht Euch da keine Gedanken.«

Er legte ihr die Hand um den Oberarm und packte kräftig zu.

Was erlaubte dieser Mann sich? Jayden riss den Mund auf, um Einspruch zu erheben, doch ehe er ein Wort sagen konnte, wurde er an seinen Schultern gepackt und jemand zog ihn weg.

»Was ist mit meinem Sohn?«, fragte seine Mutter unsicher.

»Seid unbesorgt, Lady Ackland, oder sollte ich Lady Westwood sagen?«, fragte der Lord breit grinsend und zog sie mit sich.

Sie versuchte sich aus seinem Griff zu lösen.

»Ackland ist hier absolut angebracht«, ermahnte sie ihn mit Nachdruck.

»Euer Sohn kommt hier gut unter. Ich habe es Euch versprochen, Ihr wisst, was ich Euch geschrieben habe.«

»Mutter?«, fragte Jayden verunsichert. Es war einer der Pagen, der ihn festhielt. Der Mann war zu stark, um von ihm loszukommen, und er wollte seiner Mutter auch keinen Ärger machen. Er hatte es ihr schließlich versprochen.

»Ja, das weiß ich sehr wohl und nun lasst mich los.«

Westwood tat, was sie von ihm wollte, und sie richtete sich ihr Kleid, bevor sie sich Jayden zuwandte.

»Mein Liebling, sei brav und tu, was man von dir verlangt«, bat sie ihn. »Ich werde mir derweil von deinem Stiefvater das Haus zeigen lassen, ja? Geh du mit dem netten Mann.«

Jayden knirschte mit den Zähnen. Er war ja nicht dumm. Sie tat jetzt so, als wäre alles gut, dabei war ihr Westwood genauso unsympathisch wie ihm. Dennoch nickte er und folgte dem Pagen.

***

Valeria fiel auf die Knie. Der Rauch hatte sich verzogen und es war ihr, als wäre bloß der Bruchteil einer Sekunde vergangen. Was war geschehen? War es eine Vision gewesen, die sie heimgesucht hatte? Ein Blick in die Vergangenheit? Sie war sich ganz sicher, der Junge aus ihrem Traum war Lord Westwood – der *heutige* Lord Westwood. War seiner Mutter dasselbe geschehen wie nun ihr? Und aus diesem armen Jungen war ein ebenso grausamer Herrscher geworden, wie der Mann es gewesen war, der an jenem Tag sein Stiefvater wurde? Was war in der Zwischenzeit geschehen? Sie war keinen Deut schlauer geworden.

Hektisch sammelte sie die Glasscherben auf und versteckte sie unter dem Schrank. Nicht auszudenken, würde man sie mit dem Beweis für ihr Eindringen in sein Geheimversteck erwischen. Zwar verstand sie nicht, warum Lord Westwood seine Erinnerungen hier wegsperrte, doch es konnte nichts Gutes bedeuten. Und wer wusste schon, ob Valeria nicht eines Tages ebenso weggesperrt werden würde wie die Erinnerung an seine Mutter.

Geheimnis

Valeria saß an ihrem Schminktisch und kämmte ihr Haar. Sie tat das selbst, obwohl Belltaine ihr angeboten hatte ihr zu helfen und obwohl oder gerade weil ihre Mutter das bisher immer getan hatte.

»Ich sage dir, es ist schwarze Magie!«, schwor Valeria.

Belltaine schüttelte nur den Kopf.

»Es wird nichts zu bedeuten haben. Vielleicht ist es ein Schrein für seine Familie. Und dieser Traum, den du gehabt haben willst, das klang doch ganz nach unserer Ankunft hier. Du hast sicher nur fantasiert und Erinnerungen durcheinander gebracht.«

»Gerade von dir hätte ich mehr erwartet. Du bist doch selbst der Magie mächtig, wie kannst du da anzweifeln, was ich mit eigenen Augen gesehen habe?«

Es klopfte an der Tür und Valeria legte die Bürste beiseite.

»Ich darf bitten.«

»Verzeiht«, bat Liam und betrat Valerias Gemächer. »Das Abendmahl ist angerichtet.«

»Und Lord Westwood schickt Euch, seinen Leibarzt, mir die Nachricht zu überbringen?«, fragte sie lächelnd.

Liam schmunzelte. »Nein, doch ich wollte die Gelegenheit ergreifen Euch einen Rat zu erteilen.«

Ihr Lächeln erstarb.

»Lasst mich raten. Ich soll mich von Lord Westwood fernhalten. Diesen Rat müsst Ihr mir nicht erteilen, darauf kam ich bereits selbst.«

»Nein, ganz gewiss nicht. Ich sagte Euch bereits, dass er ein guter Mensch ist – im Grunde seines Herzens«, meinte er. »Es ist nur so, dass dieses Anwesen wahrlich kein Ort für Euresgleichen ist. Es ist alt und birgt viele Gefahren.«

»Das hat mir Euer Lord bereits selbst mitgeteilt«, sagte sie und erhob sich mit einem Seufzen.

»Nun, solange Ihr hier residiert, solltet Ihr Euch bei Anbruch der Dunkelheit nicht außerhalb des Hauses bewegen und haltet Euch vom Ostflügel fern. Die Böden sind dort teilweise morsch.«

Der Ostflügel, dorthin war sie Westwood gefolgt, dort hatte sie die Lichter entdeckt. Er wusste es also. Wahrscheinlich war ihm nicht entgangen, dass ihr eines davon zu Bruch gegangen war, und nun bekam sie Hausarrest.

»Man sagt mir nun also schon, wann ich wohin gehen darf und wohin nicht?«, fragte sie schnippisch.

»Zu Eurer eigenen Sicherheit.«

»Wie Ihr meint. Richtet dem Lord meinen Dank für seine ... Umsicht aus.«

»Das könnt Ihr selbst tun. Wie gesagt, das Essen ist angerichtet.«

Sie nahm eines ihrer Bänder und band sich das Haar zurück.

»Geleitet Ihr mich zum Speisesaal?«

Liam verbeugte sich knapp vor ihr.

»Nur zu gerne.«

Er deutete auf die Tür und Valeria folgte seiner Aufforderung.

»Na dann, viel Spaß!«, rief Belltaine ihr nach.

Valeria dankte ihr das mit einem scharfen Blick. Sie würde gemütlich bei den Angestellten speisen, konnte dort lachen und Freundschaften schließen, während Valeria dazu gezwungen war ihren Abend mit dem Lord zu verbringen. Auch wenn Belltaine davon überzeugt war, dass er sich nicht der dunklen Magie verschrieben hatte, war sie selbst da ganz anderer Meinung. Mehr noch glaubte sie fest daran, dass es ihn seine Seele gekostet haben musste.

»Und Ihr seid wie lange schon im Dienste des Lords?«, fragte sie, während Liam sie den Korridor entlang führte.

»Oh, schon eine lange Zeit. Ich diente bereits seinem Vater.«

Sofort wurde sie hellhörig.

»Ihr kanntet den vorherigen Lord?«

Liam gab keine Antwort. Wieder umspielte ein zartes Lächeln seine Lippen und Valeria wünschte sich, Lord Westwood hätte auch nur einen Funken seiner Freundlichkeit. Liam brauchte nicht einmal etwas zu sagen und man mochte ihn bereits. Er hatte diese Art an sich, die jedem sofort Vertrauen einflößte.

Kurzentschlossen trat Valeria vor ihn und versperrte ihm den Weg.

»Warum lässt sich einer wie Ihr auf den Dienst in einem solchen Hause ein?«, fragte sie geradeheraus. »Welcher Eid bindet Euch an Lord Westwood? Ihr seid doch ein guter Mensch, Ihr habt ein reines Herz.«

Sie legte ihm die Hand auf den Arm. Ganz sicher irrte sie sich nicht. Er hatte einen guten Charakter und so konnte sie sich seine Treue Westwood gegenüber nicht anders erklären, als dass es ein Fluch oder ein anderer Zwang sein musste, der ihn band.

Liams Miene blieb unberührt von Valerias forschem Versuch ihm die Wahrheit zu entlocken. Er hob die Hand und deutete auf die Flügeltür, neben der sie stehengeblieben waren.

»Der Speisesaal«, erklärte er schlicht.

Er senkte das Haupt zu einer knappen Verbeugung, drehte sich um und ging ohne ein weiteres Wort.

War sie ihm zu nahe getreten? Wahrscheinlich war sie das. Sie atmete tief durch und öffnete schwungvoll die Tür.

Ihr Herz machte einen Satz, als sie sich dem Lord gegenüber sah. Seine stechenden Augen fixierten sie wie eine Katze ihre Beute.

»Ihr habt mich erschreckt!«, sagte sie außer Atem und legte sich die Hand auf die Brust.

»Wen hattet Ihr denn erwartet?«, fragte er kühl.

Er deutete auf die gedeckte Tafel und zog ihr den Stuhl vor. Sie dankte ihm mit einem knappen Nicken und nahm Platz. Kurz kam in ihr der Gedanke auf, dass er nun endlich aufzutauen begann, doch mit dem einen Satz endete die Konversation schon. Er setzte sich ans andere Ende der Tafel und nahm schweigend sein Mahl ein.

Nachdem Valeria ihren Teller bereits halb geleert hatte und die eisige Stille ihr die Luft zum Atmen nahm, entschloss sie sich selbst das Wort zu ergreifen.

»Ich hoffe, Ihr hattet einen angenehmen Tag.«

Er sah kurz auf und widmete sich gleich darauf wieder seinem Rinderbraten.

Sie ließ sich nicht beirren. »Mir scheint, es gibt hier nicht viele Möglichkeiten der Freizeitbeschäftigung.«

Wieder sah er auf.

»Was Euch nicht davon abhält Euch eine Beschäftigung zu suchen«, entgegnete er mit hochgezogener Braue.

In Valerias Ohren begann es zu rauschen. Sie spürte, wie ihr die Hitze in den Kopf stieg. Er wusste sehr genau, was sie getan hatte, und wenn es so war, wie sie befürchtete, wenn er sich wirklich der schwarzen Magie verschrieben hatte, durfte sie sich jetzt keinen Fehler erlauben.

»Nun ja … es …« Ihr fiel nichts Vernünftiges ein.

Er schmunzelte. Hatte sie ihm tatsächlich gerade ein ehrliches Lächeln entlockt? Doch gleich, so als hätte er sich ertappt gefühlt, wurde seine Miene wieder kühl. Er warf einen Blick aus dem Fenster. Es war dunkel geworden und dichte Wolken verdeckten den Mond.

»Es ist spät«, stellte er mit monotoner Stimme fest.

Er schaute eine Weile aus dem Fenster, dann warf er seine Serviette auf den noch halb gefüllten Teller und erhob sich. »Wenn Ihr mich entschuldigen würdet.«

Er wartete Valerias Antwort nicht ab. Gerade hatte sie das Gefühl gehabt zu ihm vorzudringen, da zeigte er ihr wieder die kalte Schulter.

***

Valeria stand an ihrem Fenster und beobachtete die seichten Bewegungen der Wolken. Die Wut, die sich anfänglich in ihr aufgebaut hatte, war mittlerweile verflogen. Was blieb, war tiefe Traurigkeit.

»Du kannst gehen.«

Belltaine sah auf.

»Soll ich dir denn nicht noch dein Bett richten?«

Sie schüttelte den Kopf.

»Nein, schon gut.«

»Wie du meinst, dann schlaf gut. Morgen sieht die Welt bestimmt ganz anders aus.«

Sie antwortete nicht darauf. Irgendetwas stimmte hier nicht und sie hatte keine Möglichkeit die Wahrheit herauszufinden. Aber vielleicht war Lord Westwood wirklich nicht das Monster, für das sie ihn hielt, doch wie sollte sie an ihn heran kommen, wenn er ihr keine Gelegenheit gab?

Aus dem Augenwinkel sah sie eine Bewegung. Da unten auf dem Hof war jemand.

»Von wegen zu gefährlich«, zischte sie, als ihr klar wurde, dass es der Lord selbst war, der sich zu so später Stunde dort draußen herumtrieb.

Vor wenigen Stunden noch hatte er ihr gegenüber angemerkt, dass es bereits spät sei, und nun lief er selbst des Nachts draußen herum und schlich sich womöglich gar davon.

»Jetzt oder nie.« Sie schnappte sich ihren Überwurf und verließ das Zimmer. Auf Zehenspitzen schlich sie hinaus und folgte dem Lord durch das Seitentor.

Nun würde sie die Wahrheit erfahren. Sicher war er unterwegs zu einem schwarzmagischen Ritual. Die im Schrank versteckten Lichter waren bestimmt nur die Spitze des Eisbergs. Wer sich des Nachts allein aus seinem eigenen Haus schlich, musste Schlimmeres verbergen. Und Valeria würde nicht ruhen, bis sie die Wahrheit ans Licht gebracht hatte.

Diesmal hielt sie mehr Abstand. Der Hof war weitläufig und trotz der Dunkelheit konnte sie schnell entdeckt werden.

Die kalte Nachtluft fuhr ihr tief ins Mark und das Klopfen ihres Herzens war beinahe lauter als ihre Schritte auf dem geschotterten Boden. Am Tor angelangt verbarg sie sich hinter der Mauer und wartete, bis Lord Westwood zwischen den nahegelegenen Bäumen verschwunden war.

Nun bekam sie es doch mit der Angst zu tun. Der Wald, der sich hinter dem Tor erstreckte, war von tiefem Schwarz. Es war ihr, als würde er jedes Licht verschlucken. Mehr noch, als würden die Schatten, die sich von den Bäumen aus erstreckten, das wenige Licht der düsteren Mondnacht noch vertreiben.

Sie durfte sich jetzt nicht beirren lassen. Die Antworten waren zum Greifen nahe und nur ihre Angst schien ihr im Weg zu stehen.

Valeria hielt die Luft an und lief los. Schnell hatten sich ihre Augen an die Dunkelheit gewöhnt. Sie schlich von Baum zu Baum und sah von Westwood nur ab und an den Zipfel seines Ärmels oder einen Fuß.

Er lief quer in den Wald hinein, folgte dabei keinem Pfad und machte es ihr schwer ihm zu folgen. Es war beinahe, als habe er überhaupt kein Ziel, und vielleicht war das ja auch so. Womöglich schlafwandelte er und sie machte sich lächerlich, indem sie ihm schlimme Dinge unterstellte.

Irgendwo hinter ihr knackste trockenes Geäst und Valerias Atem ging schneller. Flüchtig sah sie sich um. Das Herrenhaus war längst nicht mehr zu sehen. Würde sie den Rückweg überhaupt noch finden? Ihren Blick wieder nach vorne gerichtet wurde ihr klar, dass sie Westwood verloren hatte. Sie hätte sich nicht von ihm abwenden dürfen.

Schnell lief sie in die Richtung, in der sie ihn zuletzt gesehen hatte, doch es war vergebens.

Irgendwo, nicht weit von ihr, heulte ein Wolf und erneut fuhr sie vor Schreck zusammen.

Sie musste hier fort. Schnell. Doch wo war sie hergekommen? Wieder raschelte es im Unterholz und Valeria rannte blindlings los. Sie hetzte durch den Wald und lief in die Richtung, aus der sie glaubte gekommen zu sein. Bald schon brannte ihr die Lunge und ihre Beine schmerzten. Sie knickte um und fiel, doch sie konnte es sich nicht erlauben auf den Schmerz zu achten, der ihr das Bein hinauf kroch. Da waren Schritte zu hören. Geräusche aus dem Dunkel – und sie kamen näher. Eine Eule schrie auf und Valeria stieß einen erstickten Angstschrei aus.

Sie rappelte sich auf und lief weiter, längst schon hatte sie die Orientierung verloren. Sie wusste nicht mehr, wohin sie laufen musste. Immer wieder bog sie ab, weil Geräusche sie verschreckten. Etwas folgte ihr, verfolgte sie. In den Schatten und der Dunkelheit waren Bewegungen erkennbar, es raschelte im Laub und wieder heulte der Wolf. Diesmal ganz nah.

Es gab keinen Anhaltspunkt, kein Licht, das ihr den Weg wies. Sie konnte den Mond und den Himmel nicht mehr sehen. Äste schlugen ihr ins Gesicht und verfingen sich in ihren Haaren, zerrten am Stoff ihres Kleides und rissen ihr den Überwurf von den Schultern.

Wieder knickte ihr das schmerzende Fußgelenk weg und sie fiel auf die Knie. Ihre Hände gruben sich tief in den lockeren Waldboden, ihr Atem hetzte.

Tränen füllten ihre Augen. Wie hatte sie nur so dumm sein können? Es raschelte irgendwo links von ihr im Unterholz. Gerade wollte sie sich aufrichten, da hörte sie das Atmen eines Tieres – direkt vor sich.

Sie wagte es nicht aufzusehen. Trotz tiefer Dunkelheit konnte sie seinen Atem sehen, der sich in der eisigen Nacht nebelgleich vor ihr abzeichnete. Sie roch ihn, seinen Atem, sein nasses Fell. Ihre Hände zitterten, alles in ihr drängte danach zu schreien.

Vorsichtig, ganz langsam hob sie den Blick.

Er stand direkt vor ihr und fixierte sie mit Gelb leuchtenden, stechenden Augen. Tiefschwarz war er, kräftig, mit Pranken so groß und Krallen so lang, dass er ihr mit einem Hieb das Herz aus der Brust hätte reißen können.

Sie wollte die Augen schließen, die Hände vors Gesicht schlagen und sich zusammenkauern, beten und hoffen, dass es vorüberginge, dass es nur ein Traum wäre und sie in Wirklichkeit in ihrem Bett lag. Doch es war kein Traum und würde nicht enden.

Er sah sie direkt an, seine Ohren waren nach vorne gerichtet, sein Blick fesselte sie mit kalten, glühenden Augen. Er bleckte die Zähne und ein Grollen ertönte, so tief, dass es Valeria erzittern ließ.

Sie schrie auf, als plötzlich ein Geräusch ertönte, das sie nicht zuordnen konnte, und erst als der Wolf davongerannt war, begriff sie, dass jemand etwas gebrüllt hatte.

»Geht es Euch gut?«

Sie antwortete nicht, da sie sich selbst nicht sicher war. Ihr ganzer Körper zitterte, ihre Gedanken rasten und fanden kein Ziel.

»Ja …«, brachte sie hervor und schüttelte gleich darauf den Kopf. »Nein … Ich …«

»Schon gut.« Es war Liam, der sich nun neben ihr niederließ und ihr seine Hand auf die Schulter legte. »Er ist fort und wird so schnell nicht wiederkommen.«

Tränen rannen ihr über die Wangen und sie wischte sie weg, doch es nutzte nichts, es waren zu viele. Sie weinte bitterlich und warf sich in Liams Arme.

»Oh Gott sei Dank, Gott sei Dank habt Ihr mich gefunden!«

»Jetzt ist es ja vorbei«, flüsterte er ihr mit ruhiger Stimme ins Ohr.

***

Valeria lag in ihrem Himmelbett und starrte an die Decke. Ihr Fenster war geöffnet und der Wind ließ den blauen Stoff über ihrem Kopf in seichten Bewegungen wehen.

Sie wagte es nicht die Augen zu schließen. Selbst wenn sie sie offen hielt, sah sie den Wolf und seinen stechenden Blick, wie er sie gierig anstarrte.

»Du solltest etwas essen.«

Sie sah zur Seite. Belltaine stand neben ihr und hielt ein schwer beladenes Tablett mit Brot, Eiern und köstlich duftendem Kompott.

Tränen füllten Valerias Augen. Sie richtete ihren Blick wieder nach oben und presste die Lippen zusammen. Sie wollte nicht weinen, wollte sich vor ihrer Freundin keine Blöße geben. Schließlich ging es ihr gut. Ihr war nichts geschehen. Lediglich den Knöchel hatte sie sich verstaucht. Sie trocknete ihre Tränen und richtete sich auf.

Belltaine lächelte.

»Na, geht doch!«

Sie stellte ihr das Tablett auf den Schoß und goss etwas Tee in die Tasse.

»Geht es … Geht es Liam gut?«, flüsterte Valeria mit rauer Stimme.

»Dem Arzt? Sicher, warum sollte es ihm nicht gut gehen?«

Valeria nahm die Tasse in beide Hände und wärmte sich ihre Finger daran.

»Wegen dem …«

»Dem Wolf?« Sie schüttelte den Kopf. »Er konnte ihn verjagen. Die sind ja sehr schreckhaft, sagt man. Aber wahrscheinlich hattest du mehr Glück als Verstand. Claire hat gesagt, die Wölfe hier sind berüchtigt für ihre Boshaftigkeit.«

Valeria senkte den Blick. Es war ihr peinlich, dass sie sich wie ein kleines Kind in ein Abenteuer gestürzt hatte, das unweigerlich böse hätte enden können.

»Ich bin ihm gefolgt«, erklärte sie schließlich und bei den Worten ergriff sie der Eifer. Es war vielleicht dumm gewesen einfach drauflos zu stürzen, aber es änderte nichts an dem, was sie gesehen hatte. Sie ergriff Belltaines Arm. »Lord Westwood. Er lief bei Nacht und Nebel in den Wald und schlich sich davon, als ob er etwas zu verbergen hätte!«

»Vielleicht hat er das ja auch. Oder er leidet unter Schlafstörungen und wollte nur frische Luft schnappen.«

»Das glaubst du doch wohl selber nicht.«

»Es spielt auch keine Rolle, was ich denke. Ich erlaube mir darüber kein Urteil und das solltest du auch nicht. Und ganz besonders dann nicht, wenn du dich in solche Gefahren begeben musst, um deine Theorien zu beweisen.«

»Ich sage dir, da stimmt etwas nicht mit diesem Mann«, sagte Valeria trotzig.

»Und ich sage dir, es stimmt etwas nicht mit dir«, entgegnete Belltaine frech und mit einem schiefen Grinsen auf den Lippen.

Auch Valeria schmunzelte.

»Gut, dann lass ich dich mal in Ruhe frühstücken.«

Belltaine verließ das Zimmer und Valeria konnte sie noch mit jemandem sprechen hören, bevor sie die Tür schloss.

»Es geht ihr soweit gut.«

»Gott sei Dank«, hörte sie Lord Westwood sagen. »Ich hätte es mir nie verziehen …«

Valeria stellte die Tasse ab. Konnte es womöglich sein, dass sie sich tatsächlich in ihm getäuscht hatte? Es schien, als wäre er wirklich nicht das Monster, für das sie ihn hielt. Und sie selbst? Sie hatte nicht einmal nach ihm gefragt, wo er doch ebenfalls in diesem Wald und bei den Wölfen gewesen war. Nun stand er vor ihrer Tür und sorgte sich um ihr Wohlbefinden. Er machte sich Vorwürfe, dabei war sie es, die sich seiner Weisung widersetzt hatte. Benahm sich so eine feine Dame? Hatte sie es so gelernt?

Nein, sie durfte sich jetzt nicht beirren lassen! Selbst wenn er sich Sorgen machte, so änderte das nichts an ihrer Situation und seinem bisherigen Verhalten. Rein gar nichts. Sie musste die Wahrheit herausfinden.

Es klopfte an der Tür und Valeria bat einzutreten.

»Liam!«, stieß sie freudestrahlend aus und schlug sich gleich darauf die Hände vor den Mund. »Verzeiht, Doktor Callahan, ich bin wohl noch nicht ganz bei mir.«

Er lächelte.

»Ihr müsst Euch nicht entschuldigen. Bitte, nennt mich ruhig bei meinem Vornamen.«

Die Hitze stieg ihr in die Wangen und sie senkte den Blick.

»Nun, wenn Ihr mich auch Valeria nennt.«

Er nickte zustimmend und noch immer freundlich lächelnd.

»Ich wollte nach Eurem Knöchel schauen, wenn ich darf.«

»Sicher!« Sie stellte das Tablett beiseite und lüftete die Bettdecke.

Noch nie hatte ein Mann sie im Nachtgewand gesehen. Es reichte ihr lediglich bis über die Knie und war so weit ausgeschnitten, dass es ihm einen Blick auf ihr Dekolleté erlaubte.

Sie hob ihren Fuß an. Ihr Knöchel war leicht geschwollen und sie biss sich auf die Lippen, als Doktor Callahan begann ihn abzutasten.

»Ihr habt wirklich Glück gehabt, dass Ihr so glimpflich davongekommen seid«, murmelte er.

Sie konnte sich kaum auf seine Worte konzentrieren. Seine Berührung kribbelte auf ihrer Haut und dieses Kribbeln zog sich hoch bis in ihren Unterleib. Ihr Atem ging schneller und sie biss sich auf die Lippe, um sich nicht zu verraten.

»Ich hatte Glück, dass Ihr da wart, Liam.«

»In jedem Fall müsst Ihr Euch um Euren Knöchel keine Gedanken machen. Schont ihn eine Weile, dann heilt er von selbst.«

»Danke«, hauchte sie.

Sie spürte die Hitze in ihren Wangen. War sie rot geworden? Er durfte jetzt nicht aufschauen, sie nicht so sehen, wie sie mit rot angelaufenem Kopf und pochendem Herzen auf ihrem Bett saß und nicht wusste, was mit ihr geschah.

»Nichts zu danken.« Er zog ihr die Decke wieder über die Beine und richtete sich auf. »Ihr solltet etwas essen, das wird Euch gut tun.«

Sie nickte eifrig und sah zu dem Tablett hin, um seinen Blick zu meiden. »Ja, das werde ich.«

Er ging zur Tür und im ersten Moment war Valeria froh, dass er im Begriff war das Zimmer zu verlassen, bevor sie sich verraten konnte, doch dann packte sie ein plötzlicher Gedanke. Sie konnte ihn nicht einfach so ziehen lassen.

»Liam!«, rief sie ihm nach. »Haltet Ihr ... Haltet Ihr mich auch für ein Kind?«

Er lächelte und betrachtete sie eine Weile schweigend, bevor er Antwort gab. »Valeria, Ihr seid wahrlich die schönste Frau auf Gottes Erden. Wer Euch für ein Kind hält, muss blind sein.«

Er schloss die Tür und Valeria ließ sich rücklings aufs Bett fallen. Sie schlug sich die Hände vors Gesicht und atmete tief durch. Was war da mit ihr geschehen? Sie war doch nicht etwa ...? Sie konnte sich doch nicht ...? Nein, sie musste sich irren. Sicher war es nur die Aufregung. Mehr nicht.

***

Als Belltaine kam, um das Tablett wegzuräumen, stand Valeria am Fenster und lächelte gedankenversunken.

»Was strahlst du so?«, fragte ihre Freundin neugierig.

»Ich weiß nicht«, gab sie ehrlich zu. Eigentlich hatte sie wahrlich keinen Grund zur Freude und dennoch konnte sie das Lächeln nicht lassen.

Belltaine betrachtete sie eine Weile skeptisch.

»Ist es der Lord?«, fragte sie schließlich und grinste ihrerseits breit. »Du erwärmst dich langsam für ihn, oder? War er bei dir?«

»Um Gottes willen, nein!«, wies Valeria diese Vermutung so vehement von sich, als hätte Belltaine ihr gerade eine schlimme Sünde vorgeworfen.

»Was *nein*? Er war nicht hier oder du empfindest nichts für ihn?«

»Weder noch.«

Belltaine stellte die Teetasse wieder auf das Tablett und legte das Besteck neben den Teller, bevor sie es anhob und zur Tür lief.

»Und warum strahlst du dann so?«

Es war Liam, aber das konnte sie ihr nicht sagen. Schlichtweg, weil es nicht sein durfte, weil es nichts weiter war als eine naive Schwärmerei und sicher bald vorüber ginge. Er hatte sie gerettet und nun haftete ihm die Aura eines Helden an. So musste es sein.

»Nun?«, hakte Belltaine nach.

Valeria warf einen flüchtigen Blick zum Fenster. »Ein Vogel, nichts weiter. Ein Rotkehlchen, gleich hier auf der Fensterbank.«

»So spät im Jahr?«

Valeria stockte.

»Ja ... ja, das macht mir auch Sorgen. Weißt du was? Ich werde schauen, ob es in den Gärten Vogelhäuschen gibt. Die frische Luft wird mir guttun und den Vögeln werde ich ein paar Körner geben. Schließlich steht der Winter vor der Tür.«

Ohne Belltaines Reaktion abzuwarten, lief sie an ihr vorbei zur Tür und ließ ihre sichtlich überrumpelte Freundin zurück. »Danke!«, rief sie Belltaine noch zu, als sie das Zimmer schon verlassen hatte.

»Danke wofür?«

Sie gab keine Antwort mehr. Sie wusste gar nicht, warum sie das gesagt hatte, es war ihr einfach gerade in den Sinn gekommen. Wichtig war nur, dass sie von ihr weggekommen war. Belltaine kannte sie einfach zu gut und würde ganz schnell begreifen, was in ihr vorging.

Humpelnd lief Valeria den Gang entlang, auf der Suche nach dem Weg zu den Gärten. An einem Blumensockel blieb sie stehen und stützte sich daran ab, um ihren schmerzenden Knöchel zu entlasten, als sie Liam um die nächste Ecke biegen sah.

Das war ihre Gelegenheit. Sie würde ihn ansprechen, ein paar Worte mit ihm wechseln und bald schon hätte ihre Schwärmerei sich verflüchtigt – so hoffte sie.

»Liam!«, rief sie und lief ihm, so schnell ihr verletzter Fuß es ihr erlaubte, nach. Im nächsten Korridor angelangt war er aber schon nicht mehr zu sehen.

Hatte sie sich geirrt? Es war nicht mehr als eine Schattengestalt gewesen, die sie gesehen hatte, und womöglich hatte ihr Geist ihr einen Streich gespielt. Vielleicht war er aber auch in einem der Zimmer verschwunden. Tatsächlich war eine der Türen nur angelehnt und unter dem Türschlitz war eine Bewegung zu sehen.

»Li- ...«, begann Valeria und brach ab, als sie den Raum erblickte, in den sie getreten war.

Es war eine Bibliothek. Deckenhohe Regale erstreckten sich über die Wände, an einem davon lehnte eine Holzleiter und auf einem Tisch in der Mitte des Raumes stapelten sich aufgeschlagene Bücher und Schriftstücke. Eines der Fenster stand offen und der Wind ließ den Vorhang tänzeln. Das war wohl die Bewegung, die sie gesehen hatte. Sie war allein.

Sie rieb sich die frierenden Oberarme. Der Kamin war nicht entzündet worden. Warum aber sollte er auch? Die dicke Staubschicht auf den Büchern verriet, dass schon lange niemand mehr hier gewesen sein musste.

Dabei sah es wirklich gemütlich aus. Der offene Kamin lud geradezu dazu ein es sich davor bequem zu machen. Mächtig war er, mit einem breiten Sims und reichlichen Verzierungen. Vor ihm befand sich ein lederner Ohrensessel und daneben ein Beistelltisch, auf dem eine hübsche kleine Vase stand. Die Rosen darin waren allerdings längst verwelkt. Eigentlich waren nur noch die Stängel übrig. Die blutroten Blütenblätter lagen allesamt auf dem Tisch und waren ihrerseits schon von Staub bedeckt.

Als hätte man diesen Raum vor Jahren eilig verlassen und nie wieder betreten. So sah es hier aus.

Neben einer Anrichte lag sogar eine zerbrochene Whiskyflasche auf dem Boden. Niemand hatte sich die Mühe gemacht die Scherben aufzuheben.

Es roch nach kaltem Rauch, weil der Kamin nie gereinigt worden war. Aus der angehäuften Asche darin lugte ein bis zur Unkenntlichkeit verbranntes Stück Papier, das Valerias Aufmerksamkeit auf sich zog.

Sie trat näher an den Kamin heran und erkannte, dass es sich um ein Gemälde handelte. Um genau zu sein, war es nur die Hälfte davon. Der andere Teil lag auf dem Sessel und zeigte das Bildnis einer jungen Frau. Ihr Gesicht war ebenso unter Staub verschwunden, wie fast alles in diesem Raum.

Um die Bücher tat es Valeria leid. Zum Lesen waren sie da, um zu inspirieren, die Fantasie zu entfachen und Geister, Gedanken, Ideen zu wecken. Stattdessen standen sie hier, im Dunkeln und in der Stille. Verstaubten, gerieten in Vergessenheit.

»Was tut Ihr hier?«

Valeria wirbelte herum.

Westwood stand im Türrahmen und musterte sie mit versteinerter Miene. Als sie nicht gleich Antwort gab, lief er zum Fenster und schloss es.

»Ist es verboten?«, fragte sie schließlich in einem leicht schnippischen Tonfall.

»Verboten? Nein«, meinte er.

Sie lief zu einem der Regale und ließ ihre Finger über die Buchrücken gleiten. Mit den Lippen formte sie die Titel, die sie darauf las. Sie würde sich von ihm nicht einschüchtern lassen und auch nicht verscheuchen – nicht aus diesem Raum und auch nicht von dem Anwesen.

Sie erwartete, dass er ihr jeden Moment ihren Ausflug in den Wald vorhalten, sie tadeln würde wie ein kleines Kind, also ergriff sie das Wort, bevor er es tun konnte.

»Lest Ihr denn nie?«, fragte sie.

Sie blieb an einem schmalen Buch in blaugrünem Einband hängen. Es war nicht so verstaubt wie die anderen. Valeria lächelte, als sie den Titel las.

»Sinabell«, murmelte sie. »Ich liebe dieses Buch. Kennt Ihr es?«

»Ihr stellt viele Fragen.«

»Und Ihr weicht ihnen aus.«

Er schwieg.

Wehmütig strich Valeria über den Einband.

»Es handelt von Freiheit und Liebe«, meinte sie. »So abgegriffen, wie es ist, scheint es oft gelesen worden zu sein.«

Wortlos kam Westwood zu ihr, nahm ihr das Buch aus der Hand und stellte es wieder zurück.

»Mag sein. Hier gehen viele Menschen ein und aus. Doktor Callahan hat es das ein oder andere Mal gelesen, denke ich. Spielt das denn eine Rolle? Ihr solltet nicht hier sein, solltet solche Fragen nicht stellen.«

»Ich …«

Er ließ sie nicht ausreden. »Überall steckt Ihr Eure Nase rein. Es gibt Dinge, die haben Euch nicht zu interessieren. Habt Ihr das verstanden?«

»Soll ich mich denn den ganzen Tag in meinen Gemächern verkriechen, so wie Ihr es tut?«, wollte sie von ihm wissen.

»Wisst Ihr was? Ihr habt hier eine ganze Bibliothek voller Bücher. Lest sie alle, wenn es Euch danach verlangt. Aber verschont mich mit Euren Fragen.«

Valeria schnappte nach Luft und sah ihm empört nach, als er zügig zurück zum Eingang lief.

»Das werde ich vielleicht auch«, rief sie ihm zornig nach, da schlug er bereits die Tür zu. »Ach, schert Euch doch zum Teufel!«

Aus Trotz zog sie gleich mehrere Bücher aus dem Regal. Sie hatten es verdient Beachtung geschenkt zu bekommen, sie mussten gehegt und gepflegt werden, aber vor allen Dingen musste man sie lesen.

Zuletzt zog sie Sinabell aus den Reihen und schlug das Buch auf. Sofort verflog ihre Wut, als sie die Widmung las, die handschriftlich auf die Schmutzseite geschrieben worden war.

Für Jayden, meinen geliebten Sohn. Auf dass du durch diese Geschichte ein wenig deiner verlorenen Freiheit zurückgewinnst.

Aus vergang'ner Zeit

Valerias Hände ruhten auf den Griffen der Schranktür. Sie wusste, dass es ihr verboten war hier zu sein und dass dieses Verbot darauf abzielte sie von den Windlichtern fernzuhalten. Doch wenn sie die Wahrheit herausfinden wollte – und das musste sie –, hatte sie keine andere Wahl.

Sie öffnete den Schrank, nahm eines der Gläser heraus und ließ es fallen. Rauch erhob sich und nahm ihr die Sicht.

***

Jayden stieß die Mistgabel in den Kompost und wischte sich den Schweiß von der Stirn.

»Nicht schlappmachen!«, rief Tyran ihm zum.

In den fünf Jahren, in denen Jayden nun schon auf dem Westwood-Anwesen lebte, war der Stallbursche sein bester Freund geworden. Mit ihm verbrachte er die meiste Zeit, half bei der Arbeit auf dem Hof und in den Stallungen und tat eigentlich all das, was ein Stallbursche zu tun hatte, bloß dass er keinen Lohn dafür bekam. Ein Umstand, den Tyran ihm nur zu gerne unter die Nase rieb.

Jayden winkte ab und ließ ihn für einen Moment mit dem Umschichten des Kompostes allein. Er sah hinauf zum Fenster. Seine Mutter stand dort und beobachtete ihn. Viel zu selten bekam er sie zu Gesicht, denn Westwood duldete ihn nicht im Herrenhaus. Für einen Bastard hielt er ihn, dabei war Jaydens Vater ein ehrbarer Mann gewesen und die Ehe mit seiner Mutter vom König selbst abgesegnet. Das alles änderte aber nichts an der Meinung des Lords. Sein Zimmer hatte Jayden bei den Stallburschen im Stall. Und wenn er bei den Stallburschen aushalf, hatte er zumindest etwas zu tun.

Die Zeiten, in denen Jayden sich gegen die Behandlung, die ihm hier zuteil wurde, gewehrt hatte, waren längst vorbei. Schließlich hätte er es auch schlechter treffen können. Er hatte ein Dach über dem Kopf und immer genug zu essen. Was wollte man mehr?

Plötzlich traf ihn etwas im Genick. Er wirbelte herum und duckte sich, als Tyran ihm einen weiteren Pferdeapfel entgegen schleuderte.

»Na warte«, rief er lachend und stürzte voran.

Er warf sich auf seinen Freund und riss ihn von den Beinen. Beide rollten sie über den Mist und landeten auf dem Strohhaufen daneben. Über und über mit Stroh und Dreck bedeckt rauften sie weiter und versuchten sich gegenseitig Mist ins Gesicht zu schmieren.

Erst als Schritte zu hören waren, hielten sie inne.

Jayden befürchtete schon, es wäre der Hofverwalter, der ihnen für ihr Benehmen mit dem Rohrstock drohte, doch sie hatten Glück. Es war nur einer der anderen Stallburschen, der auf eine gerade auf dem Hof vorgefahrene Kutsche zulief, um die Pferde zu tränken.

Die beiden rafften sich auf und sahen weitere Kutschen vorfahren, aus denen Herren und Damen in feinem Zwirn ausstiegen. »Oh, es gibt wohl wieder einen Ball«, stellte Tyran fest.

»Meinst du?«, murmelte Jayden gedankenversunken.

»Na, schau doch die Kleider! Sitzen kann man in denen nicht.«

Jayden hörte kaum mehr zu. Sein Blick war an einer jungen Frau haftengeblieben.

Sie hatte Haar so schwarz wie das Gefieder eines Raben, Augen so strahlend wie der Himmel und einen Blick, der Jaydens Knie schlottern ließ. Ihre hohen Wangenknochen, ihr langer, schmaler Hals, alles erinnerte ihn an einen Schwan, als wäre sie die Göttin aller Vögel.

»Ich muss da rein«, murmelte er.

»Rein? Ins Haus? Spinnst du? Schau dich doch an!«

Jayden schubste Tyran ins Stroh und rappelte sich auf.

Es war ihm egal, was Westwood davon halten würde. Er musste dieses Mädchen unbedingt sehen – von nahem.

Grob rieb er sich den Dreck aus dem Gesicht und von den Kleidern und lief zum Hintereingang. Sich hinein zu schleichen war ein Leichtes für ihn. Er war häufiger im Haus, als es der Lord ahnte, nahm sich aus der Küche, was ihm beliebte, und beobachtete seine Mutter, wie sie Klavier spielte. Und manchmal, wenn er sicher sein konnte, dass der Lord eine längere Zeit aus dem Haus war, ging er auch zu ihr. Ihre Angst um ihn war aber so groß, dass er nie lange bei ihr blieb.

Der Lord war kein guter Mensch, peinigte seine Untergebenen und machte auch vor seiner Ehefrau nicht halt. Auch Jayden hatte er schon das ein oder andere Mal verdroschen – früher, als er noch unvorsichtiger gewesen war. So leichtfertig wie heute.

Er wusch sich Gesicht und Hände am Brunnen hinter dem Haus und ging hinein.

Schon von hier unten konnte er Musik hören. Der Lord hatte keine Mühen gescheut seine Gäste zu unterhalten. Es musste ein ganzes Orchester sein, das da spielte.

Jayden schlich sich an der Küche vorbei und schon stieg ihm der Geruch nach Feingebäck und Pudding in die Nase. Sein Magen knurrte, als er durch einen Spalt die gebratenen Fasane sah. Es herrschte reges Treiben in der Küche, so dass ihn keiner bemerkte, wie er an der Tür vorbei lief und die Treppe nach oben zum Foyer nahm.

Tyran hatte Recht gehabt. Es war eine Tanzgesellschaft. Im Foyer standen die Männer und Frauen in Grüppchen und unterhielten sich, aber oben, im großen Saal, da tanzten sie. Jayden bewegte sich durch die Schatten hinter den Säulen, lief so nahe wie möglich an die Treppe heran und dann dahinter, wo er sich wieder verstecken konnte.

Die Musik endete und die Gesellschaft applaudierte verhalten, bevor der Stab des Tanzmeisters auf den Boden pochte und das nächste Lied erklang.

Das Mädchen, das er gesehen hatte, war nicht hier unten. Vielleicht war sie bereits im Festsaal und ließ sich von einem jungen Adligen über die Tanzfläche wirbeln. So wie Jayden das sah, war hier niemand geringeren Standes als dem eines Barons. Lord Westwood umgab sich nicht gerne mit dem einfachen Volk. Sein Titel und Reichtum waren ihm das Wichtigste und Jaydens Mutter war für ihn nicht mehr als ein weiterer Juwel in seiner Sammlung an Schätzen.

»Jayden?«

Er wirbelte herum.

»Mutter!«

Unsicher sah sie sich um. »Wenn er dich hier sieht! Er wird dir alle Knochen brechen. Du musst verschwinden.« Sie nahm ihn bei der Hand und zog ihn mit sich.

Wieder an der Kellertür angelangt drückte sie ihn fest an sich und drängte ihn dann zur Treppe.

»Mutter, ich...«

»Sag nichts!« Tränen stiegen ihr in die Augen. »Oh, es tut mir so leid.«

Das sagte sie immer. Jedes Mal, wenn sie ihn sah, entschuldigte sie sich bei ihm für alles, was geschehen war, seit sie vor fünf Jahren hierher gekommen waren.

Er schüttelte den Kopf.

»Es ist nicht deine Schuld! ER ist das Monster!«

Sie fasste ihm ins Haar und strich ihm über die Wange.

»Du bist so erwachsen geworden. Isst du auch genug? Lernst du fleißig? Ich weiß, dass du hier keinen Lehrmeister hast, aber sicher wirst du das Buch erhalten haben, das ich...«

»Ja, ich habe es bekommen und gelesen! Ich habe es viele Male gelesen.«

Nun kannten ihre Tränen kein Halten mehr.

»Jetzt geh!«

Jayden nahm die erste Stufe nach unten, da packte ihn jemand am Arm. Er glaubte noch, es wäre seine Mutter, bevor sich die Hand fester um seinen Oberarm schraubte.

»Was wagst du dich hier hinauf?«, knurrte Westwood ihn an.

Jayden versuchte sich loszureißen.

»Lasst mich!«, verlangte er.

»Bitte, Liebster, lasst ihn gehen! Er ist doch schon im Begriff zu verschwinden.«

»Schweig!« Westwood schlug Jaydens Mutter mit der flachen Hand ins Gesicht. Sie fiel zu Boden und hielt sich die Wange.

»Du Dreckskerl«, schrie Jayden und wollte sich auf ihn stürzen, doch schon stieß Westwood ihn von sich.

Jayden stürzte die Treppe hinab und blieb unten liegen. Noch benebelt vom Schmerz hörte er, wie die Tür zugeschlagen wurde. Schatten legten sich über ihn.

Seine Glieder schmerzten. Er schmeckte Blut und spuckte es aus.

»Geht es dir gut?« Es war einer der Küchenjungen, der das Poltern gehört hatte und ihm auf die Beine half.

»Ich werde diesem miesen Aas den Kiefer brechen!«, knurrte Jayden.

Er wollte die Treppe wieder hinaufstürmen, doch der Junge hielt ihn davon ab.

»Lass es bleiben. Du fliegst nur wieder.«

Jayden knirschte mit den Zähnen. Er hatte ja Recht. Es nutzte alles nichts. Er konnte seiner Mutter nur helfen, wenn er sich von ihr fernhielt. Dann gab es zumindest einen Grund weniger sie zu schlagen.

Jayden riss sich von dem Küchenjungen los und rannte davon. Er lief zurück zu den Stallungen, zu den Pferden, die ihm stets freundlich gesinnt waren und nie widersprachen, egal wie irrwitzig seine Fantasien auch waren. Wie oft schon hatte er ihnen erzählt, was sich alles ändern würde, wenn er der Lord des Anwesens wäre, wie er seine Mutter von der Unterdrückung befreien und die Dienerschaft mit Achtung behandeln würde. Doch das waren alles bloß dumme Träume, denn irgendwann würde seine Mutter einen Erben zur Welt bringen und Jayden würde unter ihm dienen, so wie er jetzt unter Lord Westwood diente.

Wutentbrannt schlug er mit der Faust gegen das Tor, als er den Stall betrat. Einige der Pferde wieherten erschrocken auf und begannen unruhig zu tänzeln.

»Warum so zornig?«, hörte er jemanden fragen.

Da stand wer hinter einem der Pferde und es war niemand Geringeres als eben jenes Mädchen, das er gesucht hatte.

»Ihr?«, fragte er erstaunt.

»Hattest du jemand anderen erwartet, Bursche?«, lachte sie spöttisch.

Er schob seine Hände in die Hosentaschen. »Nein, ich wundere mich nur über den Zufall.«

Mit grazilen Schritten trat sie hinter dem Pferd hervor und legte den Striegel zur Seite, mit dem sie es gebürstet hatte. Ihr Kopf legte sich schief und sie schmunzelte.

»Vielleicht ist es ja gar kein Zufall, hast du einmal daran gedacht?«

»Ich glaube nicht an das Schicksal, falls Ihr darauf anspielt, Herrin.«

»Herrin? Ich bitte dich, du bist doch der Sohn einer Gräfin, ist es nicht so? Herrin musst du mich wahrlich nicht nennen.«

Unsicher warf er einen Blick nach draußen. Der Hof war verlassen und niemand konnte sie sehen oder hören.

»Woher wisst Ihr das?«

Schlendernd kam sie näher, streichelte dabei dem Pferd über die Nüstern und ließ ein charmantes Lächeln über ihre Lippen spielen.

»Du hast mich doch angestarrt, als ich hier ankam, hast mich mit deinem Blick beinahe durchbohrt. Kein einfacher Stallbursche würde es wagen eine Dame mit solchen Blicken zu belegen.«

Er sah von ihr weg.

»Verzeiht«, murmelte er. Es war ihm nicht bewusst gewesen, dass sie ihn bemerkt hatte. Nicht, dass es etwas geändert hätte. Selbst jetzt konnte er kaum seinen Blick von ihr wenden, wie hätte es ihm da bei ihrer ersten Begegnung gelingen können?

»Kein Grund sich zu entschuldigen.«

»Oh doch, Ihr seid so wunderhübsch. Ich konnte nicht umhin Euch immerzu anzusehen. Dabei verdient Ihr Besseres. Man sollte Euch würdevoller behandeln.«

»Es haben mich schon ganz andere Männer von ganz anderem Stand mit viel abscheulicheren Blicken begutachtet. Die Art, wie du mich angesehen hast, hat mir vielmehr geschmeichelt. Und daher bin ich hier, weil ich nach dir gesucht habe.«

Er sah sie nun doch an.

»Wegen eines Blickes?«

Sie lächelte.

»Und vielleicht auch ein wenig wegen dem Reiz des Verbotenen.« Sie flüsterte, als sie weiter sprach. »Meine Eltern würden mich den ganzen Sommer lang in mein Zimmer sperren, wüssten sie, dass ich hier bin.«

Er schüttelte den Kopf.

»Dann solltet Ihr gehen.«

Sie trat näher an ihn heran, ihr Lächeln wurde breiter und ganz ohne jede Vorwarnung küsste sie ihn.

Er war so überrascht, dass er im ersten Moment nur steif dastand und nicht begriff, was gerade geschah. Dann aber, als ihre Lippen sich von den seinen lösen wollten, zog er sie an sich heran und erwiderte den Kuss.

»Das ist ein Traum, oder?«, flüsterte er.

»Vielleicht.« Sie drehte sich von ihm weg und tanzte durch den Stall. »Und jetzt erzähl mir, was tut man so als Stallbursche den lieben langen Tag?«

Er grinste.

»Wer bist du?«, fragte er. »Kommst hierher, in einer goldbeschlagenen Kutsche, in Kleidern, die einer Königin würdig wären und küsst den Stallburschen, während im Herrenhaus Walzer getanzt wird?«

Sie wirbelte zu ihm herum und vollzog eine ausladende Verbeugung. »Miss Kiara von Northweyls, mein Herr.«

»Northweyls, das ist doch ...«

»Gleich hinter den Wäldern, ja. Wir sind sozusagen Nachbarn und unsere Familien sind seit vielen Jahren ...«

»Befreundet?«

Es grauste ihn davor, dass sie von seiner Familie sprach, wo er doch kein Westwood war und auch nie einer werden würde.

Sie schüttelte den Kopf.

»Nein, ganz gewiss nicht.« Sie sah sich belustigt um. »Feinde sind wir, du und ich.«

Er lachte. »Das erklärt alles.«

»Oh glaubst du, ich kam nur zu dir, um meine Eltern zu ärgern, eben weil unsere Familien seit Jahrhunderten schon im Zwist liegen? Vielleicht.«

»Wenn das so ist, will ich es dennoch nicht missen Euch kennengelernt zu haben.«

Sie kam wieder zu ihm und ergriff seine Hand.

»Das wundert mich nicht, ich bin nun wirklich nicht schlecht anzusehen. Was viel erstaunlicher ist, auch ich bereue es nicht.«

Er konnte kaum sagen, was von dem, das sie sprach und erzählte, im Scherz gesprochen war und was im Ernst, doch er saugte jedes Wort davon auf. Sie hatte viel mehr als nur ein hübsches Äußeres, sie faszinierte ihn mit jeder ihrer Facetten und mit jeder verstrichenen Minute ein kleines Stück mehr – und sie blieb lange.

Sie unterhielten sich über dies und jenes, über seinen Alltag und den ihren, über Pferde und über alte Legenden. Sie erzählte, dass ihre Familie die mächtigsten Magier des Landes hervor brachte und wie sich vor Jahrhunderten einmal der Lord von Westwood in eine ihrer Vorfahrinnen verliebte. Ihre tragische Liebe war schön wie auch traurig zugleich und Jayden hoffte insgeheim, dass auch Kiara und er eine ähnliche Bindung zueinander aufbauen würden.

»Sie reisen ab«, stellte Kiara erschrocken fest.

Sie hatten es sich im Heuboden gemütlich gemacht und so bemerkten die anderen Stallburschen die beiden nicht, als sie die Pferde holten, um eine der Kutschen anzuspannen.

Jayden sah aus dem Fenster. Es war schwarze Nacht. Der Mond stand hoch am Himmel und blaugraue Wolken zogen in Fetzen über den Sternenhimmel.

»Meine Eltern werden mich sicher schon suchen.«

Jayden zog sie an sich heran und küsste sie.

»Wir sehen uns doch wieder, oder?«

Sie schmunzelte.

»Vielleicht.«

»Sag so etwas nicht!«

Sie schüttelte den Kopf und verbarg ihr Gesicht, als ihre Wangen erröteten. Es war das erste Mal, seit sie ihm gegenüber getreten war, dass sie sich eine Blöße gab und das erste Mal, dass er sich sicher war, auch in ihr Gefühle geweckt zu haben, dass ihre gemeinsamen Stunden für sie mehr gewesen waren als nur ein Zeitvertreib.

»Ich muss jetzt gehen. Und alles, was zwischen uns geschehen ist und gesprochen wurde, bleibt ein Geheimnis, ja?«

»Zwischen dir und mir.«

Sie löste sich von ihm und kletterte die Leiter hinunter. Er sah ihr nach, wie sie hinaus auf den Hof lief, und erst, als auch ihr Schatten verschwunden war und Jayden nichts weiter blieb als ihr lieblicher Duft, warf er sich rücklings in das Heu und schloss die Augen.

Sie hatte alles von ihm genommen – allen Schmerz, alle Sorgen. Für diese eine Nacht war er frei.

***

Valeria sah auf das zerbrochene Glas vor ihren Füßen. Eben noch war Jaydens Erinnerung greifbar nah gewesen, dann aber kam ihr das Bild der Wirklichkeit in die Quere und die Kälte des fensterlosen Korridors fuhr ihr in die Knochen.

Er hatte also geliebt. Er war nicht immer so ein verbitterter Kerl gewesen. Natürlich war er das nicht, aber wie hatte es so weit kommen können? Hing es mit diesem Mädchen zusammen, mit seinen Gefühlen zu ihr? Etwas musste geschehen sein.

Vielleicht ... Vielleicht würde Valeria ihm ja helfen können, wenn sie verstand, was geschehen war. Hatte die junge Adlige ihm das Herz gebrochen, konnte die Antwort so einfach sein? Valeria nahm ein weiteres Windlicht in die Hand, zögerte aber es zu zerstören.

Westwood würde merken, wenn gleich mehrere von ihnen fehlten. Andererseits, was hatte sie schon zu verlieren? Sie ließ es fallen und wurde sogleich in den aufsteigenden Rauch gehüllt. Und mit ihm kamen Jaydens Erinnerungen und seine Gefühle und überschwemmten Valeria.

***

Jayden schrak hoch, als er ruckartig über den Heuboden gezerrt wurde. Es war Westwood, der halb die Leiter hoch gestiegen war, ihn am Knöchel packte und zu sich zog.

Jayden griff um sich, doch das lose Stroh bot ihm keinen Halt. Er wusste, dass der Mann keine Skrupel hatte, ihn von dem Heuboden herunter zu stoßen, so dass er die drei Meter hinunter auf den harten Steinboden fallen und sich dabei alle Knochen brechen würde.

»Lass mich los, verdammt«, schrie er und trat nach Westwood.

Der ließ sich aber nicht beirren. Er nahm eine weitere Sprosse nach oben und griff nach Jaydens Armen.

Westwood war betrunken. Der glasige Blick des Mannes war unverkennbar. Jayden stieg der Geruch von Whisky und Scotch in die Nase.

Noch nie hatte er ihn so erlebt, betrunken und voll hitzigem Zorn. Hatte er erfahren, was zwischen ihm und Kiara geschehen war? Wollte er ihm deswegen eine Lehre erteilen?

Westwood bekam Jaydens Unterarm zu packen und zog ihn zu sich heran.

»Du dreckiger Bastard!« Er spie ihm seinen feuchten, alkoholgetränkten Atem entgegen und schraubte seine Finger so fest um den Arm, dass Jayden vor Schmerz aufschrie.

Sich mit aller Kraft wehrend trat er nach Westwood und traf ihn an der Schulter. Der Mann knurrte wie ein geschlagener Hund und als er seinen Griff dabei etwas lockerte, gelang es Jayden sich los zu reißen.

Er fiel rücklings auf den Heuboden und schlug mit dem Hinterkopf auf. Auch Westwood verlor den Halt, doch statt zu stürzen, klammerte er sich an der Leiter fest, packte Jayden am Fußgelenk und zog ihn vom Heuboden.

Noch benommen vom Aufschlag hatte Westwood ihn schon halb über die Kante gezerrt, als es Jayden endlich gelang, seinen Sturz an einer der obersten Leitersprossen abzufangen.

Westwood sprang von der Leiter, packte ihn am Hemdkragen und zerrte ihn zu Boden. Sofort rollte Jayden sich zur Seite, als Westwood nach ihm trat. Er sprang auf die Beine und stolperte von dem Mann weg.

»Was willst du von mir, verflucht!«

»Das weißt du sehr genau!«, nuschelte Westwood und deutete mit dem Finger auf ihn.

»Du bist besoffen. Geh und schlaf deinen Rausch aus!«

Sofort besann er sich wieder. Es war besser, Westwood ließe seine Wut an ihm aus als an seiner Mutter.

Der Mann holte zum Schlag aus und Jayden sprang zur Seite, er lief an ihm vorbei und blieb zwischen Westwood und dem Ausgang stehen.

Er würde ihn nicht gehen lassen, nicht in diesem Zustand. Er musste ausweichen, bis Westwood müde wurde und das Interesse an diesem Spiel verlor.

Der Lord grinste abfällig.

»Ich werde dir deine Arroganz aus dem Leib prügeln«, drohte er.

»Versuch's doch!«

Westwood stürzte mit ausgebreiteten Armen voran. Jayden wich ihm aus, doch der Mann war schneller als gedacht. Er erwischte ihn am Arm und schleuderte Jayden mit solcher Wucht gegen die Wand, dass dem Jungen für einen Moment schwarz vor Augen wurde.

Kaum kehrten seine Sinne wieder zurück, bemerkte er, dass Westwood ihn am Hals gepackt hatte und ihm die Kehle zudrückte. Mit Leichtigkeit hob er Jayden in die Höhe, so dass dieser verzweifelt mit den Füßen nach Halt fischen musste. Er schlug mehrmals mit aller Kraft gegen Westwoods Arme, gegen die Hände – vergebens.

»Ich hätte mich deiner entledigen sollen, gleich an dem Tag, als deine Mutter dich anschleppte!«

Westwoods Finger schraubten sich fester um seine Kehle. Tränen füllten Jaydens Augen und nahmen ihm die Sicht.

Längst hatte er nicht mehr die Kraft sich zu wehren. Seine Glieder hingen schlaff an ihm herunter. Er spürte, wie seine Finger krampfhaft zuckten, doch daran hatte er keinen Anteil mehr, auch was Westwood weiter zu ihm sprach, bekam er kaum noch mit.

»Andererseits ...« Er ließ Jayden los.

Wie ein Sack Getreide fiel er zu Boden und schnappte nach Luft. Vergebens versuchte er sich hoch zu stemmen.

»Wie einen Köter ertränken sollte ich dich.« Er verpasste Jayden einen Tritt in den Unterleib. »Es ist allein deine Schuld! Wegen dir ist sie jetzt tot! Hörst du? Sie ist tot!«

Er packte Jayden am Schopf, zerrte ihn an seinen Haaren über den staubigen Stallboden bis in eine leere Pferdebox, warf ihn dort hinein und zog das Tor hinter ihm zu.

»Ein paar Tage ohne Wasser und Brot werden dich Demut lehren! Und dann wirst du lernen, was es bedeutet ein Westwood zu sein.«

Er war kein Westwood, er wollte nie einer sein oder lernen, wie er sich als solcher zu benehmen hatte.

Während er so da lag, im Stroh, eingesperrt wie das Tier, für das Westwood ihn hielt, drehten sich seine Gedanken alleine um Kiara.

Hatten ihre Eltern sie dabei ertappt, wie sie den Stall verlassen hatte, oder war Westwood es gewesen, der von ihnen erfahren hatte? Doch woher? Woher konnte er es wissen? Und womit hatte sie es verdient zu sterben?

Tränen rannen Jayden über den Nasenrücken und brannten ihm in seinen Augenwinkeln.

Lange lag er so da, regte sich nicht, lauschte nur dem pochenden Schmerz, der seinen Körper lähmte, und kämpfte mit der Wut, die ihn beben ließ.

***

Das Bild vor Valerias Augen klarte auf, Jaydens Erinnerungen verschwammen. Es half nichts zu versuchen sich daran fest zu halten. Mehr gab der Zauber des einen Windlichts nicht her. Sie wollte aber mehr erfahren, sie musste wissen, was danach geschehen war. Doch der Rauch hatte sich verzogen und das Licht war erloschen.

Noch ein Glas, eine Erinnerung. Sie redete sich ein, dass das ausreichen würde, ihr damit alle Fragen beantwortet würden und es war doch auch so einfach. Sie musste nur die Hand ausstrecken und ein weiteres Windlicht aus dem Schrank ziehen. Und genau das tat sie auch.

***

»Jayden?« Es war Tyran, der seinen Namen flüsterte. »Hör zu, du musst von hier verschwinden. Wir sind uns alle einig, dass er dich umbringen wird, wenn er wieder zu sich kommt. Jetzt gerade schläft er seinen Rausch aus, also ist das deine Gelegenheit abzuhauen.« Er zog den Riegel auf, der die Pferdebox verschloss. »Komm schon! Steh auf.«

Mühsam stemmte Jayden sich hoch.

»Wie lange bin ich schon hier?«, fragte er mit krächzender Stimme und rieb sich den schmerzenden Kehlkopf.

»Weiß nicht, ein paar Stunden. Jetzt beweg dich, verflucht!«

»Ich kann nicht«, murmelte er.

»Was heißt, du kannst nicht?« Er schob die Tür weiter auf und zog Jayden auf die Beine.

»Meine Mutter.«

Entgeistert starrte Tyran ihn an.

»Jayden, sie ist ... Sie ist tot.«

Wie ein Schwert bohrten sich die Worte in sein Herz. Die Knie knickten ihm weg und er sackte in sich zusammen.

»Nein«, hauchte er. Es war nicht Kiara, von der Westwood gesprochen hatte. Es war seine Mutter gewesen. »Das kann nicht sein.«

»Du wirst jetzt von hier verschwinden, verstanden?« Tyran packte ihn am Arm, zwang ihn wieder aufzustehen und zog ihn mit sich. »Wir dürfen keine Zeit verlieren. Wenn er uns erwischt, sind wir beide dran.«

Er spähte aus der Tür, um sicher zu gehen, dass die Luft rein war. »Niemand zu sehen. Nimm den Weg durch den Wald und halte dich von den Dörfern fern, bis du Westwood hinter dir gelassen hast.« Er packte Jayden bei den Schultern. »Ich mag dich. Du bist ein guter Kerl. Pass auf dich auf.«

Er wollte Jayden aus dem Stall schieben, doch der wehrte sich.

»Wie ist sie gestorben?«, wollte er wissen.

Tyran sah zum Herrenhaus.

»Ist gesprungen ...«

Noch eine Weile sah er zum Anwesen der Westwoods und schließlich folgte Jayden seinem Blick. Das Fenster, hinter dem er sie am Vortag noch hatte stehen sehen, war mit Brettern vernagelt.

»Jetzt geh!« Tyran schubste ihn auf den Hof.

Einen Moment zögerte er noch, dann rannte er los. Er lief über den Vorplatz des Anwesens, in den angrenzenden Wald und sah nicht mehr zurück. Er drehte sich nicht um, bis er tief in den dunklen Forst hinein gelaufen war, bis seine Lungen brannten und seine Füße schmerzten. Er sah nicht zurück, bis ihm viele Stunden später die Kräfte schwanden und er erschöpft an einen Baum gelehnt zu Boden sank. Dabei hatte er keine Zeit sich auszuruhen. Auch wenn er den ganzen Tag schon gelaufen war und die Dunkelheit der hereinbrechenden Nacht ihm kaum erlaubte etwas zu erkennen, wusste er doch, dass er das Land des Lords noch längst nicht hinter sich gelassen hatte. Westwood würde ihm die Hunde auf den Hals hetzen oder Schlimmeres, wenn ihm erst einmal klar geworden wäre, dass Jayden weg war. Niemals würde er ihn einfach so ziehen lassen.

Er musste raus aus dem Wald, doch der war schier endlos. Schwerfällig raffte er sich auf und stolperte weiter voran, da hörte er es im Unterholz knacksen. Ratten? Ein Fuchs vielleicht? Er lief schneller, schlug sich durch dichtes Gestrüpp, schlitterte einen Hügel hinab und lief weiter.

Er war nicht allein. Jemand folgte ihm und es war sicher kein Fuchs. Die Hunde? Nein, die würden kläffen wie wild. Er hörte das Trampeln von Pfoten auf dem Waldboden, das Rascheln im Laub und gehetzten Atem. Wölfe.

Ein Schatten huschte an ihm vorbei. Er wirbelte herum, lief in eine andere Richtung weiter, doch sie hatten ihn bereits eingeholt. Wieder ein Schatten, diesmal so nah bei Jayden, dass er ihn ins Straucheln brachte.

Er stürzte und riss sich schützend die Arme vors Gesicht, als einer der Wölfe sich auf ihn stürzte. Ein zweiter warf sich seitlich gegen das Tier und beide schlugen sie neben ihm auf. Sie kämpften um ihre Beute, als ein dritter sich ihm von vorne näherte. Jayden versuchte noch von ihm weg zu robben, da stürzte das Tier schon auf ihn zu und packte ihn am Bein.

Er schrie vor Schmerz auf, als die Fangzähne der Bestie sich tief in sein Fleisch bohrten.

Erwacht die Liebe

Valeria schrie, ihr Atem hetzte und sie brauchte lange, um zu begreifen, wo sie war.

Vor ihren Füßen lag das zersplitterte Glas der Windlichter und letzte Rauchschwaden erhoben sich von den erloschenen Kerzen.

Sie musste hier fort, raus und an die frische Luft. Die Kehle schnürte sich ihr zu bei dem Gedanken an Jaydens Stiefvater und an das, was dieser ihm und seiner Mutter angetan hatte.

Sie stolperte von dem Schrank weg, ließ die Scherben liegen, ohne einen Gedanken daran zu verschwenden, dass sie sie verraten würden und lief den Korridor entlang, zurück zum Ausgang. Gerade als sie nach der Klinke greifen wollte, wurde die Tür aufgerissen.

»Liam!«

Er sah sie ernst, ja beinahe enttäuscht an. Sie blickte ihm direkt in seine tiefblauen Augen. Tränen stiegen in ihr auf.

»Ich wollte nicht …«, versuchte sie sich zu verteidigen, doch wie hätte sie das können? Was sie getan hatte, war falsch. Sie schämte sich dafür und noch mehr, nun, da er sie auf frischer Tat ertappt hatte. Ausgerechnet er, dem sie ihr Leben verdankte und den sie um keinen Preis enttäuschen wollte. Hasste er sie jetzt dafür? Er war der einzige Mensch in diesem Herrenhaus, der sie von Anfang an freundlich und zuvorkommend behandelt hatte. Sie würde es nicht ertragen können seine Freundschaft zu verlieren.

»Ihr wolltet sehr wohl, Ihr wusstest nur nicht, was Euch erwarten würde und erst recht nicht, was es für ihn bedeutet.«

Er sah von ihr weg, als würde er ihren Blick meiden, sich für sie und das, was sie getan hatte, schämen. Valerias Hand zitterte. Zu gerne hätte sie ihre Finger nach ihm ausgestreckt, ihn am Arm berührt und um Verzeihung gebeten. Aber sie wagte es nicht.

»Ich hätte das nicht tun sollen, ich weiß«, sagte sie schließlich. »Doch nach allem, was geschehen ist ... ich ...«

Liam kannte Jayden besser als sie. Er musste doch verstehen, was sie durchmachte.

»Warum glaubt Ihr, bedient er sich der Magie, um seine Erinnerungen einzufangen? Ganz sicher nicht, damit Ihr sie wieder freilasst.«

Sie warf einen Blick zurück zu den Windlichtern.

»Frei? Was meint Ihr damit?«

»Er sperrt sie weg, die Erinnerungen, die Gefühle.« Seine Stimme war ruhig und die Art, wie er über Jayden sprach, einfühlsam und voller Verständnis. Wusste der Lord von Westwood überhaupt, was für einen treuen Vertrauten er hatte? Wie gütig Liam war? Selbst auf Valeria war er nicht wirklich wütend, obwohl sie einen Fehler gemacht hatte. Wenn Jayden doch nur ein wenig etwas von ihm hätte, dann würde Valeria ihn mit ganz anderen Augen betrachten. »Zerstört man ein Glas, fallen sie über ihn her, wie ...«

»Wölfe«, murmelte sie.

Sie senkte den Blick und biss sich auf die Unterlippe. Sie hatte ja keine Ahnung gehabt, dass in ihm seine Erinnerungen wachgerufen wurden, wenn die Windlichter zu Bruch gingen.

»Er redet ja nicht mit mir«, verteidigte sie sich.

»Kommt jetzt, vergessen wir, was geschehen ist.«

Er deutete nach vorne, doch Valeria zögerte. Sie wusste, dass das längst nicht alles war. Die Familie Westwood barg noch viel größere Geheimnisse und alle waren sie dort hinten zu finden. Das, was Jaydens Herz zu Stein hatte werden lassen, wurzelte auf viel tieferem Grund.

Auffordernd hielt Liam ihr die Hand hin und schließlich legte sie die ihre darauf. Ein Kribbeln zog sich ihr durch den Unterleib, als sie die Wärme seiner Haut spürte. Er sah sie lächelnd an, durch Augen, die so viel Güte, so viel Wärme innehatten, dass Valeria ihm ohne zu zögern überall hin gefolgt wäre.

Schnell schüttelte sie diesen Gedanken wieder ab. Sie war nur froh, dass er ihr verzieh. Denn sie hätte es sich ihrerseits nie verziehen ihn zu kränken.

Liam führte sie zurück zur großen Eingangshalle. Düster war es hier im Vergleich zu der Zeit, als der alte Lord noch Herr des Anwesens gewesen war.

Es fehlte sicher nicht viel, um aus dem Herrenhaus ein vorzeigbares Heim zu machen, ein Ort, an dem Valeria mit Stolz ihre Familie empfangen könnte. Vielleicht würden ein paar Blumen und Vorhänge die Schatten der Vergangenheit vertreiben können – Schatten, die schwer auf dem Rücken jenes Mannes ruhten, mit dem sie womöglich den Rest ihres Lebens verbringen musste.

»Der König ...«, begann sie zögerlich eine Frage zu formulieren.

»Er wird seine Meinung sicher nicht ändern, falls Ihr Euch das erhofft. Der junge Lord schrieb ihm im Zorn, doch das wird ihn wohl kaum schrecken. In ein oder zwei Tagen wird seine Antwort eintreffen und es wäre gut, wenn Ihr es Euch bis dahin nicht völlig mit ihm verscherzt.«

»Ist er sehr wütend?«, fragte sie weiter.

»Er? Wütend? Nein.«

»Aber er hat Euch geschickt mir Einhalt zu gebieten.«

Nun hielt Liam sie sicher doch für ein Kind. Unsicher rieb sie sich den Arm. Sie wagte es nicht mehr ihn direkt anzusehen.

»Das hat er nicht. Als ich ihn sah, war mir klar, was Ihr getan hattet. Wie hätte es auch nicht? Es ist ... es spielt auch keine Rolle.«

Er nickte nach vorne zu der Tür des großen Festsaals. Sie war nur angelehnt und ein flackernder Lichtstreifen zog sich über den Boden der Galerie bis hin zu Liam und Valeria. Dem Flackern der Kerzen folgte eine leise Melodie, die Valeria anlockte.

Es war Jayden, der am Klavier saß und ein trauriges Lied spielte. Völlig in Gedanken versunken bemerkte er sie nicht, wie sie durch die Tür lugte und ihn beobachtete.

Sie hatte den Jungen von damals erlebt, doch das, was er heute war, glich ihm in keiner Weise. Konnte Valeria die richtige Frau sein, um ihm zurückzugeben, was er verloren hatte? Die Liebe, die er für seine Mutter empfand und die sein Herz höher schlagen ließ, als er Kiara kennengelernt hatte, war weg gesperrt und dort am Klavier saß bloß noch eine leere Hülle.

Valeria konnte ihm unmöglich geben, was er brauchte. Sie sah zu Liam. Ihr Herz schlug schneller, doch es schlug nicht für den Mann hinter dieser Tür.

***

Valeria rannte die wuchernden Hecken entlang. Ihr Atem zeichnete sich in Wolken vor ihr ab und ihre Wangen waren gerötet von der kalten Herbstluft, die in heftigen Böen durch die Gärten fegte.

»Fangt mich doch!«, rief sie und verschwand hinter dem nächsten Baum.

Einst war hier ein gepflegtes Labyrinth aus Buchsbäumen und Rosenbüschen gewesen, doch Jahre der Vernachlässigung hatten daraus einen wilden Hain gemacht, in dem Unkraut neben den schönsten Blumen blühte.

Sie spähte um die Ecke. Liam war nicht mehr zu sehen. Ein Lächeln huschte ihr über die Lippen, sie wirbelte herum, da stand er plötzlich vor ihr und ihr Herz machte einen Satz.

»Gefangen.«

Ihr Lächeln wurde breiter. »Noch nicht ganz!«

Sie duckte sich unter seinem Arm hindurch und wollte zu den Kirschbäumen rennen, da packte er sie an der Hüfte und hielt sie fest. Wie jedes Mal, wenn er sie berührte, kribbelte ihr ganzer Körper. Beinahe fiebrig fühlte sie sich und das war nichts, was sie so einfach hätte abtun können, nichts, was noch als Schwärmerei durchging.

»Ihr seid nicht schnell genug, meine Liebe!«, sagte er in diesem verspielten, herzerwärmend freundlichen Ton, den sie an ihm so liebte.

Sie kicherte und wehrte sich zaghaft gegen seinen Griff.

»Lasst mich los, Unhold«, rief sie lachend und befreite sich von ihm, doch er hielt sie weiter am Handgelenk fest, so dass sie nicht wieder davon laufen konnte.

»So schnell entkommt Ihr mir nicht, schließlich ist es meine Pflicht Euch zu beschützen.«

»Beschützen?« Sie trat näher an ihn heran.

»Ich bin Arzt, habt Ihr das vergessen?«, fragte er. »Es ist bitterkalt hier draußen und ihr könntet Euch schnell verkühlen. Es gehört zu meinen Aufgaben genau so etwas zu verhindern.«

Sie lächelte verlegen. Vor Wölfen hatte er sie beschützt, da war eine kleine Erkältung nichts dagegen.

»Etwas kühle Luft hat noch niemanden ins Grab gebracht«, behauptete sie keck und funkelte ihn herausfordernd an.

Zu ihrer Enttäuschung ließ er sich aber auf keinen Schlagabtausch ein, sondern ließ ihre Hand los.

»Wie ich bereits sagte, ist das Mittagsmahl angerichtet. Ihr solltet Euren Verlobten nicht warten lassen.«

Ihr Lächeln erstarb.

Gestern war der Brief des Königs gekommen. Sie hatte Jayden fluchen hören. Binnen eines Monats sollte die Ehe geschlossen werden, wenn es keine ernstzunehmenden Gründe gäbe, die dagegen sprächen.

Das, was Valeria für Liam empfand, war ein solcher Grund. Sie hatte es zuerst nicht wahr haben wollen, aber zwischen ihnen beiden war mehr als nur Freundschaft. Zumindest sah sie das so, doch ob er dasselbe für sie fühlte, war fraglich, und zudem würde es ihren Ruf und den ihrer Familie zerstören, offenbarte sie ihre Gefühle. Das konnte sie ihren Eltern nicht antun. Und doch wünschte sie sich, Liam würde eines Tages vor ihr stehen, ihr seine Liebe gestehen und sie mit sich nehmen. Sie würden alles hinter sich lassen – dieses Anwesen, all ihre Verpflichtungen und die Zwänge, die ihnen auferlegt waren. Doch das waren bloß Träume. Mehr nicht.

»Liam, sagt mir, was habt Ihr den lieben langen Tag noch zu tun, außer mich vor dem Wind zu beschützen und mir mitzuteilen, wann es Zeit wird zu speisen?«

»Oh, diese Aufgabe kostet schon einen großen Teil meiner Zeit. Da bleibt nicht mehr viel für andere Pflichten.«

»Lasst die Scherze!«

Er schmunzelte. Sie ergriff seine Hand und zog ihn mit sich tiefer in den Garten hinein.

»Erzählt mir von all Euren anderen Verpflichtungen! Der Lord kann warten.«

Sie wollte ihn nicht einfach gehen lassen, wo er sich für ihren Geschmack doch so selten blicken ließ. Immer dann, wenn sie ihn sah, hatte er ein

Lächeln und aufmunternde Worte für sie parat. Wenn sie etwas erzählte, hörte er ihr zu, scherzte mit ihr, diskutierte oder sie stellten fest, dass sie einer Meinung waren. Es war ganz anders als die alltäglichen Essen mit Jayden, der sich überhaupt nicht für sie interessierte. Mehr noch, er wollte sie überhaupt nicht in seiner Nähe haben.

»Bitte, Valeria, lasst mich Euch das ein anderes Mal erzählen.«

Enttäuscht schürzte sie die Lippen. »Na gut, aber ich werte das als Versprechen.«

Er nickte und deutete zum Herrenhaus.

Valeria seufzte schwer, als ihr Blick seiner Geste folgte. Wie zu oft war auch heute die Zeit, die sie mit Liam verbracht hatte, die einzige am Tag, in der sie ungeniert lachen und sogar für einen Moment vergessen konnte, was sie hinter diesen düsteren Mauern erwartete.

Während sie den Weg zurück nahmen, sah sie sich noch einmal um. Ein Rosengarten war das hier einmal gewesen. So schön hätte er heute aussehen können, so voller Leben und Farben.

»Wisst Ihr, Liam, wenn man einen Gärtner einstellen würde, könnte man aus diesem wilden Hain einen richtig schicken Garten machen.«

»Das solltet Ihr nicht mir vorschlagen, sondern Lord Westwood.«

Da hatte er natürlich Recht. Wie so oft. Am Ende lag es doch nur an ihr – an ihr allein.

»Das werde ich auch«, antwortete sie entschlossen.

***

Valeria rührte lustlos in ihrer Ochsenschwanzsuppe, die ihr zum Mittagessen serviert worden war. Es war so erdrückend still im Speisesaal, dass es sie in den Fingern juckte aufzuspringen und ihren Teller gegen die Wand zu feuern, nur um überhaupt irgendein Geräusch zu hören.

Natürlich tat sie das nicht. Sie ertrug Jaydens eisernes Schweigen und ignorierte den Drang ihm dafür eine Ohrfeige zu verpassen. Schließlich hatte sie es nicht anders verdient, wo sie es doch war, die sich nicht an die Regeln hatte halten können.

»Es wäre wohl angebracht einen Ball zu geben«, meinte sie zögerlich. »Es würde aufkommenden Gerüchten Einhalt gebieten.«

Er sah nicht von seinem Teller auf, als er nachfragte. »Welche Gerüchte?«

»Nun ja … Eben dass einer von uns oder wir beide unzufrieden mit der Entscheidung des Königs wären, dass wir uns verstecken oder etwas zu verbergen hätten.«

»Und das soll uns scheren?«

Ungerührt löffelte er weiter seine Suppe.

»Mich schert es schon!«, antwortete sie in grellem Tonfall.

Er schmunzelte. Wahrscheinlich dachte er, sie würde es nicht sehen, doch es entging ihr nicht, dass ihn ihre Erregung amüsierte.

Schließlich sah er doch auf. Er wirkte nicht wütend, wie sie es erwartet hätte. Sie erkannte sogar den Jungen von vor zehn Jahren in seinen Zügen.

»Valeria, Ihr seid bald Herrin von Westwood. Tut, was Euch beliebt. Gebt Bälle oder Jagdgesellschaften, spielt Pool im Garten, wenn es Euch gefällig ist.«

»Das heißt, ich darf?«

Er deutete eine Verbeugung an.

»Ihr habt freie Hand. Nur …«

»Ich weiß, abends meine Gemächer nicht verlassen und vom Ostflügel fernhalten.«

Er nickte und widmete sich wieder seiner Suppe.

***

Valeria lief schnellen Schrittes zu ihren Gemächern. Belltaine war gerade dabei die Kissen aufzuschütteln und sah Valeria verdutzt an, als sie geradewegs an ihr vorbei zum Kleiderschrank lief und die Türen aufriss.

»Mach dich ausgehfein, Belltaine. Und lass eine Kutsche vorfahren. Wir fahren in die Stadt.«

Sie nahm Schoßjacke, Hut und Überrock heraus und warf alles auf ihr Bett. Sie war so aufgeregt, wie sie es sonst nur von ihren Geburtstagen her kannte, wenn sie mit ihrer Mutter gemeinsam in die Stadt fuhr und kaufen durfte, was immer ihr beliebte. Sicher, es war nur eine kleine Stadt in einer kleinen Grafschaft und nicht zu vergleichen mit Waterport, doch es war ihr Volk, es waren die Bewohner ihrer Grafschaft und sie freute sich sehr darauf sie kennenzulernen.

Während Belltaine dem Kutscher Nachricht gab, saß Valeria vor dem Spiegel und drapierte die Hutnadeln in ihrem Haar.

Sie hatte nicht vor dick aufzutragen. Sie wusste ja, dass sie es mit einfachen Leuten zu tun hatte. Das schlichte braune Kleid, das sie trug, und der mit Wolfspelz gefütterte Überwurf sollten genügen. Sie verzichtete auf Schmuck und Puder, zog nur ihren Lippenstift nach und zwängte sich dann in den Schoßrock, als Belltaine bereits zurückkehrte.

»Die Kutsche wartet«, verkündete sie.

»Sehr schön.«

Valeria hakte sich bei ihrer Freundin ein und zog sie mit sich.

»Und jetzt erzähl schon, warum wir in die Stadt fahren und worüber du dich so freust.«

Valeria grinste.

»Wir werden einen Ball geben! Und dafür müssen wir viele Vorbereitungen treffen. Wir laden alle ein. Deine Eltern und meine, jeden Adligen im Umland und natürlich die Königsfamilie«, erklärte sie ihr, während sie die Galerie entlang liefen und die Treppe nach unten nahmen.

»Der König wird aber sicher nicht kommen«, lachte Belltaine.

»Ach, das spielt doch keine Rolle. Es geht nur um die Geste.«

»Ja, das stimmt, oh und wie unsere Eltern staunen werden!«

Belltaine stieß die Haustür auf. Eine offene Kutsche, mit zwei Pferden davor gespannt, wartete bereits auf sie.

»Staunen? Schau dich doch um! Es sieht grausig aus. Glaube mir, wir haben noch viel zu tun.«

Belltaine stieg in die Kutsche und wandte sich dem Herrenhaus zu.

»Ein wenig ungepflegt ist es schon.«

Valerias Grinsen wurde breiter.

»Keine Sorge, Lord Westwood hat mir freie Hand gegeben.«

Belltaine täuschte einen Schockzustand vor und sank in den Sitz. »Aber weiß er, worauf er sich da einlässt?«

Der Kutscher ließ die Peitsche knallen und die Pferde zogen an.

»Wohin, meine Damen?«, fragte der Mann.

»Nach …« Valeria überlegte. »Wie heißt die größte Stadt hier im Umkreis?«

»Wolfsend, Ma'am.«

»Dann auf nach Wolfsend!«

Die Kutsche verließ den Hof und polterte über einen steinigen Feldweg. Das Land der Grafschaft war weitläufig und unberührt. Nebel lag über brachliegenden Feldern und hier und dort erhoben sich kleine Baumgruppen aus dem weißen Dunst.

»Was meinst du? Wie viele Einwohner hat die Grafschaft Westwood?«

»Es sind nicht mehr als 30.000, Ma'am«, meldete der Kutscher sich zu Wort.

»Oh, das ist …« Valeria wusste nicht recht, was sie davon halten sollte. Allein in ihrer Heimatstadt gab es schon beinahe so viele Menschen und die war ein Dorf im Vergleich zu Waterport.

»Nicht viel«, ergänzte Belltaine.

»Ihr seid hier auf dem Lande, meine Damen. In einer der äußeren Grafschaften des Königreichs. Mehr als ein paar kleine Höfe, Dörfer und Städtchen sind hier nicht zu finden. Ganz besonders nicht hier, in Westwood.«

Die letzten Worte sagte er mit einem so unheilvollen Ton, dass es Valeria kalt den Rücken hinunter lief. Bei all ihrer Vorfreude hatte sie beinahe vergessen, was man über dieses Land sagte, dass es verflucht sei und sein Herrscher mit ihm.

»Dort vorne liegt Wolfsend, wir sind gleich da.«

Valeria folgte dem Blick des Kutschers. Das, was sie sah, war nicht mehr als ein paar an einen Hügel geschmiegte Holzverschläge. Mehr ein Dorf als eine Stadt. Heruntergekommen, ausgestorben.

»Bringt … bringt uns zu den Läden, dorthin, wo man einkaufen kann«, bat Valeria und ahnte schon, wie die Antwort ausfallen würde.

»Einen Krämer gibt es, wenn Ihr das meint.«

Bei dem Anblick, der sich vor ihr auftat, wunderte es sie nicht, dass es hier nicht mehr als einen Laden gab.

»Ja, dorthin bitte.«

Die Kutsche fuhr über das, was wohl die Hauptstraße war, aber eher an einen unbefestigten Feldweg erinnerte, in die Stadt. Die Menschen sahen mit wenig Interesse dabei zu, wie die zwei jungen Damen ausstiegen und mit ihren feinen Schuhen im Dreck versanken.

Der Krämerladen hatte keine Schaufenster oder sonstige Auslagen. Auf einem an einer rostigen Kette baumelnden Holzschild stand irgendein Name, der zu verblichen war, um ihn noch lesen zu können, und über der halb verglasten Tür hing eine Glocke, die wohl ertönen würde, wenn sie einträten.

Belltaine lugte missmutig durch das staubige Glas ins Innere, während Valeria sich umsah.

»Verzeihung?«, rief sie einer älteren Dame zu.

Die Frau sah sie nur skeptisch an, zerkaute dabei gemächlich etwas und spuckte schließlich eine grünliche Masse auf den Boden, als Valeria näher kam.

Ihre verfilzten Haare und das verdreckte Gesicht wie auch die einfachen verschlissenen Kleider machten Valeria auf erschreckende Weise deutlich, wie arm die Menschen hier waren.

»Du bist das hübsche Fräulein, das Lord Westwood heiraten soll, was?«, fragte sie.

»Ja, die bin ich.«

»Nicht oft auf dem Land gewesen bisher, was?« Sie sah auf Valerias Schuhe.

Valerie lächelte verlegen. »Nein, ich bin ein Stadtkind.«

Die Alte musterte die junge Frau skeptisch und auch die anderen Dorfbewohner kamen nun näher.

»Hübsches Kind. Womit der junge Lord das verdient hat, frage ich mich.« Wieder spuckte die Frau Rotz auf den Boden. Sie kam noch ein Stück näher, so nah, dass Valeria sich nach hinten lehnte. »Geh heim, Kind. Ist besser so.«

Die Frau machte ihr Angst und wäre sie Valeria vor ein paar Tagen begegnet, hätte sie sich ganz sicher von ihren Worten beeindrucken lassen.

»Lord Westwood ist ein guter Mann«, entgegnete sie. »Ich habe mit ihm ein gutes Los getroffen.«

»Pah!«, stieß die Frau aus und spuckte wieder auf den Boden. »Naives kleines Ding.«

Valeria ließ sich nicht beirren.

»Ich bin gekommen, weil ich Arbeit zu vergeben habe. Das Westwood-Anwesen ist in keinem guten Zustand und wir können tatkräftige Männer und Frauen brauchen, die sich nicht scheuen mit anzupacken.«

»Soll es doch zu Staub zerfallen!«, rief ein Mann von der anderen Straßenseite.

Valeria sah sich flüchtig um und blieb dann mit dem Blick an ihm hängen. Sie hatte ihn erst nicht erkannt, doch beim zweiten Hinschauen wurde ihr klar, dass es Tyran war, der Stallbursche und ehemals beste Freund von Jayden. Sie war drauf und dran ihn mit Namen anzusprechen, besann sich dann aber wieder. Natürlich würde er nicht verstehen, woher sie ihn kannte.

»Bitte, denkt darüber nach«, sprach sie so laut, dass alle sie verstehen konnten. »Es ist gute Arbeit, für gutes Geld. Ihr werdet anständig behandelt, das kann ich Euch versprechen. Sagt es weiter, erzählt es Euren Bekannten und Verwandten. Jeder, der sich nicht von Aberglaube und übler Nachrede beirren lässt, soll morgen zur Mittagsstunde zum Anwesen der Westwoods kommen. Ein warmes Mahl und ein Nickel warten auf jeden Mutigen von Euch.«

Die alte Frau verzog die Lippe, winkte genervt ab und drehte sich von Valeria weg. Auch die anderen Stadtbewohner gingen wieder ihres Weges.

»Du hast es versucht«, flüsterte Belltaine ihr zu. »Lass uns in den Laden gehen und schauen, ob wir schöne Stoffe für neue Vorhänge finden.«

»Nein, wir fahren zurück«, murmelte Valeria und lief zur Kutsche.

»Aber, was ist mit den Vorbereitungen? Wir brauchen so vieles.«

»Das kriegen wir aber nicht hier. Wenn wir zurück sind, machen wir eine Liste und schicken Tara oder jemand anderen, um die Besorgungen zu machen.«

***

Valeria schwieg auf dem Rückweg. Ihre Freude war längst verflogen. Was war geschehen, dass Jaydens bester Freund sich von ihm abgewandt hatte? Wie war Jayden damals den Wölfen entkommen und warum war es ihm nicht ebenso bei Lord Westwood gelungen? Es waren so viele Fragen, die sie noch quälten und deren Antworten sie unbedingt brauchte, um zu verstehen, welcher Fluch auf diesem Land und ihm lastete.

Sie konnte es nicht einfach auf sich beruhen lassen. Es ging schließlich nicht nur um sie, es ging auch um alle anderen Menschen, die in dieser Grafschaft lebten, um Jayden, der mehr als alle anderen litt, aber auch um Belltaine und Liam, die in diesen Sog gezogen wurden, der sie alle in den Abgrund riss.

Wenn Tyran sich doch nur bereit erklären würde, wieder zurückzukehren. Ihn würde sie fragen können. Sicher hatte er viele Antworten und konnte ihr helfen, das alles besser zu verstehen. Doch es hatte nicht den Anschein gehabt, als ob er – als ob irgendjemand – ihrem Aufruf folgen würde.

Sie wollte einen Tanzball geben und hatte nicht einmal die nötigsten Dinge kaufen können. Scheinbar gab es in ganz Westwood keine richtigen Läden, nur fahrende Händler, die das Nötigste an die einfachen Menschen verkauften, und hier und dort einen Krämer. Es war ein Bild der Trauer und dabei könnte dieses Land doch sicher fruchtbar sein. Wieso waren die Äcker nicht bestellt, warum gab es kein Vieh auf den Weiden? Heruntergewirtschaftet war das alles hier, weil der Lord des Landes sich nicht um die Menschen scherte, die auf ihn angewiesen waren. Anders konnte sie es sich nicht erklären.

Das musste sich ändern und das würde es auch. Ob er wollte oder nicht.

***

Valeria war zum ersten Mal, seit sie das Anwesen Westwood betreten hatte, in der Küche des Herrenhauses. Der Raum war riesig. Fünf holzbefeuerte Öfen standen dort in Reih und Glied. Sogar einen eigenen Schlagbrunnen gab es, so dass man das Wasser nicht mühsam in Eimern von draußen herein schleppen musste.

Die große Arbeitsfläche in der Mitte des Raumes bot Platz für mindestens zehn Köche und ihre Gehilfen. Sie sah alt und abgenutzt aus, als hätte man darauf schon hunderte Festtagsbuffets zubereitet.

Diese Zeiten mussten aber lange zurück liegen. Nur einer der Öfen sah noch benutzt aus, die Vorratsregale waren leer und der größte Teil der Töpfe und Pfannen, die überall an der Decke hingen, war von einer dicken Staubschicht überzogen.

»Suppe«, brummte die Köchin aus dem Nebenraum.

»Ja, mehr braucht es nicht«, bestätigte Valeria und versuchte einen Blick auf die Frau zu erhaschen.

Die Köchin kam mit einem gut gefüllten Korb zurück. Sie war eine untersetzte Frau mit krausem Haar, das einmal braun gewesen war. Griesgrämig sah sie aus, ihr schmaler, von tiefen Falten umrahmter Mund ließ seine Winkel weit nach unten hängen und ihre Augen hatte sie zu Schlitzen zusammengekniffen.

Belltaine hatte erzählt, dass die Köchin – Claire war ihr Name – die Küche im Dienste der Westwoods schon seit dreißig Jahren führte. Sie war alles, was von dem früher sechsköpfigen Stab noch geblieben war, und sie flößte Valeria großen Respekt ein.

Schwungvoll hievte sie den Korb auf die Theke, so dass eine der Zwiebeln heraus fiel und zu Valeria kullerte. Sie fing sie auf, ehe sie zu Boden fallen konnte.

»Kohlsuppe«, knurrte Claire.

Dem Gemüse nach zu urteilen, das sie eigens für die Zubereitung der Suppe zusammengesucht hatte, hätte Valeria sich das denken können.

»Das klingt gut.«

»Ihr sagt mir nicht, wie viele Mäuler ich zu stopfen habe ...«

»Nur, weil ich es nicht weiß«, unterbrach Valeria sie hastig.

Die Frau hob eine Braue und durchbohrte Valeria mit einem strafenden Blick.

»Verzeiht, ich wollte Euch nicht ins Wort fallen«, murmelte sie.

»Es gibt Suppe. Kohlsuppe. Das ist nichts Besonderes, aber es macht satt und wenn etwas übrig bleibt, gibt es auch für die hohen Damen und Herren nichts weiter als Kohlsuppe. Solange, bis sie alle ist. Dem jungen Lord könnt Ihr das selbst erklären.«

»Das werde ich, macht Euch keine Gedanken. Habt Dank für Eure Mühe.«

Die Frau winkte ab, nahm einen Kochlöffel in die Hand und deutete damit auf Valeria.

»Das ist mein täglich Brot, junges Fräulein«, sagte sie. »In all den Jahren hat mich noch nichts geschreckt. Kein Fluch und schon gar keine Armenspeisung.«

Da war es wieder, das Gerede von dem Fluch, von dem ihr niemand Näheres verraten konnte oder wollte. Sie hütete sich aber davor die Köchin zu verärgern, also fragte sie auch diesmal nicht nach. Sie verabschiedete sich knapp und ging.

Auf dem Weg zurück in den ersten Stock sah sie Belltaine. Sie unterhielt sich gerade mit Tara, dem, wie sich herausgestellt hatte, einzigen Zimmermädchen des Anwesens, und kam zu Valeria gelaufen, als diese sie herbei winkte.

»Hast du etwas in Erfahrung bringen können?«, flüsterte Valeria.

»Nicht wirklich. Ich glaube, dieser Fluch ist tatsächlich nur ein Gerücht. Und es wundert mich auch nicht. Der alte Lord war ein cholerischer und jähzorniger Mann und der jetzige Lord ... also, ich glaube ja immer noch, dass er im Grunde kein schlechter Mensch ist, aber wenn man bedenkt, welchen Wandel er durchgemacht hat ... Claire hat mir erzählt, dass er alle Angestellten entlassen hat. Es haben fast zweihundert Menschen hier gearbeitet! Kannst du dir vorstellen, was das für eine so kleine Grafschaft bedeutet, wenn so viele Menschen ihr Einkommen verlieren? Tara hat mir erzählt, dass ihre Mutter in ihrem Leben nie etwas anderes getan hat, als für den Lord zu arbeiten. Sie war Zimmermädchen, von ihrer Jugend an. Und ihr Vater war Gärtner hier auf dem Anwesen.«

»Er hat sie also alle entlassen, aber Tara durfte bleiben?«

»Eben nicht! Alle, die noch hier sind, weigerten sich schlichtweg zu gehen. Du siehst ja, wie selten sich Lord Westwood zeigt und wie wenig es ihn interessiert, was in seinem Haus vonstattengeht. Er hat es einfach geduldet.«

»Aber sie werden doch entlohnt, oder?«

Belltaine schüttelte den Kopf.

»Nur Kost und Logis. Sie leben sozusagen von der Hand in den Mund. Obwohl Tara erzählt hat, als ihre Mutter schwer krank wurde, da hat sie all ihren Mut zusammengenommen und den Lord um Geld gebeten. Er hat sich nicht geweigert. Ganz im Gegenteil, sie bekam sogar mehr, als sie gebraucht hätte.«

»Dennoch braucht es einen richtigen Lohn. Das alles wird sich ab sofort ändern. Wir werden aus diesem Haus wieder das machen, was es einmal war.«

Bei diesen Worten musste Valeria an den verstorbenen Lord Westwood denken, Jaydens Stiefvater, der grausamer nicht hätte sein können. Natürlich wünschte sie sich so einen Mann nicht wieder zurück. Doch zumindest eines musste man ihm zugutehalten: Zu seiner Zeit war dies hier ein prachtvolles Herrenhaus gewesen – und eben das konnte es wieder werden.

***

Ungeduldig standen Valeria und Belltaine in der Mitte des Foyers. Für den Empfang der Bürger hatte Valeria sich ein feines Kleid aus blassblauer Seide angezogen. Über den weiten Reifrock floss der Stoff wie ein Wasserfall. Breite Schleifen hielten den Saum aus weißer Spitze und griffen damit die Machart des Stoffes auf, aus dem auch ihre Handschuhe waren.

Sie wollte die Herrin sein, die dem Anwesen Westwood gebührte. Eine gütige großzügige Frau von Stand, zu der die Bürger aufsehen und der sie vertrauen konnten. Die Gerüchte von einem Fluch und die Missgunst, die sie Jayden entgegen brachten, sollten bald vergessen sein. So hoffte sie zumindest.

»Wie spät ist es?«

Belltaine sah zu der großen Standuhr.

»Fünf Minuten später, als du das letzte Mal gefragt hast.«

»Denkst du, es kommt niemand? Als wir im Dorf waren ... es klang nicht so, als ob ...«

»Psst!«, zischte Belltaine und legte sich den Finger auf die zu einem Lächeln gekräuselten Lippen.

Draußen waren Schritte zu hören, Gemurmel von Männern und Frauen und schließlich hallte das Pochen des Türklopfers durch die große Halle.

»Geh schon!«, forderte Valeria Belltaine freudig auf und richtete ihren Rock.

Belltaine lief zur Tür und zog den Flügel auf. Bald schon würde diese Aufgabe ein Page oder Butler übernehmen, hoffte Valeria inständig.

Zögernd trat ein älterer Mann durch die Tür. Er zog sich die Mütze vom Kopf und drehte sie unsicher in den Händen. Ihm folgten weitere Dörfler. Fünf Männer und drei Frauen. Tyran war nicht dabei und Valeria musste sich redlich Mühe geben sich ihre Enttäuschung nicht anmerken zu lassen.

»Es freut mich, dass Ihr meinem Aufruf gefolgt seid«, begann sie die Leute zu begrüßen.

»Es hieß, es gibt was Warmes zu essen?«, unterbrach der alte Mann sie.

»Ja, sicher! Bitte, folgt mir.« Sie deutete auf die Tür, hinter der es hinunter zu den Gesinderäumen ging, und führte die Menschen durch das Foyer.

Aus dem Augenwinkel sah sie, dass Jayden sie beobachtete. Er stand oben, am Geländer der Galerie, so wie er am Tag ihrer Ankunft dort gestanden hatte, und schaute missmutig auf sie herunter. Es gefiel ihm nicht, was sie tat, dass sie dieses alte Gemäuer wieder mit Leben zu füllen gedachte.

Stolz hob sie das Kinn, setzte ein freundliches Lächeln auf und deutete ein weiteres Mal auf die Tür.

»Es soll Euch hier an nichts fehlen«!, sagte sie so laut, dass er sie ganz sicher verstehen musste.

Was auch immer mit ihm geschehen war, dass er in so jungen Jahren ein so verbitterter und kaltherziger Mann geworden war, würde nicht ihr Leben bestimmen. Wenn der König einen Grund gehabt hatte sie hierher zu schicken, dann womöglich den, dass sie den alten Glanz zurück nach Westwood bringen sollte. Und genau das würde sie tun.

Jayden drehte sich um und ging, doch es war nicht Valeria, die er zuletzt angesehen hatte. Sie sah sich um und dort, im Eingang, stand Tyran. Er sah hoch zur Galerie und wartete, bis Jayden endgültig verschwunden war, ehe er den anderen Männern und Frauen folgte.

»Es freut mich, dass auch Ihr Euch entschlossen habt meinem Aufruf zu folgen.«

»Erst mal bin ich nur wegen dem Essen hier. Dann sehen wir weiter«, brummte er.

Das würde ihr vorerst genügen. Sie kannte Tyran zwar nur aus Jaydens Erinnerungen, aber wenn er sich nicht ebenso gewandelt hatte, war Tyran ein guter Mensch, und so setzte sie große Hoffnungen darauf ihn für sich gewinnen zu können. Er war ihr Schlüssel dazu das Geheimnis um Westwood zu lüften – nur wusste er davon noch nichts.

***

»Ihr habt reichlich Personal eingestellt«, bemerkte Jayden beiläufig während des Abendmahls.

Valeria schwieg. Sie hätte sich gewünscht, die neue Dienerschaft wäre jetzt schon eingearbeitet. Dann nämlich säße sie nun nicht alleine mit dem Lord im Speisesaal, sondern wüsste zumindest eine weitere Person im Raum, die ihr das Essen anreichte und die Stille, die über allem lag, nicht ganz so unerträglich gemacht hätte.

»Es gehört sich so für ein Haus dieser Art«, antwortete sie schließlich.

Nachdem er ihr freie Hand gegeben hatte, gefiel es ihm nun wohl doch nicht, was sie daraus machte. Doch damit musste er leben. Sie war noch immer der festen Überzeugung, dass es die Absicht des Königs gewesen sein musste durch diese Heirat eine verblasste Adelslinie neu aufleben zu lassen und sie würde sich nicht davon abbringen lassen diese Aufgabe gewissenhaft umzusetzen.

»Und der Ball, den Ihr geben wollt? Gehört sich der auch?«

»Als der erste von vielen.«

Er warf seine Serviette auf den Teller.

»Ich bin kein Freund solcher Festivitäten«, murmelte er.

»Fragt sich, von was Ihr ein Freund seid«, gab sie ebenso kaum hörbar zur Antwort, sprach dann aber laut weiter. »Ihr gabt mir Befugnis dieses Haus zu verwalten. Ich nehme an, Ihr habt Eure Meinung nicht geändert?«

Er sah zum Fenster, stand schließlich auf und ging.

Ihr klappte die Kinnlade herunter. Auch sie warf nun ihre Serviette auf ihren Teller.

»Dann geht doch!«, rief sie ihm zornig hinterher und stand so hastig auf, dass ihr Stuhl umkippte.

Nichts weiter als ein ungehöriger Flegel war er. Es mochte sein, dass er Schlimmes erlebt hatte, dass seine Kindheit nicht einfach für ihn gewesen war, doch so verschroben, so unhöflich und zudem noch arrogant wie er war, glaubte Valeria schon beinahe selbst an einen Fluch.

»Valeria?«

Es war Liam, der vorsichtig die Tür aufschob. Er musste gehört haben, wie ihr Stuhl gefallen war.

»Geht es Euch gut?«

»Nein«, knurrte sie zur Antwort. »Es ist ... es ist unerträglich mit ihm!«

Liam trat ein und schloss die Tür hinter sich.

»Ihr dürft ihm seine verschlossene Art nicht übelnehmen.«

»Ach, die will ich ihm nicht vorhalten. Aber seine Unhöflichkeit sehr wohl!«

Tränen füllten ihre Augen. Es waren Tränen der Wut und Trauer zugleich. Dabei wollte sie nicht weinen, nicht in Liams Gegenwart. Er war ein Mann, beinahe dreißig Jahre alt, und sie zarte sechzehn. Er sollte sie nicht für ein dummes verzogenes Gör halten, das bei jeder Kleinigkeit in Tränen ausbrach. Dennoch konnte sie es nicht verhindern. Sie wollte sich die Tränen trocknen, doch sie weinte nur noch mehr.

Mit den Händen vorm Gesicht drehte sie sich zu ihm um und er nahm sie in die Arme.

Er sagte nichts, hielt sie nur fest und seine Hand legte sich dabei in ihren Nacken.

Sie wünschte sich, er würde sie ewig so halten, wünschte sich, sie wäre eine andere, frei und nicht gebunden an den Mann, in dessen Dienst er stand. Wie gerne hätte sie ihm ihre Liebe gestanden, doch sie schwieg.

***

Beschwingt tanzte Valeria durch ihr Zimmer. Es war noch früh am Morgen und sie trug das Ballkleid, das sie sich hatte kommen lassen. Zu gerne hätte sie sich den Schneider nach Westwood geholt, damit er Maß bei ihr nahm und ihr ein Kleid auf den Leib schneiderte, doch dazu blieb keine Zeit.

In drei Tagen sollte der Ball stattfinden. Die Einladungen waren verschickt, das Haus hergerichtet. Und das Kleid, obwohl nicht maßgeschneidert, passte wie angegossen.

»Du strahlst ja richtig«, stellte Belltaine fest.

Sie selbst trug ebenfalls ein sehr schickes Kleid. Ihre Mutter hatte es ihr gemeinsam mit der bedauerlichen Absage für die Tanzgesellschaft zukommen lassen. Ihr Gesundheitszustand ließ die lange Anreise nicht zu und Valeria tat es sehr leid, dass ihre Freundin ihre Eltern nicht so bald wiedersehen würde wie erhofft. Sie ergriff Belltaines Hände und drehte sich mit ihr durch den Raum.

»Lass uns beide diesen Abend genießen. Wir werden tanzen und uns amüsieren wie die Prinzessinnen!«

Belltaine lachte. »Du bist die Herrin von Westwood. Das kommt einer Prinzessin schon sehr nah.«

Sie ließ Valeria los und fing sich am Bettpfosten.

»Ich werde Gräfin und das ist doch noch sehr weit von einer Prinzessin entfernt«, verbesserte Valeria sie.

»Aber bald darfst du dich wie eine fühlen. Du wirst mit dem Lord über die Tanzfläche fliegen und alle werden dich bewundern.«

Dabei war es eigentlich Liam, mit dem Valeria tanzen wollte. Jeder Titel und all der Reichtum waren ihr egal. Während sie durch ihr Zimmer wirbelte, träumte sie nur von einem Tanz mit ihm.

»Es ist erstaunlich, was du in so kurzer Zeit aus diesem Anwesen gemacht hast. Ich würde fast meinen, Lord Westwood wagt sich gar nicht mehr aus dem Arbeitszimmer. All die frischen Farben und das Licht schrecken ihn ab.«

Valeria ließ sich auf den gepolsterten Fenstersims fallen.

»Es reicht scheinbar aus die Vorhänge aufzuziehen und ein paar Blumen aufzustellen, um ihn zu verscheuchen wie eine Ratte, die den Tag fürchtet.«

Belltaine grinste, wurde dann aber gleich wieder ernst.

»Wir sollten nicht so von ihm sprechen. Sicher sind es nur seine Geschäfte, die ihn den ganzen Tag in Beschlag nehmen.«

»Ich denke wohl eher, er geht mir aus dem Weg. Erst gestern sah ich ihn im Rosengarten flanieren, als ich dort mit Liam spazieren ging. So beschäftigt wirkte er da nicht auf mich.«

»Du verbringst sehr viel Zeit mit Doktor Callahan«, stellte Belltaine schmunzelnd fest.

»Ja?«, fragte Valeria. »Ist das denn verwerflich? Er ist eine sehr gute Gesellschaft, was man von meinem Zukünftigen wahrlich nicht behaupten kann.«

Belltaine wurde ernster.

»Solche Dinge solltest du für dich behalten, Valeria.«

»Es bleibt ja unter uns.« Valeria sah aus dem Fenster, ihr Blick verlor sich in der Ferne und sie hing den Gedanken nach, die sie glücklich machten und die ihr verboten waren.

»Natürlich! Du bist meine beste Freundin und deine Geheimnisse sind bei mir sicher. Aber ich kann auch nicht zusehen, wie du ...«

»Oh, ich wusste es!«, rief Valeria plötzlich aus und unterbrach Belltaine damit. Sie hob ihren Rock und lief zur Tür.

»Was ist?«, fragte ihre Freundin und sah aus dem Fenster, um einen Blick auf das erhaschen zu können, was Valeria in solche Aufruhr gebracht hatte.

»Er ist zurückgekommen«, antwortete sie lächelnd und verließ das Zimmer.

Sie lief vorbei an den Zimmermädchen, die gerade frische Blumen in den Vasen drapierten, machte einen Bogen um einen jungen Mann, der auf dem Boden kniend eine lose Diele befestigte, und nahm die Treppe hinunter ins Foyer.

Von der Seite kam der Butler angelaufen, um ihr die Tür zu öffnen. Es war ein alter Mann, klapprig und dennoch ungewöhnlich flink für sein Alter.

Er grüßte Valeria mit einer tiefen Verbeugung und öffnete ihr die Tür.

Valeria knickste knapp.

»Guten Morgen, Gilroy«, grüßte sie mit einem Lächeln auf den Lippen. Sie lief hinaus und nahm die Treppe hinunter auf den Hof.

»Ihr seht bezaubernd aus, wenn ich das sagen darf«, rief Gilroy ihr hinterher.

»Danke!« Sie winkte ihm zu und wäre beinahe in Tyran hinein gelaufen.

»Huch!« Sie stoppte abrupt.

»Wohin so eilig, Ma'am?«, fragte er.

Sie lächelte.

»Zu Euch, ich habe Euch vom Fenster aus gesehen.« Sie deutete nach oben.

»Und da kommt Ihr für mich, einen einfachen Stallburschen, in solcher Eile herbei gelaufen?«

»Nun, Stallbursche seid Ihr schon seit geraumer Zeit, aber dass Ihr nun hier seid, sagt mir, dass Ihr es Euch noch einmal überlegt habt.«

»Nun ja.« Er kratzte sich am Hinterkopf und sah hinauf zum Herrenhaus, als müsse er sich alles noch einmal gründlich überlegen. Valeria war sich aber ganz sicher, dass er den Weg hierher niemals aufgenommen hätte, wenn er sich nicht sicher gewesen wäre. Sie packte ihn an den Schultern.

»Ich freue mich so!« Sie strahlte ihn an, als wäre sein unsicheres Gestammel eine klare Zusage gewesen.

»Ihr wisst schon, dass ich nicht mehr bin als ein Stallbursche? Eure Freude ehrt mich, aber ...«

»Nichts aber! Ich freue mich über jeden, der sich nicht vom Aberglauben abschrecken lässt.«

»Es ist nicht der Aberglaube, der mich von hier vertrieben hat«, murmelte er.

Sie wusste, dass er von Jayden und dem Bruch ihrer Freundschaft sprach, und genau darüber wollte sie alles in Erfahrung bringen. Sie nahm ihn bei der Hand und zog ihn mit sich zu den Stallungen.

»Dann müsst Ihr mir alles darüber erzählen!«

Am Stall angekommen löste er sich von ihr.

»Da gibt es nichts zu erzählen«, sagte er. »Ihr kennt Euren Verlobten sicher besser als ich und bestimmt versteht Ihr, warum es keine Freude ist unter ihm Dienst zu leisten.«

Er sah sich im Stall um, als wäre er in sein lange vermisstes Elternhaus heimgekehrt, lief an den Pferdeboxen entlang und ließ eines der Pferde an seiner Hand schnuppern.

»Aber Ihr kennt ihn von früher. Ihr könnt mir sagen, was geschehen ist.«

»Was soll geschehen sein?«, meinte er in beinahe abfälligem Ton und zog die Schultern hoch.

»Ich habe gehört, dass er früher einmal anders gewesen ist, dass er nicht immer so kaltherzig war«, meinte sie unsicher und wagte es nicht Tyran direkt anzusehen, während sie so über Jayden sprach.

»Ich will mir keineswegs ein Urteil erlauben, aber ist es nicht so, dass sich jeder von uns frei entscheiden kann, welche Art Mensch er sein will? Ist es nicht feige, anderen die Schuld für das eigene Handeln zu geben? Aber nein, ich sollte darüber wirklich nicht urteilen und wir sollten dieses Gespräch nicht führen.«

»Nein, bitte sprecht frei!«

Er zögerte dennoch und senkte seine Stimme, als er weiter sprach.

»Er verlor zu früh seinen Vater, verlor seine Mutter und sein Stiefvater war sicher kein guter Mann, doch haben wir nicht alle unser Päckchen zu tragen? Ich habe meine Eltern verloren, da war ich gerade einmal zehn Jahre alt. Seit dieser Zeit habe ich tagein tagaus hart geschuftet. Ich habe mich nie beschwert und geschenkt wurde mir nichts. Und was war der Dank? Der Dank für meine Treue war, dass ich davon gejagt wurde!« Seine Hände ballten sich zu Fäusten. »Es war ein Fehler, ich hätte nicht kommen sollen.«

Valeria stellte sich ihm in den Weg, als er zurück zum Eingang laufen wollte.

»Nein, bitte, bleibt! Was auch immer damals geschehen ist wird sich nicht wiederholen. Wir brauchen Euch hier. Ich brauche Euch!«

»Wozu?«, fragte er und deutete auf die leeren Boxen.

»Es ... Es wird einen Tanzball geben und ich brauche jemanden, der sich um die Pferde der Gäste kümmert, und sicher wird es nicht die letzte Feierlichkeit sein. Wir werden dieses Haus wieder mit Leben füllen und vergessen, was geschehen ist.«

»So einfach ist das mit dem Vergessen aber nicht.«

»Wir wollen es versuchen.«

Er schnaubte, atmete tief durch und nickte schließlich einsichtig.

»Ein paar Tage werde ich bleiben können.«, sagte er und hob dabei wenig begeistert die Schultern.

Valeria atmete erleichtert auf.

»Habt Dank! Ich danke Euch vom ganzem Herzen.«

Sie verließ die Stallungen mit einem Lächeln auf den Lippen, doch innerlich war sie aufgewühlt.

Als sie Tyran auf dem Hof gesehen hatte, war ihre Hoffnung groß gewesen bald schon Antworten zu erhalten. Tatsächlich war sie jetzt aber kaum schlauer als zuvor.

Mehr noch verstärkte das, was er ihr zu sagen gehabt hatte, ihre Wut auf Jayden. Wie konnte er seinen besten Freund einfach fortjagen? Nur zu gerne hätte sie ihm das vorgehalten. Dann aber dachte sie wieder an den geheimen Schrank im Ostflügel.

Diese Windlichter schlossen nicht einfach seine Erinnerungen weg. Es waren die damit verbundenen Gefühle, die sie von ihm fernhielten. Was wurde aus einem Menschen, der nicht mehr fühlen konnte, was ihn geprägt hatte? Die Liebe zu diesem Mädchen, zu seiner Mutter und die Freundschaft zu Tyran. Wenn ihn das alles nicht mehr berührte, dann litt er vielleicht nicht mehr unter dem Schmerz, doch auch all die Freude und das Gute, das ihm widerfahren war, berührten sein Herz nicht mehr. Was trieb jemanden so weit sich aller Gefühle zu entledigen? Was für ein Leben war das dann noch, was für ein Mensch blieb übrig?

Kein Bedauern

Als die ersten Gäste eintrafen, war Valeria noch in ihren Gemächern. Aus dem Fenster sah sie, wie die Kutschen vorfuhren.

Belltaine stieß ohne zu klopfen die Tür auf und lief zum Spiegel.

»Sie sind da!«, stieß sie aufgeregt aus und strich sich die Haare glatt. »Wie sehe ich aus? Kann ich mich so zeigen?«

»Sicher, du siehst wunderschön aus.« Sie reichte Belltaine ein paar Ohrringe. »Nimm die, die passen zu deinem Kleid.«

Belltaine strahlte.

»Wirklich?«

»Sicher, leg sie an.«

Es klopfte an der offen stehenden Tür.

»Meine Damen?« Liam schob die Tür ein Stück weiter auf und schenkte Valeria ein freundliches Lächeln. »Die ersten Gäste sind eingetroffen und freuen sich darauf von ihrer Gastgeberin begrüßt zu werden.«

»Oh ja, ich komme!« Sie lief zu ihm und er bot ihr seinen Arm an. »Was ist mit dem Büffet? Ist alles soweit angerichtet? Und das Orchester? Sind die Musiker bereit anzustimmen?«

»Es ist alles perfekt. Nun macht Euch keine Gedanken mehr und genießt den Abend. Ihr seht umwerfend aus und alle werden nur Augen für Euch haben. Ich jedenfalls kann meinen Blick jetzt schon kaum noch von Euch abwenden.«

Sie spürte die Hitze in ihren Wangen aufsteigen. Gerade wollte sie sich für sein Kompliment bedanken, da sah sie sich Jayden gegenüber.

Seine kühle versteinerte Miene jagte ihr einen Schauer über den Rücken. Liam ließ ihren Arm los und Jayden deutete in die Richtung des Foyers.

Ob es ihr gelingen würde ihn ihren Eltern vorzuenthalten? Viel lieber wäre es ihr sie würden ihn nur aus der Ferne zu Gesicht bekommen oder besser noch, sie würden Liam für ihren Zukünftigen halten. Für ihn musste man sich wahrlich nicht schämen.

Es war ihr Glück, dass die ersten Gäste nicht ihre Eltern waren. Sie tat ihre Pflicht als Hausherrin, begrüßte sie und führte sie in den Festsaal. Und erst, als dieser sich langsam füllte und Jayden in der Menge verschwand, trafen ihre Eltern ein.

»Wo ist er denn nun?«, fragte ihre Mutter und suchte den Raum ab.

Valeria winkte ab. »Ach, er wird schon irgendwo sein.«

Ihre Mutter zog eine Braue hoch.

»Du willst ihn uns doch wohl nicht etwa vorenthalten? Er ist doch stattlich, oder? Du fühlst dich doch wohl mit ihm? Du weißt, Aussehen ist nicht alles!«

Valeria rollte unmerklich mit den Augen.

»Sicher Mutter, er sieht sehr gut aus.« Sie sah sich um und spielte schon mit dem Gedanken auf Liam zu deuten, in der Hoffnung, dass sich ihr Zukünftiger längst wieder in seinem Arbeitszimmer verkrochen hat, als sie ihn entdeckte. Er unterhielt sich mit einer Frau, vermutlich einer Adligen aus der Gegend. Es wunderte sie, dass er sich nicht längst zurückgezogen hatte, aber er war noch da, also nickte sie in seine Richtung.

»Dort hinten steht er. Siehst du ihn? Neben der Dame in dem roten Kleid.«

»Oh!« Ihre Mutter packte sie am Arm. »Er ist wirklich ein gutaussehender junger Mann. Ich möchte ihn kennenlernen. Es wird sicher nicht unhöflich sein, wenn wir zu ihm gehen und du ihn uns vorstellst.«

Das fehlte ihr gerade noch. Sie würde sich in Grund und Boden schämen, wenn Jayden sich ihren Eltern gegenüber nicht zu benehmen wusste.

»Ach bitte, Mutter, er unterhält sich gerade«, wiegelte sie ab. Sie hoffte, dass sie es dabei belassen würde, doch natürlich akzeptierte ihre Mutter diese Ausrede nicht.

»Wir sind seine Schwiegereltern. Da wird er sein Gespräch sicher unterbrechen können.«

»Aber ich wollte Vater um diesen Tanz bitten. Hörst du denn nicht? Sie spielen mein Lieblingslied!«

Während ihre Mutter noch skeptisch der Musik lauschte, griff Valeria die Hände ihres Vaters und zog ihn auf die Tanzfläche.

Sie hatten sich gerade aufgestellt, da verstummte die Musik.

»Das Lied ist zu Ende, mein Liebchen.«

»Dann lass uns zum nächsten tanzen!«

»Ach, Kleines, ich bin auch nicht mehr der Jüngste. Stell uns doch erst einmal Lord Westwood vor und dann tanz mit ihm. Es wird ihm sicher eine Freude sein.«

Ihr Vater wollte sich gerade von ihr wegdrehen, da trat Liam an sie heran.

»Darf ich um diesen Tanz bitten?«, fragte er mit einer tiefen Verbeugung.

Valeria knickste und verbarg ihr Lächeln durch den gesenkten Blick.

»Sehr gerne. Vater?«

»Bitte, ich habe nichts einzuwenden.«

Liam reichte ihr die Hand und sie griff zu.

Wie ein Stück Butter auf Toast schmolz sie dahin, als er sie packte. Er zog sie an sich heran und ihr Herz machte einen Satz. Sie flogen über die Tanzfläche und alles um sie herum verblasste. Da waren nur er und die Musik, die sie wie Wolken trug.

Schon tausend Mal hatte sie getanzt und es war das erste Mal, dass sie ganz und gar vergaß ihre Schritte zu zählen. Sie ließ sich von ihm führen und konnte an nichts anderes denken, als daran, wie gut er doch roch und wie wundervoll es sich anfühlte in seinen Armen über das Tanzparkett zu schweben.

Sie schloss für einen Moment die Augen und als sie sie wieder öffnete, fiel ihr Blick auf Jayden. Er stand noch immer bei dieser hübschen jungen Frau und er lächelte.

Hatte sie sich verguckt? Es konnte doch nicht wahr sein, dass er tatsächlich eine freundliche Miene aufgesetzt hatte.

»Wer ist sie?«, fragte sie Liam.

Er sah zu Jayden.

»Erkennt Ihr sie nicht?«

»Nein«, antwortete sie voreilig und begriff erst dann, dass das nicht der Wahrheit entsprach. Natürlich kam sie ihr bekannt vor. Das dunkle Haar, die feinen Züge.

Sie unterbrachen ihren Tanz. Es war Kiara. Irgendwie hatte Valeria geglaubt, dass Jaydens große Liebe nicht mehr am Leben oder zumindest weggezogen wäre.

Es war unverkennbar, dass er noch etwas für sie empfand. Er hing regelrecht an ihren Lippen.

»Ihr werdet doch nicht eifersüchtig sein?«

»Nein ...«, murmelte sie gedankenversunken. »Nein ... Ich freue mich.«

Liam führte sie von der Tanzfläche.

»Und wie darf man das verstehen?«

»Es ist schön zu sehen, dass er sich amüsiert«, bemühte sie sich rasch eine Erklärung zu finden.

Wie hätte sie Liam auch sagen können, dass sie ganz andere Gedanken hegte. Würde sie ihre Liebe zu ihm, einem einfachen Arzt ohne Rang und Namen, offenlegen, wäre ihr Ruf dahin. Doch wenn es ihr gelänge Jayden und Kiara wieder zusammen zu bringen, wäre es keine Schande für sie die Bindung zu lösen.

***

Als sie Jayden später am Abend ihren Eltern vorstellte, zeigte er sich ihnen in seiner gewohnt distanzierten Art. Valeria machte das aber nichts mehr aus. Im Gegenteil.

Später, wenn ihre Verlobung gelöst werden würde, wäre das der Moment, an den man sich zurück erinnerte. Alle würden bestätigen, dass er nicht viel für sie übrig gehabt hatte.

Gegen Mitternacht, als sich die Feierlichkeiten dem Ende näherten, tat sie alles, um ihre Eltern zu überreden über Nacht zu bleiben. Dabei wusste sie, dass die beiden sich nicht erwärmen lassen würden in einem Gästezimmer zu nächtigen. Schließlich war das eine der Benimmregeln, die ihre Mutter ihr immer eingebläut hatte. Man blieb nicht über Nacht, wenn man es nicht vorher angekündigt und abgesprochen hatte. Ganz sicher wartete auf die beiden bereits ein Zimmer in einem Gasthof. Es wäre aber unhöflich gewesen es ihnen nicht anzubieten. Zudem wollte sie nicht den Anschein erwecken, sich für irgendetwas hier schämen zu müssen.

»Aber von Lord Westwood würden wir uns gerne noch verabschieden«, sagte ihre Mutter und sah sich um. »Wo ist er denn, man hat ihn eine ganze Weile schon nicht mehr gesehen.«

Auch Valeria sah sich um. Ihre Eltern waren mit die letzten Gäste, so dass es im Festsaal übersichtlich geworden war.

»Er hat womöglich noch Geschäftliches zu erledigen. Er verbringt viel Zeit in seinem Arbeitszimmer, müsst ihr wissen.«

Ihre Mutter strich ihr über die Wange.

»Und er ist auch gut zu dir? Er wirkt etwas ... distanziert.«

»Sicher doch, mir fehlt es an nichts«, erklärte sie und gab sich tapfer. »Zwar ist er ein wenig reserviert, aber wir kennen uns ja noch nicht so lange. Die Zeit wird uns einander schon näherbringen. War es nicht auch bei Vater und dir so?«

»So war es, mein Liebchen.« Sie küsste ihre Tochter auf die Wange.

»Und jetzt geht. Man sagt, die Gegend hier ist nicht sicher bei Nacht. Es gibt Wölfe in den Wäldern.«

»In der Kutsche wird uns sicher keine Gefahr drohen, aber ich hoffe dir wird nichts geschehen. Es ist doch sehr ländlich hier und der Wald liegt nahe dem Haus«, meinte ihre Mutter besorgt.

Ihr Vater stieß ein aufgesetztes Lachen aus. »Ländlich ist es allemal!«

Alannah warf ihm einen scharfen Blick zu und schlug ihm mit der flachen Hand auf den Arm.

»Rede nicht so, Marty«, zischte sie und wandte sich dann mit einem Lächeln wieder ihrer Tochter zu. »Es ist ein wunderhübsches Anwesen. Sehr geräumig und mit viel ... Potenzial. Man sieht, dass ihm die Hand einer Frau gefehlt hat, aber du wirst das schon richten. Ich, nein, wir sind ganz besonders stolz auf dich!«

»Lieben Dank, Mutter.«

Sie begleitete die beiden noch bis zum Ausgang und winkte Tyran zu, der dabei half die Pferde vor die Kutsche zu spannen.

Hinter ihr trat Belltaine in die Tür.

»Valeria? Die letzten Gäste möchten sich verabschieden und die Küche bittet darum das Büffet schließen zu dürfen.«

Ihre Eltern stiegen in die Kutsche, Valeria winkte zum Abschied und Gilroy schloss hinter ihnen die Tür.

»Sicher, schick sie alle zu Bett und danke ihnen für ihren Fleiß.«

Belltaine knickste förmlich und lief zügig zurück zum Festsaal, während die letzten Gäste in die Tür traten. Einer von ihnen war ein älterer Herr in einem Anzug, der aussah wie aus dem vorherigen Jahrhundert. Dunkler blasser Brokat und reichlich Rüschen an Kragen und Ärmeln ließen ihn aussehen wie eine Frau in Hosen. Der reichlich verzierte Gehstock rundete den Anblick kunstvoll ab.

Neben ihm stand Kiara in ihrem roten Kleid. Es lag eng an, war aus glänzender Seide und fächerte in einem weiten Rock aus. Sie war noch genau so hübsch wie damals mit fünfzehn Jahren, als sie die Nacht mit Jayden auf dem Heuboden verbracht hatte.

Valeria verstand sehr gut, wie er sich in sie hatte verlieben können. Es war nicht nur ihre Schönheit. Sie war geradezu die Inkarnation von Anmut und Eleganz. Ihr dunkles Haar floss wie Öl über ihre schmalen Schultern und ihre wachen Augen bargen etwas Geheimnisvolles in sich.

»Valeria, meine Gute.« Sie nahm ihre Gastgeberin bei den Händen und war dabei so vertraut zu ihr wie zu einer Schwester. »Ihr füllt diese alten Gemäuer wieder mit Leben. Welch ein Glück Lord Westwood doch hat Euch an seiner Seite zu wissen.«

»Ihr seid zu freundlich«, entgegnete Valeria. »Ich bin nur froh, dass die Familie Westwood noch Freunde hat, die trotz dunkler Schatten der Einladung zu dieser Feier gefolgt sind.«

Sie wusste sehr wohl, dass die Westwoods und die Northweyls seit jeher verfeindet waren. Aus Kiaras Mund hatte sie es erfahren. Das hielt aber schon damals ihre Eltern nicht davon ab die Festivitäten des einstigen

Lord Westwood zu besuchen und sicher pflegten sie auch anderweitig Kontakt.

So war es üblich im Adel. Kaum ein Zwist konnte so weit gehen, dass man sich nicht mehr den Sitten und Gebräuchen beugte. Bis eben noch war Valeria sich nicht sicher gewesen, ob Kiara ebenfalls nur angereist war, weil es sich so gehörte und ganz unabhängig von ihren früheren Gefühlen. Nun, da sie aber mit ihr sprach, schien es ganz anders zu sein. Sie war freundlich und herzlich zu ihr und nichts erinnerte daran, dass sie Jayden einmal so nahe gestanden hatte.

»Nun seid Ihr ja hier, um die Schatten zu vertreiben.«

»Pah!«, stieß der alte Mann aus.

Die beiden Frauen sahen ihn fragend an.

»Ein paar Blumen und Girlanden machen aus einem Geisterschloss noch kein Herrenhaus.«

»Sagt doch so etwas nicht, Lord Monfrey!«

»Bitte, er hat ja Recht«, räumte Valeria ein. »Es ist noch viel zu tun.«

»Aber Ihr seid auf bestem Wege.« Kiara drückte Valerias Hände fester. »Und wenn Ihr etwas auf dem Herzen habt, einen Rat braucht oder einfach nur eine gute Freundin, bitte denkt an mich. Ihr seid hier zwar auf dem Lande, aber deswegen sicher nicht allein.«

Valeria war ernsthaft gerührt. Sie sehnte sich sehr nach dem Kontakt zu Menschen außerhalb des Anwesens. Das, was Kiara ihr bot, war unbezahlbar. Dennoch konnte sie nicht anders, als daran zu denken, welchen Anschein es erwecken würde, wäre es eine gute Freundin, die ihr den Mann ausspannte.

Man würde sie für naiv und blauäugig halten, weil sie sich so hatte hinters Licht führen lassen. Aber diesen Preis zahlte sie gerne. Und wäre es nicht das Beste für alle? Sie konnte im Haus Blumen aufstellen, konnte Teppiche auslegen lassen, Personal einstellen, und doch würde sie Jayden damit nicht glücklich machen. Was er brauchte, waren seine Gefühle, sein Leben. Sie musste ihm seine Liebe zurück geben. Und es war nicht die ihre, nach der er sich sehnte.

Denn Liebe blüht in Dunkelheit

Jayden trieb sein Pferd den Hügel hinauf. Die Sonne stand noch nicht sehr hoch an diesem frühlingshaften Morgen und ließ die Wolken in einem blassen Rosa erscheinen.

Als hätte Kiara den Himmel selbst gezeichnet, so perfekt fügten sich die Farben ihrer Lippen und ihres Kleides in den Anblick, der sich am Horizont hinter ihrem Rücken auftat.

Ein Blick zurück verriet ihm, dass sie nur wenige Minuten für sich alleine wären, ehe die Jagdgesellschaft sie eingeholt hätte. Seit dem Tag auf dem Heuboden waren knapp vier Monate vergangen und nur selten bot sich ihnen eine Gelegenheit wie diese.

»Vom Stallburschen zum Mustersohn, du hast es weit gebracht, Jayden«, lachte Kiara ihn an, als er sie erreicht hatte.

»Es ist nicht so, als hätte ich eine Wahl gehabt«, antwortete er mürrisch und sah zu seinem Stiefvater, der am Fuß des Hügels das Pferd gezügelt hatte. Mit seiner Armbrust zielte er auf das Rotwild am Waldesrand.

Er hasste diesen Mann, hasste ihn mehr noch als in der Zeit, da Westwood ihn bei den Burschen im Stall hatte schlafen lassen wie einen Hund.

Er griff nach Kiaras Hand.

»Lass uns von hier verschwinden«, forderte er sie auf. »Wir packen nur ein, was wir tragen können, und lassen alles andere zurück. Wir beginnen ein neues Leben, irgendwo, wo uns niemand kennt und uns niemand finden kann.«

Sie beugte sich zu ihm vor.

»Ich kann nicht«, flüsterte sie und löste ihre Hand aus der seinen.

»Habt ihr etwas entdeckt?«

Kiaras Vater hatte sie erreicht und drängte sein Pferd zwischen die beiden. »Nun?«

»Nein«, murmelte Jayden.

»Na, dann auf! Keine Müdigkeit vorschützen.« Er gab seinem Pferd die Sporen und trabte über den Kamm der Anhöhe hinweg. Die Jagdgesellschaft folgte ihm und auch Kiara hatte für Jayden nichts weiter als ein aufmunterndes Lächeln übrig, ehe sie den anderen folgte.

Eine Hand legte sich auf seine Schulter. Es war Westwood, der sein Pferd neben ihn gelenkt hatte. Mit seinem Blick folgte er der Jagdgesellschaft, während seine Finger sich schmerzhaft tief in Jaydens Schulter bohrten.

»Blamier mich nicht, Bursche«, knurrte Westwood, ohne ihn eines Blickes zu würdigen.

Jayden antwortete nicht. Er hatte die Lippen fest zusammengepresst und kämpfte dagegen an zu schreien.

»Halte dich von diesem Mädchen fern. Denk dran, dass du nichts weiter bist als ein Bastard, der das Glück hat in meiner Gunst zu stehen. Hast du das verstanden?«

Noch einmal erhöhte er den Druck auf Jaydens Schulter und ließ nicht locker, bis dieser ein gezwungenes »Verstanden« hervorpresste.

Westwood ließ ihn los und klopfte ihm auf den Rücken.

»Braver Junge, lernst ja doch dazu«, sagte er und folgte dann den anderen.

Jayden rieb sich die schmerzende Schulter. Sein Arm fühlte sich taub an und seine Hand war so zittrig, dass er die Zügel nicht halten konnte. Er nahm sie in die andere Hand, atmete tief durch und trieb sein Pferd an.

»Geht es Euch gut?«, fragte ihn einer der Männer aus der Jagdgesellschaft.

»Sicher, warum sollte es das nicht?«, murrte er.

Das Letzte, was er gebrauchen konnte, war das Mitleid irgendeines Fremden. Und erst recht nicht von diesem Mann. Jayden hatte schon von dem jungen Arzt gehört. Frisch von der Akademie, voll von neuen Ideen und ambitionierten Plänen. Ein Weltverbesserer, wie er im Buche stand, der sicher nicht ohne Grund zur abschließenden Lehre in die Assistenz eines hinterwäldlerischen Landarztes geschickt worden war. Es war offensichtlich, dass er dazu neigte seine Nase in Angelegenheiten zu stecken, die ihn nichts angingen.

»Ihr seid blass wie Kreide«, erklärte der Arzt.

»Und Ihr zu neugierig.«

Der Arzt grinste.

»Der Fluch meiner Zunft.«

Er streckte ihm die Hand entgegen und Jayden bereute es gleich, als er die seine anhob, denn sofort schoss ihm der Schmerz von der Schulter bis in die Fingerspitzen. Dennoch ließ er sich nichts anmerken. Oder versuchte es zumindest. Er ergriff die Hand des Arztes und schüttelte sie, ohne eine Miene zu verziehen.

»Liam Callahan«, stellte der Mann sich vor.

»Jayden Ackland.«

»Nicht eher Westwood?«

Er schüttelte den Kopf. »Lord Westwood ist mein Stiefvater.«

»Und sicher wäre er nicht erfreut, wenn er wüsste, dass Ihr Euch mit dem Mädchennamen Eurer Mutter vorstellt.«

»Mit dem Namen meines Vaters. Geht und erzählt es ihm. Ihr werdet sicher in seiner Gunst steigen.«

Liam beugte sich zu ihm vor.

»Und das soll mich reizen? Ich pfeife auf die Gunst des Lords. Eigentlich habe ich Euch angesprochen, weil ich etwas ausrichten soll. Miss Kiara Northweyls lässt folgendes mitteilen: Heute Abend, achtzehn Uhr, am Osttor.«

Er quittierte Jaydens verdutzten Gesichtsausdruck mit einem amüsierten Schmunzeln, trieb dann seine Stute an und schloss zu den anderen auf.

***

Jayden wartete geduldig im Schatten der Mauer. Das Osttor stand einen Spalt breit offen und wippte leicht im Wind, der von den Feldern her wehte. Das Quietschen der Scharniere war das einzige Geräusch, das die Stille des anbrechenden Abends zerschnitt.

Er schloss die Augen und atmete tief durch. Es war lange nach achtzehn Uhr und Kiara ließ auf sich warten. In ihm wuchs die Angst, dass Liam ihn belogen hatte. Womöglich war es Westwood selbst, der ihn hierher bestellt hatte, nur um ihn die ganze Nacht zittern zu lassen.

Ein Knacksen im Unterholz ließ ihn aufschrecken. Er riss die Augen auf und vor ihm stand Kiara.

Sie lächelte ihn an, auf eine Weise, dass ihm die Knie weich wurden. Und noch bevor er seinen Schreck überwunden hatte, küsste sie ihn. Er zog sie an sich heran, drehte sich mit ihr und drängte sie mit dem Rücken gegen die Mauer.

Während er ihren Hals liebkoste, flüsterte sie ihm ins Ohr.

»Wir dürfen uns nicht mehr sehen.«

Jayden löste sich von Kiara und betrachtete ihr vom Mondlicht beschienenes Gesicht. Mit seinen Händen strich er ihr über die Wangen.

»Sag so etwas nicht.«

Sie drehte sich von ihm weg. »Aber es ist die Wahrheit.«

»Das darf aber nicht sein. Alles, was mich am Leben hält, ist meine Liebe zu dir. Ohne dich bin ich nichts. Ich kann nicht denken ohne dich, nicht atmen.«

Mit großen Augen sah sie ihn an – schweigsam, auf mehr als eine Weise.

Er wollte sie noch einmal berühren und hob seine Hand, doch sie löste sich von ihm und lief zurück zum Osttor.

Er folgte ihr.

»Sag mir ... Sag mir warum!«, rief er ihr nach.

Sie blieb stehen und senkte den Blick. »Ich werde heiraten.«

Wie ein Schraubstock spannten sich ihre Worte um seine Brust.

»Was? Wen?«, brachte er hervor.

»Ich weiß nicht ...«

Er griff nach ihrer Hand.

»Heirate mich!«

»Was glaubst du, wie das gehen soll? Ich werde vor den König treten und er wird bestimmen, wen ich zu heiraten habe. Und du? Du bist vielleicht kein Stallbursche mehr, aber der Lord von Westwood bist du auch nicht.«

»Aber ich kann es werden! Nur ein Wort von dir und ich werde alles daransetzen der beste Sohn zu werden, den Westwood sich wünschen kann.« Alles in ihm sträubte sich dagegen seinem Stiefvater gefällig zu sein, doch wenn es ihm Kiaras Hand sichern würde, täte er alles, was nötig war. Und viel musste er sicher nicht tun, wo Westwood ihn ja bereits als Erben eingesetzt hatte.

»Ich liebe dich! Empfindest du denn nicht genauso für mich?«

»Ich bin fast sechzehn Jahre alt, ich habe mein Leben darauf ausgerichtet am Tag meines sechzehnten Geburtstages vor den König zu treten und eine gute Partie zu erzielen. Selbst wenn du Lord von Westwood werden würdest, wärst du damit nicht über meinem Stand. Und dafür gibt es ja nicht einmal eine Garantie. Du bist immer noch der Sohn eines Schmieds. Nach dem Tod deiner Mutter sieht dein Stiefvater wohl etwas von ihr in dir und hat sich deswegen deiner angenommen, aber er könnte sich jederzeit wieder neu verlieben und sich von dir abwenden. Und denk doch an die Feindschaft zwischen den Familien! Niemals würden meine Eltern einer Verbindung unserer Häuser zustimmen.«

Sie hatte ja Recht mit dem, was sie über Westwood sagte. Auf seine eigene verdrehte Art und Weise schien er Jaydens Mutter geliebt zu haben und dass er Jayden nun zwang ein Westwood zu werden, hatte er wohl den Gefühlen für sie zu verdanken.

»Aber sie können dich nicht zwingen!« Er hob seine Stimme an, während er sprach. Wut kam in ihm auf, Wut auf den König, auf Kiaras Familie und seinen Stiefvater. »Wie kann denn wahre Liebe nicht das Wichtigste sein?«

»Weil es eben so ist. Weil die Welt nicht so funktioniert, wie wir es uns wünschen.«

»Was ist mit der Frage? Der König stellt sie doch, diese eine Frage, die dich von allen Verpflichtungen befreit.«

»Das ist doch nichts weiter als eine Phrase. Niemand würde vor den König treten und diese Frage mit Ja beantworten.«

»Wozu wird sie dann gestellt? Nein, es ist mehr als das! Meine Mutter hat meinen Vater geliebt und das hat sie dem König gesagt«, erklärte er. »Wenn er dich fragt, ob dein Herz bereits vergeben ist, und du sagst, dass du mich liebst, dann darf sich niemand mehr zwischen uns stellen. So ist es doch, oder?«

»Nun ja … schon …«

»Ist dir denn dein Titel so wichtig? Selbst wenn Westwood mich enterbt, spielt das denn eine Rolle? Ich liebe dich und werde alles für dich tun, alles für dich geben. Du musst nur eines tun, diese Frage mit Ja beantworten.«

»Jayden, ich habe mein ganzes Leben auf diesen einen Moment ausgelegt, verstehst du das? Meine Eltern erwarten von mir ...«

»Vergiss deine Eltern! Es geht um dich und um dein Leben!«

Sie sah zu Boden. Er wusste, dass er viel von ihr verlangte, doch er glaubte daran, dass ihre Liebe stärker war als die Bürde ihres Titels.

»Versprich es mir«, bat er sie.

Ein Knacksen im nahegelegenen Wald ließ sie beide aufhorchen.

Jayden zog sie an sich heran und schob sie zurück in den Schatten der Mauer. Er strich ihr eine Strähne aus dem Gesicht und küsste sie auf die Stirn.

»Ich liebe dich, Kiara, und kein Herzog oder Graf wird dich je mehr lieben als ich.«

»Ich ... ich weiß nicht ... Ich will ja auch nicht, dass es vorbei ist, aber wo führt das hin? Lord Westwood wird dich enterben und meine Aussteuer wird uns nicht ewig am Leben halten können.«

»Wir werden einen Weg finden. Ich baue uns ein Haus, mit meinen eigenen Händen. Ich arbeite, ganz egal wo und für wen. Wir werden das schaffen, gemeinsam.«

»Du weißt, dass ich Magie beherrsche. Mitglieder meiner Familie gehören seit jeher zu den mächtigsten Hexen und Zauberern des Landes. Wenn der König meine Begabung erkennt, könnte ich mich ausbilden lassen und hohes Ansehen erringen.«

»Oder du lernst bei einer Kräuterfrau und wir lassen uns in einer gemütlichen Kleinstadt nieder, wo sie dankbar für jede freie Hexe sind, die mit ihren Zaubern das Leben der einfachen Bürger erleichtert. Du musst nicht den Weg gehen, den deine Eltern für dich auserkoren haben.«

Sie atmete tief durch.

»Gut, ich werde dem König sagen, dass mein Herz schon vergeben ist. Ich sage ihm, dass ich dich liebe und alles was dann kommt, werden wir gemeinsam durchstehen.«

Wieder krachte es im Unterholz und beide suchten sie mit den Augen den Waldrand nach dem Ursprung des Geräusches ab.

»Du musst jetzt gehen. Westwood wird ausrasten, wenn ich zu lange weg bin. Er hetzt die Hunde auf mich und denen solltest du besser nicht im Dunkeln begegnen.«

Kiara legte die Stirn in Falten.

»Er wird nicht wirklich …?«

Jayden lächelte trübe. Er hatte ihr nie erzählt, was geschah, wenn Westwood getrunken hatte, hatte ihr nie seine blauen Flecken und Schrammen gezeigt, die Narben vom Tag nach ihrer ersten Begegnung. Sie wusste, dass Westwood ein jähzorniger Mann war, ahnte sicher, dass seine Hand locker saß, doch mehr brauchte sie nicht zu erfahren.

»Du versprichst es mir, ja?«

Sie erwiderte sein Lächeln und küsste ihn auf die Wange.

»Hoch und heilig.«

Schritte waren zu hören.

»Das sind keine Hunde. Da kommt jemand«, flüsterte Kiara verängstigt.

Jayden sah sich um. In den Schatten nahe den Gärten bewegte sich etwas.

»Geh jetzt!«, forderte er sie auf, ohne den Blick von der Silhouette zu lassen, die sich ihnen näherte.

Kiara ließ sich nicht zweimal bitten. Sie lief los und verschwand durch das Osttor.

Jayden dachte daran ebenfalls zu verschwinden, doch wo hätte er hingehen sollen? Er konnte sich verstecken, aber entkommen konnte er nicht. Er hatte es einmal versucht und er bereute es bis heute. Die Narben an seinem Bein waren ein Mahnmal seiner Dummheit. Westwood würde ihn immer finden und ihn niemals gehen lassen.

Er lief zu der nahegelegenen Eiche und verharrte dort für einen Moment, bis er erkannte, wer sich an ihn herangeschlichen hatte.

»Tyran, verdammt, was machst du hier?«

»Dich suchen, was glaubst du denn?«

Jayden lief zu ihm, zog ihn näher an die schützenden Schatten heran und sah sich um.

»Wer sucht sonst noch nach mir?«, fragte er mit gesenkter Stimme.

»Na, alle! Aber keine Sorge, ich habe kein Sterbenswörtchen verraten.«

»Wie auch? Du weißt ja nichts!«

Tyran grinste. »Nein, überhaupt gar nichts.«

»Ich war höchstens zehn Minuten weg, warum lässt er schon nach mir suchen?«

»Zehn Minuten? Du warst fast eine Stunde wie vom Erdboden verschluckt! Zur Hölle, Jayden, du weißt doch, wie er drauf ist. Er war kurz davor die Hunde auf dich zu hetzen.«

Er packte Jayden am Arm und zog ihn mit sich zurück zum Herrenhaus. »Ein Glück für dich, dass er Besuch hat. Das wird ihn ablenken.«

Jayden wusste, dass es nicht die Hunde waren, um die er sich sorgen musste. Des Nachts würden sie es nicht wagen auch nur einen Schritt in den Wald zu setzen, denn dort schlummerte die wahre Gefahr.

»Wer ist denn der Gast, der ihn so vereinnahmt, dass er nicht einmal die Zeit findet die Hunde von der Leine zu lassen?«

Tyran winkte Claire zu, die ungeduldig an der Seitentür zur Küche stand. »Das fragst du mich?«, knurrte er. »Ich habe lediglich das Pferd abgesattelt. Eine braune Stute, falls dir das was sagt.«

Natürlich sagte ihm das nichts. Braune Pferde gab es hier wie Sand am Meer.

Tyran packte ihn bei den Schultern. »Ich habe wirklich keine Lust ein zweites Grab neben dem deiner Mutter auszuheben, also reiß dich zusammen. Du musst immer daran denken, dass er nicht ewig leben wird. Er hat einen Narren an dir gefressen, Gott weiß warum, also sei ein guter Sohn und tu, was er dir sagt. Du weißt, dass wir alle hinter dir stehen, ja?«

»Du machst es dir leicht, Tyran. Ich kann ihm kein guter Sohn sein, weil er keinen Narren an mir gefressen hat, sondern alleine an dem Gedanken einen Erben zu haben. Aber was soll's?« Er verzog seinen Mund zu einem aufgesetzten Grinsen. »Für eine Stunde mit ihr ertrage ich seine Schläge gerne.«

Tyran verdrehte die Augen. »Du bist ein Narr!«, lachte er und zerzauste Jayden das Haar.

»Kommt jetzt!«, rief Claire ihnen zu und winkte Jayden zu sich.

Tyran schubste ihn in ihre Richtung und sie drängte ihn durch die Küche.

»Schau, wie du aussiehst!«, knurrte sie, spuckte sich auf die Schürze und rubbelte ihm damit den Dreck von der Wange. Mit dem Ärmel rieb er sich durchs Gesicht, während sie ihm die Haare richtete.

»Schon gut«, murrte er.

»Schon gut? Mime jetzt nicht den starken Mann. Du weißt, wie nachtragend er ist. In Gegenwart eines Gastes wird er sich vielleicht zurückhalten, aber er vergisst nicht. Jetzt geh!«

Sie stieß ihn durch die Tür und während sie sich von ihm wegdrehte, hörte er sie noch murmeln: »Gott steh ihm bei.«

Nun war es doch soweit. Alle Freude, die Kiara in ihm geweckt hatte, war schlagartig verflogen und was blieb, war ein mulmiges Gefühl in der Magengegend. Die Treppe hinauf ins Foyer kam ihm grausam steil und eng vor. Es war ein Kampf sie zu nehmen.

Schon bevor Jayden die Tür zum Empfangszimmer geöffnet hatte, hörte er ihre Stimmen.

»Ich hoffe, es macht Ihnen keine Umstände«, sagte Liam gerade.

»Aber nein, es ist mir vielmehr eine Freude«, antwortete Westwood.

Jayden trat durch die Tür und sein Stiefvater lächelte ihn so freundlich an, dass ihm beinahe schlecht wurde.

»Ah, da ist ja der Lausebengel!«, begrüßte Westwood ihn. »Hast dich wohl wieder in den Gärten herumgetrieben?«

»Verzeiht«, bat Jayden. »Ich habe die Zeit vergessen.«

»Das ist die Freiheit der Jugend, will ich meinen«, entschuldigte Liam Jaydens Zuspätkommen mit einem Lächeln auf den Lippen.

»Wohl wahr«, stimmte Westwood zu und deutete auf die Tür, die zum kleinen Speisesaal führte. »Wenn ich Euch nun bitten darf. Noch kälter kann das Essen zwar nicht werden …«

Liam nickte und drehte sich von ihnen weg. Sobald sein Blick sich von ihnen gelöst hatte, legte Westwood Jayden die Hand in den Nacken.

»Das wird ein Nachspiel haben«, flüsterte er.

»Kommt Ihr?«, fragte Liam und drehte sich ihnen wieder zu, noch bevor Westwoods Hand richtig zupacken konnte. Er zog sie zurück und folgte dem Arzt.

Missmutig schloss Jayden sich ihnen an.

Als Westwood zum Buffettisch ging, um sich seinen Teller zu füllen, nutzte Jayden die Gelegenheit den Arzt beiseite zu ziehen.

»Was zur Hölle macht Ihr hier? Ihr wusstet sehr genau, mit wem ich mich heute Abend treffe.«

»Neugier?« Liam schmunzelte.

»Im Ernst, ich brauche keinen ... Beschützer oder so was. Mag sein, dass Ihr gesehen habt, wie Westwood mich einmal hart anpackte, aber das gibt Euch nicht das Recht irgendwelche Schlüsse zu ziehen«, erklärte Jayden abweisend. Das Letzte, was er jetzt gebrauchen konnte, war ein selbsternannter Weltverbesserer, der sich in seine Angelegenheit einmischte. Das würde ihm am Ende nur mehr Probleme bereiten, als es ihm zu Gute kommen konnte.

»Wer sagt, dass ich das tue? Ich musste einfach sehen, ob Ihr wiederkommt. So ein hübsches Ding und sie scheint Euch ja mit Haut und Haaren verfallen zu sein. Ich an Eurer Stelle hätte mit ihr das Weite gesucht.«

Jayden nahm sich seinen Teller und schob sich an Liam vorbei zum Büffet. Er hätte, nach dem, was der Mann während des Jagdausflugs gesehen hatte, andere Motive hinter seinem Besuch vermutet. Aber gut, man konnte sich auch mal irren. Dass er in Westwoods Gegenwart auf Kiara zu sprechen kam, behagte Jayden dagegen ganz und gar nicht.

»Sie hat familiäre Pflichten«, zischte er durch zusammengebissene Zähne, in der Hoffnung den Mann damit abspeisen zu können. Westwoods Blick verriet ihm aber, dass er ihn vielleicht nicht verstanden, aber zumindest gehört hatte.

Auch Liam entging die Neugier des Hausherren nicht.

»Ein prächtiges Mahl«, lobte er die aufgetischten Speisen. »Eure Köchin scheint eine Meisterin ihres Faches zu sein.«

»Die Beste der ganzen Grafschaft«, stimmte Westwood zu.

Trotz seiner großen Begeisterung füllte Liam seinen Teller nur mit einer kleinen Portion und nahm dann Platz. Auch Jayden hielt sich zurück. Er hatte schlichtweg keinen Appetit.

»Verzeiht mir meine Neugier, Lord Westwood, doch mir kam ein Gerücht zu Ohren, dass die Familien Northweyls und Westwood seit jeher verfeindet sind. Mir scheint aber genau das Gegenteil der Fall zu sein.«

Warum musste er jetzt ausgerechnet auf Kiaras Familie zu sprechen kommen? Jayden wusste wirklich nicht, was er von diesem Mann halten sollte. Waren seine Absichten wirklich so lauter, wie es den Anschein hatte, oder steckte doch etwas anderes dahinter? In jedem Fall war es gefährlich über die Northweyls zu sprechen. Westwood hatte ein gutes Gespür und Jayden könnte sich schnell mit einer falschen Mimik verraten.

»Nun, es ist tatsächlich nur ein Gerücht. Eine Legende, wenn man so will. Habt Ihr Euch denn nicht mit den Mythen dieser Gegend vertraut gemacht, Doktor?«

Jayden wusste es besser. Die beiden Familien waren sehr wohl verfeindet und Westwood würde ihm alle Knochen brechen, wüsste er von seiner Liebschaft mit deren einziger Tochter.

»Oh bitte, noch habe ich meine Ausbildung nicht beendet. Mister Callahan reicht völlig aus. Und ja, ich habe die Mythen studiert. Dabei muss man wahrlich nicht tief graben. Ein Fluch, nicht wahr?«

»Ausgesprochen von der Familie Northweyl. Es beschämt mich zugeben zu müssen, dass die Sache auf eine wahre Begebenheit zurückzuführen ist. Es war mein Urgroßvater, der zu Kriegszeiten die Treue zu unserem Königshaus brach. Er weigerte sich seinen Teil zu leisten und so entstand die Legende, die Familie Northweyl habe ihn und seine Nachkommen verflucht.«

»Naheliegend, wo die Northweyls sich mit hoher Magiebegabung rühmen können.«

»Aber eben nur eine Legende. Natürlich gibt es keinen Fluch. Es war wohl eher so, dass zwischen den Familien eine Vereinbarung getroffen wurde, um jene Schuld zu begleichen, die Westwood gegenüber dem Königshaus zu entrichten hatte.«

»Ja, das klingt natürlich plausibel.«

Zähneknirschend stocherte Jayden in seinem Gemüse. Nichts von dem, was Westwood von sich gab, war ihm neu und sicher wusste auch Liam alles darüber. Warum also musste er dieses Thema unbedingt aufrollen? Legte er es darauf an, dass Jaydens Liebe zu Kiara aufgedeckt wurde? Wollte er ihm eine Lehre erteilen oder war er bloß neugierig?

So oder so schien Westwood keinen Verdacht zu schöpfen. Doch selbst wenn, was scherte ihn das eigentlich? Es gab doch gar keinen Grund Panik zu schieben. Kiara hatte ihr Versprechen gegeben und hätte sie ihre Liebe erst einmal vor dem König offenbart, konnte ihnen niemand mehr Steine in den Weg legen. Zumindest redete er sich das ein.

Jayden grinste bei diesem Gedanken und bemerkte zu spät, dass Westwood das nicht entging. Nun war er also doch hellhörig geworden.

Schnell wechselte Jayden das Thema.

»Ihr seid wie lange schon in Westwood?«, fragte er den Arzt.

»Erst wenige Wochen«, erklärte Liam. »Und ich bin überaus erfreut darüber, dass man mich so herzlich willkommen heißt.«

»Aber das ist doch selbstverständlich«, erklärte Westwood. »Ein Mann Eurer Zunft verdient jeden Respekt.«

Jayden stimmte mit einem aufgesetzten Lächeln zu. Er hoffte Liam würde kein weiteres Mal auf die Familie Northweyl zu sprechen kommen und das tat er auch nicht, bis das Abendmahl beendet war und Westwood den Arzt zu Zigarre und Cognac in die Bibliothek lud.

Jayden nutzte die Gelegenheit, um sich zurückzuziehen. Zwar konnte er so nicht mehr eingreifen, wenn Liam Themen anschnitt, die ihm gefährlich werden könnten, doch er wollte lieber nicht riskieren alleine mit Westwood zurückzubleiben, wenn der Arzt sich verabschiedete. Er konnte noch so sehr versuchen sich einzureden, dass es egal war, wenn Westwood Wind von der

Sache zwischen ihm und Kiara bekam. Am Ende gab es doch nichts, was den Grafen davon abhielt die Hand gegen ihn zu erheben, wenn sie erst einmal unter vier Augen waren.

Er ging in sein Zimmer und verriegelte die Tür hinter sich – nur zur Sicherheit.

***

Valeria stand neben dem offenen Schrank, in dem die Windlichter brannten und blickte auf das zerbrochene Glas vor ihren Füßen.

Jayden hatte Kiara geliebt und sie hatte ihm ein Versprechen gegeben. Nun, da Valeria das Glas zerstört hatte, mussten ihm diese Gefühle wieder bewusst werden.

Doch warum war ihre Beziehung in die Brüche gegangen? Was war geschehen, dass aus dem Jungen von damals dieser kühle abweisende Mann geworden war – kaum mehr als ein Schatten seiner selbst? Während des Balls hatte Kiara nicht den Anschein erweckt, als habe sie einen ebenso großen Wandel durchgemacht.

Sie sah zu den noch brennenden Windlichtern. Sie war sich nicht sicher, ob das, was sie bisher an Jaydens Gefühlen freigesetzt hatte, wirklich ausreichte, um seine Liebe zu Kiara neu zu entfachen.

Sie kannte auch längst nicht die ganze Wahrheit und wenn sie sich irrte, einen Fehler beging, dann würde sie am Ende vielleicht alles nur noch schlimmer machen.

Sie nahm das Windlicht gleich neben dem in die Hand, das sie zerbrochen hatte, und zögerte.

Wenn sie sich selbst gegenüber ehrlich war, musste sie sich eingestehen, dass es nicht nur die Sorge um Jayden war, die sie trieb. Es war auch ihre Neugier. Sie musste es einfach wissen. Was war es, das einen Keil zwischen Kiara und Jayden getrieben hatte?

Valeria konnte nicht anders. Sie ließ das Licht zu Boden fallen, wo es zerbrach.

Wo Bestien in den Schatten schleichen

Es war auf den Tag genau ein Jahr seit dem Tod seiner Mutter vergangen, als Jayden an ihrem Grab stand und Blumen niederlegte. Westwood hatte es sich fest in den Kopf gesetzt ihn als Erben einzusetzen und Jayden war sich jetzt ganz sicher, dass er für den Mann bloß ein Ersatz für seine verstorbene Ehefrau war. So krank dieser Mann auch war, er hatte sie geliebt und alles, was ihm nach ihrem Tod von ihr geblieben war, war ihr Sohn.

Als er noch jünger gewesen war, gab es Tage, da hatte er seine Mutter gehasst. Er hatte sie dafür verflucht, dass sie ihm aus dem Weg ging, ihn von sich stieß und mehr Zeit mit ihrem neuen Ehemann verbrachte als mit ihrem Sohn.

Heute wusste er, dass sie eine Gefangene im eigenen Haus gewesen war. Westwood hatte all ihre Schritte verfolgt, ihr jede Freiheit genommen und sie gelehrt gefügig zu sein.

Jayden machte sich Vorwürfe, dass er sich nicht mehr gegen diese Verbindung gewehrt hatte. Er hätte niemals zulassen dürfen, dass seine Mutter sich auf eine zweite Ehe einließ. Sicher wäre sie heute noch am Leben, wenn er mehr dagegen angekämpft hätte.

Nun war es zu spät. Er konnte nicht ändern, was geschehen war. Bald schon würde er auf diese düstere Zeit zurück blicken und es bliebe hoffentlich nichts weiter als eine trübe Erinnerung. In wenigen Tagen würde Kiara vor den König treten und ihre Liebe zueinander kundtun. Keine Drohungen und keine Hiebe würden dann mehr ändern können, was zwischen ihm und ihr geschah. Er würde all das hier hinter sich lassen und ein ebenso von Liebe erfülltes Leben führen, wie es seinen Eltern bis zum Tod seines Vaters vergönnt gewesen war.

»Jayden!«, hörte er jemanden rufen.

Es war Tyran, der auf der Suche nach ihm war.

Er konnte nicht länger als zwei Stunden fort gewesen sein und es war heller Tag. War es nun schon so weit, dass er nicht einmal am Tage von Westwood wegkam, ohne dass man nach ihm suchte?

Schnaufend kam Tyran zu ihm gelaufen.

»Ich wusste, es war ein Fehler das Grab so weit hier oben anzulegen.« Er stützte sich auf seinen Knien ab und schnappte nach Luft.

Jayden sah sich um. Oft lag Nebel über dem Tal und diese Anhöhe war gerade so hoch, dass sie darüber hinaus ragte. Man konnte von hier oben weit über die Felder sehen, über das Herrenhaus hinweg und beinahe sah es von hier so aus, als wäre es bloß eine kleine Hürde, die es zu überwinden galt, um die Welt erobern zu können, die dahinter lag.

Nein, das hier war genau der richtige Ort für das Grab seiner Mutter.

»Sag schon, was gibt es?« Grundlos hatte Tyran sich sicher nicht die Mühe gemacht ihn hier oben aufzusuchen.

»Es ist der Lord ... er trinkt.«

»Und weiter? Soll er doch trinken.«

»Nein, ich meine, er trinkt wirklich viel. Er ist bereits sturzbesoffen. Claire sagt, er ersäuft seinen Kummer.«

»Kummer? Als ob er so etwas fühlen könnte«, knurrte Jayden

Erst ein Mal hatte er Westwood so richtig betrunken gesehen. Das war an dem Tag, als seine Mutter sich das Leben nahm. Es geschah ihm Recht, dass er bereute, was geschehen war, und es war gut, dass Jayden nicht dabei war, wenn er sich nicht mehr unter Kontrolle hatte.

»Er fragt nach dir.«

»Dann ... dann sagt ihm, ich wäre ausreiten, oder lasst euch etwas anderes einfallen. Ich werde jetzt ganz gewiss nicht zu ihm gehen.«

»Das verstehe ich. Klar, ich würde an deiner Stelle auch auf der Hut sein«, begann Tyran herumzudrucksen. »Es ist nur so ... Er scheint sehr ... reumütig. Er spricht immerzu davon, dass er einen Fehler begangen hat. Ich glaube, er will sich entschuldigen.«

»Dann soll er das tun, wenn er nüchtern ist.«

Er glaubte nicht daran, dass Westwood sich je für etwas entschuldigen würde und selbst wenn, würde Jayden die Entschuldigung gewiss nicht annehmen. Wegen ihm hatte seine Mutter sich das Leben genommen und wenn ihm das jetzt auf dem Gewissen lastete, geschah ihm das ganz recht.

»Nur nimmt er gerade das ganze Haus auseinander. Er hat Dalia geschlagen, er zerbricht alles, was er in die Finger bekommt, und er fragt nach dir. Er wird die Hunde loslassen. Er wird keine Ruhe geben, bis du zurückgekehrt bist.«

Jayden trat gegen einen Stein, der daraufhin den Hügel hinabrollte. Er hatte keine andere Wahl. Wenn Westwood wirklich Reue empfand, dann musste er jetzt zu ihm und nicht erst dann, wenn dieses Gefühl nicht mehr stärker war als der Hass, der in dem Mann brodelte. Abgesehen davon. Wenn Jayden nicht da war, an wem würde Westwood sonst seine Wut auslassen? Sicher an den Bediensteten. Nein, diese Schuld wollte er nun wirklich nicht auf sich nehmen. Da steckte er lieber selbst ein paar Hiebe ein.

»Du weißt, dass ich dich nicht bitten würde, wenn ...«

»Ich weiß ...«

»Und wenn es eine andere Möglichkeit gäbe, wenn ich einen Ausweg kennen würde ...«

»Schon klar, Tyran. Mach dir keine Gedanken. Ich gehe zu ihm. Er wird toben und schreien, wird mir an die Kehle wollen, aber morgen wird alles wieder vergessen sein. Also zerbrich dir nicht den Kopf darüber.«

Tyran atmete schwer auf.

»Du glaubst gar nicht, wie dankbar wir alle sein werden, wenn der Lord seinen Rausch ausschläft und wir die Scherben wegkehren können!«

Jayden grinste. »Dich will ich sehen, mit Rüschenschürze und Besen.«

»Wenn du jetzt vor Westwood trittst, dann trage ich auch morgen eine Schürze, glaube mir, das mache ich! In Rosa, wenn du willst.«

Kopfschüttelnd lief Jayden den schmalen Pfad hinab, der sich über die Anhöhe hinunter zum Anwesen schlängelte. Tyran folgte ihm über den Hof, wo man schon von weitem den Krach hören konnte, den Westwood in seinem rasenden Wutanfall verursachte. Scheppernd zerbarsten Vasen, gefolgt von unartikuliertem Geschrei.

Sie nahmen den Haupteingang, liefen hinauf und waren gerade in den Korridor zur Bibliothek eingebogen, da sahen sie schon Claire und zwei der Zimmermädchen vor der Tür stehen.

Die Mädchen zuckten zusammen, als wieder etwas zu Bruch ging. Die Tür bebte heftig und sie wichen ein Stück zurück. Dem Krach des zerspringenden Porzellans folgte Westwoods Geschrei.

Jayden konnte kein Wort verstehen. Der Mann hatte wirklich viel getrunken – um das zu erkennen, musste er den Lord nicht einmal sehen.

Claire scheuchte die Zimmermädchen davon, als Jayden und Tyran näher kamen.

»Was fällt dir ein?«, brüllte sie Tyran an. »Du wirst den Jungen nicht da reinschicken!«

»Aber du hast Westwood doch gehört! Er will Jayden sehen.«

»Und wenn Westwood ihn zu Gesicht bekommt, was dann? Glaubst du, dann wird er ganz ruhig ein paar Worte mit ihm wechseln?«

Sie wandte sich an Jayden. »Du, Junge, gehst auf dein Zimmer und sitzt das Ganze aus! So viel, wie der Lord bereits getrunken hat, wird er sich morgen an nichts mehr erinnern.«

»Die Hunde!«, schrie Westwood. »Lasst die verdammten Hunde los!«

»Sie hat Recht«, sagte Tyran. »Geh auf dein Zimmer. Wir lassen die Hunde los und setzen sie auf eine Kaninchenfährte an. Dann gibt er sicher Ruhe.«

»Ich …«, begann Jayden.

Doch es war bereits zu spät. Westwood riss die Flügeltür auf und stand ihnen gegenüber.

Schweiß stand auf der Stirn des Mannes. Sein Haar war zerzaust, sein Hemd zur Hälfte aufgeknöpft. Wann, wenn überhaupt je, hatte er den Lord so ungepflegt gesehen? Nicht einmal am Todestag seiner Mutter war er so haltlos gewesen.

Jayden bekam keinen Ton über die Lippen, während Westwood sich aufrichtete und den Schweiß aus seinem Gesicht wischte.

»Verschwindet«, verlangte er von seinen Angestellten in erschreckend ruhigem Ton.

Die Zimmermädchen nahmen sofort Reißaus, nur Tyran und Claire wagten es nicht den Lord mit Jayden alleine zu lassen.

Westwood kümmerte das nicht. Er trat einen Schritt zur Seite und deutete in die Bibliothek.

»Komm«, sprach er und bekam kaum die Zähne auseinander. »Wir haben etwas zu bereden.«

In seiner Hand hielt er eine beinahe zur Gänze geleerte Whiskyflasche. Taumelnd hielt er sich erst daran fest und fischte dann doch mit der freien Hand nach dem Türrahmen.

Alkoholvergiftung. Das wünschte Jayden ihm an den Hals. Wenn er doch nur umkippen und an seinem eigenen Erbrochenen ersticken würde. Den Gefallen würde Westwood ihm aber nicht tun. Stattdessen grinste er bloß breit, als hätte er Jaydens Gedanken lesen können. Er griff nach vorne, packte ihn am Kragen und zerrte ihn in die Bibliothek, während Claire erschrocken aufschrie und sich die Hände vor den Mund schlug.

»Schau dir das an!«, knurrte er und stieß ihn nach vorne.

In seinem Rücken hörte Jayden, wie die Tür ins Schloss fiel und von Westwood verriegelt wurde. Hektisch wirbelte er herum und stürzte auf sie zu, doch bevor er sie entriegeln konnte, hatte Westwood ihm bereits die Hand an die Kehle gelegt. Wie konnte jemand so besoffen und dennoch so geschickt sein?

»Schau es dir an!«, verlangte er ein weiteres Mal und stieß ihn wieder von sich.

Jemand rüttelte an der Tür.

Jayden fing sich an dem Tisch ab, auf den Westwood ihn gestoßen hatte, und spürte bemaltes Leinen unter seinen Händen. Es war ein Gemälde, das dort halb aufgerollt lag.

»Sie hätte mir gehören sollen!«

Jayden strich die vergilbte Leinwand glatt und sah sich das Gemälde an. Es war ein Portrait seiner Mutter. Er erkannte sie sofort an ihrem goldenen

Haar und den warmen freundlichen Augen. Doch sie war jung, jünger als er es nun war. Vielleicht vierzehn oder fünfzehn Jahre alt. In ihrem Rücken stand ein junger Mann. Seine Hand lag in vertrauter Weise auf ihrer Hüfte. Es war Westwood.

»Siehst du ihren Blick?«, fragte er und schlug Jayden grob zwischen die Schulterblätter. »Siehst du es? Sie hat mich geliebt!«

Jayden ließ das Bild los und es rollte sich wieder zusammen.

»Sie liebte meinen Vater«, entgegnete er.

»Nein! Mich hätte sie heiraten sollen! MICH!«

Jayden wich einen Schritt zurück. Warum erzählte er ihm das? Warum versuchte er ihn davon zu überzeugen? Gut, sie hatten sich gekannt und das scheinbar schon, bevor sie sich für Jaydens Vater entschieden hatte, doch was hatte das schon zu heißen?

»Am Ende hat sie Euch geheiratet, also habt Ihr doch bekommen, was Ihr wolltet.«

»Natürlich habe ich das! Ich bekomme IMMER was ich will! Aber sie hätte mich lieben sollen! Warum musste es ein Schmied sein? Was hatte er, was ich ihr nicht bieten konnte?«

»Ich weiß es nicht. Vielleicht war er keine solche Saufnase!«, schleuderte Jayden ihm entgegen.

Als Antwort schlug Westwood mit der Faust nach ihm. Er wich dem Schlag aus, so dass er ihn nur an der Wange streifte.

»Vielleicht mochte sie auch nicht ständig geschlagen werden!«, schrie Jayden wütend. »Sie hat Euch nie geliebt und Ihr konntet sie nicht dazu zwingen!«

Westwoods Hand schloss sich fester um die Whiskyflasche, während seine zweite sich zu einer Faust ballte.

»Ich habe ihr alles geboten! ALLES! Sie hätte mich lieben müssen!«

»Sie liebte meinen Vater. Findet Euch damit ab.«

»Und du ...« Er deutete mit zittrigem Zeigefinger auf Jayden. »Du hättest mein Sohn sein sollen und nicht so ein verzogener Bastard!«

»Ich bin kein Bastard!«

»Gebe ich dir nicht alles? Bin ich nicht immer gut zu dir? Trotz allem? Du müsstest mich lieben wie dein eigen Fleisch und Blut.«

»Ich hasse Euch. Ihr seid ein Monster! Ihr habt meine Mutter auf dem Gewissen und dass es Euch quält, geschieht Euch nur Recht! Wie irre seid Ihr eigentlich, dass Ihr glaubt, ich könnte mehr für Euch empfinden als Abscheu?«

Wie vom Blitz getroffen starrte Westwood ihn durch weit aufgerissene Augen an. Erst glaubte Jayden, ihn habe tatsächlich der Schlag getroffen, dass der Alkohol nun seine volle Wirkung zeigte und er jeden Moment die Augen verdrehen und umkippen würde, doch das war es nicht.

Es war tatsächlich das, was Jayden gesagt hatte, was ihn so traf. Dachte er wirklich, Jayden würde ihn mögen? Würde irgendetwas anderes für ihn empfinden als blanken Hass? Das war absurd. Westwood behandelte ihn wie einen räudigen Köter. Doch ... auch seine Mutter hatte er so schlecht behandelt und auch von ihr hatte er sich Liebe erhofft – erzwingen hatte er sie wollen. So wie jetzt von ihm. Dieser Mann hatte völlig den Verstand verloren.

Viel zu schnell gewann Westwood wieder die Fassung. Mit zittrigen Händen und rot angelaufenem Gesicht zog er sich einen silbernen Ring vom Finger.

»Nimm ihn«, verlangte er und rammte ihn samt seiner Faust so heftig gegen Jaydens Brust, dass diesem die Luft wegblieb.

Jayden stolperte rückwärts, schlug mit dem Rücken gegen die Wand und tastete nach der Anrichte, die neben ihm stand. Er hoffte eine Vase oder irgendetwas anderes zu fassen zu bekommen, mit dem er sich hätte wehren können.

Flüchtig sah er zur Tür. Niemand rüttelte mehr daran. Wahrscheinlich hatte Claire Tyran von ihr weggezogen und sicher war das besser so, da Westwood auch vor ihm nicht haltmachen würde.

Endlich bekam er eine Vase zu greifen, doch Westwood war schneller. Er schlug Jayden mit solcher Wucht die Whiskyflasche gegen den Kopf, dass sich Glassplitter und Blut weit über den Boden verteilten.

Benommen fiel Jayden auf die Knie. Er fasste sich an den dröhnenden Schädel und griff in Glas. Das Blut lief ihm über die Wange und das Bild vor seinen Augen verschwamm. Vor ihm drehte sich der Silberring auf dem Boden und das Geräusch, das er dabei machte, dröhnte unerträglich laut hinter Jaydens Stirn.

Westwood griff nach dem Ring und dann nach Jaydens Schulter. Er zog ihn wieder auf die Beine, presste ihm seinen Unterarm gegen die Kehle und schob ihm den blutverschmierten Ring auf den Finger

»Ich habe genug davon!«, knurrte er. »Von nun an ist es dein Fluch! Deine verdammte Bürde!«

Einen Moment starrte er den Ring an, als müsse etwas Wundersames geschehen, doch nichts passierte.

»Verdammt!«, brüllte er, packte Jayden am Hemd und stieß ihn von sich.

Jayden stolperte einige Schritte und fiel dann der Länge nach zu Boden. Noch immer war alles um ihn herum verschwommen. Das von seinem eigenen Blut besudelte Parkett war rutschig und der Schmerz in seinem Schädel hämmerte so heftig, dass er das Gefühl hatte, jemand würde wieder und wieder auf ihn einschlagen. Dennoch gelang es ihm auf die Beine zu kommen.

Er stolperte zur Tür hin und zerrte daran. Eine gefühlte Ewigkeit brauchte er, um sie zu entriegeln und schließlich riss er sie auf.

Wenn er bisher geglaubt hatte, Westwood würde sich vieles erlauben, aber töten würde er ihn nie, so war er sich da jetzt nicht mehr so sicher. Was auch immer Westwood sich von ihm erhofft hatte, er hatte es ihm nicht bieten können und nun gab es nichts mehr, was ihn schützen würde.

Er lief durch den Korridor zum Foyer und nahm die Treppe hinauf. Weit und breit war niemand zu sehen. Da waren nur er und Westwood, dessen Schritte durch das Herrenhaus hallten.

Jayden hielt sich am Geländer fest und schmierte dabei sein Blut daran. Immer wieder musste er sich an den Stufen abfangen, um nicht zu fallen.

Oben angelangt hielt er einen Moment inne. Der Schmerz in seinem Kopf brachte ihn um den Verstand. Er fühlte sich an, als würde er jeden Moment explodieren. Alles drehte sich um ihn und das Licht der Kerzenleuchter brannte ihm in den Augen.

Ein Poltern verriet ihm, dass Westwood die Treppe erreicht hatte. Jayden lief weiter, lief in Schlangenlinien durch den Gang, hielt sich immer wieder an der Wand fest und erreichte schließlich sein Zimmer.

Er stolperte hinein und schlug die Tür hinter sich zu, doch bevor es ihm gelingen konnte den Riegel vorzuschieben, wurde sie aufgestoßen.

Jayden taumelte rückwärts und landete auf seinem Bett, während Westwood die Tür hinter sich schloss und den Riegel vorschob.

Er würde ihn töten. Jayden hatte nicht die Kraft sich aufzurichten. Seine Glieder waren schwer wie Blei und der Schmerz, der in seinem Kopf dröhnte, fesselte ihn auf die Laken. Dennoch versuchte er es, versuchte sich aufzurichten und hatte kaum die Schultern angehoben, da packte Westwood ihn mit beiden Händen an der Kehle und drückte zu.

Er sagte nichts, starrte Jayden nur durch wilde, hasserfüllte Augen an, grinste überlegen und würgte ihn mit solcher Kraft, dass Jayden glaubte, er würde ihm das Genick brechen.

Ein plötzlicher Schlag hämmerte sich schmerzhaft in Jaydens Schädel. Er glaubte erst, es wäre Westwood, dem es nicht reichte ihn nur zu würgen, doch es war der Klang von Fäusten, die gegen die Tür schlugen.

»Aufmachen!«, hörte er Liam rufen. »Westwood, öffnet sofort die Tür!«

Wieder ein lauter Schlag, der den Riegel erzittern ließ. Er versuchte die Tür aufzubrechen, doch Jayden wusste, dass er es nicht rechtzeitig schaffen würde.

Es musste ihm selbst gelingen sich zu befreien. Zu seinem Glück hatte Liams plötzliches Auftauchen Westwood so weit abgelenkt, dass er seinen Griff etwas lockerte.

Jayden tastete mit der Hand nach seinem Nachttisch, bekam den Kerzenständer zu greifen und schlug ihn Westwood gegen den Schädel. Der Mann schrie und rollte zur Seite, so dass Jayden freikam.

Er sprang auf und warf sich auf die Tür zu, doch Westwood bekam seinen Fuß zu fassen und Jayden schlug hart zu Boden. Er trat nach Westwood, während der ihn von der Tür wegzerrte.

Ein weiterer Schlag ließ den Riegel krachen, doch noch hielt er die Tür weiter geschlossen. Noch einmal trat Jayden nach Westwood, kam frei und rappelte sich auf.

Der Lord warf sich auf ihn, umfasste seinen Oberkörper mit beiden Armen und Jayden schrie vor Wut und Schmerz, als er ihm den Brustkörper quetschte und dabei seine Rippen zu zerbrechen drohten.

Westwood hob Jayden hoch und schleuderte ihn quer durch das Zimmer. Der Junge landete auf seinem Bett, rollte darüber hinweg und schlug auf dem Boden auf. Er rappelte sich auf und kroch schwer atmend zur Wand. Mit dem Rücken lehnte er sich gegen die Balkontür.

Westwood sprang auf sein Bett und mit einem Satz auf ihn zu und Jayden wusste sich nicht anders zu helfen, als schützend die Hände vors Gesicht zu halten.

Einem ohrenbetäubenden Krachen folgte das Rieseln von Glas und gebrochenem Holz. Jayden nahm die Arme wieder herunter. Westwood war fort. Das Laken hatte er vom Bett gerissen, war wohl daran hängen geblieben und dann ... Jayden drehte sich um. Von der Balkontür war nicht viel übriggeblieben.

Schwerfällig kam er auf die Beine und zog sich auf den schmalen Balkon. Das hüfthohe Geländer hatte den Schwung, mit dem Westwood durch die Tür gebrochen war, nicht abbremsen können.

Da unten lag er. Arme und Beine von sich gestreckt, mit weit aufgerissenen leeren Augen. Ein durch die tief stehende Abendsonne lang gestreckter Schatten zog sich von ihm quer über den Schotterplatz und Jayden folgte ihm, bis hin zu Kiara. Ihre Blicke trafen sich und er konnte das Entsetzen in ihren Augen sehen.

Er hatte ihn getötet und sie hatte es mit angesehen. Erschrocken stolperte Jayden rückwärts ins Zimmer zurück, fiel über die Reste der Balkontür und kroch zu seinem Bett. Hinter ihm sprang die Tür aus den Angeln und Liam kam ins Zimmer gestürzt.

Schwer atmend lehnte Jayden am Bett und schloss die Augen. Sein Herz raste, seine Gedanken hetzten und eine unerträgliche Hitze stieg ihm von den Händen bis in die Schultern hinauf. Er riss die Augen auf. Der Ring an seinem Finger glühte, er brannte sich in sein Fleisch.

Panisch schrie er auf, zerrte an dem Metall, riss den Ring von seinem Finger und schleuderte ihn gegen die Wand. Westwood hatte die Wahrheit gesagt. Dieser Ring war verflucht und jetzt, da er tot war … was würde jetzt mit Jayden geschehen?

Neben ihm warf Liam sich auf die Knie.

»Jayden! Alles in Ordnung?« Er wollte nach ihm greifen, doch Jayden wich ihm aus.

»Geh weg!«, schrie er und schlug sich die Hände vors Gesicht. »Fass mich nicht an!«

Kiara. Sie hatte es gesehen, hatte zu ihm hinaufgeschaut und da war mehr als nur Entsetzen in ihrem Blick gewesen. Warum war sie überhaupt da gewesen? Was hatte sie hier zu suchen? Natürlich. Der Todestag seiner Mutter, ihr Jahrestag. Sie hatte ihn sicher überraschen wollen.

Jayden hatte ihr gesagt, dass er alles tun würde, um Lord von Westwood zu werden, und nun war es geschehen und sie würde ihn dafür hassen … Sie würde ihn hassen.

»Geh weg!«, verlangte er ein weiteres Mal, doch Liam blieb.

***

»Geh weg!«, rief Valeria.

Jemand hielt sie am Handgelenk fest und sie wehrte sich dagegen.

»Fass mich nicht an!«, verlangte sie und begriff erst dann, dass sie wieder im Hier und Jetzt war.

Es war Jayden, der sie festhielt, jetzt auch nach ihrem zweiten Arm griff und sie schüttelte, als müsse er sie aus einem Albtraum wecken.

Und das war es auch gewesen. Nicht einfach nur eine Erinnerung, es war ein schrecklicher Albtraum.

»Es tut mir leid«, flüsterte sie, als ihr bewusst wurde, dass Jayden diese Erlebnisse nur wegen ihr noch einmal hatte durchstehen müssen.

Er antwortete nicht. Sein Blick war kalt, seine Miene versteinert.

»Es tut mir leid. Wirklich, so leid«, wiederholte sie mit den Tränen kämpfend.

»War es denn so schwierig?«, zischte er durch zusammengebissene Zähne. »Nur eines habe ich von Euch verlangt! Nur das Eine!«

Er zog sie mit sich. Sein Griff um ihr Handgelenk lockerte sich nicht und sie hatte Mühe mit ihm mitzuhalten, während er sie durch den Korridor zerrte.

»Ich wollte ... Ich wollte Euch helfen! Bitte glaubt mir, ich wusste ja nicht ...«

Jayden blieb abrupt stehen. Als er sich zu ihr umdrehte, zuckte sie zusammen, aus Angst, er würde sie schlagen. Tatsächlich hob er auch die Hand, berührte sie aber nicht.

»Genau!«, schrie er sie an und deutete mit dem Zeigefinger auf sie. »Ihr wusstet nicht. Und Ihr versteht nicht.«

Seine Hand schnellte auf sie zu und sie duckte sich weg, doch wieder fasste er sie nicht an. Er stieß eine Tür auf und drängte sie hinein. Es war ihr Schlafgemach, zu dem er sie gebracht hatte.

Mit Schrecken stellte sie fest, dass er den silbernen Ring seines Stiefvaters trug, und das verschlug ihr die Sprache. Wenn es einen Fluch gab, dann hatte er etwas mit diesem Ring zu tun.

Gedankenlos wollte sie danach greifen, doch Jayden fing ihre Hand ab.

»Ihr tut mir weh!«, schluchzte sie und versuchte sich loszureißen.

Sofort ließ Jayden sie los.

»Merkt Ihr es denn nicht?«, fragte sie entsetzt. »Merkt Ihr nicht, dass Ihr wie er geworden seid?«

»Ich bin nicht wie er«, protestierte er.

»Ihr seid ein Monster!«, schrie sie ihm zu, während er die Tür schloss.

Ein Klicken verriet Valeria, dass er sie eingeschlossen hatte. Sie fasste nach dem Türgriff und zerrte daran.

»Lasst mich raus!«, verlangte sie und schlug mit den Fäusten gegen die Tür. »Öffnet sofort die Tür!«

Gebannt

Schon eine ganze Weile saß Valeria an die Tür gelehnt da und lauschte auf jedes Geräusch. Doch die Hoffnung, dass irgendjemand an ihrem Zimmer vorbeikäme und sie um Hilfe bitten könnte, war vergebens. Es war schon spät in der Nacht und sicher schliefen alle.

Wenn sie an den Jungen dachte, der von seinem Stiefvater fast tot geprügelt worden war, der die große Liebe seines Lebens verloren hatte und damit jede Hoffnung, war sie von Mitleid und Verständnis erfüllt. Doch der Mann, der sie hier eingesperrt hatte, war ein anderer.

Es musste dieser Fluch sein. Anders konnte sie es sich nicht erklären. Doch was war das für ein Fluch, was sollte er bezwecken?

Wer konnte solch einen Hass auf die Familie Westwood haben, dass er sie so strafte? War es vielleicht, wie Liam gemutmaßt hatte? Waren es die Northweyls? Und wenn dem so war, wusste Kiara dann womöglich etwas darüber und hatte das dazu beigetragen, dass sie sich von Jayden abgewandt hatte?

Es gab nur eine Person, die ihr diese Fragen beantworten konnte, und das war Kiara selbst.

Allmählich gedieh in Valeria ein Plan. Sie traute dem Lord nicht, wusste nicht, ob er Belltaine ebenso einsperren oder gar vom Hof jagen würde. Sie waren hier nicht mehr sicher – falls sie das überhaupt je gewesen waren.

Sie musste Liam finden, ihn um Hilfe bitten und gemeinsam mit Belltaine würden sie zu Kiara flüchten. Sicher fänden sie dort Schutz und Antworten auf ihre Fragen.

Sie hatte keine großen Hoffnungen, dass aus dem Mann von heute je wieder der Junge von damals werden könnte, doch wenn es einen Weg gab, war es nicht an ihr diesen zu finden. Wenn erst einmal der König über die Vorkommnisse in Westwood Bescheid wüsste, würde er sicher die richtige Entscheidung treffen.

Sie lief zum Fenster und schaute nach unten. Es war viel zu tief, um zu springen, aber der Fenstersims war breit und der nächste war nicht sehr weit entfernt.

Sie öffnete das Fenster, stieg auf den Sims und kletterte nach draußen. Vorsichtig ertastete sie mit dem Fuß das Fensterbrett zu ihrer Rechten und noch bevor sie dort festen Halt gefunden hatte, kam in ihr die Frage auf, wie sie dort hinein kommen sollte, wenn nicht zufällig das Fenster offen stände.

Doch nun gab es kein Zurück mehr. Sie hangelte sich nach drüben und ging vorsichtig in die Knie.

Natürlich war das Fenster verschlossen. Wie hätte es auch anders sein können? Sie rüttelte am Rahmen und rutschte dabei mit einem Fuß über den Rand des Fenstersimses.

Ihr Herz machte einen Sprung. Panisch klammerte sie sich am Holz fest und glaubte für einen Moment zu stürzen und zu enden wie einst Jaydens Mutter und nach ihr Lord Westwood. Der Wind zupfte an ihrem Kleid und Valeria presste sich fest gegen das Glas.

Noch einmal schlug sie gegen das Fenster und diesmal gab es nach. Valeria purzelte in das Zimmer und machte dabei so einen Krach, dass sie vor Schreck die Luft anhielt und mit wild pochendem Herzen darauf wartete, dass Westwood durch die Tür gestürzt käme.

Als sie sicher sein konnte, dass ihre Flucht nicht bemerkt worden war, stand sie auf und lief auf Zehenspitzen zur Tür.

Es war dunkel – sowohl in diesem Zimmer als auch im Korridor. Wie spät musste es mittlerweile sein? Sicher bereits nach Mitternacht. Jeder ihrer Schritte würde zu hören sein, wenn sie durch das leere Haus lief.

Sie schlüpfte aus ihren Schuhen und lief los. Sie musste es nur unbemerkt bis hinunter in die Gesinderäume schaffen, dann wäre sie in Sicherheit. Das hoffte sie zumindest.

Sie schlich nahe der Wand entlang, sah sich ängstlich um und stieß dabei versehentlich gegen eine Vase. Gerade noch rechtzeitig fing Valeria sie auf, bevor sie umfallen konnte.

Warum hatte sie die hier auch überall aufstellen lassen? Ihr Haar verhedderte sich in den Blumen, die laut raschelten. Trockenblumen. Ein weiterer Fehler, den sie bereute.

Sie lief weiter und hielt dabei die Luft an, weil ihr Atem so laut schien, dass man ihn bestimmt noch drei Räume weiter hören konnte.

Erschrocken begriff sie, dass es nicht ihr Atem war, den sie hören konnte. Es war viel mehr ... ein Hecheln. Ein Hund? Es musste ein Hund sein, denn wie hätte ein anderes Tier in das Anwesen gelangen können?

Sie dachte an die Hunde, vor denen Jayden sich gefürchtet hatte. Würde er ihr nun dieselbe Angst einjagen wollen? Nein, es gab hier keine Hunde mehr, zumindest nicht dass sie wüsste.

Sie lief schneller, stolperte um die Ecke und auf die Treppe zu, die nach unten führte. Ein Knurren rollte durch das Foyer und ließ sie stocken.

Wie versteinert blieb sie stehen. Ihr Herz pochte wild und in ihren Ohren rauschte das Blut. Ganz langsam wagte sie sich einen weiteren Schritt voran.

Sie hörte Schritte auf dem Parkettboden unterhalb der Treppe und wollte es dennoch nicht wahrhaben. Erst als sie ihn tatsächlich sah und in seine gelben Augen blickte, war jeder Zweifel wie weggeblasen.

Ein Wolf. Größer als jeder Hund, den sie je gesehen hatte, mit Pranken so gewaltig wie die eines Löwen.

Valeria war erstarrt. Hatte er sie bereits erblickt? Sie stand oben, wenige Schritte von der Treppe entfernt und er lief unten vor der Eingangstür auf und ab, gleich so, als wolle er verhindern, dass jemand flüchtete. Er musste nur seinen Blick heben, dann hätte er sie im Visier.

Sie verbot es sich zu atmen, verbot sich auch nur zu blinzeln und doch konnte sie nicht ewig so stehenbleiben.

Mit aller Vorsicht tat sie einen Schritt zurück, dann einen weiteren, da knarzte das Holz unter ihrem Fuß.

Erschrocken sog sie die Luft ein. Der Wolf sah sich zu ihr um und ihre Blicke trafen sich.

Valeria wirbelte herum und rannte los. Ihre Schritte hallten durch die weiten Korridore, ihr Atem hetzte, ihre Gedanken überschlugen sich. Plötzlich packte sie jemand am Arm und zog sie zur Seite in einen Raum hinein. Sie schrie auf, doch schon legte sich eine Hand auf ihren Mund.

Es war dunkel. Sie stand versteckt hinter einer Tür, fahles Mondlicht fiel durch einen schmalen Spalt zu ihren Füßen und im Korridor waren die Schritte des Wolfes zu hören.

Sie musste nicht sehen, wer sie hielt. Sie hatte Liam bereits an seinem Atmen erkannt. Noch immer lag seine Hand auf ihrem Mund und sie schmeckte seinen Schweiß, atmete seinen Duft ein und ihre Knie wurden weich. Sie wäre in seinen Armen zusammengebrochen, wenn er sie nicht so fest an sich herangezogen gehalten hätte.

»Pssst«, zischte er.

Der Schatten des Wolfes bewegte sich langsam an ihnen vorbei. Er musste sie wittern können, ihre Herzen pochen hören. Ihr Versteck konnte niemals gut genug sein und der Gedanke daran ließ Valerias Puls rasen.

Trotz allem blieb der Wolf nicht stehen. Er lief weiter und erst als kein Geräusch mehr zu hören war, nahm Liam die Hand von ihrem Mund und drehte sie zu sich um.

Er tastete ihre Arme ab.

»Geht es dir gut?«, fragte er besorgt. »Bist du verletzt?«

»Nein …«, hauchte sie, noch völlig neben sich stehend.

»Sicher?«

Sie schaute an sich herunter. Es ging ihr gut, sie stand zwar unter Schock, war sicher kreidebleich, doch der Wolf hatte sie nicht einmal berührt. Ihr war sicher nichts geschehen.

»Sicher.«

Er packte sie an den Schultern.

»Was hast du bloß getan?«, fragte er sie vorwurfsvoll.

Sie verstand nicht, was er meinte und sah ihn nur verwirrt an.

»Nichts! Nichts habe ich getan. Ich weiß nicht, wie der Wolf herein gekommen ist. Er war plötzlich da, und …«

»Du warst wieder am Schrank, nicht wahr? Willst du denn nicht begreifen, was du damit anrichtest?«

Er ging zur Tür und schaute nach draußen.

Valeria blieb noch einen Moment regungslos stehen und starrte zu Boden.

»Die Luft ist rein«, flüsterte er.

Sie wirbelte herum.

»Was soll das heißen?«, schrie sie ihm so plötzlich entgegen, dass er sie nur verwirrt ansehen konnte. »Hier läuft ein Wolf durch das Haus und es ist meine Schuld? Nur weil ich ...«

Er ergriff ihren Arm und wollte sie aus dem Raum ziehen. »Komm, ich bringe dich auf dein Zimmer.«

»Nein!« Sie riss sich los. »Ich will jetzt die Wahrheit erfahren! Ich will wissen, was los ist! Hört auf mich immer alle beschützen und verschonen zu wollen. Ich halte das nicht mehr aus!«

Sie wich zurück, als Liam die Hand nach ihr ausstreckte.

Seufzend schob er die Tür zu.

»Was weißt du?«, fragte er.

»Nun ja ... Der Fluch, er existiert wirklich, nicht wahr? Es hat was mit diesem Ring zu tun. Der vorherige Lord war ein gefühlskaltes Monster und Jayden, er hat den Ring, und ...«

»War er das?«, fragte Liam.

»Ja!«, sagte sie in fester Überzeugung, schüttelte dann aber den Kopf. Nein, der vorherige Lord war nicht so gefühlskalt wie Jayden gewesen. Vielmehr ein Choleriker.

Sie trat näher an die Tür und starrte sie an, als könne sie durch sie hindurch sehen. Ihre Gedanken rasten und ihr war, als müsse sie nur ihren Arm ausstrecken, um einen von ihnen zu fassen. Was, wenn Jayden seine Gefühle und seine Erinnerungen weggesperrt hatte, um eben nicht so zu sein wie er?

»Er hat sie unter Kontrolle ...«, murmelte sie.

»Nicht seine Gefühle will er kontrollieren«, half Liam ihr auf die Sprünge.

»Sondern den Wolf.« Sie schlug sich die Hände vor den Mund.

»Jeden Abend wird er von der Bestie überwältigt, jeden Abend streift er durch die Wälder und führt ein Rudel wilder Wölfe an, das nur durch ihn zu kontrollieren ist«, begann Liam zu erklären. »Er hält sie fern von den Menschen und dem Vieh, läuft die Grenzen des Landes ab und schützt das Königreich. Seit Jahrhunderten beschützen die Westwoods die Grenzen, seit der Zeit da …«

»Sie sich weigerten Kriegsdienst zu leisten.« Sie überlegte. »Dann wurde der Fluch tatsächlich von den Northweyls ausgesprochen?«

»So ist es.«

»Aber dann müssen sie ihn brechen! Es gibt keinen Krieg mehr, die Grenzen sind sicher, zumindest müssen sie nicht mehr um diesen Preis geschützt werden.«

»Ich denke, sie hätten es getan, wenn es Ihnen möglich gewesen wäre. Es gibt nicht mehr viele von ihnen, kaum noch Magier in ihren Reihen.« Er hob die Schultern. Wahrscheinlich wusste auch er es nicht mit Sicherheit. Woher auch? »Ich weiß nur von einer Art, den Herren Westwoods vor dem Fluch zu schützen.«

Valerias Gedanken überschlugen sich. Westwood hatte den Fluch auch brechen wollen. Er wollte, dass Jaydens Mutter ihn liebte, hatte sie im Haus gefangen gehalten, von ihrem Sohn abgeschnitten und versucht ihr aufzuzwingen, was sie ihm in jungen Jahren verwehrt hatte. Und nach ihrem Tod wollte er dasselbe von Jayden. Auf seine vollkommen irre, geisteskranke Art, hatte er die Menschen um sich herum mit Gewalt dazu zwingen wollen ihn zu lieben. Valeria konnte bei dem Gedanken nur den Kopf schütteln. Wie verrückt konnte ein Mensch sein? Und wozu das Ganze? Natürlich.

»Jemand muss den Fluch aus freien Stücken auf sich nehmen.«

Liam ließ ihr einen Moment Zeit, um zu verarbeiten, was sie nun wusste.

»Der Ring. Wer den Ring trägt …« Sie brach ab.

Deswegen hatte Westwood ihn dazu gezwungen ihn zu tragen.

»Und ich habe ihm gesagt, er wäre ein Monster … ein Biest …«. Das hatte sie zu ihm gesagt. Dabei tat er alles, um dieses Biest zu kontrollieren. Ja, es war ihre Schuld, dass er jetzt durch diese Korridore streifte statt durch die Wälder. Sie hatte all die unterdrückten Gefühle freigesetzt und ihm somit die Kontrolle über die Bestie genommen.

»Komm jetzt, ich bringe dich in dein Zimmer, wo du in Sicherheit bist.«

Sie nickte und begriff erst dann, dass es zu dunkel war, als dass Liam ihre Kopfbewegung hätte sehen können.

Er wartete ihre Antwort aber nicht ab, öffnete die Tür und in dem fahlen Mondlicht, das seine Silhouette umspielte, sah sie, wie er ihr seine Hand entgegen streckte.

Sie griff zu.

»Keine Sorge, dir passiert nichts. Ich passe auf dich auf«, versprach er ihr.

***

Valeria tat in dieser Nacht kein Auge zu. Vor wenigen Stunden noch war sie fest davon überzeugt gewesen, dass der Jayden von damals nicht mehr existierte, doch nun wusste sie, dass er sich bloß selbst gefangen hielt.

Er hatte sich gemeinsam mit diesem Monster, das er in sich trug, in einen Käfig eingesperrt.

Sie verstand nun auch, warum er alle Angestellten davongejagt hatte. Er wollte sie schützen und auch Valeria wollte er nicht hier haben, weil es zu gefährlich war. Deswegen hatte er ihr verboten des Nachts das Zimmer zu verlassen, deswegen ließ er sie nicht an sich heran kommen.

Es rüttelte an der Tür und Valeria schrak auf.

»Ach Gott, Belltaine, du bist es«, stieß sie erleichtert aus, als ihre Freundin das Zimmer betrat.

»Wen hattest du denn erwartet?«

Valeria lächelte trübe.

»Niemanden.«

»Lord Westwood war eben bei mir«, erklärte Belltaine. »Er bat mich dich aus dem Zimmer zu lassen.«

»Aus dem Zimmer lassen? Das musst du missverstanden haben«, winkte Valeria ab und zwang sich zu einem Grinsen.

»Ganz bestimmt nicht. Seine Worte waren unmissverständlich. Er war fest davon überzeugt, dass dein Zimmer abgesperrt sei. Der Schlüssel steckt ja auch noch von außen, aber die Tür war offen. Also raus damit. Was ist hier los?«

»Liam hat sie bereits aufgeschlossen.«

Belltaine kam zu ihr gelaufen und ergriff Valerias Hände.

»Liam war bei dir? Heute Morgen schon so früh?«

Valeria schüttelte den Kopf.

»Heute Nacht.«

»Herrgott, Valeria! Was denkst du dir? Du bist verlobt. Hat er dich deswegen eingesperrt? Es ist unverschämt eine Dame einfach so in ihre Gemächer zu sperren, aber wenn du und Liam ...«

»Nein, es ist nicht so, wie du denkst.« Sie zog Belltaine zu sich ans Bett. »Ich werde es dir erklären, aber du musst es für dich behalten.«

Belltaine nickte eifrig.

»Schwör es!«

»Beim Leben meiner Eltern!«

Also begann Valeria zu erzählen. Sie berichtete alles, was sie über Jaydens Vergangenheit wusste und was Liam ihr gesagt hatte.

Sie konnte sehen, wie die Farbe aus Belltaines Gesicht wich. Gebannt hing sie an Valerias Lippen und ihr Mund stand vor Staunen offen, als sie zum Ende kam.

»Wenn Liam mich nicht beschützt hätte, wer weiß, dann wäre ich jetzt wahrscheinlich nicht mehr am Leben.«

»Bestimmt ...«, murmelte Belltaine.

»Was sollen wir bloß tun?«

»Tun ...« Belltaine stand noch völlig neben sich. »Der arme Mann«, meinte sie nach einer Weile des Schweigens. »Er hat so ein Schicksal wahrlich nicht verdient.« Sie gab Valeria einen Klaps auf den Handrücken. »Und du vergnügst dich derweil mit seinem einzigen Vertrauten. Was denkst du dir dabei?«

»Das hat doch nichts mit meinen Gefühlen zu tun«, verteidigte sie sich.

»Es ist also wahr, du empfindest etwas für Liam!«

»Spielt das eine Rolle? Jayden liebt sowieso Kiara und nicht mich.«

»Er mag sie vielleicht geliebt haben, aber sie ihn? Es ist doch offensichtlich, dass sie ihr Versprechen gebrochen hat. Sie hat dem König gegenüber kein Wort von ihrer Beziehung gesagt.«

»Aber doch nur, weil sie glaubte, Jayden habe den Lord aus Rache getötet.«

»Sie hätte fragen können. Wenn du sehen würdest, wie Liam jemanden tötet, würdest du dich dann auch von ihm abwenden oder würdest du den Grund erfahren wollen?«

»So oder so. Sie hat ihn entweder nicht gefragt oder er hat sie belogen. Sicher wollte er sie genauso schützen wie alle anderen. Aber wir werden es in Erfahrung bringen.«

»Wir?«

»Ja«, sagte Valeria entschlossen. »Wir werden sie besuchen fahren. Am besten sagst du gleich Tyran Bescheid.«

»Wir sollten nichts überstürzen. Du hast noch nicht einmal gefrühstückt.«

Missmutig sah Valeria zur Tür. Sie hatte gehofft Jayden heute nicht gegenüber treten zu müssen. Auch wenn er sich wohl nicht mehr daran erinnerte, dass er ihr in Wolfsgestalt begegnet war, so blieb da immer noch das, was sie unerlaubt getan hatte.

Er war unheimlich wütend gewesen und das zu Recht. Sie war zu weit gegangen.

»Gut«, stimmte sie einsichtig zu. »Dann verschieben wir den Besuch auf den Nachmittag.«

***

Als Valeria den Speisesaal betrat, stand Jayden am Fenster. Er hatte ihr den Rücken zugekehrt und schenkte ihr keinerlei Beachtung.

Wie es sich gehörte, knickste sie, obwohl er sie nicht sehen konnte.

»Ihr müsst Euch nicht verbeugen«, sagte er ruhig, ohne sie dabei anzusehen.

»Ihr seid ein Lord und noch bin ich nicht Eure Gattin.«

Nun drehte er sich doch zu ihr um.

»Ich bin der Sohn eines Schmieds und das wisst Ihr auch.«

»Es tut mir leid«, sagte sie ehrlich und schuldbewusst.

»Auch entschuldigen müsst Ihr Euch nicht.« Er deutete auf den Stuhl. »Bitte, setzt Euch.«

Unsicher folgte sie seiner Aufforderung und nahm Platz.

Woher kam dieser Sinneswandel? Gestern noch war er so wütend auf sie gewesen, dass sie fürchten musste, er würde sie den Rest ihres Lebens einsperren, doch heute schien er gelassen zu sein.

»Ich denke schon, dass ich ...«, begann sie und wurde von ihm unterbrochen.

»Pochierte Eier und Toast?«, fragte er sie und wartete ihre Antwort nicht ab, sondern füllte ihr einen Teller.

Das nahm sie immer zum Frühstück und ihm war das offensichtlich nicht entgangen. Er stellte ihr den Teller hin und nahm am anderen Ende des Tisches Platz.

»Bitte, Jay ... Lord Westwood, lasst mich erklären. Ich hätte Euch nicht nachspionieren sollen. Was ich erfahren habe ... Was Ihr erlebt habt ... es ...«

Er schlug mit der flachen Hand auf den Tisch, so dass Valeria vor Schreck aufschrie.

»Verzeiht.« Er rieb sich die Schläfen. »Ich wollte Euch keine Angst einjagen.«

»Ihr ... Ihr seid nicht wie er«, erklärte sie leise und wagte es nicht ihn dabei anzusehen.

»Esst«, war alles, was er darauf antwortete.

Sie begann mit der Gabel in ihren Eiern herumzustochern. Nach allem, was sie über ihn erfahren hatte, verstand sie nun, warum er so verschlossen und abweisend war. Doch deswegen fühlte sie sich längst noch nicht wohl damit. Und diese Stille war unerträglich.

»Ihr spielt Klavier«, sagte sie, weil ihr kein besseres Thema einfiel. »Ich habe Euch spielen hören.«

»Mehr schlecht als recht.«

»Oh, mir hat es gut gefallen.«

Er lächelte verlegen. »Wenn man sonst nicht viel zu tun hat, wird man schnell besser.«

Es gefiel ihr ihn lächeln zu sehen. Auch wenn die zerstörten Windlichter seine angestaute Wut zurückgebracht hatten, so hatte es zumindest das

Gute, dass er ein Stück weit wieder zu dem Menschen wurde, der er einmal gewesen war.

»Aber Ihr müsst ja nicht so zurückgezogen leben. Ihr könntet Gesellschaften geben oder Euch mehr ... in Eurer Grafschaft engagieren«, schlug sie ihm eifrig vor. Ihr plötzlicher Enthusiasmus griff jedoch nicht auf ihn über. Sie konnte ihm zwar schlecht sagen, dass Liam ihr von dem Fluch erzählt hatte, aber es musste doch nicht sein, dass er nur wegen dieser Bürde sein ganzes gesellschaftliches Leben aufgab.

»Es ist gut so, wie es ist«, sagte er.

Sie schwieg und diesmal war er es, der die Stille unterbrach.

»Und Ihr? Spielt Ihr ein Instrument?«

»Das Cello. Auch ein wenig Piano, aber das Cello liegt mir mehr.«

Eine Weile sagte er nichts.

»Ich würde Euch gerne einmal spielen hören.«

Sie lächelte.

»Ich habe es leider nicht mitgebracht. Ich ging davon aus, dass, da dies ein großes Herrenhaus ist und Ihr ein Musikzimmer habt ... Nun ja, es ist das Cello meiner Mutter.«

»Ihr müsst Euch nicht erklären. Wenn es nicht geht, dann geht es eben nicht.«

Wieder schwiegen sie beide und gerade wollte sie sich ihre erste Gabel in den Mund schieben, da sah er wieder von seinem noch unberührten Teller auf.

»Was haltet Ihr von einem Ausritt?«

»Mit Pferden?« Sie zuckte innerlich zusammen. Wie dumm war denn diese Frage gewesen?

Er lächelte. »Sind Euch Esel lieber?«

Verlegen sah Valeria auf ihre Hände. »Sehr gerne«, sagte sie schließlich.

»Die Esel oder die Pferde?«

Sie lachte. »Die Pferde.«

Er stand auf und warf seine Serviette auf den Tisch.

»Kommt!«

»Sofort?«, fragte sie überrascht.

»Habt Ihr denn etwas anderes vor?«

Das hatte sie tatsächlich. Sie wollte zu Kiara, doch das konnte sie ihm nicht sagen. Er würde schnell seine Schlüsse ziehen und es ihr am Ende womöglich noch verbieten. Dabei war es ja nur zu seinem Besten. Sie brauchte Kiaras Hilfe, wenn sie den Fluch brechen wollte, und mehr noch brauchte er die Frau, die er tatsächlich liebte, an seiner Seite.

»Nein«, antwortete sie und stand ebenfalls auf.

»Dann kommt.« Er streckte ihr die Hand entgegen, doch sie zögerte. Sicher hatte er ein schlechtes Gewissen, weil er sie eingesperrt hatte und dass sie durch das Zerstören mehrerer Windlichter einen Teil seiner Gefühle freigesetzt hatte, tat sein Übriges. Außerdem wusste sie nun, dass er kein schlechter Mensch war, auch wenn es zuerst den Anschein hatte. Es gab keinen Grund für sie seinen Vorschlag abzulehnen.

»Ich beiße nicht«, sagte er, ohne die Ironie in seinen Worten zu begreifen.

Sie nahm seine Hand an und folgte ihm.

»Ihr solltet noch etwas wissen«, sagte sie, als sie am Foyer angekommen waren.

»Geht es um Eure Reitfertigkeiten?«

»Oh nein«, antwortete sie, obwohl die auch nicht gerade hervorragend waren. »Es geht darum, dass Ihr mir freie Hand gabt, was meine Aufgaben als Hausherrin angeht. Euch wird aufgefallen sein, dass ich Personal eingestellt habe.«

»Wie hätte es mir nicht auffallen können?«

Sie nahmen die Treppe nach unten und Gilroy öffnete ihnen die Tür.

»Ihr seid nicht erbost deswegen?«

Er blieb kurz stehen. »Ich denke, ich werde mich daran gewöhnen können.«

Sie hätte ihn gerne gefragt, warum er die Menschen damals fortgeschickt hatte. Sie konnte es sich zwar denken, doch was war heute anders, dass er nun Angestellte in seinem Haus zuließ? Sicher, er hatte durch den Zauber, der seine Gefühle im Zaum hielt, auch den Wolf besser unter Kontrolle, doch benahm er sich heute nicht bereits anders als noch vor ein paar Tagen? Hatten die zerstörten Windlichter nicht schon ihre Wirkung gezeigt? Vielleicht war es ihm nicht bewusst oder er glaubte, er habe sich dennoch gut genug unter Kontrolle. Der gestrige Tag hatte aber etwas ganz anderes gezeigt, doch wie hätte sie ihm das sagen können? Nein, das konnte sie nicht. Er war gerade dabei wieder menschlich zu werden, ein echtes Leben zu führen und wenn alles gut ging, wäre der Fluch bald gebrochen.

»Nun, ich habe auch einen Stallburschen eingestellt.«

»Gut, das erspart uns Arbeit«, sagte er gelassen, gleich so, als wäre er es, der jeden Tag die Ställe ausmistete.

Er hatte schon den halben Weg zu den Stallungen zurückgelegt, als er stockte. Erst jetzt begriff er, worauf sie hinaus wollte. Es wunderte sie, dass es so lange gedauert hatte. Er hatte ihn doch gesehen, vor wenigen Tagen, im Foyer.

Er drehte sich zu ihr um.

»Ihr habt ...?«

»Ich dachte, er war Euer bester Freund. Ist es nicht so gewesen?«

Seine Miene versteinerte sich. Sie wusste nicht, was zwischen den beiden vorgefallen war, ob da noch mehr war als nur die Tatsache, dass Jayden sich von ihm abgewandt hatte.

Und plötzlich kam ihr wieder in den Sinn, was damals geschehen war. Tyran war es gewesen, der ihn dazu überredet hatte zu Lord Westwood zu gehen. Sie erinnerte sich, als wäre sie selbst dabei gewesen, dass Jayden aus der Bibliothek gestürzt war, um sich in sein Zimmer zu flüchten. Tyran war nicht mehr da gewesen. Konnte es sein, dass er ihm das nie verziehen hatte?

»Es tut mir leid, ich wusste ja nicht ...«

»Nein«, unterbrach Jayden sie. Da war er wieder, dieser Zorn und die Kälte in seiner Stimme, die einen anderen Menschen aus ihm machten. »Es spielt keine Rolle. Jetzt nicht mehr.« Er drehte sich von ihr weg und lief langsam weiter, hielt dann aber doch inne.

»Wisst Ihr, vielleicht war es doch etwas überstürzt«, meinte er. »Wir können auch ein andermal ausreiten.«

Wieder wandte er sich um und ging zurück zum Herrenhaus. Valeria blieb zurück und sah ihm nach.

Es spielte offensichtlich sehr wohl eine Rolle. Er konnte sich davor verschließen, doch das machte es nicht besser. Ganz im Gegenteil. Es war nur ein weiteres unterdrücktes Gefühl, dass sich in ihm aufbaute und unter der Oberfläche brodelte. Es war die Nahrung der Bestie in ihm. Jetzt konnte er es noch verbergen, doch schon bei Nacht würde das ganz anders aussehen.

Sie lief ihm nach.

»Es spielt sehr wohl eine Rolle«, widersprach sie. »Er hat Euch im Stich gelassen. Ist es nicht so? Ihr müsst mit ihm reden und diese Sache aus der Welt schaffen.«

»Ich muss gar nichts. Es ist Vergangenheit und was vergangen ist, soll man ruhen lassen.«

»So ein Unsinn«, entgegnete sie.

Er sah sie verwundert an.

»Wie meinen?«

»Ich meine es so, wie ich es sage! Schaut mich nicht so verwundert an, ich bin vielleicht eine Dame, aber das heißt nicht, dass ich nicht geradeheraus sprechen kann. Die Vergangenheit ruhen lassen? So ein Blödsinn! Ihr seid feige, wenn Ihr Euch der Konfrontation nicht stellen wollt!«

»Feige? Nein, ganz bestimmt bin ich das nicht.«

Sie nahm ihn bei der Hand und zog ihn mit sich.

»Dann kommt und beweist es mir!«

»Ganz sicher werde ich nicht, nur um Euch etwas zu beweisen ...« Er stockte.

»Wie gerufen«, murmelte Valeria, als Tyran um die Ecke bog.

Einen Moment sahen die beiden Männer sich bloß schweigend an. Valeria wusste nicht, ob sie sich ignorieren oder prügeln würden und insgeheim hoffte sie sogar auf Letzteres. Eine Konfrontation wäre allemal besser, als sich für weitere zehn Jahre aus dem Weg zu gehen.

»Du bist also zurückgekehrt«, sagte Jayden schließlich.

Tyran schnaubte. »Gibt ja sonst keine gute Arbeit in dieser gottverlassenen Grafschaft.«

»Verflucht ist das Wort, das du eigentlich sagen wolltest.«

»Ihr müsst es ja wissen, Lord Westwood.« Er sah zum Stall. »Was treibt Euch zu mir? Wollt Ihr mich wieder davonjagen wie damals, Eure Lordschaft?« Er verbeugte sich auf gestelzte Weise.

»Sicher wirst du von ganz alleine davonlaufen. Dazu braucht es mein Zutun nicht.«

»Du ... Du bist doch zu feige, um mich persönlich zu verjagen«, spuckte er ihm entgegen und deutete dabei mit dem Zeigefinger auf das Osttor.

Valeria wich ein Stück zurück, doch Jayden blieb ganz ruhig, als er Tyran antwortete.

»Morgen bist du weg. Pack deine Sachen und geh, ich will dich hier nie wieder sehen.«

Ohne ein weiteres Wort drehte Jayden sich um und ging. Neben Valeria blieb er kurz stehen.

»Wir verschieben den Ausritt.«

»Das werde ich auch!«, rief Tyran ihm nach. Sein Kopf war hochrot angelaufen und Valeria schloss nicht aus, dass er sich von hinten auf Jayden stürzen würde. Als er tatsächlich einen Schritt nach vorne wagte, stellte sie sich ihm in den Weg.

»Bitte, lasst ihn gehen.«

»Gehen, ja, das ist ein gutes Stichwort! Ich bin weg.«

Er drehte sich zu den Stallungen um und stapfte los. Seine Hände hatte er zu Fäusten geballt und Valeria konnte die dicken Adern sehen, die an seinen Armen hervor traten.

Sie warf einen Blick zurück zu Jayden, der gerade die Treppe zum Herrenhaus erreicht hatte. Auch in ihm brodelte die Wut, da war sie sich sicher, bloß sah man es ihm nicht an.

»Tyran, wartet!«, rief sie und lief ihm nach.

In den Stallungen gleich rechts führte eine Tür zu den Gesinderäumen. Es war ein kleines Vorzimmer mit Tisch und Stühlen, dahinter der Schlafraum mit drei Hochbetten. Nur eines davon war belegt und dort stand Tyran, der seine Habseligkeiten in einen Lederbeutel stopfte.

»Bitte, reist nicht überstürzt ab, sicher wird er seine Meinung ändern.«

»Soll er doch! Mir ist es einerlei.«

»Aber ihr wart einmal gute Freunde und was er mehr als alles andere gebrauchen kann, sind Menschen, die hinter ihm stehen.«

»Nur gehöre ich nicht zu denen und es interessiert mich auch nicht«, zischte er und zog die Kordel eines Beutels zu.

»Das stimmt«, sagte sie ernst.

»Was soll das jetzt wieder heißen?«, fuhr er sie barsch an.

»Ihr wart nicht da, war es nicht so? An dem Tag, als Westwood ihn beinahe umgebracht hätte, an dem Tag, als der vorherige Lord zu Tode stürzte, da wart Ihr nicht da.«

»Hat er Euch das erzählt?«, fragte Tyran und schnaubte.

»Nun, nicht direkt.«

»Ich sage Euch, wo ich war. Ich habe eines der Pferde gestohlen und bin losgeritten um den Arzt zu holen. Oder hat er geglaubt, der wäre zufällig aufgetaucht?«

Bei den Worten stieg Valeria die Hitze in den Kopf und sie senkte den Blick. »Liam hat tatsächlich die Eigenschaft immer im richtigen Moment wie aus dem Nichts aufzutauchen.«

Tyran sah sie stutzig an.

»Aber das tut jetzt nichts zur Sache«, wiegelte sie schnell ab. Sie nahm ihm den Beutel aus der Hand und schüttete den Inhalt auf sein Bett. »Ihr bleibt hier. Ich rede mit Jayden.«

Tyran entriss ihr den Beutel.

»Ihr könnt gerne mit ihm reden, aber bis dahin bin ich schon weg!«

»Zumindest bis morgen könnt Ihr doch bleiben. Ich bitte Euch! Ich will einen Ausflug machen und wer außer Euch soll mir denn die Pferde vor die Kutsche spannen?«

»Der Kutscher hat das bisher auch ganz gut ohne mich bewerkstelligt.«

»Bitte!«, flehte sie ihn an und legte ihm die Hand auf den Arm.

»Einen Tag ...«, sagte er zähneknirschend.

Valeria strahlte.

»Danke, vielen Dank!« Sie zog Tyran zu sich heran und umarmte den völlig verdutzten Mann. »Ihr werdet es nicht bereuen.«

»Ja klar«, murmelte er. »Das bezweifle ich allerdings.«

***

Belltaine wartete im Hauseingang auf Valeria.

»Was ist denn los?«, fragte sie. »Der Lord scheint völlig außer sich zu sein.«

»Nur eine kleine Auseinandersetzung mit Tyran. Das renkt sich bestimmt wieder ein.«

»So sah es aber nicht aus.«

»Das wird schon«, sagte Valeria voller Überzeugung. Schließlich kannte sie die Wahrheit und wenn Jayden diese ebenfalls erst einmal wüsste, wäre seine Wut sicher schnell verflogen. »Bring mir meinen Schal und Mantel, wir wollen den Ausflug machen, über den wir heute Morgen gesprochen haben, und bis die Kutsche bereit ist, rede ich mit ihm.«

Belltaine knickste und lief wieder hinein, während Valeria den Weg zu Jaydens Arbeitszimmer nahm.

Schon von weitem hörte sie ihn toben. Sie stockte, als eine Vase zu Bruch ging.

»Was fällt diesem verlogenen Drecksschwein ein!«, hörte sie ihn fluchen.

Zögerlich lief sie zur Tür und spähte durch den Spalt, als Jayden gerade den Schreibtisch leerfegte. Liam war bei ihm und sagte etwas, das sie nicht verstehen konnte, ihn aber auch nicht zu beruhigen schien.

Es war vielleicht doch nicht der richtige Zeitpunkt, um mit ihm zu sprechen, so aufgewühlt wie er war.

Wie um das zu bestätigen, stand Liam plötzlich vor ihr und nahm ihr die Sicht. Er lächelte sie freundlich an, dann schloss er die Tür.

Verflucht und eingesperrt

Es waren nur ein paar Meilen bis zum Anwesen der Northweyls. Schon von weitem konnte man das prachtvolle Herrenhaus auf einer Anhöhe stehen sehen. Es lag umrahmt von in rotem Herbstlaub stehenden Weinreben.

Die Pferde mühten sich die Kutsche den Berg hinaufzuziehen und schon am Tor wurden sie von zwei Pagen in Empfang genommen.

»Wen darf man ankündigen?«, fragte einer von beiden.

»Das wird nicht nötig sein!«

Es war Kiara, die zum Tor gelaufen kam. Sie trat beiseite und die Kutsche fuhr auf den Hof.

»Ich habe Euch den Weg hinauf fahren sehen. Welch unerwartete Freude!«

Der Page half Valeria aus der Kutsche und sie sah sich um, während sie zu Kiara sprach.

»Ich muss mich für mein unangekündigtes Auftauchen entschuldigen, aber ich musste Euch einfach sprechen.«

Das Herrenhaus der Northweyls war etwas kleiner als das von Westwood, dafür war es wesentlich gepflegter. Es erinnerte Valeria an das Schloss des Königs. Der Innenhof war komplett von einer hohen Mauer umgeben und der Platz geschottert. Im Gegensatz zum Königssitz in Waterport hatte die Außenmauer allerdings keine Zinnen und Türme.

»Ich dachte mir schon, dass Ihr bald zu mir kommen würdet«, erklärte Kiara mit gesenkter Stimme und führte sie in Richtung des Hauses.

Nun, wo Valeria hier war, überkam sie ein unbehagliches Gefühl. Sie kannte Kiara kaum und wusste nicht, wie sie ansprechen sollte, was sie hierher geführt hatte. Hilfesuchend drehte sie sich zu Belltaine um.

»Kommst du?«, bat sie ihre Freundin.

»Oh bitte, geh nur. Ich schaue mich hier ein wenig um«, sagte sie unbedarft und erntete dafür einen scharfen Blick von Valeria. Das entlockte ihr aber nur ein Lächeln. »Ihr habt sicher einiges zu besprechen, da würde ich nur stören.«

Valeria knirschte mit den Zähnen.

»Bitte, dann schau dich um.«

Belltaines Grinsen wurde breiter. »Das werde ich.«

Dafür hatte man also eine beste Freundin. Nun musste sie doch ganz alleine mit dieser fremden Frau sprechen. Sie schien zwar nett zu sein, aber Valeria traute ihr nicht ganz. Natürlich wollte sie sich ihre Unsicherheit nicht anmerken lassen, also folgte sie ihrer Gastgeberin eilig und setzte ein herzliches Lächeln auf.

Kiara führte sie hinein. Voller Erstaunen bewunderte Valeria die Buntglasfenster der Eingangshalle, die sich über zwei Stockwerke erstreckten. Das schlicht eingerichtete Herrenhaus war eines jener Häuser, die es nicht nötig hatten mit Möbeln und Gemälden zu protzen. Alleine die Architektur, die geschwungenen Linien der Treppe, die lichtdurchfluteten Räume und die winzigen Details an den dezent verzierten Wänden und Decken verschlugen einem schon den Atem.

In einem kleinen Empfangszimmer angekommen schickte Kiara ihre Zofe Tee holen. Dann deutete sie auf das Sofa und nahm auf dem Sessel gegenüber Platz.

»Ihr wisst es also«, sagte sie ernst und kam damit zu Valerias Überraschung gleich zum Punkt.

»Von Eurer einstigen Beziehung zu Lord Westwood?«, fragte sie und tat naiv. »Ja.«

»Ich meinte den Fluch, aber gut, wenn Ihr lieber darüber sprechen möchtet. Woher wisst Ihr es? Die Windlichter?«

Valeria nickte. »Es stand mir nicht zu, aber ich konnte nicht widerstehen. Ich musste einfach mehr erfahren.«

»Ich verstehe.« Kiara presste ihre Lippen fest zusammen und sah Valeria durchdringend an. »Und was genau führt Euch nun zu mir?«

»Ihr … Ihr habt ihn doch geliebt, oder etwa nicht? Er leidet schrecklich unter dem Fluch und, bei Gott, das hat er nicht verdient.«

»Was meine Gefühle für ihn jedoch nicht ändern würden.«

»Ihr wisst, dass der Tod seines Stiefvaters ein Unfall war, oder? Er wollte ihn zwingen den Fluch auf sich zu nehmen. Er hätte Jayden getötet, wenn er nicht aus dem Fenster gestürzt wäre.«

Kiara beugte sich vor und legte Valeria eine Hand auf das Knie. Ihr Blick hatte nichts von seiner Freundlichkeit verloren. Sie blieb ganz ruhig und gelassen, trotz des ernsten Themas. Berührte es sie denn nicht?

»Das ist mir durchaus bewusst, meine Liebe. Natürlich war ich geschockt, als ich den Lord stürzen sah, doch wenn Jayden glaubt, dass ich ihm die Schuld dafür gab, dann irrt er sich.«

»Warum helft Ihr ihm dann nicht? War es nicht Eure Familie, die den Fluch ausgesprochen hat? Es muss doch einen Ausweg geben!«

Die Tür ging auf und mit der Zofe kamen zwei Kinder in den Raum gelaufen. Beide waren nicht älter als fünf oder sechs Jahre, ein Mädchen und ein Junge, mit rabenschwarzem Haar und dunklen Augen

Lachend kamen sie zu ihr gelaufen und das Mädchen sprang ihr auf den Schoß, während die Zofe ein silbernes Tablett mit Tee und süßem Gebäck auf dem Tisch abstellte.

»Na, meine Spätzchen, hat euch euer Ausflug gefallen?«

»Wir haben Hirsche gesehen! Soooo groß!« Der Junge breitete die Arme weit aus und das Mädchen ahmte seine Bewegung nach.

»Oh, das ist aber toll! Aber jetzt geht und wascht euch. Ihr seid ja dreckig bis hinter die Ohren.« Sie hob das Mädchen von ihrem Schoß und beide rannten sie hinaus. Kiara sah ihnen nach, dann wandte sie sich wieder Valeria zu.

»Ihr wirkt überrascht«, stellte sie fest. »Oh, Ihr glaubt, es sind meine Kinder?« Sie schüttelte den Kopf. »Es sind die meiner Zofe. Herzallerliebst, nicht wahr? Ich bin für sie so etwas wie eine Tante. Ich habe nie geheiratet. Der König schickte mich in die Lehre. Ich trat in die Fußstapfen meines Vaters, wurde eine Magierin, diente einige Jahre am Schloss und kehrte schließlich zurück.« Sie lächelte gedankenversunken. »Ich konnte noch Abschied nehmen, bevor sie starben. Meine Eltern, meine ich.«

»Und nun seid Ihr Herrin von Northweyls«, ergänzte Valeria.

Kiara führte ein ebenso einsames und zurückgezogenes Leben wie Jayden. Zwei Seelen, die sich einst so nahe standen, zwei Menschen, die einander alles geben wollten, nur durch wenige Meilen und unendlich viele unausgesprochene Gedanken voneinander getrennt.

»Und Jayden?«, fragte Valeria frei heraus. Sie konnte sich das einfach nicht vorstellen. Hatte sie ihn einfach so abgehakt, alles vergessen, was zwischen ihnen beiden geschehen war?

»Was soll mit ihm sein, meine Liebe?«

»Ihr wart verliebt, Ihr habt Euch heimlich und dem Verbot Eurer Eltern zum Trotz getroffen und Ihr habt ihm ein Versprechen gegeben.«

Kiara seufzte schwer und sah zum Fenster, als sie Antwort gab. »Ja, das waren schöne Zeiten. Ich war jung, er war so anbetungswürdig. Gutaussehend, freundlich, tapfer und witzig. Wer hätte sich da nicht verliebt?«

Valeria knirschte mit den Zähnen. Für Kiara mochten diese Zeiten eine schöne Erinnerung sein, doch für Jayden waren sie das ganz gewiss nicht.

»Ihr habt ihm ein Versprechen gegeben«, wiederholte sie.

Sie konnte einfach nicht verstehen, warum Kiara es nicht noch einmal mit ihm versucht hatte. Was hatte sie daran gehindert? Der Fluch?

»Ich habe es nicht gehalten. Diese Schuld muss ich auf mich nehmen. Bereuen tue ich es aber nicht. Es war am Ende die richtige Entscheidung.«

Kiara zerschlug mit ihren Worten all ihre Hoffnungen. Für sie war Jayden tatsächlich nur eine Schwärmerei gewesen – mehr nicht. Doch ganz egal, was sie für ihn damals empfunden hatte oder nicht, Valeria musste an ihr Gewissen appellieren.

»Er liebt Euch noch immer, wisst Ihr das? Und wenn Ihr noch irgendetwas für ihn empfindet, dann könnt Ihr nicht zulassen, dass er weiter gestraft wird für etwas, das vor so langer Zeit geschehen ist. Es waren nicht seine Vorfahren, die sich gegen den König versündigt hatten, und es war nicht seine Entscheidung diesen Fluch auf sich zu nehmen.«

»Wenn es nur so einfach wäre.«

»Aber ist es das nicht?«, fragte Valeria. »Eure Familie hat den Fluch ausgesprochen. Ihr seid eine Magierin und es ist ... es ist Eure Pflicht ihm zu helfen.«

Kiara antwortete nicht. Sie stand auf, lief zum Fenster und betrachtete eine Weile das Herbstlaub der Weinreben.

»Ihr seid ein Kind«, meinte sie schließlich.

Valeria biss sich auf die Lippen. Ihre Finger krallten sich fest in den Stoff ihres Rockes und sie fixierte die Teekanne, die vor ihr auf dem Tisch stand, als könne sie das Porzellan durch bloßen Blickkontakt zum Bersten bringen. Am liebsten wäre sie aufgesprungen und hätte das Gegenteil behauptet, aber es war nicht so einfach jemanden davon zu überzeugen, dass man reif und erwachsen war, wenn man ihm das ins Gesicht schrie.

Kiara drehte sich zu ihr um. Wahrscheinlich hatte sie genau die Reaktion erwartet, die Valeria gerade zu unterdrücken versuchte. Als sie aber weiter schwieg, lächelte Kiara.

»Ihr versteht die großen Zusammenhänge nicht. Wisst Ihr denn etwas über Flüche?«

Valeria schüttelte den Kopf. »Nein.«

»Es herrschte Krieg damals«, begann Kiara und sah wieder zum Fenster. »Ein erbarmungsloser, blutiger Krieg. Und dort hinten tobte die Schlacht. Direkt hinter diesem Wald. Der Boden ist noch heute unfruchtbar, so sehr war er mit dem Blut unserer tapferen Krieger getränkt. Um doch noch siegreich hervorzugehen, ergriffen die Northweyls eine Maßnahme, auf die unsere Familie nicht mit Stolz zurück blicken kann.«

»Der Fluch«, hauchte Valeria.

Kiara sah sie durchdringend an. »Blutmagie.«

»Weil die Westwoods sich weigerten dem König zu dienen?«

Sie schüttelte den Kopf.

»Nein, weil der Lord von Westwood an vorderster Front kämpfte und dabei war zu verlieren«, berichtigte Kiara sie. »Drei mächtige Magier waren vonnöten. Sie woben den Zauber, opferten ihr Blut, ihr Leben und am Ende auch das des Lords und seiner Mannen. Sie wurden in Wölfe verwandelt. In mächtige, erbarmungslose Geschöpfe der Nacht.«

»Aber das liegt lange zurück. Der Krieg ist vorbei.«

»Drei Magier, drei Tote«, wiederholte Kiara.

Valeria hatte es schon verstanden. Sie konnte schließlich rechnen. Kiara war alleine und wohl nicht mächtig genug.

»Was ist mit dem Ring? Trägt er nicht den Fluch in sich? Kann man ihn nicht einfach zerstören?«

Kiara schnaubte verächtlich.

»Den Ring? Nein, dieser Fluch ist weitaus mächtiger als ein Stück Metall. Nichts und niemand könnte ihn halten. Ein einfacher Ring würde unter ihm zerbröseln wie trockenes Herbstlaub. Der Fluch existiert schon länger als der Ring und wird auch noch bestehen, wenn es den Ring nicht mehr gibt.«

Valeria sah ihre Gastgeberin fragend an. Wie konnte das sein? Hatte Westwood nicht versucht Jayden diesen Ring aufzuzwingen? Hatte er nicht geglüht nach seinem Tod? Es musste da einfach eine Verbindung geben, auch wenn Kiara etwas anderes behauptete.

»Was hat es dann mit ihm auf sich? Dieser Ring birgt magische Kräfte in sich. Das lässt sich nicht abstreiten.«

Kiara schlenderte durch das Zimmer und blieb vor einem hohen Schrank stehen.

»Es ist die Liebe, die er trägt. Nichts weiter als das.«

Sie legte die Hände auf die Griffe der Schranktüren und verharrte für einen Moment.

»Niemand trägt eine Schuld an dem Verhängnis der Westwoods. Niemand kann etwas daran ändern.« Sie zog die Schranktüren auf und sofort war Valeria auf den Beinen.

Windlichter. Jedes Regalbrett war mit ihnen gefüllt, jede Kerze brannte lichterloh.

»Ich gab ihm bereits die Windlichter und den Zauber, der seine Erinnerungen bündelt. Alles weitere liegt nicht in meiner Macht. Es tut mir leid, meine Liebe. Ich weiß, wie schwer das zu akzeptieren ist.«

»Ihr … Ihr habt es ebenfalls getan. Ihr habt Eure Erinnerungen weggeschlossen!«

»Nur ein paar wenige. Die schmerzlichsten.«

»Aber warum? Warum tut Ihr das?«

Valeria wäre am liebsten zum Schrank gelaufen und hätte jedes einzelne Windlicht zerstört. In ihnen war Kiaras Liebe zu Jayden gefangen und das Mitgefühl für ihn brauchte sie doch unbedingt, um ihm zu helfen.

»Valeria, glaubt Ihr, ich bin glücklich?«

Valeria stockte. Wie hätte sie das beantworten können? Sie kannte die Frau ja kaum. Andererseits wusste sie mittlerweile so einiges über sie. Sie hatte die Liebe ihres Lebens verloren, hatte nie geheiratet, die harte Schule der Magie erlernt, ihre Eltern waren tot, sie war alleine. Eine einsame Frau in einem prachtvollen Herrenhaus, irgendwo am Rande der Welt.

»Zerstört die Windlichter und Ihr werdet wieder glücklich werden können.«

Kiara lächelte sanft.

»Sie nehmen mir nichts. Ich habe jede einzelne Erinnerung mit Bedacht gewählt und ich trage sie auch weiterhin in mir. Sie berühren mich bloß nicht mehr. Das macht es mir leichter damit zu leben. Nicht anders geht es Jayden.«

»Aber er ist kalt wie Stein«, widersprach Valeria. »Er hat seine Seele in diese Lichter gesperrt.«

»Er hat auch wahrlich mehr zu ertragen als ich. Aber ich habe ihn gewarnt. Ich sagte ihm, dass der Zauber seine Gefühle und alles, was er von sich aufgibt, bündeln, aber sicher nicht ewig wegsperren würde. Geht er zu weit, wird es sich rächen.«

»Er … er müsste so vieles nicht wegsperren, wenn Ihr es ihm nicht gleichtun würdet.«

»Nein, da macht Ihr Euch etwas vor. Ich erleichtere mir nur ein wenig das Leben; er hält eine Bestie gefangen. Aber ich verstehe Euch. Ihr wollt ihm helfen. Mir ging es ja nicht anders, als ich von dem Fluch der Westwoods erfuhr. Und auch um Euch tut es mir leid. Ihr seid jung, hübsch und habt ein überaus herzliches Wesen. Auch für Euch ist dieser Fluch eine schwere Bürde.«

Valeria schüttelte energisch den Kopf. »Um mich müsst Ihr Euch nicht sorgen. Denkt an die Erben Westwoods und denkt an all die Opfer, die die Wölfe fordern. Es sind immerhin wilde Bestien. Die Grenzen sind sicher, doch die Bewohner der Dörfer sind es nicht.«

Kiara stand auf und lief im Zimmer auf und ab. Der Tee stand noch immer unberührt auf dem Tisch und keiner der beiden verschwendete einen Gedanken daran sich eine Tasse zu nehmen.

»Und seht, aus diesem Grund gab ich ihm die Windlichter«, erklärte Kiara. »Der Fluch, der über dem Land lag, existiert somit nur noch in den Köpfen der Menschen. Der vorherige Lord nahm keine Rücksicht. Des Nachts rissen die Wölfe Vieh und Mensch. Diese Zeiten endeten mit Jaydens Antritt als Lord von Westwood.«

Valeria konnte es nicht darauf beruhen lassen. Auf der einen Seite war es für sie unverständlich, wie Kiara noch immer in der Nähe des Mannes leben konnte, den sie einmal geliebt hatte – womöglich immer noch liebte – ohne alles daran zu setzen, ihm zu helfen, auf der anderen Seite verstand sie es sehr gut. Sie sah zu dem Schrank, der noch immer offen stand. Solange Kiara sich von ihren Gefühlen nicht berühren ließ, wie hätte sie da für irgendetwas kämpfen können? Es blieb Valeria nichts anderes übrig, sie musste an Kiaras Vernunft appellieren.

»Auch wenn Jayden den Wolf und das Rudel momentan unter Kontrolle hat, wird das vielleicht nicht immer so sein. Eines Tages wird ein Unglück geschehen. Es wird nicht das Erste sein und auch nicht das Letzte. Stellt Euch vor, eines der Kinder Eurer Zofe trüge diese Bürde oder stellt Euch vor, eines fiele den wilden Wölfen zum Opfer. Könntet Ihr das ertragen? Ich denke, die Familie Westwood hat ihre Schuld längst beglichen und es ist an der Zeit den Fluch zu beenden.«

Kiara atmete tief durch und lief zum Fenster. Sie ließ ihren Blick in die Ferne schweifen und hing eine Weile ihren Gedanken nach, bevor sie Valeria ihre Entscheidung mitteilte.

»Ihr lasst Euch von Fakten nicht beeindrucken, Valeria. Ich weiß nicht. Ist es Starrsinn? Beharrlichkeit? Soll ich Euch dafür bewundern oder es Eurer kindlichen Naivität zuschreiben?«

»Nennt es, wie Ihr wollt, aber wiegelt es nicht einfach so ab. Ihr wisst, dass ich Recht habe«, betonte Valeria mit fester Überzeugung.

»So gerne ich Euch widersprechen würde, ich kann es nicht«, seufzte sie und schmunzelte gleich darauf. »Ihr wisst nicht wovon Ihr redet, aber Ihr habt Recht.«

Valeria öffnete den Mund, wusste aber nicht, was sie darauf hätte sagen sollen. Sie war sich nicht sicher, ob das ein Kompliment oder eine Beleidigung gewesen war.

»Ihr ... Ihr werdet Jayden also helfen?«, fragte sie schließlich unsicher.

Kiara schmunzelte auf eine Weise, dass es Valeria kalt den Rücken runter lief und sie für einen Moment glaubte gleich wie ein Kind von ihr getadelt und fortgeschickt zu werden.

»Helfen ... Ja, das werde ich ihm«, sagte Kiara zu Valerias großer Erleichterung, dabei aber immer noch auf diese überlegene Art lächelnd. Wusste sie etwas, das sie Valeria verschwieg? Valeria tat diesen Gedanken ab. Wahrscheinlich dachte sie nur darüber nach, auf welch geschickte Art und Weise sie ihre magischen Kräfte einsetzen würde, um Jayden zu helfen.

»Es ist die Pflicht meiner Familie, diesem Fluch ein Ende zu setzen – meine Pflicht, nun, da meine Eltern nicht mehr unter uns weilen. Niemand sollte mehr darunter leiden müssen.«

»Ich danke Euch!« Sie lief zu Kiara und ergriff ihre Hände. »Ihr wisst nicht, wie erleichtert ich jetzt bin.«

»Ihr habt ein überzeugendes Wesen, das muss man Euch lassen.«

***

Valeria lag an diesem Abend lange wach. Ihre Hoffnung, dass Kiara doch noch etwas für Jayden empfand, war nicht ganz verblasst. Wenn der Fluch wirklich bald gebrochen wäre, stünden nur noch zwei Dinge zwischen ihrer Verbindung – und das waren Valeria selbst und natürlich die Windlichter.

Sie wusste nicht, wie viel Zeit es in Anspruch nehmen würde den Fluch zu brechen, so dass sie nur darauf hoffen konnte, dass es vor ihrer Hochzeit geschehen würde.

Kiara hatte versprochen, dass sie in den nächsten Tagen von sich hören lassen würde. Und Valeria hoffte auf gute Nachrichten.

Immer wieder musste sie an den Ring denken und an das, was Kiara über ihn gesagt hatte. Sie hätte noch einmal nachfragen sollen, doch jetzt war es zu spät. *Liebe* hatte Kiara gesagt. Vielleicht war es sogar ihre eigene.

Vor Valerias Fenster zirpten die Grillen. Der Vollmond war so hell, dass sie unmöglich zur Ruhe kommen konnte.

Irgendwo in der Ferne heulte ein Wolf ein einsames Lied und Valeria musste sich unwillkürlich fragen, ob es Jayden war, den sie da hörte. Er hatte sich zum Abendessen nicht blicken lassen und sie machte sich große Sorgen, dass er etwas Dummes anstellen würde, so wütend wie er auf Tyran gewesen war.

Ein zweiter Wolf heulte ganz nah vor ihrem Fenster und Valeria saß sofort aufrecht im Bett. Das war Jayden, sie wusste es einfach. Es war … etwas so Trauriges im Klang seiner Stimme, dass sie fast glaubte Jayden selbst schreien zu hören.

Sie sprang aus dem Bett und warf sich ihren Morgenmantel über. Die Zeit nach Liam zu suchen und ihn um Hilfe zu bitten, blieb ihr nicht.

So schnell ihre Füße sie trugen rannte sie durch den Korridor, die Treppe hinunter und zum Ausgang. Mit beiden Händen zog sie die schwere Eichentür auf, ein heftiger Herbstwind schlug ihr entgegen und ließ ihren Morgenmantel wehen.

Ihr Blick fiel sofort auf die Stallungen. Dort war er und nirgendwo anders hatte sie den Wolf erwartet. Sie wusste, dass es alleine ihre Schuld war, dass Jayden gerade im Pferdestall verschwand. Er würde sich Tyran holen und nichts auf der Welt würde die Wunde heilen können, die er sich damit selbst zufügte.

»Jayden!«, rief sie und rannte los.

Ihre Lungen brannten, als sie das geöffnete Scheunentor erreichte. Es war so dunkel im Inneren, dass sie lediglich die Umrisse der Boxen erkennen konnte. Die Pferde wieherten und scharrten aufgeregt mit den Hufen.

Sein Atem war das Erste, was sie von dem Wolf sah. Er brach in Wolken aus der Dunkelheit hervor und verlor sich gleich darauf wieder in den Schatten. Dann seine Augen. Direkt vor ihr. Sie fixierten Valeria, waren kühl und stechend.

Sie schrie, als er auf sie zustürzte. Schnell warf sie sich zur Seite und schlug mit dem Rücken gegen die Stalltür. Der Wolf schoss an ihr vorbei und schlitterte ein Stück weit über den Boden, bevor er sich wieder fing und zu ihr umdrehte.

Wie versteinert stand sie ihm gegenüber. Schützend die Hände erhoben rechnete sie fest damit, dass er ihre Angststarre für sich nutzen und sich auf sie stürzen würde. Doch er tat es nicht.

Es gelang ihr sich aus dem Bann zu befreien und sie schlüpfte in den Stall, griff sich eine Heugabel und wirbelte herum. Die Zacken nach vorne gerichtet, die Hände fest den Stiel umklammernd erwartete sie seinen Angriff – aber nichts geschah.

Sie hielt die Luft an, doch außer dem Schnauben der Pferde und ihrer eigenen Schritte, während sie langsam rückwärts über das raschelnde Stroh lief, war nichts zu hören.

Ein Geräusch hinter ihr fuhr ihr durch Mark und Bein. Sie wirbelte herum und schrie erschrocken auf, als sie abrupt gestoppt wurde.

Es war Tyran, der die Heugabel am Stiel gepackt hatte.

»Was tut Ihr hier mitten in der Nacht?«, fragte er. »Ihr wollt doch nicht etwa sicher gehen, dass ich noch da bin?« Er begutachtete die Heugabel mit Skepsis. »Oder sicher gehen, dass ich bleibe?«

»Der Wolf«, flüsterte sie.

Schon hatte Tyran ihr die Heugabel aus der Hand gezogen.

»Seit wann lassen die sich wieder so nah bei Menschen blicken, verflucht«, knurrte er und schob sich an Valeria vorbei, als sich schon ein schwarzer Schatten aus der Dunkelheit löste und auf ihn zustürzte.

Tyran rammte die Heugabel nach vorne und der Wolf jaulte auf.

»Nein!«, rief Valeria und griff nach der Heugabel.

Tyran hielt sie davon ab. »Was soll das werden?«, zischte er.

Knurrend und mit gefletschten Zähnen zog der Wolf einen Halbkreis um die beiden.

Tyran drängte Valeria hinter sich.

»Die Laterne, hinter Euch«, verlangte er. »Die Viecher fürchten das Feuer.«

Sofort lief Valeria los und schnappte sich die Laterne. Als sie sich wieder umdrehte, rammte Tyran ein weiteres Mal die Heugabel nach vorne. Valeria stieß einen erstickten Schrei aus, als er den Wolf nur knapp verfehlte. Sie hechtete voran und warf die Laterne mit voller Wucht auf den strohbedeckten Boden zwischen den beiden.

Sofort stoben die Flammen auf und der Wolf wich zurück. Tyran kickte ihm die Laterne hinterher, so dass er abermals ausweichen musste.

»Jetzt hab ich dich!«, rief er übermutig und stürzte voran.

Der Wolf machte einen Satz nach vorne und hätte Tyran die Heugabel samt Arm weggerissen, wenn Valeria nicht zu dem Stallburschen gerannt wäre und ihn zur Seite gestoßen hätte.

Beide fielen sie zu Boden und der Wolf rollte über das glimmende Stroh hinweg in eine der offenstehenden Pferdeboxen.

Sofort war Tyran wieder auf den Beinen. Die Heugabel ließ er liegen, griff die Gitterstäbe der Schiebetür und zog sie zu.

Ein lautes Rumpeln verriet ihr, dass der Wolf sich gegen die Holzwand geworfen hatte.

»Verdammt, ist das ein Riesenvieh«, stellte Tyran ernüchtert fest.

Valeria kam mühsam auf die Beine.

»Ihr dürft ihm nichts tun.«

Tyran wandte sich ihr lachend zu, da warf sich der Wolf ein weiteres Mal gegen die Wand und Tyran stolperte von der Box weg.

Der Wolf sprang an der Tür hoch und schlug sich zähnefletschend gegen die Gitterstäbe, riss das Maul so weit auf, dass man bis tief in seinen Rachen blicken konnte und brachte die gesamte Box zum Zittern.

»Okay, gebt mir die Heugabel!«, forderte Tyran mit ausgestreckter Hand, ohne sich dabei von dem Wolf abzuwenden.

»Nein!«, widersprach Valeria energisch. »Hört Ihr mir denn nicht zu?«

»Euer Mitleid in allen Ehren, Ma'am, aber das Vieh da drin ist kein Schoßhund. Der bricht jeden Moment aus und zerfleischt uns.«

»Ihr versteht nicht. Er ist nicht ... Er ist kein ...«

Tyran griff nach der Heugabel, doch Valeria war schneller. Sie zog sie fest an sich und wich vor Tyran zurück.

»Jetzt macht keinen Unsinn!«

Valeria dachte nicht daran Tyran die Waffe zu geben. Sie musste es ihm erklären, doch wie konnte sie ihm sagen, dass der Wolf, der nur gekommen war, um ihn zu töten, sein ehemals bester Freund war? Würde es nicht seine Wut auf Jayden nur schüren und ihn vielleicht sogar darin bestärken den Wolf zu töten? Sie musste Liam holen. Anders wusste sie sich nicht zu helfen.

Tyran winkte ab. »Ach, dann behaltet das Ding!«

Er lief zum Eingang und Valeria begriff, wie töricht es war ihm die Heugabel vorzuenthalten. Dort an der Wand hingen Äxte, Sicheln und Spitzhaken. Er hatte freie Wahl.

Valeria überlegte nicht lange und lief zur Pferdebox.

Der Wolf zog darin seine Kreise. Er humpelte und das Fell an seinem Rücken war versengt. Sein Atem ging schwer und seine zurückgelegten Ohren verrieten seine Anspannung. In ihm brodelte es. Die Wut, die Jayden beherrscht hatte, äußerte sich bei dem Tier lediglich als Instinkt. Er konnte nicht klar denken, nur fühlen und das, was er in Tyran sah, war ein Feind.

»Du musst dich jetzt beruhigen, hörst du?«, flehte sie.

Der Wolf sah sie an. Verstand er, was sie sagte? Sicher nicht ihre Worte, aber ihre Stimmlage, ihren Tonfall, das musste er verstehen, so wie ein Hund die Menschen verstehen konnte und wahrscheinlich noch um einiges besser.

»Ich tue dir nichts, ja? Es ist alles gut.«

Tyran kam zurück. In der einen Hand hielt er ein Beil, in der anderen eine Kutscherpeitsche.

»Geht aus dem Weg«, verlangte er.

»Das werde ich nicht! Nicht, bevor Ihr mich nicht angehört habt!«

»Geht von der Tür weg, dann höre ich Euch zu. Ich will nicht, dass Euch etwas geschieht. Das Tier ist gefährlich!«

»Ich kann Euch nicht zu ihm lassen.«

»Ma'am, bitte!«

»Hört mir doch zu, es geht um Jayden.«

»Das ist nicht Euer Ernst?!«, unterbrach Tyran sie und deutete mit der Axt auf die Pferdebox.

Valeria warf einen flüchtigen Blick nach hinten. Er war ruhiger geworden, aber hatte er sie womöglich auch erkannt? Verstand er ihre Absichten? Tyran würde er in jedem Fall verstehen. Was er vorhatte, war unverkennbar.

»Ihr müsst mir ...«, begann sie, doch Tyran schüttelte nur den Kopf.

»Gut, das reicht, aus dem Weg.«

Schnellen Schrittes kam er auf sie zu und Valeria tat das Einzige, was ihr in diesem Moment einfiel. Sie zog die Box auf, schlüpfte hinein und verkeilte sie mit der Mistgabel. Schon hatte Tyran sie erreicht.

»Wartet!«, rief er, während sie in ihrem Rücken den Wolf knurren hörte.

Sie sank auf die Knie und schlug sich die Arme über den Kopf.

»Jetzt keine schnellen Bewegungen«, hörte sie Tyran flüstern.

Ganz vorsichtig sah sie zu dem Wolf hinüber. Er hatte sich in die Ecke zurückgezogen und seine Ohren so flach angelegt, dass sie beinahe völlig in seinem Fell verschwunden waren. Als ihre Blicke sich trafen, riss er das Maul auf und schoss laut geifernd auf sie zu.

Schnell zog sie ihren Kopf zurück.

Tyran ließ die Peitsche knallen.

»Weg von ihr!«, rief er, doch das war nicht nötig.

Der Wolf hatte nur gedroht und kaum hatte Valeria den Blickkontakt zu ihm unterbrochen, wurde er wieder ruhiger.

»Siehst du?«, flüsterte sie, ohne Jayden dabei direkt anzusehen. »Ich tue dir nichts.«

»Ihr seid völlig irre!«, knurrte Tyran.

Valeria achtete nicht auf ihn.

Ganz langsam hob sie die Hand und streckte sie dem Wolf entgegen. Nur ein winziges Stück, ganz flach über dem Boden, so dass nichts, was sie tat, einer Bedrohung gleichkommen konnte.

Der Wolf sah weg von ihr, mied den Blickkontakt, so wie sie es tat, und leckte sich mit der Zunge über die Lefzen.

»Ihm läuft schon das Wasser im Mund zusammen«, zischte Tyran. »Ihr seid ein willkommenes Festmahl für ihn. Ihr müsst sofort rauskommen.«

»Habt Ihr denn keine Ahnung von Hunden?«, flüsterte Valeria.

»Das ist kein Hund!«

Sie ignorierte diese Aussage. Hunde und Wölfe waren sich ähnlicher, als Tyran sich das vielleicht vorstellte. Sie sprachen dieselbe Sprache. Nur eben andere Dialekte.

»Es ist eine Beschwichtigung, das Lecken der Lefzen. Seht Ihr, wie er den Blickkontakt meidet, wie seine Ohren zurückgelegt sind und seine Rute gesenkt? Alles ist gut. Er will mir nichts tun.«

»Dann steht jetzt ganz langsam auf, nehmt die Heugabel da weg und lasst mich rein.«

Sie wusste, dass Tyran jetzt nicht einfach gehen und sie allein lassen konnte. Er fürchtete, der Wolf würde sich auf sie stürzen, sobald er ihm den Rücken zukehrte. So hatte sie nun beide in der Falle. Jayden und auch Tyran.

»Verstehst du, was ich sage?«, fragte sie den Wolf mit sanfter Stimme. Sie streckte ihre Hand ein kleines Stück weiter nach ihm aus. Der Wolf sah zu Boden, mied weiter ihren Blick und legte sich ganz langsam hin. Seine verletzte Pfote schonte er dabei so gut es ging.

Ein normaler Wolf, einer, in dem nicht die Seele eines Menschen wohnte, wäre viel zu scheu gewesen, um sich so einfach beruhigen zu lassen, doch es war Jayden, den sie vor sich hatte – er war da, irgendwo hinter der Mauer aus Instinkt und wirren Gefühlen.

»Es wird alles gut, du tust mir nichts und ich tue dir auch nichts.«

»Vertraut ihm nicht«, flüsterte Tyran. »Irgendetwas stimmt nicht mit dem Vieh. Er hat vielleicht Tollwut.«

Valeria musste schmunzeln.

»Hörst du, er glaubt, du hättest Tollwut, weil du zutraulich bist, aber wir beide wissen, dass du nicht so abweisend und kalt bist, wie du immer tust. Ist es nicht so?« Sie näherte sich ihm ein kleines Stück und er wich diesmal nicht zurück.

»Ihr zwingt mich hier zu stehen und zuzusehen, wie Ihr getötet werdet. Ist Euch das klar?«

»Ihr könntet Euch auch setzen«, bot sie Tyran an. »Nur bitte, seid leise und macht keine hastigen Bewegungen.«

Noch ein halber Meter und sie hätte ihn erreicht. Er drehte den Kopf und Valeria konnte hören, wie Tyran bei der Bewegung die Luft einsog.

»Ihr wart einmal beste Freunde«, flüsterte sie.

»Ist das jetzt der richtige Moment dafür?«, fragte Tyran ebenso leise.

»Es ist der einzige.«

Statt sich dem Wolf weiter zu nähern, robbte sie ganz langsam neben ihn an die Rückwand der Box, so dass sie sich Tyran zuwenden konnte, ohne Jayden aus den Augen zu lassen.

Verunsichert richtete der Wolf seinen Oberkörper wieder auf. Seine verletzte Pfote hielt er dabei erhoben, mit der Schulter lehnte er ebenfalls an der Rückwand.

»Wenn es jemand verstehen kann, dann Ihr, Tyran«, erklärte sie. »Schaut ihn Euch an. Was glaubt Ihr, warum er Euch fortgeschickt hat? Warum er alle fortgeschickt hat?«

»Ich verstehe nicht.«

Der Wolf humpelte ein Stück von Valeria weg. Seine Ohren zuckten unruhig. Das eine hatte er auf Valeria gerichtet, das andere auf Tyran. Es gefiel ihm nicht, dass sie so nah bei ihm war, ihn hätte berühren können, wenn sie nur den Arm nach ihm ausstreckte.

Sie wusste, dass seine Sinne ausgeprägt genug waren, um das Klopfen ihres Herzens zu hören. Es schlug wild und hektisch in ihrer Brust und wollte sich nicht beruhigen, so besonnen sie auch zu atmen versuchte. Sie konnte die Angst nicht abstellen und vielleicht war das auch gut so. Er musste wissen, dass sie ängstlich war, sich ebenso bedroht fühlte wie er.

Ein leises, kaum hörbares Wimmern entwich ihm, ein Aufschrei seiner Unsicherheit. Er hielt es nicht länger aus so in die Ecke gedrängt und gefangen zu sein.

Valeria schloss die Augen, biss sich auf die Lippen und ihr ganzer Körper verkrampfte sich. Sie betete zu Gott, dass sie sich nicht in ihm getäuscht hatte, dass da wirklich mehr in ihm lebte als nur das wilde Tier, das Biest.

»Jayden«, presste sie hervor.

Tyran ließ die Axt fallen.

Valeria riss die Augen auf, da schoss der Wolf auch schon nach vorne. Laut jaulend und knurrend warf er sich gegen seinen Käfig, schlug mit dem aufgerissenen Maul gegen die Gitterstäbe und spuckte Tyran seinen Speichel entgegen. Seine Krallen schälten ganze Späne vom Holz der Box, die Tür gab stark nach und der Stiel der Heugabel knackste bedrohlich.

Tyran war zurückgewichen. Er starrte den Wolf durch weit aufgerissene Augen an und Valeria wusste nicht, ob er nach vorne stürzen, die Axt aufheben und sie dem Wolf zwischen die Augen rammen oder einfach davon aufen würde.

Alles was sie tun konnte, war still zu sein und abzuwarten. Würde sie jetzt etwas sagen, nur eine falsche Bewegung machen, konnte sich Jaydens Wut ganz schnell an ihr entladen. Sie wartete ab und auch Tyran war noch immer starr vor Entsetzen.

Zwei weitere Male warf der Wolf sich gegen die Wände, dann kam er langsam zur Ruhe. Er lief noch eine Weile auf und ab, während Tyran wieder näher kam. Schließlich zog er sich in seine Ecke zurück, lehnte sich mit der Schulter gegen die Wand und wippte ergeben mit dem Kopf.

Tyran schlug die Hände über dem Kopf zusammen. Er raufte sich die Haare und konnte den Blick nicht von dem Wolf lassen. Auch er begann auf und ab zu laufen.

Valeria, die in der ganzen Zeit regungslos dagesessen hatte, ließ die Hand von ihrem Schoss auf den Boden gleiten und drehte ihre Handfläche nach außen.

Sie sah nicht zur Seite, konnte nur hören, wie der Wolf sich regte und spürte schließlich seinen warmen Atem auf ihrer Haut. Er legte sich hin und sie spürte sein blutverschmiertes Fell an ihren Fingern.

Die Wahrheit trügt

Als sich die ersten Sonnenstrahlen in den staubigen Pferdestall vorwagten, saß Valeria noch immer auf dem Boden der verriegelten Box. Ihre Hand strich durch dichtes schwarzes Haar. Jaydens Kopf lag auf ihrem Schoß, er schlief und sie wagte es nicht ihn zu wecken.

Auch Tyran war eingeschlafen. Sie vermutete es zumindest. Er hatte kein Wort gesagt. Irgendwann hatte er sich gesetzt und sie hatte ihn nicht mehr sehen können. Nur sein Atmen verriet ihr, dass er noch da war.

Dieser Moment war so friedlich und sie hätte alles dafür gegeben, dass er noch länger anhielt, doch schon sah sie, wie Jaydens Finger zuckten.

»Alles ist gut«, flüsterte sie, doch ihre Worte alleine reichten nicht, um ihm den Schrecken zu nehmen, als er aufwachte.

Sofort saß er aufrecht. Seine Augen weit aufgerissen sah er an sich herunter, starrte auf seine blutverschmierten Hände und wurde sich dann erst seiner Umgebung bewusst.

Er robbte von Valeria weg, zurück in die Ecke, als wäre er noch immer der scheue Wolf.

»Was ist passiert?«, fragte er. »Wessen Blut ist das? Habe ich …? Woher …?«

»Schon gut, niemandem ist etwas geschehen«, beteuerte sie.

Er schüttelte den Kopf. Seine Hände vergruben sich tief in seinem Haar.

»Nein, nein, nichts ist gut.«

»Es ist Euer eigenes Blut«, erklärte Valeria.

Sie sah zur Seite. Tyran war wach und aufgestanden. Sie konnte seinen Blick nicht deuten. Er sah zu Jayden und seine Miene war wie aus Stein.

Valeria wandte sich wieder an Jayden. »Euer Arm. Ihr habt Euch verletzt. Sonst ist niemandem etwas geschehen.«

»Das hätte nicht passieren dürfen.« Er zog die Beine dicht an sich heran und ließ den Kopf auf seine Knie sinken, während er leise in sich hinein murmelte. »Niemals. Ich dürfte nicht hier sein.«

Ein lautes Krachen ließ Valeria und Jayden aufschrecken. Tyran hatte die Axt zu Hilfe genommen und mit einem Hieb Holz und Heugabel zertrümmert, um die Tür zu öffnen. Sofort war Valeria auf den Beinen und stellte sich zwischen die beiden.

»Es ist alleine meine Schuld. Der Wolf war meinetwegen hier, weil ich seine Wut geschürt habe.«

»Nein«, widersprach Tyran.

Jayden stand mühsam auf. Er hielt sich den verletzten Arm.

»Doch«, beteuerte sie. Ihr Blick fiel auf die Axt, die Tyran fest umklammert hielt. »Er hat nie jemandem etwas tun wollen. Es ist ein Fluch. Versteht Ihr?«

Tyran schnaubte wie ein wilder Stier. Weder Jayden noch Valeria hatten ihm etwas entgegen zu setzen und Valeria sah in Jaydens Blick, dass er auch nicht vorhatte sich zu verteidigen.

»Verdammt«, schrie Tyran und rammte die Axt in die Seitenwand der Pferdebox.

»Warum hast du nichts gesagt? Nach allem, was wir zusammen durchgestanden haben, glaubtest du wirklich, ich würde das nicht verkraften?«

»Ich … habe es ja nicht einmal selbst verkraftet.«

»Dieser miese Hund, Westwood, der Dreckskerl hat dir das angehängt, nicht wahr? Er hat dir diesen Fluch untergejubelt. Deswegen diese ganze Vater-Sohn-Heuchelei.«

Jayden stieß ein hohles Lachen aus. »Er war ja immer für eine Überraschung gut.«

»Und du schickst mich einfach fort!« Tyran schüttelte den Kopf. »Dachtest, ich komme mit einem Wölfchen nicht zurecht, könnte mich gegen einen Welpen wie dich nicht zur Wehr setzen. Solchen Flohschleudern wie dir versohle ich den Hintern! Wäre deine Verlobte nicht, hätte ich einen Bettvorleger aus dir gemacht.«

Valeria trat einen Schritt zur Seite. Sie musste Jayden nicht länger in Schutz nehmen und als sie den Weg frei gemacht hatte, packte Tyran seinen Freund und zog ihn an sich heran. »Du bist so ein Trottel!«

»Schau, was aus mir geworden ist«, hörte sie Jayden leise sagen. Dort, wo das Fell des Wolfes versengt worden war, hatte sein Mantel Brandflecken und Löcher. Auch die Haut darunter war in Mitleidenschaft gezogen worden – und es war nicht das erste Mal. Narben zeugten von dem rauen Leben, das er des Nachts führte.

»Euer Arm«, meinte sie.

Tyran ließ Jayden los.

»Ihr solltet Liam aufsuchen«, sagte sie. »Am besten, ich gehe ihn gleich holen.«

»Nein«, widersprach er. »Schon gut, ich gehe selbst zu ihm. Ich danke Euch, Euch beiden, aber das hätte nicht geschehen dürfen. Ich hätte nicht hier sein dürfen.«

Er lief rückwärts von ihnen weg, vermied den Kontakt und Valeria konnte regelrecht sehen, wie sich alles, was sie in der vergangenen Nacht an Vertrauen gewonnen hatte, mit einem mal wieder verlor.

»Es ist nichts passiert, Ihr habt niemanden verletzt«, versprach sie ihm.

»Wisst Ihr das? Wisst Ihr es mit Sicherheit?«, fragte er. »Wisst Ihr wo die Bestie war, bevor sie hierher gekommen ist? Ihr wisst es nicht, Ihr könnt es nicht wissen!«

Wieder betrachtete er seine Hände und Valeria kam nicht umhin sich zu fragen, ob das Blut, das daran klebte, wirklich nur von ihm war.

»Ich hatte Euch verboten des Nachts Eure Gemächer zu verlassen«, fuhr er sie plötzlich barsch an. »Und du ...« Er sprach leise, aber bestimmt weiter. »... Solltest gehen.«

Tyran stieß ein verächtliches Lachen aus. »Das werde ich ganz bestimmt nicht.«

»Doch!«, widersprach Jayden und hob an noch etwas hinzuzufügen, ließ es dann aber bleiben. Er drehte sich um und verließ den Pferdestall.

Tyran spuckte auf den Boden.

»Wenn er glaubt, dass ich jetzt einfach meine Sachen packe und verschwinde, dann hat er sich aber geschnitten.«

***

Belltaine fing sie vor ihrer Zimmertür ab.

»Herrgott, Valeria, wie siehst du denn aus?«, stieß sie voller Entsetzen aus.

Sie griff ihr ins Haar und zog einen Strohhalm heraus.

Valeria ergriff die Hand ihrer Freundin und zog sie in ihr Zimmer.

»Komm, ich erzähle dir alles!«

Sie setzten sich auf das Bett und Belltaine hörte ihr gefesselt zu. Und obwohl sie die Geschehnisse so gut wie möglich verharmloste, konnte das den Schrecken, der in Belltaines Glieder fuhr, nicht abmildern.

»Was dir alles hätte passieren können! Du bist vollkommen verrückt dich in so eine Gefahr zu begeben«, stieß sie hervor.

»Was hätte ich tun sollen? Er hätte sich nie verziehen, wenn Tyran etwas passiert wäre, und ich mir ebenso wenig.«

Belltaine presste die Lippen zusammen. Es war offensichtlich, dass sie sich mit dieser Antwort nicht zufrieden geben wollte. Doch sie sagte nichts mehr dazu.

»Ruh dich erst einmal aus«, schlug sie vor. »Ich werde dich bei dem Lord entschuldigen. Obwohl das nicht nötig sein wird.« Sie lächelte verstohlen. »Aber, um den Schein zu wahren ...«

»Ja, tu das.« Sie strich Belltaine über den Arm. Dass sie sich Sorgen machte, konnte Valeria gut verstehen. Ihr ging es ja nicht anders. Sie hatte Jaydens Narben gesehen und musste sich fragen, wie lange er das noch durchstehen konnte. All ihre Hoffnung lag jetzt bei Kiara.

»Sicher wird er sich heute nicht viel zeigen«, murmelte Valeria gedankenversunken. »Nach der letzten Nacht wundert es mich gar nicht mehr, dass man ihn so selten zu Gesicht bekommt.«

»Ja, das kann ich mir denken, aber jetzt ruh dich aus. Ich bringe dir später etwas zu essen.«

***

Valeria schrak hoch, als Stimmen zu hören waren. Ein Blick aus dem Fenster verriet ihr, dass es noch immer hellichter Tag war.

»Sie sagte, sie habe ihn mit eigenen Augen gesehen«, hörte sie die Stimme einer Frau direkt vor ihrem Zimmer sagen.

»Und ich sage dir, es geht nicht mit rechten Dingen zu! Es lastet ein Fluch auf Westwood und wir werden ihn noch alle zu spüren bekommen.«

»Ich nicht. Morgen bin ich weg.«

Valeria sprang aus dem Bett, lief zur Tür und zog sie auf. Sie blickte in die Gesichter zweier völlig verdutzter Zimmermädchen.

»Herrin«, grüßten sie im Chor, knicksten und liefen davon. Kaum um die Ecke gebogen hörte Valeria sie kichern.

Sie wollte sich ihren Morgenmantel greifen, doch der hing nicht mehr an der Garderobe.

Es war womöglich auch nicht die beste Idee im Nachtgewand durch das Haus zu laufen. Ganz offensichtlich gab es schon genug Gerüchte, die ihre Runde machten. Da musste sie nicht noch Öl ins Feuer gießen, indem sie sich so freizügig zeigte.

Sie ging zurück zu ihrem Bett und strich sich das Nachthemd von den Schultern, da klopfte es.

»Liam!«, stieß sie erschrocken aus, als der Arzt, ohne auf ihre Erlaubnis zu warten die Tür öffnete.

Sie verschränkte die Arme vor ihrem Oberkörper und zog sich umständlich das Hemd wieder über die Schultern.

»Verzeiht, ich dachte ihr läget noch im Bett«, entschuldigte er sich. Er hatte ein Tablett mit Suppe und Brot dabei. »Belltaine meinte, ihr fühlt Euch nicht wohl?«

Sie schüttelte den Kopf und bekam kein Wort heraus. Noch immer stand sie regungslos da und bedeckte ihre Blöße mit den Armen. Das Hemd, das sie trug, war so dünn, dass die Farbe ihrer Haut hindurch schimmerte und jede Wölbung ihres Körpers zu erkennen war.

»Ihr müsst Euch nicht verstecken. Ihr habt nichts, was ich nicht schon einmal gesehen habe. Habt Ihr vergessen? Ich bin Arzt.«

Er lächelte, doch seine Worte nahmen ihr nicht die Scham. Es konnte ja sein, dass er schon hunderte andere Frauen und Mädchen unbekleidet gesehen hatte, doch von ihr hatte er bisher nicht mehr als den Knöchel gesehen.

»Ich habe Euch etwas zu Essen mitgebracht.«

»Habt Dank«, stammelte Valeria.

Schnell lief sie zum Schrank und zog ihren Überwurf heraus. Den schlang sie sich um die Schultern.

»Lord Westwood war bereits bei Euch? Wie geht es ihm?«, fragte sie.

Liam stellte das Tablett auf ihrer Kommode ab.

»Ganz gut. Er macht sich natürlich Vorwürfe und Sorgen um Euer Wohlergehen.«

»Und Ihr?«, fragte sie frei heraus.

Er lächelte. »Sicher, ich habe mir große Sorgen gemacht. Ich würde meines Lebens nicht mehr froh, stieße Euch etwas zu.«

»Ich …«, begann sie unsicher und sah sich um. »Ich meinte, wie es Euch geht.«

Er lachte verlegen. »Wollt Ihr einen Spaziergang machen?«, fragte er. »Die frische Luft wird Euch sicher gut tun.«

»Sehr gerne.«

Einige Augenblicke vergingen, in denen beide nur schweigend da standen.

»Könntet Ihr …?« Sie wedelte mit den Händen, als müsse sie eine aufdringliche Katze verscheuchen. Egal wie viele Frauen er vor ihr schon entblößt gesehen haben mochte, das hieß noch lange nicht, dass sie sich vor seinen Augen umziehen würde.

»Oh, sicher!«, sagte er und drehte sich um.

Sie hatte eigentlich gedacht, dass er den Raum verlassen würde, doch noch einmal auffordern wollte sie ihn nicht, also verschwand sie kurzerhand hinter der Schranktür und zog sich um.

»Die Gärtner haben hervorragende Arbeit geleistet«, erzählte er. »Ich würde Euch gerne zeigen, was sie aus dem Rosengarten gemacht haben.«

»Seine wahre Pracht wird sich wohl erst im Frühjahr zeigen«, meinte sie. »Man bedenke, dass wir bald schon Winter haben.« Sie konnte nicht glauben, dass sie sich gemeinsam mit ihm in einem Raum aufhielt, während sie völlig nackt war. Ob er das mit Absicht tat? Wollte er sie in Verlegenheit bringen? Hoffte er vielleicht darauf einen Blick auf sie erhaschen zu können? Sie lief rot an bei diesem Gedanken und musste schmunzeln. Es war ihr Glück, dass er das nicht sehen konnte.

Neugierig lugte sie hinter der Schranktür hervor. Tatsächlich blickte er über die Schulter in ihre Richtung. Valeria zog ihren Kopf schnell wieder zurück. Im Spiegel in der Innentür des Schrankes sah sie ihre rot angelaufenen Wangen.

Sie stülpte sich das Kleid über die Schultern und richtete ihr Haar.

»Könntet Ihr ... Könntet Ihr mir behilflich sein?« Sie schloss den Schrank, drehte ihm den Rücken zu und nahm ihr Haar zur Seite.

»Sicher«, sagte er und schon hörte sie seine Schritte.

Seine Hände legten sich auf ihre Hüften und mit den Fingern wanderte er ihren Rücken hinauf, bis zu den Schnürungen ihres Kleides. Sie konnte seinen warmen Atem in ihrem Nacken spüren. Mit einem Ruck zog er das obere Band fester.

Sie sog die Luft ein.

»Gut so?«, flüsterte er ihr ins Ohr. »Nicht zu fest?«

»Nein«, antwortete sie mit zittriger Stimme. »Fester bitte.«

Seine Hände sanken weiter nach unten, strichen ihr über die Schulterblätter und er schnürte Stück für Stück ihr Kleid, so dass es sich eng um ihren Körper schlang.

Ihr Herz pochte wild und sie war sich sicher, dass er es spüren musste – wie jede seiner Berührungen sie erzittern ließ, wie ihr Leib bebte, bei jedem seiner Atemzüge, der sich zärtlich über die Haut ihres Nackens legte.

Ihre Arme schlangen sich um ihren Oberkörper und als er das Band in ihrem Rücken zu einer Schleife verknotete und seine Hände sich ein letztes Mal auf ihre Hüften legten, berührten sich ihre Finger.

»Fertig«, flüsterte er.

Ihre Hand glitt in die seine und er ließ es zu. Lange standen sie so da, keiner von ihnen sprach ein Wort und sie betete, dass dieser Moment ewig dauern möge. Schließlich umfasste er ihre Finger fester und sie drehte sich zu ihm um. Sanft küsste er ihr die Hand.

War das, was sie da taten, schon eine Sünde? Es fühlte sich so an. Und doch hatten sie nichts getan, was man ihnen hätte anlasten können.

***

Stundenlang spazierten sie durch den Garten. Sie sprachen über allerlei Belanglosigkeiten, Valeria erzählte von ihrem Elternhaus und ihrer Heimatstadt und Liam stellte so viele Fragen, dass sie glaubte, er wolle vermeiden etwas von sich selbst preiszugeben. Dabei wollte sie alles über ihn erfahren. Was sie von ihm wusste, stammte aus Jaydens Erinnerungen, doch die lagen zehn Jahre zurück. Wenn sie ihm jetzt in die Augen blickte, wusste sie nicht, wen sie da sah. Ihr war beinahe so, als wären ihre Gefühle für ihn immer stärker geworden, während er ihr zeitgleich entglitt. Wo war dieser warmherzige, gutmütige Mensch, den sie in ihm gesehen hatte? Versteckte er sich vor ihr? Hielt er sie gar bewusst auf Abstand, weil er ebenso wie sie wusste, dass niemals passieren durfte, was sie sich so sehr wünschte?

»Sagt mir, warum?«, fragte sie ihn. »Warum nicht eine andere Provinz, eine, die nicht verflucht ist?«

»Vielleicht reizt mich gerade das?«

»Müsst Ihr denn jede meiner Fragen mit einer Gegenfrage beantworten?«, beschwerte sie sich und schürzte die Lippen.

»Nicht jede«, entgegnete er lächelnd und steckte sie damit an.

Doch gleich darauf wurde sie wieder ernst. So sehr sie auch versuchte zu verdrängen, was wie ein Schatten über ihnen lag, es wollte ihr nicht gelingen. Gerade in diesem Moment sah sie das Zimmermädchen von heute Vormittag. Mit gepackten Koffern verließ sie den Hof und Valeria kannte den Grund dafür nur zu gut.

Es brauchte nur einen Wolf, der nachts über das Gelände streifte, ein paar Gerüchte und schon dachte man wieder an alte Zeiten, als die Wölfe noch bis in die Dörfer kamen. Die Zeiten des alten Lords, der keine Scheu hatte sein Volk unter dem Fluch leiden zu lassen, waren jedem noch gut im Gedächtnis.

Da lobte sie sich Tara. Am Tag ihrer Ankunft hatte sie noch gedacht, dass dieses Mädchen niemals eine Anstellung in einem guten Haus bekommen hätte, nun bewunderte sie ihre Treue.

»Ich habe Kiara einen Besuch abgestattet«, murmelte sie nachdenklich. Sie drehte sich zu Liam um. »Denkt Ihr, er hat sie wirklich geliebt?«

Sie musste das einfach fragen. Was, wenn er längst über sie hinweg war? Was, wenn es für ihn bloß eine Schwärmerei gewesen war? All ihre Hoffnungen wären zerschlagen.

Liam trat näher an sie heran. »Denkt Ihr denn, dass sie so für ihn empfand?«, stellte er als Gegenfrage. »Wenn Ihr mich fragt, dann bezweifle ich das stark. Und ich denke, auch er glaubt schon längst nicht mehr daran. Aber er, ja, er hat sie ganz gewiss geliebt. Auch wenn sie nicht die Richtige gewesen ist, auch wenn es falsch war und es unweigerlich darauf hinaus laufen musste, dass sie niemals zusammen glücklich geworden wären. Er hat sie ebenso geliebt wie ...« Er brach ab, sah ihr direkt in die Augen und sie verlor sich darin, suchte darin nach dem wahren Liam, der sich ihr noch entzog. Seine Hand berührte die ihre.

»Ebenso wie ...«, wiederholte er flüsternd.

Sie küsste ihn. Es war ein Drang, der sie plötzlich übermannte und dem sie unbedingt nachgeben musste. Sie hatte sich leicht auf die Zehenspitzen gestellt und ihre Lippen berührten sich. Seine Hand strich ihr über die Wange und er trat näher an sie heran, da schrak sie zurück. Aus dem Augenwinkel hatte sie gesehen, wie sie jemand beobachtete.

Es war Jayden, der plötzlich kaum drei Meter von ihnen entfernt stand. Sie hatte nicht bemerkt, wie er so nah an sie heran gekommen war, doch es gab keinen Zweifel daran, dass er ihren Kuss mit angesehen hatte. In der Hand hielt er einen Instrumentenkoffer und seine Finger spannten sich fest um dessen Griff.

»Es ist nicht so, wie es aussieht«, begann sie beschwichtigend zu erklären. Dabei wusste sie nicht, wie es anders hätte sein können, wie man es anders hätte verstehen oder erklären können. Sie war verlobt und hatte einen anderen geküsst. Da gab es nichts misszuverstehen.

»Ich habe Euch ein Geschenk besorgt«, sprach Jayden kühl.

Er wollte ihre Erklärung nicht hören, aber sie wollte es trotzdem versuchen. Jayden musste einfach verstehen, dass ihre arrangierte Ehe eine Bürde für sie war.

»Bitte, Jayden«, versuchte sie es erneut.

Sie schrie auf, als er den Instrumentenkoffer gegen den Stamm eines Baumes feuerte, so dass das Cello darin in tausend Splitter zersprang.

Liam stellte sich schützend vor sie.

»Beruhige dich«, bat er.

»Du hast mir gar nichts zu sagen«, zischte Jayden und wischte die Worte seines Vertrauten mit einer herrischen Handbewegung fort. Und in dem Moment, als Jayden die Hand noch erhoben hatte, war Valeria plötzlich, als könne sie durch Liam hindurch sehen.

Sie wollte nach ihm greifen, doch schon der nächste Windstoß trug ihn davon wie den Rauch einer erloschenen Kerze. Und als wäre Jayden ein offenes Fenster, zog er diesen Dunst an. Das, was von Liam geblieben war, schien von Jayden aufgesogen zu werden, ließ ihn zurück stolpern und verschwand. Liam war fort.

»Nein«, hauchte Valeria. Der Boden brach ihr unter den Füßen weg. Ihr war, als würde sie in eine endlose Leere fallen, ohne Halten, gelöst von ihrem Körper, der regungslos dastand. Alles, was sie an die Wirklichkeit band, war ein heftiger Schmerz in ihrer Brust, als habe man ihr das Herz aus dem Leib gerissen.

Sie konnte es nicht glauben, wollte nicht begreifen, was sich gerade vor ihren Augen abgespielt hatte. Noch immer spürte sie seine Lippen auf den ihren, konnte ihn riechen, ihn schmecken.

»Was habt Ihr getan?«, schrie sie aus vollem Hals.

»Was ich tun musste«, antwortete er und sah von ihr weg.

»Ihr seid ein Monster!«, tobte sie. Ihr ganzer Körper war angespannt, ihre Brust wie zugeschnürt. Sie stürmte auf ihn los und verpasste ihm eine Ohrfeige. Mit solcher Wucht schlug sie zu, dass ihre Finger schmerzten.

»Bringt ihn zurück!«, verlangte sie und hob ein weiteres Mal die Hand.

Jayden packte sie am Handgelenk und zog sie zu sich heran.

»Selbst wenn ich könnte, würde ich es nicht tun.«

»Bringt ihn sofort zurück!«, schrie sie. Tränen füllten ihre Augen, liefen ihr die Wangen hinunter. Sie versuchte sich loszureißen, doch Jayden ließ es nicht zu.

Mit der freien Hand schlug sie ihm gegen die Brust. »Das könnt Ihr nicht tun!«

Er ließ sich nicht erweichen. Seine Miene blieb hart, er hielt sie weiter fest und sie wehrte sich vergebens gegen seinen Griff.

»Bitte, bitte!«, begann sie zu flehen, als alles Zetern und Zerren nichts nutzte. »Ich tue doch alles, alles, was Ihr von mir verlangt, nur bringt ihn mir zurück.«

»Hört Ihr mir nicht zu?«, schrie er zornig und packte auch ihre zweite Hand.

Erschrocken sah sie zu ihm auf.

»Wieso …?«, wimmerte sie. »Wieso seid Ihr so grausam?«

»Weil ich ein Monster bin, ein unberechenbares Biest, Ihr habt es selbst gesagt.«

Er stieß sie von sich und wandte sich ab.

Valeria wischte sich die Tränen aus dem Gesicht. Sie konnte sich nicht vorstellen, dass er Liam wirklich getötet hatte. Niemand konnte so mächtig sein und sie verstand nicht einmal, woher er plötzlich diese magischen Fähigkeiten nahm. Es wollte sich ihr nicht begreiflich machen.

»Er ist Euer Freund!«, rief sie. Seine Hände ballten sich zu Fäusten. »Zählt das nichts? Wie hartherzig kann man sein?«

Er wirbelte herum.

»Er ist tot!«, schrie er. »Akzeptiert das!«

Valeria fiel auf die Knie. Welche Macht, welch grausamer Zauber musste das sein, dass er ihn mit einer Handbewegung hatte töten können? Und wie sehr musste sie sich in ihm getäuscht haben? Sie vergrub ihr Gesicht in den Händen und weinte bitterlich, während er nur dastand und auf sie herab blickte.

»Kommt mit«, forderte er sie auf.

Sie achtete nicht auf ihn. Sie hatte ihm helfen wollen, doch nur weil sie geglaubt hatte, der Junge von damals wäre noch irgendwo unter dieser rauen Schale. Wie sehr sie sich doch getäuscht hatte.

»Kommt!« Er packte sie am Arm und zog sie auf die Beine.

»Nein!«, protestierte sie und wehrte sich mit Händen und Füßen. »Lasst mich los!«

Er war zu stark. Mühelos hielt er sie unter Kontrolle und zerrte sie zurück zum Herrenhaus.

***

Er brachte sie zu den Windlichtern.

»Ihr wollt es doch wissen«, fuhr er sie grob an, als sie sich noch immer gegen ihn zur Wehr setzte.

»Ich lasse mich von Euch nicht täuschen!«, zischte sie.

Er wollte ihr doch bloß eine weitere seiner Kindheitserinnerungen zeigen, wollte Mitleid erregen, doch das würde ihm nicht gelingen.

Er schubste sie vorwärts und sie fing sich an der Wand. Der Schrank neben ihr warf bedrohlich seinen Schatten über sie.

Valeria stieß sich von der Wand ab und versuchte an Jayden vorbeizukommen, doch er hielt sie mit nur einem Arm auf.

Jayden drängte sie zurück, während er mit der freien Hand den Schrank öffnete und gezielt eines der Windlichter heraus nahm.

Valeria blieb in der Ecke stehen und starrte zu Boden. Tränen liefen ihr die Wangen hinunter und tropften ihr vor die Füße. Sie hätte ein weiteres Mal versuchen können zu fliehen, doch sie wusste, dass er das nicht zulassen würde.

Er drehte sich zu ihr um. Seine Augen wirkten wie Gold und leuchteten im Licht des Kerzenscheins, während dunkle Schatten seine Gesichtszüge noch kühler und härter wirken ließen. Es war, als würde sein wahres Ich zum Vorschein kommen.

Er ließ das Windlicht fallen und sein Antlitz verschwand hinter dem aufsteigenden Rauch.

Die Schatten weichen

Jayden warf sich voran, doch Liam wich ihm mit Leichtigkeit aus.

»Gib ihn mir!«, verlangte er.

Liam machte es sich zunutze, dass Jayden noch immer angeschlagen war. Sein Schädel dröhnte und er lehnte sich gegen den Schreibtisch. In ihrem Streit hatten sie bereits das halbe Arbeitszimmer verwüstet und wenn es so sein musste, würde er auch noch den Rest auseinander nehmen.

»Schau dich an«, forderte Liam ihn auf. »Du kannst ja kaum stehen. Du hast nicht die Kraft diese Bürde auf dich zu nehmen. Ich werde den Ring tragen. Nur für diese eine Nacht.«

Jayden streckte ihm die offene Hand entgegen.

»Nein, ich lasse nicht zu, dass du das für mich tust. Gib ihn mir zurück.«

»Du hast eine Gehirnerschütterung, Junge. Ich bin dein Freund und ich kann nicht mit ansehen, wie du dich quälst.«

»Das ist mein Fluch und nicht deiner.«

»Es ist der der Westwoods.«

»Jetzt ist es meiner.« Noch einmal streckte er ihm auffordernd die Hand entgegen. »Blutsverwandt oder nicht. Ich bin Westwoods Erbe, also ist es jetzt mein Fluch und mein Ring. Gib ihn mir sofort wieder.«

Liam steckte sich den Ring an den Finger. Fasziniert starrte er ihn an, als sei es nicht nur ein Stück Silber, sondern ein unbezahlbarer Schatz.

»Ich habe alles darüber gelesen, alles erfahren, was man erfahren kann«, murmelte er. »Ich bin bereit dafür.«

Jayden warf einen Blick aus dem Fenster. Der Mond stand bereits hoch, es musste schon fast Mitternacht sein. Es war die dritte Nacht seit dem Tod Westwoods. Er konnte sich an die letzten beiden Nächte kaum erinnern. In der ersten hatte er sein Zimmer zu Kleinholz verarbeitet. Danach hatte Liam ihm alles erklärt.

Der Ring war nicht der Grund, weshalb er sich nachts in diese Bestie verwandelte, es war ein Fluch. Wenn sich jedoch jemand selbstlos und aus freien Stücken dazu entschied den Ring und die damit verbundene Bürde zu übernehmen, war er frei – zumindest so lange die Person an seiner Statt den Ring trug. Genau das hatte Westwood zuerst von Jaydens Mutter gewollt, dann hatte er es ihm auferlegen wollen und nun, da Jayden den Fluch geerbt hatte, war Liam es, der den Ring tragen wollte.

Er hätte ihn zerstören sollen. Das wäre das einzig Richtige gewesen, um andere vor dem Fluch zu schützen. Niemand sollte diese Bürde tragen – selbst dann nicht, wenn es freiwillig geschähe. Stattdessen musste er jetzt mit Liam um diesen elenden Ring kämpfen.

Er konnte einfach nicht zulassen, dass Liam dieses Opfer brachte. Zu viel schon hatte dieser für ihn getan. Was Jayden aber erschreckte war, dass Liam regelrecht begierig darauf zu sein schien ihm zu helfen.

»Es wird jeden Moment Mitternacht sein, Liam. Bitte sei vernünftig und leg den Ring ab.«

»Vernünftig? Ich habe es so weit gebracht, ich lasse mich jetzt nicht aufhalten.«

In Jaydens Ohren rauschte es. Was wollte Liam damit sagen? Hatte er wirklich vor ihm zu helfen oder trieben ihn ganz andere Absichten?

Ein weiteres Mal warf er sich nach vorne und wurde diesmal so grob von Liam weggestoßen, dass er zu Boden fiel und sich den Ellbogen aufschlug.

»Es ist deine eigene Schuld«, warf er Jayden vor. »Ich wollte dir helfen, wollte dein Freund sein. Davon hast du nicht mehr sehr viele. Hast du nicht bemerkt, dass sie alle gegangen sind? Du hast ihren Herren getötet und nun sind sie alle fort. Da sind nur noch du und ich. Nur noch wir beide, also lass dir von mir helfen. Wenn du das überleben willst, bleibt dir gar nichts anderes übrig.«

Mühsam stemmte Jayden sich hoch. »Eben deswegen kann ich das nicht zulassen. Du weißt ja nicht, was dieser Fluch bedeutet.«

Liam grinste auf eine Weise, dass es Jayden kalt den Rücken herunter lief. »Ich weiß sehr genau, was ich tue.«

»Liam ...«

»Nein, ich will es nicht hören. Weißt du, ich bin es leid. Geh einfach. Ich habe den Ring, ich nehme den Fluch freiwillig auf mich. Endlich habe ich, was ich wollte und

dich brauche ich nicht mehr. Und du wolltest doch immer von hier fort, nicht wahr? Also geh, du bist frei. Geh oder bleib, aber bedenke, dass der Wolf keine Rücksicht nehmen wird.«

Die Worte trafen Jayden wie ein Schlag. Liam hatte ihn belogen, hatte ihn vom ersten Moment an benutzt. Auf den Ring hatte er es abgesehen und nur darauf. Jeden Moment würde Liam sich verwandeln und Jayden zerfleischen, käme er ihm in die Quere.

Jayden zog sich am Schreibtisch hoch, da durchzuckte ihn ein heftiger Schmerz. Er schrie. Es fühlte sich an, als würden ihm glühende Eisen in die Wirbelsäule gestoßen.

»Was ... was soll das?«, hörte er Liam stammeln.

Entgeistert starrte der Arzt von dem Ring an seinem Finger zu Jayden.

Ein weiteres Mal durchzuckte Jayden der Schmerz. Er fiel auf die Knie.

»Geh! Flieh!«, schrie er Liam an.

Seine Kleidung löste sich in einzelne Fäden auf, die sich tausend heißen Nadelstichen gleich in seine Haut bohrten und zu dem schwarzen dichten Fell eines Wolfes wurden. Seine mächtigen Pranken hinterließen tiefe Furchen im Holzboden.

Eine Welle roher ungezügelter Gefühle überrollte ihn, trübte jeden klaren Gedanken. Das Bild vor seinen Augen wurde schärfer und jede noch so kleine Bewegung flammte vor ihm auf wie ein Leuchtfeuer. Geräusche und Gerüche wurden stärker, überschwemmten ihn regelrecht. Er konnte Liams Herz pochen hören, hörte wie er atmete und roch seinen Angstschweiß.

Er sah, wie Liam sich langsam rückwärts bewegte, zitterte und die Augen weit aufgerissen hatte. Die Angst des Mannes war ganz deutlich zu spüren und alles, was der Wolf empfand, war Wut, Hass und der bittere Geschmack des Verrats.

Liam tat eine hastige Bewegung und das Tier stürzte voran. Seine Fangzähne bohrten sich tief in das Fleisch des Mannes, zerfetzten ihn, tränkten den Boden mit dessen Blut, bis seine Schreie verstummten und sein Herz den letzten krampfartigen Schlag tat.

***

Valeria sank vor dem Schrank zu Boden.

Es konnte nicht wahr sein, was sie gerade gesehen hatte. Liam war doch eben noch bei ihr gewesen. Wie konnte er da schon vor Jahren getötet worden sein?

Jayden ging neben ihr auf die Knie.

»Ich bin tatsächlich dieses Monster, das Ihr in mir seht. Ich habe ihn getötet. Überlegt Euch, was Ihr jetzt tun wollt. Euer Leben mit mir, mit diesem Biest, verbringen, immer mit der Angst im Nacken, der nächste Tag könnte Euer letzter sein, oder heimkehren und die Schmach auf Euch nehmen, die Euch damit erwartet.«

Er stand auf und ging.

»Ihr lügt!«, rief sie ihm hinterher und sprang auf die Beine.

Es konnte unmöglich die Wahrheit sein. Wenn dem so war, in wen hatte sie sich dann verliebt? Ein Trick, es musste ein Trick sein.

Wuterfüllt schrie sie auf. Sie packte den Schrank, warf ihn um und die restlichen Windlichter zersprangen in tausend Scherben. Valeria wich ihnen aus, um nicht in den Rauch zu geraten, der von ihnen aufstieg. Sollte er doch an seinen Gefühlen ersticken. Kiara hatte ihm geholfen seine Emotionen zu kontrollieren, dabei hätte sie ihm und allen anderen mehr geholfen, wenn sie ihn getötet hätte.

Da fiel ihr ein, was Kiara gesagt hatte. Sie hatte von dem Zauber der Windlichter gesprochen, gesagt, dass sie Jaydens Erinnerungen bündelten. War dann der Liam, den sie kennengelernt hatte, in Wirklichkeit bloß der Schatten einer Erinnerung gewesen, dem es gelungen war aus dem Schrank zu entkommen? Hatte Jayden sich diesen Freund vielleicht sogar selbst erschaffen, weil er mit der Schuld ihn getötet zu haben nicht leben konnte?

So oder so. Es gab ihn nicht, diesen Mann, in den sie sich verliebt hatte. Es hatte ihn nie gegeben, so echt, so real er auch auf sie gewirkt hatte.

Doch sie wollte es nicht wahrhaben und es schmerzte sie so sehr, dass sie das Gefühl hatte nicht atmen zu können. Sie schrie, schlug mit den Fäusten auf die Wand ein, bis es wehtat, bis der Schmerz in ihren Händen so laut pochte wie der in ihrem Herzen – und doch war er nicht laut genug, nicht heftig genug, um zu übertönen, was sie innerlich zerriss.

***

Valeria weinte in ihr Kopfkissen. In der Ecke ihres Zimmers lag das Tablett, das Liam ihr vor wenigen Stunden gebracht hatte. In ihrer Wut hatte sie es gegen die Wand gefeuert und Belltaine damit einen Riesenschrecken eingejagt.

Nun saß ihre Freundin neben ihr, hatte ihr die Hand auf die Schulter gelegt und versuchte sie zu trösten, so gut es eben ging.

»Es ist grausam, was er dir angetan hat«, meinte sie. »Wir sind alle darauf hereingefallen. Und Doktor Callahan wirkte so echt.«

Wie gerne hätte Valeria zugestimmt, hätte Jayden weiter die Schuld an allem gegeben, so wie er sie sich selbst gab, doch das konnte sie nicht.

Liam war nicht einfach fort, er war nie wirklich da gewesen. Und nun lag sie hier und trauerte um jemanden, der bloß der Schatten einer Erinnerung gewesen war.

»Wir sollten von hier verschwinden. Sicher, man wird über dich reden, aber wenn ich dich begleite und wenn ich für dich spreche ... Du bist jung und hübsch. Sicher wird die Schande nicht so groß sein, dass du ewig alleine bleiben wirst. Wir müssen ja nicht erzählen, dass er verflucht ist. Wir sagen, er beherrscht dunkle Magie. Das ist erschreckend, aber nicht verboten. Und irgendwie ist es auch nicht gelogen. Nichts anderes ist dieser Fluch schließlich. Es würde auf jeden Fall niemanden wundern, wenn du es bei ihm unter diesen Umständen nicht aushieltest. Es wird so für alle das Beste sein. Auch für ihn.« Sie wartete einen Moment ab, ob Valeria antwortete, stand dann aber auf und ging zu ihrem Schrank. »Komm, ich packe deine Sachen.«

Einfach zu gehen, ihre Sachen zu packen und heimzukehren. Das klang verlockend. Aber konnte sie das tun? Nach allem, was geschehen war, nach allem, was sie gesehen und erlebt hatte? Sie wusste es nicht und sie konnte diese Entscheidung jetzt nicht treffen. Alles in ihr sträubte sich dagegen darüber überhaupt nachzudenken.

»Bitte, Belltaine, lass mich jetzt einfach allein«, bat sie.

Belltaine seufzte schwer. »Gut, dann schlaf eine Nacht darüber. Lass all den Tränen freien Lauf und mach deiner Wut Luft. Morgen wird die Entscheidung leichter fallen.«

Valeria vergrub ihr Gesicht tiefer in ihren Laken und wartete, bis Belltaine gegangen war. Als die Tür ins Schloss fiel, schrie sie in ihr Kissen.

Sie hasste Jayden und gleichzeitig hasste sie ihn auch wieder nicht. Sie war wütend wegen allem, was er zu ihr gesagt, wegen allem, was er ihr verschwiegen hatte. Sie wollte weg von hier, nur heim, alles vergessen, was geschehen war, und von vorne anfangen. Aber das konnte sie nicht. Sie konnte die Zeit nicht zurück drehen und nicht ungeschehen machen, was sie erlebt hatte.

Es war zu leicht Jayden an allem die Schuld zu geben. Weil er es so wollte. Er wollte, dass sie das Biest in ihm sah, dass sie sich von ihm abwandte.

Stundenlang kämpfte sie mit ihren Gedanken und Gefühlen, versuchte einen Sinn in alledem zu finden und fand doch keinen. Wie hatte sie sich in Liam verlieben können? Wie hatte sie nicht bemerken können, dass er nur ein Trugbild war? Sie hatte ihn doch fühlen können, die Wärme seines Körpers, die raue Haut seiner Finger. Sein Geruch, seine Stimme. Alles war so echt gewesen. Und doch … er hatte nie etwas über sich erzählt, hatte nur Fragen gestellt und sie angelächelt, auf diese Weise, dass ihr die Knie weich wurden.

***

Irgendwann, spät in der Nacht, erwachte sie und setzte sich auf. Sie schlang sich die Decke um den Körper und wischte sich mit einem Zipfel davon die Tränen aus dem Gesicht.

Ein Geräusch hatte sie geweckt, von dem sie erst nicht gewusst hatte, was es war. Erst als es ein weiteres Mal erklang, erkannte sie es.

Ein Jaulen erfüllte das Gemäuer des alten Herrenhauses. Jayden, er war hier. Sie stand auf und verließ ihr Zimmer. Wieder hörte sie sein Wehklagen. Als triebe die gequälte Seele eines Toten ihr Unwesen in den weiten Korridoren.

Sie lief zum Geländer der Galerie und suchte das Foyer ab. Der Wolf war nirgends zu sehen. Durch die Tür zu den Gesinderäumen kamen Claire und Tara gelaufen. In Nachtgewänder gekleidet, mit Kochlöffel und Laterne bewaffnet schlichen sie sich durch die Vorhalle.

Ein weiteres Mal erklang der wehleidige Gesang, der ihr bis tief unter die Haut ging und die beiden Frauen im Foyer zusammenzucken ließ. Valeria kam die Treppe zu ihnen herunter gelaufen.

»Was in Gottes Namen ist das?«, fragte Claire.

»Stimmt es, dass Doktor Callahan heute Mittag verstorben ist?«, fragte Tara mit zittriger Stimme. »Es wird doch nicht sein Geist sein, der uns nun heimsucht?«

Von der anderen Seite des Raumes kam ein Page zu ihnen gelaufen. »Er soll ermordet worden sein«, spekulierte er und sprach mit gesenkter Stimme weiter. »Aus dem Fenster gestoßen worden, ihr wisst schon von wem.«

Auch wenn an seiner Vermutung etwas Wahres dran war, konnte Valeria das nicht so stehen lassen. »Ich verbitte mir solche Spekulationen. Ihr geht jetzt alle wieder zu Bett. Ich werde mich der Sache annehmen.«

»Natürlich.« Der Page verbeugte sich tief und lief zurück zu den Schlafräumen der Männer.

»Claire«, flüsterte Valeria der Köchin zu und zog sie zur Seite. »Sorgt dafür, dass alle ihre Türen verriegeln. Ich will niemanden des Nachts auf den Gängen sehen.«

Claire nickte ernst. Ob die Köchin wusste, was hier vor sich ging, konnte Valeria nicht sagen. Wenn es so war, schwieg sie sich darüber aus. Sie folgte Tara und schloss die Tür hinter sich, während Valeria eine andere Richtung einschlug.

Sie ahnte schon, wo sie ihn finden würde. Er war sicher so aufgebracht gewesen, dass er sich selbst nicht traute. Er hatte es bestimmt nicht gewagt in den Wald zu gehen, um sich dem Rudel anzuschließen.

Sie nahm den Weg hinunter in den Keller.

Schon auf halber Höhe der Treppe hörte sie ein Scharren aus Richtung des Weinkellers. Es war dunkel hier unten und Valeria hatte keine Laterne dabei. Stufe für Stufe tastete sie sich voran und unterdrückte einen Aufschrei, als ein lautes Krachen ertönte.

Es klang nach berstendem Holz und sie betete, dass er nicht gerade dabei war die Weinfässer zu zerlegen.

Wieder heulte er auf, sang ein bitterliches Lied und in der Ferne, irgendwo aus den Wäldern, erklang die Antwort.

Er würde die anderen Wölfe her locken und wenn sie tatsächlich kämen, gäbe es keine verschlossenen Türen, die sie davon abhalten würden in das Herrenhaus einzudringen.

Der von fahlem Mondlicht beschienene Gang gab ein trauriges Bild ab. Holzsplitter lagen überall verteilt, ganze Bruchstücke von dicken Eichenbrettern. Schnell fand sie die Tür, zu der die Trümmer gehörten. Der Schatten des Wolfes, der sich dahinter bewegte, fiel durch die gebrochenen Bretter, die von ihr noch übrig geblieben waren. Noch hielten Schloss und Angeln, doch es war nur eine Frage der Zeit, bis er sich befreien würde.

»Gott, Jayden, was tust du dir bloß an?«, flüsterte sie.

Sie lief zur Tür und ließ sich gerade davor nieder, da warf er sich ein weiteres Mal dagegen. Valeria schrak zurück, als eine seiner Pranken durch das Holz brach und über den blanken Boden kratzte. Er ließ sich auf die Seite fallen und verbiss sich in dem Holz der gesplitterten Tür. Seine Fangzähne zermalmten die Bretter, als wären sie morsch und bald schon wäre das Loch groß genug für ihn, um hindurch zu schlüpfen.

Valeria rutschte bis zu der Wand in ihrem Rücken zurück.

»Du tust dir nur selbst weh.«

Er rappelte sich wieder auf und begann hinter der Tür auf und ab zu laufen. Als er anfing zu heulen, war sie sofort wieder bei ihm.

»Beruhige dich«, flüsterte sie. »Du musst dich beruhigen, hörst du? Ich bin da, ich höre dir zu.«

Ein dunkles Knurren rollte durch den Kellerraum, schon warf er sich wieder gegen die Tür.

Er war wütend auf sie und das zu Recht. Tränen füllten ihre Augen bei dem Gedanken an Liam, doch sie durfte jetzt nicht so egoistisch sein nur ihren eigenen Schmerz zu sehen. Behutsam schob sie ihre Hand über den Boden und näherte sich ganz langsam dem Loch in der Tür. Als sie seinen Atem auf ihrer Haut spüren konnte, hielt sie inne. Sie saß nun direkt vor der Tür, ganz nahe bei ihm.

»Du hasst mich jetzt, nicht wahr? Du fühlst dich von mir betrogen. Deswegen willst du, dass ich gehe. Ich verstehe dich ja. Du hältst dich für ein Biest, weil du deinen Freund getötet hast, dabei war er nie der Mensch, für den du ihn gehalten hast. Er war auch nicht der Mensch, für den ich ihn hielt.«

Ihre Stimme versagte und sie brauchte einen Moment, ehe sie weiter sprechen konnte, doch sie musste es laut aussprechen, um es selbst zu begreifen. »Dieser Liam hat nie existiert. Er war nur ein Schatten deiner Erinnerungen. Verstehst du? Wie auch hätte es jemand anderes sein können? Es waren deine Erinnerungen, deine Gefühle, die der Zauber gebündelt hat. Nicht die seinen. Es ist genau so, wie Kiara es gesagt hat: *Alles, was du von dir fernzuhalten versucht hast, alles, was du weggesperrt hast, es hat sich gebündelt und eine neue Form gefunden. Deine Gefühle, Gedanken, Erinnerungen. Deine Seele.*« Plötzlich wurde es ihr klar. »Gott, Jayden, in dich habe ich mich verliebt, in dich und niemand anderen.«

Der Wolf war ruhiger geworden. Es war beinahe, als würde er ihr zuhören. Es fiel ihr so leicht ihm zu sagen, was in ihr vorging und was sie selbst nicht hatte wahrhaben wollen.

»Wenn du dich doch nur nicht hinter Liam versteckt hättest. Ich wage es gar nicht es dir zu sagen. Ich meine dir, dem Wolf, wo du mich ja nicht verstehen kannst, aber morgen schon bist du wieder unter deiner steinernen Maske verschwunden und wirst mir vorspielen, dass du ein anderer wärst. Aber das schreckt mich nicht. Jetzt nicht mehr. Ich kenne dich.«

Sie rückte noch näher an die Tür, lehnte sich an die Wand daneben und lauschte seinem Atem.

»Du hast mir ein Cello besorgt.« Sie lächelte. »Du versuchst mich zu beschützen. Aber ist da noch mehr? Fühlst du das Gleiche für mich, was ich für ihn empfunden habe? Oh, ich wünschte, du könntest es mir sagen. Ich wünschte, du würdest mir sagen, dass ich richtig liege, dass Liam und du wirklich ein und dieselbe Person seid?«

Sie atmete tief durch. Vielleicht konnte der Wolf sie nicht verstehen, aber er lauschte dennoch ihren Worten.

»Ich habe wieder und wieder über das nachgedacht, was Liam ... Doktor Callahan damals zu dir gesagt hat. Tyran hat dir vorgeworfen, du hättest ihn und die anderen davongejagt, aber Callahan meinte, sie hätten dich verlassen. Freiwillig. Er war es, nicht wahr? Er hat sie in deinem Namen fort geschickt. Und nach seinem Tod hast du es dennoch nicht richtig gestellt. Ich kann verstehen, dass du niemanden mehr um dich haben wolltest. Es muss schrecklich sein das zu fürchten, was in einem schlummert. Aber weißt du, Jayden, so schlimm ist dieses Biest gar nicht. Es ist ein Wolf, mit der Seele eines Menschen. Ganz bestimmt keine Bestie. Du solltest ihn mal kennenlernen.«

Sie hörte ihn atmen, ruhig, tief. Jeder seiner Atemzüge ließ den Staub um ihre Finger tanzen. Sie drehte ihre Hand auf den Rücken und schob sie durch das Loch in der Tür.

Der Wolf tat eine plötzliche Bewegung, hob den Kopf und wich ihr aus. Einen kurzen Moment war Ruhe, dann spürte sie seine feuchte Schnauze an ihren Fingerspitzen. Er nahm ihren Geruch in sich auf. Seine Zunge kitzelte an ihren Fingern und Valeria musste schmunzeln.

Schließlich streckte er sich und lehnte seinen Rücken gegen die Tür. Sie fühlte das dichte Fell seines Nackens, als ihre Finger sich darin vergruben. Er zeigte ihr mit dieser Geste, dass er sie nicht fürchtete, dass er keine Angst hatte, sie würde etwas Unüberlegtes tun, während sie unbeobachtet war. Ihr den Rücken zuzukehren war wohl der größte Vertrauensbeweis, den er ihr entgegen bringen konnte.

Valeria lehnte ihren Hinterkopf gegen die Wand. Wieder rannen ihr Tränen über die Wangen, doch gleichzeitig stahl sich ein Lächeln auf ihre Lippen.

***

Als Valeria am nächsten Morgen zu sich kam, lehnte sie noch immer an der Wand. Ihre Glieder schmerzten. Gerade wollte sie sich strecken, da entdeckte sie den Grund ihres plötzlichen Erwachens. Jayden stand vor ihr.

»Was tut Ihr hier?«, fragte er mit herablassendem Ton in der Stimme.

»Ist das nicht offensichtlich?«, giftete sie zurück.

Sie würde sich ganz bestimmt nicht von ihm einschüchtern lassen. Sie stand auf und sah ihm direkt in die Augen. »Wenn ich nicht da gewesen wäre, hättet Ihr das Rudel hergerufen. Was glaubt Ihr, hätten die Wölfe mit Euren Angestellten gemacht?«

Er knirschte mit den Zähnen. Seine Augen wurden zu schmalen Schlitzen und als seine Hände sich zu Fäusten ballten, sah er ruckartig von ihr weg.

»Geht jetzt«, knurrte er in einem Tonfall, als wäre da immer noch der Wolf in ihm.

»Nein.«

»Was soll das heißen?« Er deutete auf die fast gänzlich zerstörte Tür. »Schaut Euch an, was die Bestie angerichtet hat. Es hat nicht viel gefehlt und sie hätte mit Euch dasselbe gemacht. Ihr habt gesehen, was mit Liam geschehen ist, mit dem Mann, in den Ihr Euch verliebt habt, wenn ich Euch daran erinnern darf. Und trotzdem seid Ihr noch hier? Ihr seid am Ende doch genau das, für das ich Euch vom ersten Tag an gehalten habe. Ein dummes, naives Kind.«

»Und Ihr, Ihr versteckt Euch hinter einem Biest, das Ihr selbst geschaffen habt. Aber mich führt Ihr nicht länger hinters Licht.«

Er lachte verächtlich. »Ich habe dieses Monster ganz gewiss nicht geschaffen, ich ertrage es, ich muss damit leben, aber geschaffen hat diesen Fluch ein anderer.«

»Nein, das wart Ihr ganz alleine«, fuhr sie ihn barsch an. »Der Wolf ist kein Monster. Er ist ... ein Tier, keine Bestie. Und er ist mir um einiges sympathischer, als Ihr es seid. Aber nur deswegen, weil Ihr Euch hinter dieser Maske versteckt. Ihr seid ein guter Mensch, der glaubt, alles und jeden von sich stoßen zu müssen, damit bloß niemand heraus findet, dass hinter alldem ein verängstigter Junge steckt.«

Sofort bereute sie den letzten Satz. Jayden war vieles, aber nicht ängstlich. Doch er benahm sich sehr wohl wie ein Kind und es tat ihr gut ihm das an den Kopf werfen zu können.

»Verängstigt? Ihr habt diese Nacht neben einem Wolf geschlafen, Ihr habt so kurz davor gestanden zerfleischt zu werden und, um Himmels Willen, Ihr habt Euch mit mir eingesperrt! Ihr hättet sterben können und Ihr werdet sterben, wenn Ihr mit diesen törichten Spielchen nicht aufhört! Ihr wisst gar nicht, was Angst bedeutet, sonst tätet Ihr solche Dummheiten nicht.«

»Ich ... ich tat es für Euch!« Sie trat näher an ihn heran und packte ihn am Arm. »Wenn Ihr Euch länger vor dem Wolf versteckt, wird Euch das früher oder später zerstören.«

»Das ist es, was dieser Fluch macht. Doch damit muss ich leben, nicht Ihr!« Er riss sich von ihr los.

»Ich muss es ebenso! Ihr seid mein Verlobter, habt Ihr das vergessen?«

»Eine arrangierte Ehe, die nie vollzogen werden wird. Ich habe Euch bereits gesagt, dass Ihr das Anwesen verlassen sollt. Ich werde jede Schuld auf mich nehmen, wenn es Euch um Euren Ruf geht. Der König wird uns nicht vor den Traualtar zwingen können.«

»Ihr habt mir die Wahl gelassen und ich habe mich entschieden. Ich bleibe. Wenn nicht für Euch, dann für ihn.«

»Für ihn? Hegt ihr denn tatsächlich die Hoffnung, dass Liam noch lebt? Habt ihr es nicht verstanden oder wollt Ihr es nicht verstehen? Der Mann, in den Ihr Euch verliebt habt, ist tot.«

Sie schüttelte den Kopf. Beim Klang seines Namens musste sie erneut mit den Tränen kämpfen. Aller Vernunft zum Trotz war die Trauer in ihr längst nicht besiegt. »Das ist er nicht.«

»Glaubt mir, wenn man morgens die zerfleischten Überreste seines besten Freundes im Arbeitszimmer seines Stiefvaters findet, gibt es wenig Zweifel an dessen Tod.«

Valerias Brust schnürte sich zusammen. Sie wusste, dass er ihr dieses Bild nur in den Kopf setzte, um sie zu verletzen, um sie wieder einmal von sich zu stoßen. Es war offensichtlich, dass er verdrängt hatte, wer Doktor Callahan tatsächlich gewesen war. Dass er ihn als seinen besten Freund bezeichnete, war Beweis genug.

»Er war nie Euer Freund und er war auch nicht der Mann, in den ich mich verliebt habe.«

»Liam stand mir zur Seite, nachdem mich alle für einen Mörder hielten, er half mir über den Verlust meiner Jugendliebe hinweg und er war der einzige Mensch, der von dem Fluch wusste und sich dennoch nicht abschrecken ließ. Ich kannte ihn vielleicht nicht sehr lange, doch ganz sicher war er ...«

»Ein Betrüger, der Euch ausgenutzt hat, um an den Ring zu kommen. Er war ganz heiß darauf zu einem Wolf zu werden. Ihr habt mich doch selbst Eure Erinnerung erleben lassen.«

»Ihr interpretiert Liams Worte falsch.«

»Nein, Ihr leugnet die Wahrheit. Der Wolf ist nicht die Bestie, für die Ihr ihn haltet. Liam war das Monster. Ein falscher Freund war er. Der Wolf war nur wütend und das zurecht. Er wusste, was Ihr zu leugnen versucht und ließ sich von seinen Instinkten leiten.« Sie spürte, wie sich ein Kloß in ihrem Hals bildete, der es ihr kaum mehr möglich machte weiter zu sprechen. Ihr Verstand sagte ihr, dass sie über einen Fremden sprach, doch ihr Herz hing noch an dem Mann, den sie verloren hatte. »Er ... er war kein ... kein Freund.« Sie stockte.

Jayden schüttelte den Kopf. »Bitte, geht einfach.«

»Nein! Ich werde mich nicht von der Stelle rühren!«

»Dann bleibt hier unten stehen, bis Ihr Wurzeln schlagt.« Er drehte sich von ihr weg, doch sie hielt ihn fest.

»Ihr kennt die Wahrheit«, sagte sie mit rauer Stimme. »Liam, der Liam, den Ihr erschaffen habt, ist nicht derselbe Mann wie Doktor Callahan.«

»Ganz egal. Keiner von beiden ist mehr da.«

»Ich denke schon.«

Jayden hielt einen Moment inne. Noch immer von ihr abgewandt, seinen Blick auf den Treppenaufgang gerichtet, starrte er ins Leere. Dann aber gewann seine Sturheit.

»Ihr seid irre. Ein Kind.« Er riss sich los und ging.

»Ich hasse Euch!«, rief sie ihm unüberlegt nach. Er zögerte und sie wusste, dass ihn ihre Worte getroffen hatten. Sie verletzte ihn, doch wie hätte sie ihn sonst erreichen können? »Ich hasse Euch, weil Ihr Euch selbst hasst und ... und weil ich Euch liebe und Ihr zu dumm seid das zu erkennen!«

Er schüttelte den Kopf und drehte sich zu ihr um.

»Ein Kind, wie ich es sage. Gestern noch habt Ihr ihn geküsst und jetzt sagt Ihr solche Dinge.«

Nun kamen sie doch, die Tränen, die sie so lange hatte im Zaum halten können. Ihre Hände ballten sich zu Fäusten. Sie wagte es nicht ihn anzusehen.

»Ihr seid doch derselbe«, murmelte sie unsicher. »Er und Ihr. Ein und derselbe.«

Jayden schwieg. Was sie gesagt hatte, war nicht mehr als eine vage Hoffnung, ein Gefühl, ein Instinkt. Doch es musste stimmen. Wie konnte sie sich täuschen in etwas, das so groß war, so überwältigend und so rein wie die Liebe, die sie empfand?

»Ich bin nicht er«, sprach er mit ruhiger tröstender Stimme. »Es tut mir leid, Valeria.«

Sie schüttelte den Kopf.

»Oh doch!«, schrie sie und tat einen Schritt auf ihn zu. »Was sonst? Was war er sonst?«

»Er war nur ...«

»Ein Bild, ein Trugbild, ein Schatten aus Eurer Seele, Eurem Herzen. Ihr habt ihn geschaffen, er kam von Euch!« Sie trat einen weiteren Schritt auf ihn zu und deutete auf seine Brust. »Von dort drinnen kam er und dort versteckt sich doch nichts anderes als Ihr selbst, oder?«

Wieder schwieg er nur, sah sie an, mit halb geöffnetem Mund und mitleidigem Blick, als wüsste er nicht, was er dem armen, verstörten Mädchen sagen sollte, das gerade seinen Geliebten verloren hatte.

»Sagt etwas!«, verlangte sie.

»Was soll ich denn sagen?«

»Hört endlich auf Euch zu verstecken und schaut mir in die Augen. Ihr versteckt Euch hinter Liam, hinter Eurer Fassade, hinter dem Fluch. Ich kann nicht mehr, ich bin es leid! Schaut mir in die Augen und sagt mir, dass ich mich irre.«

»Ich bedaure, was geschehen ist und den Schmerz, den ich verursacht habe.«

»Liegt es an mir? Haltet Ihr mich wirklich für ein Kind? Ist es das? Für dumm und naiv haltet Ihr mich? Findet Ihr mich abstoßend?«

»Gott, nein, Ihr ... Ihr seid wahrlich die schönste Frau auf Gottes Erden. Wer Euch für ein Kind hält, muss blind sein.«

Ihr Herz blieb beinahe stehen. In diesem Moment, bei diesen Worten, hielt es einen Moment inne, explodierte förmlich in ihrer Brust und ließ ihren ganzen Körper beben. Es waren seine Worte, Liams Worte. Sie lächelte, strahlte und zeitgleich kamen ihr die Tränen. Sie hatte sich nicht getäuscht. Er war es. Er war es von Anfang an gewesen.

»Aber Ihr habt ihn geküsst«, ergänzte er. »Ihr habt stets seine Nähe gesucht, hingt an seinen Lippen. Ich habe es mit eigenen Augen gesehen, wie Ihr ihn angehimmelt habt. Wie hätte ich da zulassen können selbst Gefühle für Euch zu entwickeln? Wie hätte ich nicht dagegen ankämpfen sollen? Ihr liebt ihn.«

Er hielt ihrem Blick nicht länger stand.

Sie wischte sich die Tränen aus dem Gesicht. »Und wenn ich nun des Nachts auf dem kalten Kellerboden sitze, neben dem Wolf, den Ihr für ein Biest haltet, dann bin ich ihm näher als je zuvor, denn da ist keine Fassade, keine Mauer, zwischen uns. Das seid Ihr, ganz ungeschützt, frei von allem, was sich zwischen uns stellt. Das, was ich an Liam liebte, war der Mann, den Ihr erschaffen habt, der Mann, den Ihr vor der Welt verstecken wolltet – Ihr wart es, Jayden, Ihr selbst.«

Hoffnungsvoll sah sie ihn an, suchte seinen Blick, der weiter dem ihren auswich. Sie hatte sich ihm geöffnet, hatte jeden Selbstschutz hinter sich gelassen und alles vor ihm ausgebreitet, was in ihr vorging. Sie war schutzlos und ein falsches Wort würde reichen, um alles in ihr wie Glas zu zerbrechen.

»Sagt doch etwas«, flüsterte sie in ihrer Verzweiflung.

Er öffnete den Mund, doch keine Worte kamen daraus hervor.

Vielleicht war sie doch dieses naive, dumme Ding, als das er sie bezeichnet hatte. Sie war hübsch und das hatte er ihr gesagt, das hatten sie stets alle zu ihr gesagt – aber mehr auch nicht. War es so? Sah er nicht mehr in ihr?

Sie atmete tief durch.

»Gut, dann …«, begann sie.

Da packte er sie an den Schultern und küsste sie.

Sie erwiderte seinen Kuss und gab sich dem Moment voll und ganz hin. Seine Hände strichen über ihre Wangen und gruben sich in ihr Haar. Er drängte sie zur Wand, während sie ihn umschlungen hielt, ihn dichter an sich heranzog und hoffte ihn nie wieder loslassen zu müssen.

Zärtlich biss er in ihre Lippen und sie konnte das Lächeln schmecken, das die seinen umspielte, konnte ihn schmecken, ihn riechen.

Sie schloss die Augen und strich ihm über die Arme, da zuckte er zusammen und löste sich für einen Moment von ihr.

»Dein Arm«, hauchte sie, als er sie wieder zu küssen begann und ihren Hals liebkoste.

»Es ist nichts.«

So schwer es ihr auch fiel, sie drückte ihn von sich weg.

»Sag so etwas nicht, wenn es nicht wahr ist. Tyran hat dich verwundet. Wer hat dich behandelt, wenn Liam es nicht konnte?«

Das wurde ihr jetzt erst klar. Wenn Liam nur ein Teil von Jayden gewesen war, hatte er gar nicht über das Wissen eines Arztes verfügt und Jaydens Verletzungen auch nicht behandeln können.

Ihre Hände wanderten über seinen Arm. Der Verband hatte sich mit Blut vollgesogen, seine Fingernägel waren rissig und seine Kuppen wund von dem Versuch des Wolfes die Tür zu durchbrechen.

Sie kniff die Lippen zusammen und kämpfte mit den Tränen. Er wollte kein Mitleid, das wusste sie, aber wie hätte sie einfach so ausblenden können, was sie mit eigenen Augen sah?

Er zog sie an sich heran, umarmte sie und küsste ihre Stirn.

»Es ist noch früh«, flüsterte sie. »Lass uns von hier verschwinden, so lange alle schlafen.«

Was einmal war, ist heimgekehrt

Sie saßen auf dem Boden seines Arbeitszimmers. Um sie verteilt lag das Wenige, was er an Bandagen und Tinkturen besaß. Seinen alten Verband hatte sie bereits abgenommen.

Tyran hatte ihm den Arm oberhalb des Ellbogens mit einer Zacke der Heugabel durchbohrt. Es war nur eine Fleischwunde, die nicht mehr blutete, sich aber wohl entzündet hatte.

Jayden zuckte nicht einmal zusammen, als Valeria die Verletzung mit Alkohol reinigte.

»Ihr ... Du hättest einen Arzt aufsuchen sollen. Einen richtigen, meine ich.«

»Das hätte ich schlecht begründen können. Weder die Verletzung noch, warum ich damit nicht zu meinem Leibarzt gehe.«

Sie sah auf. Da war noch immer ein Teil dieser Kälte in seinem Blick, eine über Jahre aufgebaute Barrikade, die nur schwer zu überwinden war. Dennoch gab er sich Mühe.

Er sah von ihr weg.

»Kiara hatte mich gewarnt.«

»Wovor?«, fragte Valeria.

»Vor den Folgen des Zaubers. Nach dem, was ich Liam angetan hatte, war mir klar, dass diese Bestie kontrolliert werden muss. Zu wem sonst hätte ich gehen sollen?« Gedankenversunken schüttelte er den Kopf. »Ich wollte nichts weiter, als dass sie mich von diesem Fluch befreien. Doch die Northweyls sehen den Fluch als eine Pflicht an König und Vaterland an. Selbst wenn sie könnten, würden sie den Fluch nicht von den Westwoods nehmen.«

»Du redest von ihren Eltern, nicht wahr? Sie haben dich einfach fortgeschickt?«

»Ja, das haben sie.«

»Aber der König … er hätte dir doch helfen können. Der Krieg ist schließlich vorbei.«

Jayden lächelte trübe. »Wenn du dich in ein Monster verwandeln würdest, wem würdest du es erzählen? Weiß der König von dem Fluch oder kennen nur die Northweyls die Wahrheit? Ich weiß es nicht und ich wollte das Risiko nicht eingehen. Vielleicht war das dumm, vielleicht hattest du Recht und ich bin feige.«

»Nein, ganz bestimmt bist du das nicht!« Sie verstand ihn sehr gut. Sein Stiefvater hatte sich schließlich auch nicht anders zu helfen gewusst, als jemanden dazu zu bringen den Fluch auf sich zu nehmen. Wieso war er damals nicht zum König gegangen? Entweder, weil der von dem Fluch wusste und dieselbe Meinung vertrat wie die Northweyls oder aber, weil der König Maßnahmen ergriffen hätte, die kein gutes Ende für die Linie der Westwoods bedeuten konnten. Das Risiko war einfach zu groß.

»Kiara jedenfalls hat das, was wir einst miteinander hatten, zumindest so viel bedeutet, dass sie bereit war mir zu helfen. Sie wob den Zauber der Windlichter für mich. Sie warnte mich, dass ich mich nicht vor dem verstecken konnte, was ich von mir fernzuhalten versuchte, dass all meine Gedanken und Gefühle sich bündeln würden und ich sie nicht ewig verleugnen könnte.«

»Und dann bündelten sie sich ausgerechnet zu Liam.«

Er stieß ein hohles Lachen aus. »Ich hielt es für eine Strafe, weil ich ihn getötet hatte. Mir wurde jedoch schnell klar, dass er nicht der Mann von damals war, und ich sah das Gute daran.«

»Ihn konntest du nicht verletzen.«

»Und er erinnerte mich stets an meine Schuld.«

Valeria schüttelte den Kopf. »Er hatte es sich selbst zuzuschreiben. Es war eine Frage von dir oder ihm. Erinnerst du dich denn nicht an das, was er gesagt hat?«

»Vielleicht sind die weggesperrten Erinnerungen klarer als das, was mir von diesem Abend noch bewusst ist. Ich war benommen und stand kurz vor der Verwandlung.«

»Er hätte dich getötet. Wenn du es auch vielleicht nicht mehr weißt, der Wolf wusste es damals sehr wohl. Und ein Wolf kennt keine Gnade. Aber ... aber er ist keine Bestie. Ich wünschte, du könntest ihn kennenlernen.«

Ihr Blick fiel auf den Ring an seiner Hand. Bei Callahan hatte es nicht funktioniert, aber war das verwunderlich? Er hatte alles andere als selbstlos gehandelt. Was wäre, wenn sie den Ring nehmen und Jayden zeigen und beweisen könnte, dass der Wolf nicht das Monster war, für das er ihn hielt?

Jayden packte sie bei den Händen. »Völlig egal, ob Biest oder Tier. Es ist ein Wolf und er ist gefährlich. Du musst versprechen, dass du dich nicht noch einmal in solche Gefahr begibst.«

Es klopfte an der Tür und ein Zimmermädchen stürmte ungefragt in den Raum. Erschrocken schlug sie sich die Hände vor den Mund, als sie Jaydens blutige Bandagen sah.

Valeria stand auf und strich sich den Rock zurecht. Auch Jayden war sofort auf den Beinen.

»Was ist passiert?«, fragte er das aufgeregte Mädchen.

Sie deutete zum Fenster.

»Die Menschen ... Sie kommen von überall!«

»Auf den Hof? Warum kommen sie?«, wollte Valeria wissen.

»Wölfe!«

Jayden rannte augenblicklich los und Valeria folgte ihm.

***

Es waren Dutzende Verletzte, die durch das Haupttor und von den westlichen Feldern her auf das Westwood-Anwesen strömten. Jayden blieb wie angewurzelt im Türrahmen stehen. Seine Miene wurde wieder zu Stein, doch Valeria kannte ihn mittlerweile gut genug, um zu verstehen, was dahinter vor sich ging.

Sie lief zu einem alten humpelnden Mann und stützte ihn.

»Was ist geschehen?«, fragte sie.

»Ein ganzes Rudel«, antwortete er. »Sie kamen spät in der Nacht, haben das Vieh gerissen und die Menschen aus den Betten gezerrt.«

»Wo ist Euer Arzt?« Valeria sah sich um.

»Ihn haben sie als einen der Ersten geholt. Wir müssen zu Doktor Callahan.«

»Wo ist er?«, fragte eine dürre Frau. Ihr Blick lag auf Jayden, der seinen verletzten Arm zu verbergen versuchte.

»Bringt sie in den Festsaal«, befahl Valeria den Bediensteten. Sie zog das Zimmermädchen zu sich, das sie gerufen hatte. »Kümmert Euch um den Mann.« Dann lief sie zu Belltaine. »Wir haben kaum etwas, um diese Menschen zu versorgen. Lass Schnaps aus dem Keller holen und zerreißt Bettlaken.«

Sie nickte.

»Claire, Suppe«, rief sie der Köchin zu und riss sie damit aus ihrer Erstarrung.

»Ja ...«, murmelte sie. »Ja!«

Noch immer wartete die Frau von eben auf ihre Antwort und Jayden tat nichts weiter, als ihrem Blick auszuweichen.

»Sie waren auch hier, die Wölfe«, erklärte Valeria kurzerhand.

Die Frau sah sie erschrocken an. »Doktor Callahan ...?«

Valeria schüttelte den Kopf. Natürlich war ihr klar, dass die Frau sie missverstehen musste. Andererseits war es nicht gelogen. Es war ein Wolf gewesen, der Liam getötet hatte. Sie drängte die Frau an Jayden vorbei durch die Tür.

Tyran kam quer über den Platz direkt auf sie zugelaufen und Valeria fing ihn ab, ehe er Jayden erreichen konnte.

Er müsste nur eins und eins zusammenzählen, um bei den Geschehnissen auf Jayden zu schließen, und Valeria kannte ihn nicht gut genug, um blind darauf zu vertrauen, dass er schwieg.

Sie drängte ihn zur Seite.

»Geht es ihm gut?«, fragte er zu Valerias Erleichterung.

Sie nickte. Ein Stein fiel ihr vom Herzen. Die Bürger der Grafschaft waren ohnehin nicht gut auf ihren Lord zu sprechen. Was würden sie tun, wenn sie wüssten, was nachts mit ihm geschah?

»Er war hier, die ganze Nacht. Sicher macht er sich Vorwürfe, weil er das Rudel nicht unter Kontrolle hatte, aber mit den Vorfällen hat er nichts zu tun.«

»Er konnte ja nicht wissen, was geschehen würde.«

Valeria seufzte. »Gibt es einen Arzt in der Gegend?«, fragte sie.

Er nickte. »Ich gehe. Bis heute Nachmittag bin ich zurück.«

»Danke.«

***

Es war bereits später Nachmittag, als Tyran noch immer nicht zurück war. Valeria hatte den Festsaal zu einem Lazarett umfunktioniert. Die Verletzten lagen auf dem blanken Boden und ihre Wunden waren mit Stoffstreifen verbunden, die einmal Vorhänge oder Bettlaken gewesen waren.

Valeria war gerade dabei Bandagen auszuwaschen, als Belltaine sich zu ihr gesellte.

»Bitte sag mir, dass er nichts mit dem hier zu tun hat«, bat sie mit gesenkter Stimme.

»Natürlich nicht«, zischte Valeria. »Er war die ganze Nacht hier. Er hat nun mal das Rudel nicht unter Kontrolle, wenn er nicht bei ihnen ist.«

»Aber ist nicht genau das seine Aufgabe?«, fragte Belltaine und sprach so laut, dass Valeria sie mit einer Geste zur Ruhe auffordern musste.

Die ersten Leute wurden bereits aufmerksam.

»Aufgabe? Was soll das denn heißen? Und halte dich bitte zurück, es muss nicht jeder mitbekommen, was du sagst.«

»Das macht jetzt auch nichts mehr. Es gibt schon genug Gerüchte. Der Lord hat sich wieder in seine Gemächer zurückgezogen. Hast du seine Hände gesehen? Und das Heulen in der Nacht! Die Leute sind ja nicht blöd. Carol und Baker sind bereits abgereist. Du musst dir bald neue Bedienstete suchen, wenn das so weitergeht.«

»Du ... Du musst versuchen sie zu beruhigen.«

»Wie soll ich das bitte schön machen?«, fragte Belltaine empört. »Und ganz ehrlich, ich weiß nicht, ob sie nicht alle das Recht haben von hier zu verschwinden. Ich habe dir gesagt, wir packen unsere Habseligkeiten und gehen weg von hier.«

»Sag so etwas nicht. Wir bleiben. Ich lasse Jayden nicht im Stich. Ich verstehe auch nicht, woher diese Ängste kommen. Ist das denn nicht einer der ersten Wolfsangriffe, seit Jayden Lord geworden ist? Unter dem alten Lord war es weitaus schlimmer.«

Sie sah sich um, um sicher zu gehen, dass sie wirklich niemand belauschte. Sie konnte Belltaine verstehen. Auch ihre Geduld musste irgendwann einmal ein Ende finden. Sie hatte Jayden vom ersten Tag an verteidigt, hatte Valeria angehalten ihn erst einmal näher kennen zu lernen, aber nach allem, was passiert war, war es verständlich, dass sie nur noch die schlimmen Dinge sah, die geschahen, und die Angst vor dem, was womöglich noch kommen könnte, die Oberhand gewann.

»Der vorherige Lord mag ein cholerischer, unsympathischer Mann gewesen sein, aber zumindest hatte er ein gesellschaftliches Leben«, meinte Belltaine. »Und ihm sagt man auch nicht nach, er habe seine Eltern getötet.«

Valeria atmete tief durch. Auch wenn es nicht stimmte, was gemunkelt wurde, so konnte sie doch verstehen, dass es solche Gerüchte gab.

»Und jetzt sag mir, woher dein Sinneswandel kommt«, wollte Belltaine wissen. »Gestern noch hast du ihn als Monster bezeichnet und heute willst du zu ihm stehen?«

»Es ist ... kompliziert.«

»Kompliziert? Hat er jetzt deinen Liam getötet oder nicht? Wo ist er, wenn dem nicht so ist? Ich verstehe gar nicht, warum ich mich noch zurückhalte. Eigentlich sollte man ihn doch an den Pranger stellen!«

»Verflucht, Belltaine, sei still!«, zischte Valeria. »Das ist weder die Zeit noch der Ort für dieses Gespräch! Du musst mir jetzt einfach vertrauen. Jayden ist ein guter Kerl, genauso, wie du von Anfang an gesagt hast.«

»Vielleicht habe ich mich ja geirrt«, murmelte Belltaine.

Valeria lächelte und legte ihrer Freundin eine Hand auf den Arm. »Nein, ich war diejenige, die im Irrtum war. Du hattest Recht. Von Anfang an. Es gibt immer noch mehr als nur die äußere Fassade und mir ist es endlich gelungen einen Blick dahinter zu werfen.«

»Aber egal, wie gut Westwood in Wirklichkeit ist. Er ist nicht hier und die Leute reden.«

Wieder sah Valeria sich um. So viele Menschen hatten sich hier eingefunden, wie viele mehr würden noch kommen? Sie alle suchten den Schutz ihres Grafen und der hielt sich vor ihnen versteckt.

»Ich gehe zu ihm. Er muss sich hier zeigen, um den Menschen die Ängste zu nehmen. Da hast du Recht.«

Belltaine verdrehte die Augen und schmunzelte. »Habe ich das nicht immer?«

Auch Valeria lächelte. »Manchmal.«

»Glaubst du, er hört auf dich?«

Ihr Lächeln wurde breiter. »Ich denke schon.«

Belltaine zog die Brauen hoch. »Jetzt sag schon, was habe ich verpasst?«

Valeria ergriff Belltaines Hand und zog sie mit sich aus dem Festsaal. Auf dem Weg zu Jaydens Gemächern erzählte sie ihr alles und Belltaine strahlte bis über beide Ohren.

»Ich freue mich so für dich! Habe ich es dir nicht gesagt? Im Grunde ist er ein Guter.«

Vor Jaydens Zimmer blieben sie stehen.

»Du kannst dich aber auch nicht entscheiden, oder?«, fragte Valeria lachend. »Erst ist er toll, eben noch war er eine Bestie und jetzt ist er wieder ein Traumprinz.«

Grinsend hob Belltaine die Schultern. »Ich kann ja auch nichts dafür, wenn er sich nicht entscheiden kann.«

Valeria sah zu der Tür, hinter der Jayden sich verkrochen hatte. »Am besten du gehst zurück und versuchst die Leute zu beruhigen.«

Belltaine nickte. »Ich gebe mein Bestes. Aber was sie brauchen, ist ihr Herrscher.«

»Ich weiß.« Sie drückte die Klinke nach unten, atmete tief durch und trat ein.

Jayden sah aus dem Fenster. Die Vorhänge waren zugezogen, bis auf die schmale Lücke, an der er stand, so dass das Zimmer grau und düster wirkte.

Als sie die Tür hinter sich schloss, drehte er sich zu ihr um. Er lächelte, aber sie wusste, dass das genauso eine Fassade war, wie zuvor die versteinerte Miene.

»Man spricht über dich. Die Leute haben Angst und es gibt Gerüchte.«

Er kam auf sie zu. »Ich weiß«, flüsterte er und nahm sie bei den Händen.

»Du musst dir nicht die Schuld an dem geben, was geschehen ist. Dass das Rudel angreifen würde, wusstest du nicht, dass du außer dir vor Wut warst, stand außer Frage. Es war die richtige Entscheidung den Wolf einzusperren.«

»War es das?«

»Ja.« Sie löste sich von ihm. »Wenn sich jemand die Schuld für all das geben muss, dann ich. Ich habe dich so wütend gemacht und ich wusste, wer du bist und was es für Folgen haben konnte. Ich hätte den Zauber der Windlichter nicht brechen dürfen.«

Das Lächeln, das er ihr schenkte, war noch immer eine Maske, die seine wahren Gefühle vor ihr verbergen sollte. Dennoch, wenn er so nahe bei ihr stand und sie anschaute, auf diese vertraute Weise, war ihr, als könne sie in seinen Augen lesen.

Er strich ihr eine Strähne aus dem Gesicht, so wie es Liam getan hatte, und küsste sie auf die Stirn.

»Du bist der letzte Mensch, den irgendeine Schuld trifft.«

Sie presste die Lippen zusammen und erwiderte sein Lächeln. Sie wollte nicht mit ihm darüber streiten. Zu schön klang diese Lüge in ihren Ohren.

»Du solltest dich wirklich bei den Menschen blicken lassen.« Sie nahm ihn bei der Hand, ihre Finger hakten sich ineinander und sie zog ihn mit sich zur Tür.

»Ich weiß nicht, ob das eine gute Idee ist«, widersprach er.

»Du hast Recht.« Sie sah sich um. »Du brauchst … Mitleid.«

»Mitleid?«, fragte er sie verwundert.

»Genau! Ich habe vielleicht versehentlich gesagt, dass du von einem Wolf attackiert wurdest. Also nicht direkt, aber man könnte meine Worte so verstanden haben.«

Sie lief zu seinem Bett und warf die Decke zur Seite.

»Was hast du getan?«, hakte er skeptisch nach.

»Die Leute haben gefragt. Man hat deine Bandage gesehen, du bist verletzt, Liam verschwunden, irgendwas musste ich sagen.«

Sie zerrte das Laken vom Bett und riss es in Streifen. Dann knotete sie eine Schlinge.

»Du sagtest doch, dass sie die Bandage bereits gesehen haben. Wozu dann noch das? So schlimm ist es wirklich nicht, dass es nötig wäre den Arm in eine Schlinge zu legen.«

Sie lachte. »Also, erstens ist es sehr wohl so schlimm. Du hast ein daumendickes Loch im Arm. Und zweitens warst du stundenlang verschwunden. Wenn du dich jetzt zeigst, darfst du ruhig etwas Mitleid einheimsen. Es gibt nichts Besseres, um diesen Gerüchten einen Riegel vorzuschieben.«

Er schmunzelte.

»Für so berechnend hätte ich dich nicht gehalten.«

»Ich habe viele Facetten«, antwortete sie schmunzelnd und schnürte ihm die Schlinge um den Nacken. »Ich bin nicht nur ein hübsches Gesicht. Ich bin auch ein hinterhältiges Biest.«

Er küsste sie.

»Vielleicht hinterhältig und auch stur und ungesund neugierig, frech und übermütig ...«

»Kommt da noch eine positive Wendung?«, unterbrach sie ihn.

»... aber ganz bestimmt kein Biest.«

»Geht doch«, flüsterte sie ihm ins Ohr, küsste ihn und nahm ihn dann bei der Hand.

»Einigen wir uns darauf: Ich bin die Schöne, du bist das Biest, ja?«

Er erwiderte ihren Kuss. »Damit kann ich leben.«

Wie gerne wäre sie jetzt hier bei ihm geblieben, hätte die Tür verschlossen und die Welt dahinter sich selbst überlassen. Aber das konnte sie nicht.

»Komm jetzt«, sagte sie und zog ihn mit sich.

***

Valerias Plan ging auf. Gleich als sie den Festsaal betraten, kamen die Leute zu Jayden gelaufen und bedankten sich für seinen Mut gegen den Wolf anzugehen, der im Herrenhaus gewütet hatte, und auch für seinen Beistand.

Er fühlte sich zwar sichtlich unwohl – kein Wunder, hatte sich seine Konversation in den letzten Jahren ja beinahe gänzlich auf die mit einem Toten beschränkt – doch er tat sein Bestes. Und vornehme Zurückhaltung stand einem Lord ohnehin besser zu Gesicht, als sich offenherzig zu geben.

»Valeria!« Belltaine kam zu ihr gelaufen und knickste tief, als sie Jayden sah.

»Lord Westwood«, grüßte sie ihn mit gesenktem Blick.

»Was gibt es?«, fragte Valeria, der die Aufregung ihrer Freundin nicht entgangen war.

»Tyran ist zurück, ich bringe euch zu ihm.«

Sie führte die beiden quer durch den Raum, vorbei an all den Verwundeten, den schreienden Kindern und weinenden Müttern. Valeria schnürte es bei dem Anblick die Kehle zu und dabei wollte sie gar nicht wissen, wie es Jayden gehen musste, der sich an allem die Schuld gab.

Tyran stand bei Claire, die ihm gerade eine Schüssel mit Suppe füllte.

»Aber gib ja Acht! Das gute Festtagsgeschirr in den Händen eines Stallburschen. Soweit ist es schon gekommen!«, jammerte sie sichtlich betroffen.

Gerade als Valeria ihn ansprechen wollte, stellte sich ihnen ein untersetzter älterer Mann mit gestutztem Bart und Brille in den Weg.

»Mein Lord.« Er verbeugte sich tief vor Jayden und ergriff dann Valerias Hand, um einen Kuss darauf anzudeuten. »Lady Westwood.«

»Oh, ich …« Sie wollte ihn verbessern, ließ es dann aber doch auf sich beruhen.

»Wenn ich mich vorstellen darf? Doktor McLaughly, meines Zeichens Arzt des bescheidenen Städtchens Denbar. Lasst mich Euch mein Bedauern über den Verlust Eures Leibarztes aussprechen.«

Es war nicht zu übersehen, dass dieser Mann sich bei Jayden einzuschleimen versuchte. Sicher hatte er es auf die frei gewordene Anstellung abgesehen. Natürlich ließ Valeria sich ihre Abneigung ihm gegenüber nicht anmerken. Sie brauchten den Mann und ihre Erziehung gebot ihr Höflichkeit.

»Wir sind Euch unendlich dankbar für Eure schnelle und unbürokratische Hilfe«, erklärte sie und kam damit Jayden zuvor, dem sicher ganz andere Worte auf den Lippen lagen.

»Wenn Ihr mich entschuldigen würdet«, war alles, was er dem Mann zu sagen hatte, und dabei sah er ihn nicht einmal direkt an. Er wartete seine Antwort auch nicht ab, sondern ging zu Tyran.

Valeria schenkte dem verdutzten Mann ein freundliches Lächeln. »Ihr seht, es geht hier drunter und drüber.«

»Nun, unter solchen Umständen ...«, sprach er und was er weiter sagte, bekam sie kaum mehr mit.

Sie versuchte zu verstehen, was Tyran mit Jayden zu besprechen hatte. Was auch immer es war, Jayden war sehr aufgebracht deswegen.

»Entschuldigt mich«, murmelte sie und lief zu den beiden.

»Was ist los? Ist etwas passiert?«, fragte sie.

»Kiara«, antwortete Jayden zähneknirschend und lief zur Tür des Festsaals. »Du bleibst hier!«, rief er ihr noch zu.

Valeria schnappte nach Luft. Wenn er glaubte sie jetzt so abfertigen zu können, irrte er sich gewaltig.

Sie drehte sich zu Tyran um.

»Was um Himmels Willen ist los?«

»Kiara ist auf dem Weg hierher, sie hat eine ganze Armee dabei.«

»Eine was?«

»Na ja, ein beachtliches Gefolge. Ich habe sie auf den Ostweiden gesehen.«

Valeria hob ihren Rock und lief Jayden kurzerhand hinterher.

»Er hat gesagt, Ihr sollt hier bleiben!«, rief Tyran ihr nach.

»Mit Sicherheit hat er dich gemeint!«, entgegnete sie, wohlwissend, dass er ihr das nicht abnehmen würde.

Sie rannte zum Ausgang und fing die Tür ab, durch die er gerade gelaufen war, bevor sie wieder ins Schloss fallen konnte.

»Warte, Jayden!« Er durfte jetzt keine Dummheiten anstellen. Er schien wütend zu sein und wenn sie von Kiara Hilfe erhalten wollten, durfte Jayden es sich nicht mit ihr verscherzen.

Im Foyer fing sie ihn ab.

»Ich habe gesagt, du sollst bleiben«, blaffte er sie an.

Valeria ließ sich nicht beirren.

»Und ich habe gesagt warte!«

Er hob den Zeigefinger und öffnete den Mund, doch bevor er etwas erwidern konnte, waren Hufschläge und wiehernde Pferde zu hören. Er beschränkte sich darauf ihre Aussage mit einem Kopfschütteln zu quittieren und öffnete die Tür.

Tyran hatte nicht untertrieben. Kiaras Gefolge war beachtlich. Was Valeria aber am meisten erschreckte, war, dass es sich nicht um Dienstmädchen und Pagen handelte. Es waren gut zwei Dutzend berittene Männer, bewaffnet mit Armbrüsten und Speeren.

Um die Beine der Pferde wuselten zudem an die zwanzig Jagdhunde, die von mit Stöcken ausgerüsteten Treibern kaum in Schach gehalten werden konnten.

Kiara selbst saß auf einem kräftigen Rappen. Sie trug lederne Pluderhosen, schwarze Stiefel und eine grobe Leinenbluse unter einem engen Korsett. Ihr Haar hatte sie unter einem mit Federn geschmückten Jagdhut zusammengesteckt. Noch nie hatte Valeria eine Frau von Stand in Hosen gesehen. Scheinbar schämte sich Kiara aber keineswegs für ihre Aufmachung. Ihre Lippen umspielte ein amüsiertes Lächeln und an Grazie hatte sie keineswegs eingebüßt.

Einer der Männer der Jagdgesellschaft reichte ihr die Hand und sie stieg ab. Sie streifte sich ihre Lederhandschuhe von den Händen und kam zu Jayden gelaufen.

»Gerade war ich auf der Fuchsjagd, da hörte ich von Euren Wolfsproblemen.« Sie streckte ihm die Hand entgegen und er nahm sie nur widerwillig an, um sie zur Begrüßung zu küssen.

Valeria verstand nicht, warum er so abweisend war. Auf dem Fest hatte sie ihm noch ein Lächeln entlockt und nun war er so distanziert, wie noch vor wenigen Tagen Valeria gegenüber.

»Kiara, es freut mich, Euch wiederzusehen«, begrüßte Valeria sie, da Jayden scheinbar nicht dazu in der Lage war. »Ihr hättet nicht alles stehen und liegen lassen müssen, um zu uns zu eilen.«

»Nein, das hättet Ihr wirklich nicht«, knurrte Jayden.

Kiara ignorierte ihn.

»Aber das war doch selbstverständlich. Und wo ich schon einmal hier bin, werde ich nicht eher gehen, bis Eure Wälder frei von Wölfen sind. Glaubt mir, meine Jäger sind gründlich.«

Ein Schauer überkam Valeria, ihr wurde heiß und kalt zugleich und mit einem Mal verstand sie, was Jayden so wütend machte.

Kiara war hier, um ihr Versprechen zu halten und den Fluch ein für alle Mal zu beenden. Aber das wollte sie nicht auf die Weise tun, wie Valeria gehofft hatte. Sie wollte die Wölfe töten. Alle.

»Das ... Also das ist wirklich nicht ...«, stammelte Valeria.

»Oh doch, meine Liebe«, antwortete Kiara und sprach mit gesenkter Stimme weiter. »Es ist nötig und es ist längst überfällig.«

»Wir bedürfen Eurer Unterstützung nicht«, erklärte Jayden mit scharfem Ton.

»Ich denke doch. Das belastet Euch und die Familie Westwood sowie die gesamte Grafschaft schon eine viel zu lange Zeit. Ihr werdet mir sicher zustimmen, wenn ich sage, dass eine Lösung dieses Problems das Beste für alle ist.«

»Das ist nicht, was wir besprochen haben«, zischte Valeria und achtete dabei darauf, dass sie niemand außer Kiara hören konnte.

»Ist es das nicht?«, fragte sie. »Nach letzter Nacht denke ich doch, eine solche Lösung ist mehr denn je gefragt und Ihr wolltet doch, dass es endet, oder etwa nicht?«

Valeria trat einen beherzten Schritt auf sie zu.

»Aber er ...«

Jayden hielt sie zurück. »Lass es gut sein.«

»Hörst du nicht, was sie vor hat?«

»Wir werden unsere Stallburschen bitten Eure Pferde zu tränken und sicher sind Eure Männer ebenso durstig.«

»Zu freundlich.« Kiara deutete mit einem Nicken eine Verbeugung an, was Jayden mit einer hochgezogenen Braue bedachte.

Auf dem Absatz drehte er sich um und ging wieder hinein. Valeria folgt ihm eilig. »Jayden!«, rief sie ihm nach.

Kaum war die Tür hinter ihr geschlossen, wirbelte er herum.

»Ihr wart bei ihr?«, warf er Valeria entgegen.

»Ich … ich bat sie lediglich …« Ihr war nicht entgangen, dass Jayden wieder die Höflichkeitsform verwendete, um sie anzusprechen.

»Was habt Ihr Euch dabei gedacht?«, schrie er. Er raufte sich die Haare und begann auf und ab zu laufen.

»Dir helfen wollte ich!« Ihre Hände ballten sich zu Fäusten. Tränen füllten ihre Augen.

»Versteht Ihr denn nicht?«, fragte er. »Seht Ihr denn nicht, wie sehr sie mich hasst?«

»Dich? Hassen? Wie … wie kommst du darauf?«

Er sah zur Tür. »Ich habe sie abgewiesen. War Euch das nicht klar? Sie hat es Euch verschwiegen, nicht wahr?«

»Sie … sie sagte, es war nur eine Jugendschwärmerei«, murmelte Valeria.

»Wie hätte ich ihr das hier denn antun können?« Er trat einen Schritt zurück und breitete die Arme aus, deutete auf das verfallene Herrenhaus, in dem er sich die letzten Jahre verkrochen hatte wie ein scheues Tier. »Ich habe sie abgewiesen und sie hat mich dennoch nicht im Stich gelassen. Sie wob den Zauber der Windlichter und hat alles, was von mir und unserer Liebe noch geblieben war, weggesperrt. Alle Hoffnung und allen Schmerz.«

»Dann hasst sie dich nicht«, räumte Valeria bitter ein. »Sie liebt dich und du …«

Sofort war er wieder bei ihr und ergriff Valerias Hände.

»Nein, ich liebe dich, niemand anderen.«

Wie gerne hätte sie ihm das geglaubt, aber das Bild, das sich ihr zeigte, war ein anderes. »Ich habe sie doch selbst gesehen, die Erinnerungen, eure Liebe …«

»Aber all das liegt lange zurück. Wir beide sind nicht mehr dieselben Menschen. So viel ist passiert, so viel hat sich geändert. Nur eines ist ihr geblieben und das ist ihre Wut auf mich. Sie wirft mir vor, dass ich sie niemals weg geschickt hätte, wenn ich sie wahrhaft geliebt hätte ... und vielleicht ... vielleicht hat sie damit Recht.« Er küsste Valeria auf die Stirn. »Ich habe auch versucht dich fortzuschicken, aber nun schau uns an. Du bist geblieben und um nichts in der Welt würde ich dich missen wollen.«

Valeria fiel ihm in die Arme und vergrub ihr Gesicht in seinem Hemd. Er atmete schwer. Die Wut, die eben noch in ihm gebrodelt hatte, war verflogen.

»Vielleicht ist es das Beste so«, murmelte er.

»Was?« Sofort löste sie sich wieder von ihm. Das konnte er nicht ernst meinen.

Er deutete auf die Tür. »Sie hat ja Recht! Das hier muss aufhören. Ich muss aufhören.«

Valeria schüttelte den Kopf. »Nein, es muss ... es muss noch eine andere Lösung geben.«

Jayden zog sie wieder an sich heran, doch sie stieß ihn fort.

»Das ist nicht dein Ernst!«, schrie sie. »Soll sie doch das Rudel niedermachen, aber ...« Sie sah hoch zur Galerie. Die Tür des Festsaals war geöffnet worden, so dass man sie hätte hören können, also sprach sie mit gesenkter Stimme weiter. »Dich wird sie nicht kriegen.«

Wieder versuchte er sie an sich heranzuziehen, aber das wollte sie nicht zulassen. Sie entzog sich ihm.

»Versuch jetzt nicht mich zu trösten!«

»Verstehst du denn nicht, dass es so das Beste sein könnte?«

»Nein!« Sie schlug erneut seine Hände weg. »Wie kannst du nur so ruhig bleiben? Wie kannst du so etwas überhaupt nur denken?«

Er lächelte. »Du bist schon wütend genug für uns beide.«

Nun gelang es ihm doch ihr Handgelenk zu ergreifen.

»Hör auf Witze zu machen!«

Sie versuchte sich loszureißen, doch diesmal entkam sie ihm nicht. Er drückte sie fest an sich und hielt sie so lange, bis sie aufhörte sich zu wehren.

»Du darfst dir keine Vorwürfe machen, ja?«, bat er.

»Ich lasse das nicht zu«, flüsterte sie. »Niemals werde ich das zulassen.«

Verfolgt von der Vergangenheit

Valeria ging vor Jaydens Gemächern auf und ab. Es war bereits stockfinster draußen und die Bediensteten hatten überall Kerzen entzündet.

Sie hatte einen Plan und der war gut. Das hoffte sie zumindest.

»Sie sind aufgebrochen«, rief Tyran ihr zu. Er kam zusammen mit Belltaine zu ihr gelaufen.

Valeria warf einen letzten Blick auf Jaydens Tür, dann ging sie ihnen entgegen.

»Wie lange noch bis Mitternacht?«, fragte sie mit gesenkter Stimme.

»Nicht mehr lange, höchstens eine Stunde«, antwortete Tyran. Valeria nickte. »Ist er noch in seinem Zimmer?«

»Er hat es seither nicht mehr verlassen«, erklärte Tyran.

»Gut.« Sie wandte sich Belltaine zu. »Du bist bereit und weißt, was du zu tun hast?«

Sie nickte.

»Dann gehen wir jetzt.« Valeria legte Tyran die Hand auf den Oberarm. »Komm.«

Um die nächste Ecke gebogen hörte sie schon, wie Belltaine an Jaydens Tür klopfte.

Sie verließen das Herrenhaus, liefen bis zu den Stallungen und verbargen sich dort in den Schatten, während Belltaine Jayden über den Platz führte.

»Er war schon immer zu gutgläubig«, flüsterte Tyran.

»Zu unserem Glück.«

Belltaine verschwand mit ihm im Pferdestall und sie folgten ihnen.

»Was soll das hier werden?«, fuhr Jayden sie an, als er Tyran und Valeria in den Türrahmen treten sah.

Tyran grinste. »Das läuft jetzt wie in guten alten Zeiten. Nur du und ich und unsere Fäuste.«

Jayden kam nicht mehr dazu etwas zu entgegnen, denn schon stürzte Tyran sich auf ihn. Valeria schlug sich die Hände vors Gesicht und lugte zwischen ihren Fingern hindurch. Sie konnte nicht mit ansehen, wie die beiden sich prügelten.

Tyran hatte Jayden von den Füßen geholt und beide rollten über den Boden.

»Runter von mir, verdammt!«, schrie Jayden.

Tyran lachte nur. »Das Wölfchen zeigt seine Krallen!«, höhnte er.

Belltaine kam zu Valeria gelaufen und klammerte sich an ihr fest wie ein verängstigtes Kind. »Oh, das sieht schmerzhaft aus!«, presste sie hervor und verzog das Gesicht.

Jayden hatte es geschafft Tyran von sich zu stoßen und der knallte mit dem Kopf gegen eine der Boxen. Das Pferd darin protestierte mit einem lauten Wiehern.

Sofort war Tyran wieder auf den Beinen, hechtete vorwärts und bekam Jayden zu greifen, kurz bevor dieser an den beiden Frauen vorbei nach draußen stürmen konnte.

Tyran erwischte ihn ausgerechnet – vielleicht sogar mit voller Absicht an seinem verletzten Arm, so dass Jayden vor Schmerz aufschrie und auf die Knie fiel.

Gnadenlos zerrte Tyran ihn auf die Beine und schleuderte ihn gegen eine der Boxen. Jayden stieß sich ab, doch Tyran war schneller. Er packte ihn am Hemd und stieß ihn durch die offene Boxentür.

Jayden stolperte rückwärts, fing sich wieder und warf sich voran. Valeria und Belltaine waren sofort zur Stelle, um die Tür zuzuschieben, während Tyran ihn daran hinderte zu entkommen.

»Halt ihn fest!«, schrie Valeria und stemmte sich mit voller Kraft gegen die schwere Schiebetür.

»Keine Sorge«, höhnte Tyran und stieß Jayden von sich. »Den habe ich unter Kontrolle.« Er packte mit an und zog die Tür endgültig zu.

Jayden warf sich an das Gitter, als Tyran schon den Riegel verschob. »Lasst mich hier raus«, verlangte er und rüttelte an den Eisenstäben. »Was fällt euch ein? Ihr könnt mich doch nicht einfach einsperren.«

Tyran ließ sein Genick knacksen und die Schultern kreisen. »Einfach war das sicher nicht.«

»Mach sofort auf!«, schrie Jayden wutentbrannt. Er schlug mit den flachen Händen gegen die Gitterstäbe.

»Jayden, wir wollen dir nur helfen«, erklärte Valeria.

»Es wird aber nichts nützen«, entgegnete er eindringlich. »Sie werden das Rudel töten. Einen nach dem anderen. Diese paar Bretter und Stäbe werden den Wolf nicht abhalten, wenn dort draußen seine Brüder und Schwestern sterben.«

Belltaine und Tyran tauschten unsichere Blicke, doch Valeria blieb standhaft.

»Ich bleibe hier«, versprach sie. »Ich sorge dafür, dass er ruhig bleibt.«

»Nein, verdammt! Das ist viel zu gefährlich.«

Tyran legte ihr die Hand auf die Schulter. »Es ist vielleicht wirklich besser, wenn wir die Nacht im Haus verbringen.«

»Lasst mich bitte einen Moment mit ihm allein, ja? Ich komme nach, ich verspreche es.«

Tyran nickte und schob Belltaine nach draußen.

»Bist du dir sicher?«, fragte diese und löste sich von Tyran.

»Geht schon«, forderte Valeria sie auf.

Während die beiden den Stall verließen, streckte sie ihre Hände durch die Gitterstäbe. Jayden dachte aber nicht daran sie zu ergreifen.

»Ich hatte dich darum gebeten nie wieder so eine Dummheit zu begehen.«

»Ich lasse dich nicht sterben«, entgegnete sie ernst.

Nun ergriff er doch ihre Hände.

»Ich kenne Kiara. Wenn Sie sich etwas in den Kopf gesetzt hat, bringt sie niemand so schnell davon ab.«

»Und deswegen ergibst du dich einfach deinem Schicksal?«

Er küsste ihre Finger und ihr Handgelenk und lehnte dann die Stirn gegen die Gitterstäbe.

Sie strich ihm durchs Haar.

»Mir hat doch bloß der Mut gefehlt diesen Schritt selbst zu gehen«, flüsterte er.

Zärtlich küsste sie ihm die Stirn. »Das würde ich ebenso wenig zulassen.«

Er hob den Kopf und lächelte sie an. Es war das ehrlichste und traurigste Lächeln, das er ihr je geschenkt hatte. Tränen glitzerten in seinen Augen.

»Dein Anblick ist nichts im Vergleich zur Schönheit in deinem Inneren.« Er strich ihr über die Wange. »Ich liebe dich und ich bin dir so unglaublich dankbar dafür, dass du mich dieses Gefühl noch einmal hast erleben lassen.«

Er küsste sie auf die Lippen und sie ließ ihren Tränen freien Lauf. Als er sich wieder von ihr löste, wollte sie seine Hände nicht loslassen.

»Bitte, öffne die Tür. Ich werde sie so oder so durchbrechen. Öffne sie und verschwinde von hier. Es kann sich nur um Minuten handeln, bis ich mich verwandle.«

Sie schüttelte den Kopf. Ein Kloß steckte ihr im Hals, der es nicht zuließ, dass sie etwas entgegnete.

Noch immer klammerte sie sich an seine Hände, doch er entwand sich ihr und trat einen Schritt zurück.

»Es tut mir leid«, hauchte sie.

Sie sah auf ihre Hände und steckte sich seinen Ring an den Finger.

Sofort war er wieder bei ihr und streckte seinen Arm durch das Gitter. Sie wich ihm aus.

»Nein!«, schrie er. »Gib ihn mir zurück! Valeria, tu das nicht!«

»Jetzt wirst du ihn einmal kennenlernen und vielleicht ändert das deine Meinung über den Wolf.«

Er rüttelte an den Gitterstäben.

»Nein, tu es nicht! Du weißt nicht, worauf du dich da einlässt.«

»Ich denke schon, dass ich es weiß. Ich werde Kiara von dir weg locken, ich führe sie in die Irre und wenn sie mich doch erwischt …«

Sie trat einen Schritt näher an ihn heran. Wie gerne hätte sie ihn noch einmal berührt, doch sie wagte es nicht. Er würde alles daran setzen ihr den Ring zu entreißen, käme er an sie heran.

»Wenn sie mich tötet, bist du frei. Ist es nicht so? Der Fluch wäre gebrochen.«

»Nein. Nein! So ist es nicht«, beteuerte er verzweifelt. »Du kannst den Fluch nicht brechen und ihn nicht von den Westwoods nehmen. Verstehst du das denn nicht? Stirbst du, kehrt er zu mir zurück. Verlierst du den Ring, kehrt er zurück. Zerstörst du ihn ...«

»Ja!«, schrie sie ihn heftiger an, als sie es vorgehabt hatte. »Ich habe es verstanden.«

»Nur mein Tod wird den Fluch brechen«, beteuerte er. »Hast du das verstanden?«

»Verstanden ja, aber akzeptieren werde ich es nicht.«

Sie sah zu dem Ring und drehte ihn an ihrem Finger. Kiara hatte gesagt, dass er nicht mächtig genug wäre, um den Fluch zu brechen. Aber woher kam dieser Ring und wer hatte ihn erschaffen? Das hatte sie ihr verschwiegen. Es spielte auch keine Rolle. Er würde seinen Zweck erfüllen und das war alles, was zählte.

»Warum? Warum tust du das bloß?«

Sie konnte es selbst nicht erklären. Sie wollte ihn unbedingt beschützen. Sie drehte weiter den Ring an ihrem Finger und sah, wie ihre Hände zitterten. Natürlich hatte sie Angst, wie hätte sie auch keine haben sollen? Doch was blieb ihr anderes übrig? Zusehen und nichts tun konnte sie nicht und eine andere Möglichkeit fiel ihr nicht ein.

Sie hatte Kiara auf Jayden angesetzt, hatte die schlafenden Hunde geweckt, die ihm nun nachsetzten. Und wenigstens hätte sie eine Chance zu entkommen, während er sich einfach seinem Schicksal ergeben wollte. Nein, das konnte sie nicht zulassen.

»Ich muss es wenigstens versuchen«, murmelte sie.

»Sie werden dich jagen, Valeria. Sie werden keine Gnade zeigen. Und dann? Was glaubst du, wie soll ich weiter leben, wenn du meinetwegen stirbst?«

»Du musst.« Kaum hatte sie ihm diese Worte zugeworfen, durchzuckte sie ein heftiger Schmerz.

Sie schrie und umfasste ihren Unterleib. Jayden warf sich wieder gegen die Gitterstäbe und streckte sich ihr entgegen, so gut er konnte. Sie fiel auf die Knie, hob ihre zittrige Hand und versuchte die seine zu ergreifen.

»Du schaffst es! Noch ein kleines Stück!«

Ihre Fingerspitzen berührten sich, doch sie konnte nicht zulassen, dass er sie zu fassen bekam. Er durfte ihr den Ring nicht wegnehmen.

Erneut durchzuckte sie der Schmerz und sie zog ihre Hand zurück. Ihr war, als würde sich jeder einzelne ihrer Knochen verbiegen, jede einzelne Faser darin bis zum Bersten spannen. Zugleich löste sich die Kleidung um ihren Körper auf und ihr war, als würde sie nackt in einem Sandsturm sitzen, als würde der Sand ihr die Haut von den Knochen schälen.

Das Bild vor ihren Augen begann zu verschwimmen, wurde hell, greller, und alles, woran sie sich zu klammern versuchte, jeder Gedanke und jeder Erinnerungsfetzen, erschien ihr dumpf und fern. Gerüche strömten auf sie ein, klar wie Farben, Gefühle, unbändig und ungezügelt.

Sie sah auf.

Vor ihr, zuerst verschwommen und dann ganz klar, war die Form eines Mannes zu erkennen. Er tat eine plötzliche Bewegung und instinktiv sprang die Wölfin voran, schlug mit den Vorderläufen gegen das Gitter, das sie von ihm trennte, und fletschte drohend die Zähne. Sie tat das, weil sie es musste, weil alles in ihr drängte, ihn zu warnen, er solle ja nichts Falsches machen, ihr nicht zu nahe kommen.

Er wich zurück und so ließ sie von den Gitterstäben ab. Sie konnte sein Herz wild pochen hören, auch seine Angst konnte sie riechen. Er war ihr vertraut, sein Geruch und auch die Art, wie er sich bewegte. Er machte sie neugierig.

In der Ferne hörte sie einen ihrer Brüder rufen. In seiner Stimme klang ein Wehklagen mit, das der Wölfin schier körperliche Schmerzen bereitete. Ihre Brust schnürte sich zu und jede Faser ihres Körpers war angespannt. Sie musste den Kopf hochreißen und mit ihm heulen, um sich Erleichterung zu verschaffen und ihm ihre Verbundenheit zu zeigen. Dann rannte sie los.

Sie hetzte über den Platz hin zum Wald. Kühle Luft füllte ihre Lungen, durchkämmte ihr Fell. Ihre Pfoten trommelten über weichen Boden.

Geschickt schlug sie Haken um Bäume und Gebüsch, sprang über Äste und quer liegende Stämme.

Schon hatte sie die Spur aufgenommen, die sich wie ein Leuchtfeuer in der Dunkelheit vor ihr abzeichnete. Alles andere, jedes Geräusch, jeder Geruch, verblasste um sie herum, als sie dem Weg folgte, der sich vor ihr auftat.

Selbst als sich ihr jemand in den Weg stellte, hielt sie das nicht auf. Sie riss den Mann nieder, sprang über ihn hinweg und landete zwischen ihrem Bruder und einem weiteren Menschen. Ihm riss sie den Stock aus den Händen, den er zum Schlag erhoben hatte und zermalmte ihn wie trockenes Stroh zwischen ihren Reißzähnen.

Ihr Bruder lag blutend am Boden und Pfeile ragten aus seinem Leib. Durch seine halb geöffneten Augen sah er sie dankbar an.

»Vorsicht! Das Vieh ist riesig und sucht Streit«, rief der Mann, den sie zu Boden gerissen hatte. »Das muss der Anführer sein. Gib Signale, ich halte die Bestie in Schach.«

Der Mann zückte eine Klinge und warf sie dem anderen zu. Dann zog er sein Horn aus einer Gürteltasche und blies hinein.

Das laut dröhnende Geräusch ließ die Wölfin aufschrecken und der Mann mit der Klinge nutzte die Gelegenheit sich auf sie zu stürzen.

Sie wich ihm aus, schnappte zu und bekam das Messer samt seiner Hand zu fassen. Er schrie auf, als sie ihn zu Boden rang, ihre Zähne tief in seinem Fleisch vergraben.

»Devin, Devin!«, rief er panisch nach seinem Freund.

Der andere warf das Horn zur Seite und zückte seine Armbrust. Mit zittrigen Händen versuchte er den Bolzen einzulegen.

Die Wölfin reagierte blitzschnell. Sie ließ ab von dem einen Mann und stürmte auf den anderen zu. Sie rammte ihn mit der Breitseite und der Mann stolperte zurück. Die Armbrust zerschellte an einem Baum, der Bolzen bohrte sich in einen anderen, da traf sie ein Schlag ins Genick.

Weitere Männer kamen heran geeilt und schlugen mit ihren Treibstöcken auf sie ein. Sie wich zurück, als einige Pfeile sich vor ihren Pfoten in den Boden bohrten.

»Haltet ein!«, rief die Stimme einer Frau.

Die Wölfin wurde sofort hellhörig. Sie kannte diese Stimme, kannte den Geruch der Person, zu der sie gehörte. Wut kam in ihr auf und sie wirbelte herum.

Die Frau saß auf einem Pferd, zwischen ihr und der Wölfin standen zwei mit Armbrüsten bewaffnete Männer. Beide hatten Bolzen eingelegt und zielten auf das Tier.

Die Wölfin schreckte das nicht ab. Sie stürmte los, wich dem ersten Bolzen aus, dann dem zweiten. Mit einem Satz sprang sie über die Männer hinweg und stieß kurz vor der Frau gegen eine unsichtbare Mauer. Sie prallte davon ab, wurde zurückgeschleudert, schlitterte über den Boden und blieb einige Meter von der Reiterin entfernt liegen.

Mühsam versuchte sie sich aufzurichten.

»Das ist er nicht«, sagte die Frau.

Sie vollführte eine rasche Handbewegung und der Wölfin schnürte sich die Kehle zu. Das Bild vor ihren Augen verschwamm, alles, was zuvor klar und deutlich gewesen war, wurde düster und matt. Kälte strömte auf sie ein, Gedanken und Erinnerungen.

Sie wollte aufheulen, nach ihren Brüdern und Schwestern rufen, doch das, was zu hören war, war der Aufschrei einer Frauenstimme.

Erschrocken sah Valeria sich um.

Es war stockfinster und bitterkalt. Unter ihren Händen spürte sie trockenes Laub, Fackeln brannten um sie herum, wurden von Männern gehalten, von Jägern und Treibern. Neben ihr lag ein Wolf tot in seinem Blut.

»Ein netter Versuch.«

Valeria sah auf. Es war Kiara, die zu ihr sprach. Sie sprang von ihrem Pferd ab und kam zu ihr gelaufen.

»Bleibt ja von mir weg, Hexe!«, schrie Valeria.

Kiara ließ sich nicht beirren. Sie ließ sich vor ihr auf die Knie fallen und wollte Valerias Arm berühren, doch die entzog sich ihrer Berührung.

»Euch steckt der Wolf noch in den Knochen«, meinte sie sanft.

Nur vage konnte Valeria sich an die gerade geschehenen Erlebnisse erinnern. Ihre Glieder schmerzten und sie wusste nicht warum. Alles, was geblieben war, waren die Trauer um den Wolf – ihren Bruder – und die Wut auf Kiara. Doch die hatte sie schon vor ihrer Verwandlung gehabt.

»Ich verstehe Euch ja, Liebes«, erklärte Kiara. »An Eurer Stelle hätte ich wohl nicht anders gehandelt.«

»Ihr solltet Euch hüten ihm etwas anzutun«, fuhr Valeria sie an. »Wart Ihr denn nicht an meiner Stelle? Habt Ihr ihn denn nicht auch geliebt? Ihr hättet um ihn kämpfen sollen. Er wollte Euch doch bloß beschützen, versteht Ihr das denn nicht?«

»Ich gebe zu, dass ich einen Fehler begangen habe. Und eben den werde ich jetzt wieder gutmachen.«

»Wieder gutmachen? Durch den Mord an den Wölfen?«

»Valeria, es sind nur Tiere, die durch einen Fluch ein unnatürlich langes Leben hatten. Von den Menschen, die sie einst waren, ist nichts mehr geblieben. Ihre Zeit ist längst gekommen.«

Valeria schüttelte den Kopf. Ihr konnte sie nichts mehr vormachen, sich nicht mehr hinter ihrem falschen Lächeln und hohlen Phrasen verstecken. Sie hatte kein Herz, war viel mehr noch ein Monster als diese Wölfe es waren und alles, was sie von sich gab, waren bloß haltlose Erklärungen und Rechtfertigungen für ihre Schandtaten. Und plötzlich wurde es ihr klar.

»Ihr habt die Lichter zerstört, nicht wahr?«

Kiara sah sie fragend an.

»Dachtet Ihr, so würdet Ihr wieder etwas für ihn empfinden? Weil ich ... weil ich gesagt habe, dass er Euch noch liebt?«

Kiara antwortete nicht.

»Aber alles, was Euch von damals geblieben ist, ist Eure Wut, nicht wahr?«

»Er hat mich von sich gestoßen«, giftete sie.

»Er hat Euch geliebt! Natürlich hat er Euch weggestoßen! Er hat Euch beschützen wollen.«

Kiaras Blick war auf den Boden gerichtet und ihre Gedanken schienen fern. Sie hatte nie geheiratet, nie Kinder bekommen. Sie war alleine, doch dafür konnte Jayden nichts. Sie aber sah das wohl anders. Es dauerte nur einen Moment, dann hatte sie ihr Lächeln zurück gewonnen.

»Es endet jetzt«, sagte sie. »Wie Ihr es gesagt habt, Valeria. Es ist Zeit, dass ich meiner Pflicht als Northweyl nachkomme und dem ein Ende setze.«

»Verflucht sollt Ihr sein! Ihr habt nicht das Recht über Leben und Tod zu entscheiden. Ihr nicht!«

Kiara seufzte schwer und senkte für einen Moment den Blick. Als sie wieder aufsah, wandte sie sich ihren Männern zu.

»Wir brechen auf«, rief sie. »Zurück zum Anwesen.«

»Nein, das könnt Ihr nicht machen!«

Valeria rappelte sich auf. Sie kam nur mühsam auf die Beine. Sie wusste, was Kiara vorhatte. Sie hatte es auf Jayden abgesehen.

»Ich kann nicht nur, ich muss. Versteht Ihr denn nicht, dass es um viel mehr geht? Es geht um die Menschen in dieser Grafschaft und um die in meiner. Was geschieht mit ihnen, wenn ich nicht mehr bin? Sie sind nicht magisch begabt wie ich und wenn niemand den Zauber wirkt, der die Wölfe von Northweyls fern hält, wird uns die Rache der Westwoods früher oder später treffen.«

»Niemals würde er das tun«, entgegnete Valeria entschlossen.

»Ach ja? Kannst du das versprechen? Wenn du, ein unschuldiges, wohlerzogenes Mädchen, Rache für einen toten Wolf nimmst, was glaubst du treibt dann Jayden an?«

Zähneknirschend wandte sie sich von Kiara ab. Sie konnte ihr nicht widersprechen, wusste sie doch, dass Jaydens Wut Tyran beinahe das Leben gekostet hätte.

»Dein Schweigen ist Antwort genug.« Sie wandte sich ihren Männern zu. »Auf jetzt!«, rief sie und ging zurück zu ihrem Pferd.

»Was ist mit ihr?«, fragte der Mann, dessen Hand verletzt worden war.

Valeria konnte sein Blut noch auf ihrer Zunge schmecken. Er trug das klobige Stück Fleisch, das ihm von seiner Hand und dem Unterarm noch geblieben war, fest an seinen Körper gepresst und seine Haut war so bleich, dass Valeria sich nicht sicher war, ob er diese Verletzungen überleben würde.

»Sie wird den Weg zurück sicher selbst finden«, antwortete Kiara.

»Was?«, fragte Valeria erschrocken und trat einen Schritt auf Kiara zu. »Ihr wollt mich doch nicht etwa zurücklassen?«

»Der Wald ist jetzt sicher und bei dem, was jetzt kommt, solltet Ihr besser nicht dabei sein.«

Sie stieg auf und gab dem Pferd die Sporen. Ihre Männer folgten ihr.

»Wartet!«, rief Valeria ihr hinterher. »Ihr könnt mich hier doch nicht einfach alleine lassen!«

Sie rannte Kiara und ihren Männern nach und versuchte ihnen zu folgen, doch bald schon hatten die Jäger sie abgehängt.

Erschöpft lehnte sie sich an einen Baum. Dabei hatte sie keine Zeit zu verschnaufen.

Hatte Jayden sich gleich, nachdem Kiara den Zauber des Rings gebrochen hatte, verwandelt? Er hatte gesagt, dass der Fluch zu ihm zurückkehren würde. Wenn dem so war, konnte er nicht weit gekommen sein. Gut möglich, dass er noch immer in der Pferdebox gefangen war.

Sie lief weiter. Zu ihrem Glück wurde der Wald bald lichter und die Nacht war sternenklar. Sie fror zwar bitterlich, doch die Aufregung ließ sie das kaum spüren.

Immer wieder blieb sie an Ästen und Wurzeln hängen und zerriss sich dabei den Stoff ihres Kleides. Sie stolperte und rappelte sich wieder auf. Jede Verzögerung, jeder Umweg, den sie nehmen musste, schürten in ihr Angst und Panik.

Alles in ihr drängte darauf zu schreien, zu weinen und sogar um Gottes Beistand zu flehen.

Ihre Lungen brannten, als sie endlich den Waldrand erreichte. Nicht weit vor ihr lag die niedrige Mauer, die das Anwesen vom Umland trennte und dahinter schlängelte sich der schmale Pfad bis in die Gärten des Herrenhauses hinein.

Der Wind trug Stimmen von dort unten zu Valeria hinauf. Kreischende Frauen, weinende Kinder.

Das Haus stand in Flammen.

Valeria schlug sich die Hände vor den Mund.

»Oh Kiara, was habt Ihr bloß getan?«, flüsterte sie.

***

»Durchsucht die Kellerräume!«, rief Kiara ihren Männern zu.

Valeria erreichte das Tor und wich zur Seite aus, um den flüchtenden Männern und Frauen Platz zu machen. Sie schob sich zwischen ihnen durch, da sah sie Claire, wie sie auf Kiara zu stapfte.

»Was fällt Euch ein?«, rief die Köchin ihr zu und deutete drohend mit dem Zeigefinger auf sie. »Wenn der junge Lord hier wäre, würde er Euch einen Tritt in Euren Hintern verpassen! Das hier ist ein Kriegsakt!«

»Aber er ist nicht hier. Macht Euch mal Gedanken, woran das liegen könnte, und steht mir nicht im Weg.«

»Der König wird davon erfahren!«

Kiara wies ihre Männer mit einer Handbewegung an sie von der aufgebrachten Köchin zu befreien.

»Glaubt mir, der König ist bereits im Bilde.«

Die Männer packten die Frau an den Armen und zerrten sie weg.

»Lasst sie sofort los«, verlangte Valeria.

Claire atmete erleichtert auf. »Gott sei Dank, Valeria, es geht Euch gut.«

»Das hier ist mein Haus und Ihr habt meine Dienerschaft mit Respekt zu behandeln!«

»Noch seid Ihr nicht Herrin von Westwood, meine Liebe«, verbesserte Kiara. »Ihr seid lediglich ein Gast und ich rate Euch Eure Nase aus fremden Angelegenheiten zu lassen.«

Etwas abseits sah Valeria Tyran stehen. Sie wechselten einen kurzen Blick. War Jayden in Sicherheit? Sie konnte es ihn nicht fragen, legte nur ihre Stirn in Furchen und Tyrans Augen wanderten zu den Stallungen. Jayden war also noch immer dort.

»Die Stallungen!«, rief Kiara. Valeria fuhr zusammen. Kiara hatte die beiden durchschaut. »Durchsucht die Pferdeställe.«

»Nein!« Valeria stellte sich ihnen in den Weg. »Die Sonne geht gleich auf. Bitte, lasst es bleiben!«

»Die Sonne?« Kiara griff nach Valerias Hand und zog den Ring von ihrem Finger.

Erst jetzt bemerkte sie, dass er stumpf geworden war und sich feine Risse durch das Metall zogen.

»Der Zauber des geteilten Fluches ist gebrochen. Habt Ihr das noch nicht begriffen? Ich habe den Ring zerstört, um Euch zurück zu verwandeln. Der Ring von Gräfin Malé von Northweyls ist nun nichts weiter mehr als ein wertloses Stück Metall.«

»Was wollt Ihr damit sagen?«, stammelte Valeria unsicher und ahnte doch schon, was das zu bedeuten hatte.

»Kennt Ihr sie nicht? Die Geschichte von den beiden Liebenden? Oh doch, Ihr wisst, wovon ich spreche.« Kiara spielte mit dem Ring, drehte ihn zwischen ihren Fingern und die Risse im Metall wurden dabei immer größer.

»Gebt ihn mir zurück«, flehte Valeria. Dabei wusste sie, dass er längst nichts mehr ausrichten konnte.

»Malé hat ihn geliebt, ihren Westwood. All ihre Macht hat sie in dem Ring gebunden, all ihre Liebe für ihn. Sie wollte ihn zurück gewinnen, den Fluch brechen, aber so mächtig wie drei Northweyls Magier war sie nicht.«

Valeria sah zu den Wäldern. Warum hatte sie sich das nicht früher gefragt? Wenn alle Wölfe einmal Krieger im Dienste Westwoods gewesen waren, warum war nur einer von ihnen bei Tag ein Mensch und die anderen nicht? Der Ring hatte der Geliebten des ersten verfluchten Lords nicht nur erlaubt den Fluch auf sich zu nehmen, er hatte ihn auch in Tag und Nacht geteilt, so dass er tagsüber ein Mensch sein konnte.

»Am Ende ist er nur ein Stück Metall«, meinte Kiara. »Den Fluch zu brechen ist unmöglich. Alleine der Tod wird ihn beenden. Es braucht aber nicht sehr viel Macht, um einen Ring zu zerstören.« Sie warf den Ring achtlos zu Boden und vergrub ihn mit dem Fuß im Dreck. »Verstehst du es jetzt?«

Valeria schüttelte den Kopf. Sie wollte es nicht verstehen, wollte es nicht wahrhaben.

»Um den Zauber eines Gegenstandes zu brechen, muss man ebendiesen Gegenstand zerstören. Zerstöre ich den Ring, fällt der Zauber von dir ... und von ihm.«

Valerias Herz verkrampfte sich. Ihre Lungen wurden schwer wie Blei. Wenn dem so war, dann war er auf ewig verflucht ein Wolf zu sein, dann gäbe es für Jayden nun kein Entrinnen mehr.

»Ihr wisst es also doch, meine Liebe«, sprach Kiara einfühlsam. »Der Mann, den Ihr zu retten versucht, existiert nicht mehr. Tretet beiseite, macht es uns und Euch nicht noch schwerer, als es ohnehin schon ist.«

Ein lautes Rumpeln aus den Stallungen ließ Valeria zusammenzucken.

»Er ist hier!«, rief einer der Jäger.

Holz krachte und jemand schrie auf. Der Wolf war aus der Box ausgebrochen und schon im nächsten Moment stürmte er aus dem Stall.

Panisch schrien die Menschen und rannten davon, während Kiaras Männer einen Kreis um ihn schlossen.

Schon flog der erste Bolzen und streifte ihn an der Schulter. Er strauchelte, fing sich wieder und wirbelte herum. Seine Ohren hatte er angelegt, das Nackenhaar aufgestellt. Ein tiefes Knurren entfuhr seiner Kehle und seine Rute schlug aufgeregt von einer Seite zur anderen.

Die Männer, die er fixierte, hoben ihre Armbrüste.

»Nein!«, schrie Valeria und stellte sich schützend vor ihn.

Kaum hatte sie dem Wolf den Rücken zugekehrt, hörte sie ihn jaulen. Sie wirbelte herum und sah ihn noch über den Boden schlittern.

Ein Bolzen ragte ihm aus dem dichten Fell seiner Halskrause. Regungslos lag er da und Valerias Herz schien einen Schlag auszusetzen, als sie ihn so sah, und erst dann weiterzuschlagen, als er sich aufzurappeln versuchte.

Tyran schlug einem der Männer die Armbrust aus der Hand und verpasste ihm einen Kinnhaken. Ein anderer stürzte sich von hinten auf ihn und versuchte ihn niederzuringen.

Die Armbrüste der Jäger hoben sich erneut.

»Nein, bitte!«, stieß Valeria in ihrer Verzweiflung aus und hob die Arme.

»Es ist genug«, erklärte Kiara ihren Männern. »Senkt die Waffen.«

Ungläubig sah Valeria zu ihr. Hatte sie ihre Meinung geändert?

Der Wolf hatte sich derweil wieder aufgerappelt. Hatte sie nie vorgehabt ihn tödlich zu verwunden? Erleichtert sank Valeria auf die Knie und streckte dem Wolf die Hand entgegen. »Alles ist gut«, flüsterte sie. Tränen rannen ihr über die Wangen.

Die ersten Sonnenstrahlen berührten sein mattschwarzes Fell, doch nichts geschah. Er sah müde aus und das Vertrauen, das er in sie gehabt hatte, schien erschüttert. Zögerlich machte er einen Schritt auf sie zu, da legte sich ein Seil um seinen Hals.

Erschrocken zog Valeria die Hand zurück, als die Schlinge sich zuzog und er von ihr weggezerrt wurde. Knurrend und Zähne fletschend warf er sich gegen das Seil, jaulte und schnappte wild um sich.

»Aufhören!, schrie Valeria aus vollem Halse, doch schon warf einer der Männer ein zweites Seil und zerrte den Wolf in die andere Richtung.

Valeria wich nach hinten aus, als der Wolf sich gegen die Schlingen warf und die beiden Männer mit sich schleifte. Er kam ihr dabei mit den Fangzähnen gefährlich nahe, doch kurz bevor er sie erreichen konnte, schlug er gegen eine unsichtbare Mauer und wurde zurück geschleudert.

Valeria sah auf. Hinter ihr stand Kiara mit erhobenen Händen. Sie hatte eine Barriere aufgebaut, die sie beide schützte.

Der Wolf lag röchelnd auf dem Boden und den beiden Männern kamen weitere zu Hilfe. Sie hielten die Seile gespannt, so dass sie ihm die Luft abschnitten. Und jeder seiner Versuche sich aufzurappeln wurde im Keim erstickt.

»Ihr bringt ihn noch um!«, schrie Valeria.

»Den Käfig«, verlangte Kiara.

Valeria wischte sich die Tränen aus dem Gesicht.

»Was habt Ihr mit ihm vor?«

Kiara sah dabei zu, wie ihre Männer einen eisernen Käfig anschleppten. Zu sechst mussten sie ihn tragen und dennoch war er kaum groß genug für einen Wolf von diesem Ausmaß.

»Was macht Ihr mit ihm?«, wiederholte Valeria.

Sie kamen mit Stöcken, schlugen auf den Boden und trieben den Wolf rückwärts in den Käfig hinein.

Valeria sprang auf.

»Sagt mir, was Ihr vorhabt!«, verlangte sie mit Nachdruck.

»Das muss Euch jetzt nicht mehr interessieren.«

»Wie könnt Ihr es wagen!«

Kiara packte sie an den Schultern und drehte sie zu dem Wolf.

Er wehrte sich verzweifelt gegen die Seile, konnte sich dabei kaum auf den Beinen halten und als er mit dem Pfeil, der ihm noch immer im Nacken steckte, gegen die Gitter des Käfigs kam, schrie er so schmerzerfüllt auf, dass sich in Valeria alles zusammenzog.

»Schaut ihn Euch an«, verlangte Kiara. »Der Mann, den Ihr retten wollt, existiert nicht mehr! Das ist nur ein Wolf, ein Tier. Schaut ihn an, schaut genau hin.«

Valeria wehrte sich gegen ihren festen Griff.

»Nein, das ist nicht wahr!«

»Ihr habt es doch selbst gesehen, wie er sich auf Euch stürzen wollte. Wenn ich Euch nicht beschützt hätte, wäre er gnadenlos gewesen.«

Valeria schüttelte den Kopf.

»Er hatte doch nur Angst«, erwiderte sie. »Seht Ihr denn nicht, dass er Schmerzen hat?«

Noch einmal versuchte sie sich aus Kiaras Griff zu winden und diesmal gelang es ihr. Kaum zwei Schritte war sie gelaufen, da fing sie einer der Jäger ab.

Sie hatten den Wolf in den Käfig getrieben und hörten dennoch nicht auf mit den Stöcken auf ihn und die Gitterstäbe einzuschlagen.

Valeria schrie und wehrte sich nach Leibeskräften, doch gegen den Griff des Jägers hatte sie keine Chance. Erst als sie die Tür des Käfigs geschlossen hatten, hörten die Männer auf Jayden zu quälen. Sie trugen den Käfig zur Kutsche und Kiara folgte ihnen.

»Ihr lasst sofort die Herrin von Westwood los«, verlangte Tyran und wollte Valeria zu Hilfe kommen.

»Westwood gibt es nicht mehr.« Kiara sah andächtig zu dem Herrenhaus, von dem aus sich dichte Rauchwolken in den Morgenhimmel erhoben. Dann nickte sie dem Mann zu, der Valeria hielt, und er ließ sie los.

»Das werdet Ihr noch bereuen!«, giftete Valeria wutentbrannt.

Kiara griff nach dem Knauf ihres Sattels und zog sich aufs Pferd.

»Haltet Eure Herrin im Zaum«, sagte sie kühl.

Tyran zog Valeria an sich heran. »Lasst es bleiben. Wir können jetzt sowieso nichts ausrichten.«

»Nein!«, widersprach sie und versuchte ihn von sich zu stoßen. »Ich lasse das nicht zu!«

Kiara sah mitleidig auf sie herab.

»Malé von Northweyls starb bei dem Versuch ihren Geliebten zu retten«, erklärte sie ihr. »Das solltet Ihr Euch immer vor Augen führen. All ihre Magie, ihre Macht, jeden Funken ihres Lebens gab sie hin, um ein Artefakt zu erschaffen, das Westwood erlaubte tagsüber wieder ein Mensch zu werden. Ein Artefakt, das den Fluch nicht brechen oder in sich aufnehmen, aber an sich binden konnte, so dass der Fluch übertragbar wurde. Sie war dumm so etwas zu versuchen, wo doch drei mächtige Magier beim Erschaffen des Fluches starben. Wie hätte sie da bei dem Versuch ihn abzumildern, überleben können? Töricht war sie. Und so konnte ihr geliebter Westwood am Ende nur den Schmerz verspüren, den ihr Verlust ihm bereitete. Ja, er war bei Tage wieder menschlich, aber seine große Liebe war tot. Alles, was ihm von ihr blieb, war ein Ring, der ihr erlaubt hätte seine Bürde mit ihm zu teilen und tagsüber ein normales Leben mit ihm zu führen. Ein Ring, den er für diesen Zweck nicht mehr einsetzen konnte, weil es niemanden mehr gab, der Westwood so selbstlos hätte lieben können wie Malé es getan hatte. Du siehst also, der wahre Fluch war die Liebe, die sie füreinander empfanden. Wäre Malé nicht so blind in ihrer Liebe gewesen, wäre der Westwood von damals noch immer ein Wolf. Er würde durch die Wälder streifen und die Grenzen beschützen. Er hätte nie Erben gehabt, die unter demselben Fluch zu leiden hatten. Jayden und auch sein Stiefvater wären normale Menschen gewesen. Und Malé hätte einen anderen Mann heiraten können und wäre vielleicht sogar glücklich geworden.«

Mit diesen Worten trieb Kiara ihr Pferd an und verließ den Hof gemeinsam mit ihren Männern.

Weinend brach Valeria in Tyrans Armen zusammen.

»Schon gut«, flüsterte er ihr beruhigend ins Ohr.

»Nichts ist gut!« Sie riss sich von ihm los, stolperte rückwärts und fiel zu Boden. Ihre Finger vergruben sich tief im Schotter des Hofes, sie ballte die Hände zu Fäusten und presste die Steine darin so fest zusammen, dass es schmerzte – und doch konnte das die Qualen ihres Herzens nicht im Ansatz übertreffen.

Eine plötzliche Panik überkam sie und sie begann den Boden nach dem Ring abzusuchen, den Kiara hier irgendwo hatte fallen lassen. Er war alles, was sie noch hatte, alles, woran sie sich festhalten konnte.

»Valeria ...«, drängte Tyran sie, doch sie achtete nicht auf ihn, bis sie endlich das stumpfe Stück Metall gefunden hatte. Sie steckte den Ring an ihren Finger und presste ihn fest an ihre Brust. Eine Weile saß sie so da, bis es ihr endlich gelang wieder auf die Füße zu kommen. Erst dann begriff sie, dass sie nicht alleine waren.

Um sie herum standen Bedienstete und Bürger. Einige von ihnen mit Ruß bedeckt, viele mit in Schlingen gelegten Armen oder an Krücken laufend. Sie starrten sie an, tuschelten miteinander und hatten sich schützend vor ihre Kinder gestellt. Wie viel von dem, was geschehen war, hatten sie mitbekommen, wie viel begriffen?

Eine ältere Frau mit zerzaustem Haar kam auf Valeria zu. Abfällig musterte die Frau sie von oben bis unten und spuckte ihr dann vor die Füße.

»Wolfshure!«, zischte sie. Mit erhobenem Haupt stapfte sie davon und die meisten der Menschen, die Valeria umringt hatten, folgten ihr.

»Wenn das Lord Westwood erfährt, wird er sie an den Pranger stellen lassen«, murmelte ein Mann, der an Krücken lief, und schloss sich den anderen an.

Zumindest gaben sie nicht Jayden die Schuld. Sie hatten nicht begriffen, dass er der Wolf war.

Jemand legte Valeria die Hand auf die Schulter und sie zuckte zusammen.

»Ich bin es«, sagte Belltaine.

Valeria drehte sich zu ihrer Freundin um und fiel ihr in die Arme.

Ein Kampf um das, was werden kann

Valeria stand in der Mitte dessen, was einmal der Speisesaal gewesen war. Mit den Fingern strich sie über den rußbedeckten Tisch und schlenderte gedankenversunken zu dem Stuhl, auf dem Jayden immer gesessen hatte.

Sie kam an den Überresten des Kronleuchters vorbei, der von der Decke gefallen war und zersplittert auf dem Tisch lag. Das Glas der zerbrochenen Kerzenhalter knirschte unter ihren Füßen und auch das Fenster lag in Scherben vor ihr.

Ein paar Schneeflocken irrten verloren durch den Raum und verfingen sich in Valerias Haaren, als Vorboten des kommenden Winters. Sie schlang ihren Überwurf enger um die Schultern und rieb sich die frierenden Arme.

Sie wusste nicht, wo sie Jayden hinbringen würden, nicht einmal, ob er noch am Leben war. Sie hasste sich dafür, dass sie Kiara hatte ziehen lassen und ärgerte sich, dass alle ihr weiszumachen versuchten, dass sie ohnehin nichts hätte ausrichten können.

Zumindest ihre Spur hätten sie verfolgen sollen. Zwar hatte Tyran ihr hoch und heilig versprochen, das würde ihm auch nach Tagen noch gelingen, aber wie hätte sie auf ihn hören und sich ausruhen können? Wie hätte sie schlafen sollen, bei all dem, was geschehen war? Und wie Ruhe bewahren, wenn er ihr das Wichtigste nicht versprechen konnte, nämlich, dass es Jayden gut ginge und ihm nichts geschehen würde?

»Valeria?« Belltaine war in die Tür getreten. Mit wenig Überraschung stellte Valeria fest, dass ihre Zofe sich umgezogen und neu frisiert hatte. Im Ruß und Dreck des heruntergekommenen Herrenhauses sah sie wie ein Fremdkörper aus.

»Was tust du hier?«

Ein trübes Schmunzeln huschte Valeria über die Lippen. Belltaine erinnerte sie an den Tag ihrer Ankunft. So musste Jayden sich gefühlt haben, als er die beiden jungen Frauen im Foyer gesehen hatte. Wie bunte Farbtupfer in einer Welt aus Schwarz und Grau, unberührt von den Schatten, fehl am Platz.

Sie sah wieder aus dem Fenster. Ihre Lippen hatte sie fest zusammengepresst.

»Von hier aus sieht man gut über den Wald«, meinte Valeria. »Jayden ...« Sie brach ab, schloss die Augen und wandte sich dabei einen Moment von dem Anblick des Waldes ab. Sie konnte seinen Namen nicht über die Lippen bringen, ohne mit den Tränen kämpfen zu müssen. »Ich verstehe jetzt, warum er immer so verloren aus diesem Fenster geschaut hat, warum er so kühl und distanziert war, sich über meine nichtigen Sorgen lustig gemacht hat. Ich selbst finde es mittlerweile auch lächerlich. Ich saß da, aufgetakelt, in schicken bunten Kleidern und sprach über den Herbstschnitt der Rosen und darüber, dass es bequemer wäre am Tisch bedient zu werden. Währenddessen saß er hier, blickte aus dem Fenster und wusste, dass jede Minute, die verging, ihn näher an das Tier brachte, das des Nachts durch diese Wälder streifte.«

»Du hast Leben in diese alten Gemäuer gebracht. Auch ihm kam das zugute!«

Valeria betrachtete ihr Spiegelbild in den Überresten der Fensterscheibe. Ihr Haar war zerzaust, ihr Gesicht dreckverschmiert, ihre Kleidung zerschlissen. Sie war nicht mehr das junge, unbedarfte Ding von vor ein paar Wochen.

»Leben, ja ...«, murmelte sie verbissen. »Und den Tod.«

»Komm jetzt. Du musst etwas essen. Außerdem ist es hier viel zu gefährlich.«

Eine Weile stand sie noch da, ließ ihren Blick über die Baumwipfel schweifen und atmete die kalte Herbstluft ein.

»Valeria?«

»Ja, ich komme.«

Sie folgte Belltaine zur Galerie. Im Foyer hatten sie ein Feuer entzündet, da der größte Teil des Hauses unbewohnbar geworden war. Es waren nicht viele geblieben. Tyran, Claire, zwei Zimmermädchen – unter ihnen auch Tara – und eine Handvoll Dorfbewohner. Auch Gilroy war geblieben und das freute Valeria sehr. Er schenkte ihr ein herzerwärmendes Lächeln, als er sie an der Treppe stehen sah, und sie gab sich alle Mühe es zu erwidern.

»Wenn du willst schicke ich jemanden in dein Zimmer, um dir neue Kleidung zu holen«, bot Belltaine an. »Du wirst dich gleich besser fühlen, wenn du dich frisch gemacht hast. Glaube mir!«

Valeria schüttelte den Kopf. »Nein, das ist viel zu gefährlich. Außerdem ist sicher alles verbrannt. Es ist nicht mehr viel vom Westflügel übriggeblieben.«

Sie nahmen die Treppe nach unten und hielten sich dabei ganz rechts, weil das Feuer und Kiaras Häscher auch hier gewütet hatten und die Stufen stark in Mitleidenschaft gezogen worden waren.

Als sie unten angekommen waren, bot Tyran ihr die Hand, um ihr über die Trümmer am Fuß der Treppe zu helfen.

Sie lehnte ab.

Nein, sie war nicht mehr dieses naive Mädchen von damals und sie wollte es auch nie wieder sein. Sie wollte sich nicht helfen lassen, nicht mehr knicksen und lächeln, auch wenn sie traurig war.

Sie hob ihren Rock und stieg über die gebrochenen Stufen. Der Stoff des Spitzensaums verfing sich dabei an dem gesplitterten Holz und sie zerriss ihn, als sie daran zerrte.

»Was ich brauche, sind Hosen«, erklärte sie Belltaine verbissen und befreite ihren Rock mit einem kräftigen Ruck endgültig von den Trümmern.

Ihre Freundin ließ sich derweil von Tyran helfen.

»Hosen? Wie ein Mann, meinst du?«

»So wie Kiara welche getragen hat. Etwas Bequemes, in dem man reiten kann.«

»Reiten?«, fragte Belltaine ebenso verdutzt nach, wie sie zuvor nach den Hosen gefragt hatte.

Tyran schmunzelte. »Ihr sollt Hosen bekommen und was Ihr sonst noch braucht, aber jetzt solltet Ihr erst einmal etwas essen!«

Er deutete auf das Feuer, um das die anderen versammelt waren und Claire füllte ihr sogleich eine Schüssel mit der Suppe, die sie vor wenigen Stunden noch den Dorfbewohnern serviert hatte.

***

Valeria stand vor dem Spiegel in Claires Schlafgemach. Die Kammer, in der die Köchin schlief und lebte, erinnerte sie an ihr Kinderzimmer. Sie war jedoch für gleich vier Personen ausgelegt und so standen statt einem breiten Himmelbett zwei schmale Hochbetten in dem Raum. Da sich das Zimmer zudem im Keller befand, war das Fenster kleiner als das in ihrem Schlafgemach im Haus ihrer Eltern. Alles andere, die holzvertäfelten Wände, der schmale mannshohe Spiegel, das hübsche Blumengesteck auf der Kommode, erinnerte sie an Zuhause – und es weckte eine Sehnsucht in ihr, die tief in ihrem Herzen schmerzte.

Claire betrat den Raum und Valeria konnte im Spiegel sehen, wie sie einen Moment im Türrahmen verharrte und sich sammelte, bevor sie ein Lächeln aufsetzte und zu Valeria kam.

In den Händen hielt sie ein Bündel Kleidung, das sie auf dem Bett ablegte. »Das ist alles, was ich finden konnte, Kindchen.« Sie reichte ihr eine lederne Hose und Valeria hielt sie sich prüfend an die Hüften.

»Das könnte passen«, vermutete sie. »Wessen Kleidung ist das?«

Claire lächelte trübe. »Es gab mal einen Jungen, der hier lebte. Ich erinnere mich noch gut, wie er in Eurem Alter war. Ein wahrer Gentleman, klug, freundlich und für jeden hatte er ein offenes Ohr. Er hatte viele Freunde hier. Aber leider auch Feinde. Es ist traurig, aber irgendwann haben wir ihn verloren.«

Valeria drückte Jaydens Kleidung fest an ihre Brust. »Und Ihr habt sie aufbewahrt, all die Jahre?«

»Nun, sie wird ihm heute zwar nicht mehr passen, aber seine Mutter hat sie ihm geschenkt und diese Geschenke habe ich alle aufgehoben.«

»Und wisst Ihr was? Ich werde ihn wieder zurück bringen. Diesen Jungen von damals. Nicht das, was aus ihm geworden ist, sondern das, was er früher einmal war,« sagte Valeria.

Claire legte ihr die Hand auf den Arm. »Ich bete dafür, meine Liebe. Und jetzt schlüpft in die Hosenbeine, wir wollen schauen, ob sie an Euren schmalen Hüften halten.«

»Habt Ihr auch die Schere mitgebracht, um die ich Euch gebeten habe?«

»Sicherlich.« Claire reichte sie ihr und Valeria legte sie an ihren Rock, da schrie Belltaine hinter ihr auf.

Sie stand im Türrahmen und hatte sich die Hände vor den Mund geschlagen. »Um Himmels willen! Das schöne Kleid!«

Valeria verdrehte die Augen. »Das Kleid ist sowieso nur noch ein Fetzen«, erklärte sie nüchtern und tat den ersten Schnitt.

Der Stoff fiel zu Boden und verbarg ihre Füße unter sich.

»Kannst du bitte ...?«, fragte sie und Belltaine nahm zögerlich die Schere an, um das Kleid dort abzuschneiden, wo Valeria nicht hinkam.

»Das ist ja kaum länger als dein Schoßrock«, bemerkte Belltaine, als sie sich das fertige Werk besah.

Valeria stieg aus dem Stoffhaufen und schob ihn mit dem Fuß beiseite. Tatsächlich reichte ihr das, was von dem Kleid noch übriggeblieben war, bis halb über die Oberschenkel und ihr Unterhemd ragte nur um ein paar Zentimeter unter dem Rock hervor.

Während sie sich so im Spiegel betrachtete, war sie aber immer noch nicht zufrieden. Ihr Schoßrock saß so eng an ihren Armen, dass sie sie kaum heben konnte, und schnürte sich zudem fest um ihren Hals.

»Weißt du was?«, sagte sie kurzentschlossen. »Der kommt auch weg.«

Sie knöpfte ihren Schoßrock auf und warf ihn aufs Bett. Claire reichte ihr eines der Hemden, die sie mitgebracht hatte, und Valeria schlüpfte hinein. Das hier war keines seiner alten Hemden. Es roch noch nach ihm. Sie vergrub ihr Gesicht in den Ärmeln, die ihr bis zu den Fingerspitzen reichten, und atmete tief ein.

»Es sitzt etwas locker«, meinte Claire. »Ein Gürtel vielleicht?« Ohne Valerias Antwort abzuwarten lief sie eilig aus dem Zimmer.

»Und du bist dir wirklich sicher?«, fragte Belltaine und trat näher an sie heran.

Valeria drehte sich zu ihrer Freundin um und strich ihr über die Oberarme. »So sicher wie noch nie in meinem Leben.«

Belltaine fiel ihr in die Arme und drückte sie fest an sich. Von Kindesbeinen an waren die beiden unzertrennlich gewesen, hatten stets alles miteinander geteilt, waren immer füreinander da gewesen. Nun trat Valeria eine ungewisse Reise an und Belltaine blieb zurück.

»Ich will nicht, dass du gehst«, flüsterte sie.

»Es ist ja nicht für lange«, sagte Valeria – jedenfalls hoffte sie es sehr.

Belltaine löste sich von ihr. »Aber du wirst nichts Dummes anstellen, oder?«

Valeria presste die Lippen fest zusammen. Sie konnte Belltaine nicht belügen, also sagte sie ihr das Einzige, was sie darauf antworten konnte. »Ich versuche auf mich aufzupassen.«

Claire kam zurück und brachte ihr einen breiten Ledergürtel, den Belltaine ihr dreimal um die Taille wickeln musste, damit er passte.

»Du siehst aus wie eine dieser Piratinnen aus den Abenteuergeschichten, die mein Vater mir immer vorgelesen hat.«

»Wie eine Heldin«, stimmte Claire zu und nickte in Richtung Spiegel.

Valeria drehte sich um. Sie fühlte sich nicht wie eine Heldin. Zu groß war ihre Angst vor dem, was vor ihr lag. Doch genau das war es, womit Kiara rechnete. Darauf, dass sie – ein verzogenes Stadtmädchen – zu viel Angst haben würde etwas zu unternehmen. Aber den Gefallen würde sie ihr nicht tun. Sie atmete tief durch und schob die Schultern zurück. Sie hatte gelernt stets eine Maske aufzusetzen, der Welt und sich selbst etwas vorzuspielen und genau das würde sie nun wieder tun. Sie würde so tun, als hätte sie den Mut und die Kraft diesen Weg zu gehen und diese Lüge würde irgendwann zur Wahrheit werden, so lange sie nur hartnäckig genug war daran festzuhalten.

Wir sind zum Äußersten bereit

Valeria und Tyran lagen auf dem Bauch und robbten den Hügel hinauf. Die Pferde hatten sie weiter unten zurückgelassen, wo sie friedlich grasten. Sie hielt inne und biss sich auf die Unterlippe, als sie einen Wolf jaulen hörte.

»Komm schon«, zischte Tyran.

Er hatte ja Recht. Sie musste sich zusammenreißen, wenn sie Jayden eine Hilfe sein wollte. Sie kroch weiter voran und duckte sich tiefer ins hohe Gras, als sie auf dem Hügel ankamen. Nervös drehte Valeria Jaydens Ring an ihrem Finger und betastete die feinen Risse, die das Metall durchzogen.

Es dämmerte bereits und die Männer in Kiaras Lager waren von hier oben nur als Silhouetten zu erkennen. Einer von ihnen machte sich einen Spaß daraus mit einem Treibstock über die Gitterstäbe von Jaydens Käfig zu rattern.

Sofort sprang Valeria auf, doch Tyran hielt sie zurück.

»Sie quälen ihn!«, knurrte Valeria mit gesenkter Stimme. Sie wollte ihn am liebsten sofort befreien, nun, wo die meisten von Kiaras Männern schon zu schlafen schienen. Sie lagen um drei brennende Lagerfeuer und Valeria konnte ihr Schnarchen bis zu ihnen hinauf hören. Nur wenige hielten Wache, liefen Patrouille oder standen vor dem Zelt, in dem sie Kiara vermutete.

»Es sind zu viele«, meinte Tyran. »Und Armbrüste haben sie auch.«

»Du hast doch gesagt, dass wir mehr erreichen, wenn wir nur zu zweit sind«, fuhr sie ihn barsch an. »Wenn es nach mir ginge, hätten wir ganz Westwood mobilisiert, um ihn da rauszuholen! Jetzt sieh zu, dass wir ihn aus dem Käfig kriegen!«

»Immer mit der Ruhe«, sagte er und hob beschwichtigend die Hände. »Wo sind denn die höfischen Marinieren geblieben?«

»Mari ... was?«, fragte Valeria verwirrt, verstand dann aber, worauf er hinaus wollte. »Meine *Manieren* habe ich gestern Abend beerdigt.«

Plötzlich packte Tyran sie bei den Schultern und zog sie zu sich. Sie wollte ihm schon eine Ohrfeige verpassen, da hörte sie eine Kutsche an ihnen vorbeipoltern. Tyran beugte sich vor und presste ihr den Zeigefinger auf den Mund.

Sie gab keinen Mucks von sich, als mehrere Männer ganz nahe an ihnen vorbei liefen. Das hohe Gras verbarg die beiden und erst, als der letzte Nachzügler an ihnen vorbei war, wandte Valeria sich wieder dem Lager zu.

Gerade wurde die Zeltplane gelüftet und Kiara trat ins Freie. Sie sprach mit den Neuankömmlingen und ließ sich zeigen, was sie verborgen in den zwei Wagen mit sich führten. Dann ging sie zu Jayden.

»Was haben sie bloß mit ihm vor?«, fragte Valeria.

Sie konnte nicht hören, was Kiara zu Jayden sagte. Sie stand am Käfig und ihre Hände umschlangen die Gitterstäbe, während sein Knurren durch die Stille der anbrechenden Nacht drang.

»Wenn sie ihn hätte töten wollen, hätte sie das längst getan.« Tyran richtete sich ein Stück weiter auf und nickte in Richtung der beiden mit Planen bespannten Wagen. »Das sind vielleicht Wolfshändler.«

»Der ganze Aufwand, nur um ihn zu verkaufen?« Valeria hatte mit eigenen Augen gesehen, wie gnadenlos Kiara mit den anderen Wölfen umgegangen war. Aber wie groß war ihr Hass auf Jayden wirklich? Sie bezweifelte jedenfalls, dass Kiara es nötig hatte so an ihr Geld zu kommen, doch irgendeine Erklärung dafür, dass Jayden noch am Leben war, musste es schließlich geben.

»Sag du es mir. Du kennst sie wohl besser als ich«, meinte Tyran.

Valeria sah zu Kiara. Ob es überhaupt jemanden gab, der diese Frau wirklich kannte? Valeria bezweifelte es.

»Felle«, murmelte sie. »Ich glaube unter den Planen bewahren sie die Pelze der anderen Wölfe auf. Sie haben alle getötet. Alle bis auf einen.«

In dem Moment sprang Jayden auf Kiara zu. Er schlug mit voller Wucht gegen eine unsichtbare Barriere und wurde zurückgeschleudert. Jaulend krachte er gegen die Gitterstäbe und blieb liegen, wo er zu Boden gegangen war.

Valeria wandte sich ab. Sie konnte ihn nicht so leiden sehen, wo sie doch nicht in der Lage war ihm zu helfen.

»Komm! Wir schlagen ein Nachtlager auf«, forderte Tyran sie auf und robbte von der Anhöhe weg.

»Wir können doch nicht einfach weggehen!«, zischte sie. »Ich lasse ihn jetzt nicht im Stich.«

»Jetzt komm schon! Du kannst hier heute Nacht nichts mehr ausrichten. Du hilfst ihm mehr, wenn du ausgeruht bist.«

Sie warf noch einmal einen Blick auf das Lager. Jayden rappelte sich gerade wieder auf und wahrscheinlich wäre er ein weiteres Mal auf Kiara zugestürzt, wenn sie sich nicht abgewandt hätte und zurück zu ihrem Zelt gegangen wäre.

»Wir machen einen Plan und kommen wieder«, versprach Tyran.

***

Valeria bekam kein Auge zu. Nicht, wo sie ihren Liebsten hinter dem nächsten Hügel in Gefangenschaft wusste, wo er doch Schmerzen hatte und einsam war. Zudem war es bitterkalt und das Feuer, das Tyran entzündet hatte, brannte zu spärlich, um sie zu wärmen.

»Tyran?«, flüsterte sie.

Er schlief bereits und das war Valeria gerade recht. Sie schälte sich aus der Decke, in die sie sich gehüllt hatte, und schlich davon.

Tyran mochte es für zu riskant halten, doch vielleicht bot diese Nacht ihre letzte und einzige Chance Jayden zu befreien. Sie konnte diese Gelegenheit nicht einfach verstreichen lassen. Schließlich wusste sie nicht, was morgen geschehen würde und wie lange sie noch unentdeckt auf Kiaras Fährte bleiben konnten.

Sie lief zurück zu der Anhöhe, hinter der sich das Lager befand und duckte sich im hohen Gras, bis sie oben angekommen war, wo sie alles überblicken konnte.

Die Stille der Nacht hatte sich über die Ebene gelegt. Die Lagerfeuer waren fast niedergebrannt, glommen aber noch hell genug, um die Männer, die darum schliefen, in ihren Schein zu hüllen.

Sie wartete ab, bis die Wachen hinter dem Zelt verschwunden waren, dann war der Weg frei. Das Zeitfenster war klein, doch es reichte ihr, um unbemerkt zu dem Käfig zu gelangen und in dessen Schatten zu verschwinden, bevor die beiden Männer wieder hinter dem Zelt hervor kamen.

»Jayden«, flüsterte sie. Der Wolf lag in einer Ecke des Käfigs und legte die Ohren an, als sie ihn ansprach. »Ich hole dich jetzt da raus und dann verschwinden wir von hier.«

An der Tür angelangt griff sie nach dem schweren Schloss und zog eine Haarnadel aus ihrem Zopf. Es war ihr einmal gelungen damit ihre Schmuckschatulle zu öffnen, als ihr der Schlüssel dafür verloren gegangen war, und sie betete, dass es ihr nun ebenfalls gelingen würde.

Nervös sah sie sich um. Die beiden Männer liefen weiter ihre Runde um das Lager. Sie hatte höchstens noch eine Minute, dann mussten sie sie unweigerlich entdecken.

»So ein Mist«, zischte sie, als sich ihre Haarnadel verbog.

Ohne Vorwarnung stürzte der Wolf plötzlich nach vorne und warf sich zähnefletschend gegen die Käfigtüre.

Valeria wich zurück, fiel rücklings zu Boden und ließ dabei die Haarnadel fallen. Schnell suchte sie das Gras ab, doch das dünne schwarze Ding war nirgends zu finden.

Der Wolf verbiss sich in den Gitterstäben und schlug mit den Pranken nach Valeria. Erkannte er sie denn nicht wieder? Oder war es gerade das? Gab er womöglich ihr die Schuld für seine Gefangennahme?

Sie konnte die Haarnadel im Dunkeln nicht wiederfinden und die Zeit lief ihr davon. Der Krach, den Jayden machte, hatte bereits die Wachen alarmiert, so dass sie aufgeben und sich im Dickicht neben dem Käfig verstecken musste.

»Gib Ruhe!«, brüllte einer der beiden.

Der andere schlug mit seinem Treibstock gegen den Käfig.

»Wenn du die Herrin weckst, zieht sie dir das Fell über die Ohren!«

Er schlug dem Wolf den Treibstock gegen die Schnauze und Valeria hielt sich die Hände vor den Mund, um nicht aufzuschreien, als sie ihn vor Schmerzen jaulen hörte.

»Ich verstehe gar nicht, was sie mit dem Vieh will!«, knurrte der Mann abfällig.

»Na was wohl? Sie will die Gunst des Königs gewinnen.«

»Hörst du?«, lachte der Mann gehässig und schlug gegen den Käfig. »Ein königlicher Bettvorleger wirst du!«

»Du weißt schon, was das für uns bedeutet, Jeff?«, fragte der andere Mann seinen Kumpel. »Stell dich darauf ein, dass wir umziehen müssen. Mit Sack und Pack.«

»Warum das nun schon wieder?«

»Warum wohl? Sie schleimt sich beim König ein, der liest ihr jeden Wunsch von den Lippen ab und lässt sie nach Waterport zurückkehren. Schau sie doch an. Sie ist jung, sie ist hübsch und musste seit dem Tod ihrer Eltern in der hintersten Provinz des Landes versauern.«

»Meiner Frau wird das nicht gefallen. Sie hängt an ihrem Kräutergarten und die Stadt ist teuer.«

Valeria hatte genug gehört. Sobald die beiden ihr den Rücken zukehrten, rannte sie aus ihrem Versteck.

»Hey da!«, rief einer der beiden Männer ihr hinterher.

Das Herz schlug ihr bis in die Kehle und sie rannte nur noch schneller, als sie Schritte hinter sich hörte. Sich umzudrehen wagte sie nicht.

Sie erreichte den Wald und schlug sich durch das Dickicht. Äste peitschten in ihr Gesicht, zerkratzten ihr die Arme und verfingen sich in ihrem Haar.

»Tyran! Tyran!«, rief sie, als sie das Glimmen des Lagerfeuers sehen konnte.

An einen Baum gelehnt hielt sie inne und schnappte nach Luft.

»Was ist?«, brummte er verschlafen.

Valeria sah sich um. Wenn sie tatsächlich verfolgt worden war, hatte sie die Männer abhängen können. Weit und breit war nichts zu sehen oder zu hören.

»Schnell, pack deine Sachen!«

Sie lief zu ihrer Lagerstatt und rollte hastig ihre Decke zusammen. »Beeil dich!«

»Schon gut, schon gut«, gähnte er und rappelte sich auf.

»Ich habe sie belauscht«, erklärte Valeria, während sie bereits ihr Pferd am Zügel heran zog.

»Du hast was?«, fragte Tyran ungläubig.

Valeria versuchte den schweren Sattel auf ihr Pferd zu hieven und scheiterte.

»Lass mich das machen.« Tyran nahm ihr die Last ab und sattelte die Pferde, während sie das Feuer löschte.

»Kiara ist auf dem Weg nach Waterport. Wir müssen voraus eilen und dem König alles berichten, bevor sie uns zuvor kommen kann.«

***

In den Straßen Waterports fiel Valeria kaum auf. Sie hatte die Hauptstadt des Landes bisher immer nur von der Kutsche aus gesehen und da hatten Vorhänge ihren Blick auf die Menschen behindert. Vom Rücken des Pferdes aus bot sich ihr ein ganz anderer Anblick.

Die Straßen waren bunt, laut und voll. An allen Ecken standen Stände, an denen verschiedenste Waren feilgeboten wurden. In edlen Zwirn gekleidete Kaufmänner standen dort neben einfachen Bauersfrauen, von überall her hörte man Musik, es wurde gerufen, gestritten und gesungen. Da wurden von einer Seite wild Trommeln geschlagen, während von der anderen Seite sanfte Harfenmusik erklang. Auf einem Platz tanzten leicht bekleidete Mädchen einen aufreizenden Schleiertanz und Valeria konnte ihren Blick nicht von ihnen lassen.

»Da will man gleich mittanzen, was?«, lachte Tyran, der gerade sein Pferd neben das ihre gelenkt hatte.

Schnell wandte sie sich wieder nach vorne und hob die Nase in die Höhe. Trotz allem war sie noch immer eine Dame aus gutem Hause und für eine solche ziemte es sich nicht solche Tänze zu bewundern.

»Achte du lieber darauf, dass dir nicht die Augen aus den Höhlen fallen«, sagte sie schnippisch und trieb ihr Pferd weiter an.

»Jetzt sei nicht gleich beleidigt!«, rief Tyran ihr hinterher.

Sie achtete nicht auf ihn und gab ihrem Pferd noch einmal die Sporen. Sie hatte keine Zeit sich wegen solcher Nichtigkeiten zu streiten oder die Stadt zu bewundern. Sie hängte Tyran ab und als sich vor ihr das Schloss des Königs abzeichnete, war ihr Begleiter schon längst nicht mehr zu sehen.

Sie sprang aus dem Sattel und lief zu Fuß weiter. Es würde nicht leicht werden bis zum König vorzudringen, aber wenn sie ihn erst einmal erreicht hatte, würde er sie sicher wiedererkennen. Kiara konnte unmöglich schon da sein. Zu Pferd hatten sie fast zwei Tage gebraucht, mit den Kutschen wären sie sicher länger unterwegs. Sie hatte also gute Chancen ihm die Wahrheit zu berichten, bevor Kiara ihm eine Lüge auftischen konnte.

Weit kam sie allerdings nicht, denn gerade, als sie das Tor passieren wollte, kreuzten die Wachen ihre Waffen.

»Lasst mich passieren!«, verlangte sie selbstbewusst. »Ich habe wichtige Informationen für den König.«

Die beiden Männer musterten sie mit hochgezogenen Brauen, wechselten amüsierte Blicke und brachen in höhnisches Gelächter aus.

Valeria verstand nicht, was an ihrem Anliegen so lustig war. Sie war schon viele Male im Schloss ein und aus gegangen und nie hatte sie jemand aufgehalten.

»Wisst Ihr denn nicht, wen Ihr vor Euch habt?«, fuhr sie die Männer an.

»Oh sicher! Die Prinzessin von Latrine, nicht wahr?«, grölte der eine.

»Nein, nein, die Königin vom Ferkelsuhl«, prustete der zweite.

»Was fällt Euch ein?«, schrie sie hysterisch. »Lasst mich sofort passieren!«

Sie stürzte voran, doch die Männer fingen sie ab.

»Nicht so stürmisch, meine Hübsche.«

»Ich muss da rein!«, verlangte sie und wehrte sich mit Händen und Füßen.

Es durfte nicht sein, dass sie hier scheiterte. So kurz vor ihrem Ziel.

»Oh, du kommst auch da rein, aber den König bekommst du ganz bestimmt nicht zu Gesicht.«

***

Sie hatten Valeria eingesperrt wie einen gewöhnlichen Taschendieb. Sie saß in einer Ecke des düsteren Kerkerloches, in das man sie geworfen hatte, und schmollte.

Erst war sie auf die Wachen wütend gewesen, doch nun nur noch auf sich selbst. Sicher, bisher war sie immer in das Schloss hinein gekommen, aber stets in edlen Kleidern und einer Kutsche. Sie hätte wissen müssen, dass sie nicht ungeladen zum König vorgelassen werden würde, und schon gar nicht in dieser Aufmachung.

Was würde jetzt mit ihr geschehen? Sie kannte die Gruselgeschichten, die man sich über die Kerker erzählte, und wenn sie sich so umsah, schienen sie noch untertrieben zu sein. Alleine der Geruch löste schon Übelkeit bei ihr aus. Der Boden war feucht, es tropfte von der Decke und sie hörte das Trippeln von Rattenfüßen. Es stank nach toten Tieren, nach Erbrochenem und schlimmeren Dingen. Was, wenn sie sich erleichtern musste? Würde sie dann einfach in eine Ecke gehen, und ...? Sie rümpfte angewidert die Nase.

»Na, Kleine?«, flüsterte jemand aus der Nachbarzelle. »Komm doch mal näher an mich ran.« Eine verdreckte knochige Hand streckte sich ihr durch die Gitterstäbe entgegen.

»Lasst mich!«, schimpfte sie.

»So schönes Haar hat die Kleine«, sprach der Mann unbeirrt weiter. »So hübsch ... wie eine Puppe.«

Valeria drehte sich von ihm weg. Ihr war kalt. Sie zitterte wie Espenlaub, dabei war es noch nicht mal Abend, so dass sie die schlimmste Kälte noch vor sich hatte. Vielleicht hätte sie ja Glück und man würde ihr einen fairen Prozess gewähren. Dann würde sie vor den König treten müssen, um sich zu verteidigen. Aber bis dahin konnten Wochen vergehen und so lange würde sie hier unten niemals überleben.

»Das ist sie.«

Valeria sah auf.

Vor ihrer Zelle stand Tyran mit dem Kerkermeister. Sofort war sie auf den Beinen.

»Und die wollt Ihr wieder haben?«, feixte der Mann und durchforstete seinen Schlüsselbund. »Das störrische kleine Biest beißt und kratzt wie eine Katze.«

Tyran schmunzelte.

»Aber hübsch ist sie.«

Der Kerkermeister beugte sich tief über seinen Schlüsselbund und betrachtete jeden einzelnen der Schlüssel mit höchster Skepsis. »Wisst Ihr, meine

Augen sind nun wirklich nicht mehr die besten. Da kann mir schnell mal was entgehen. Ständig kommen und gehen die Leute hier, ich trage sie ins Buch ein oder auch nicht. Wer weiß schon, wer hier alles sitzt und wer nicht ...«

Tyran verstand den Wink und zog seine Geldbörse hervor.

»Man kann seine Augen ja nicht überall haben«, meinte er und schnipste dem Mann eine Münze zu.

Der grinste und fing sie geschickt aus der Luft, als wäre seine Kurzsichtigkeit mit einem Mal wie weggeblasen. Schnell war der richtige Schlüssel gefunden und er öffnete die Zelle.

»Komm schon, Weib!«, forderte Tyran sie grinsend auf und nickte in Richtung des Eingangs. »Die Mäuler unserer Bälger stopfen sich nicht von allein.«

Empört zog Valeria die Luft ein, sagte aber nichts. Ihre Hände ballten sich zu Fäusten und sie stieß Tyran zur Seite, um an ihm vorbei aus der Zelle zu stapfen.

Er folgte ihr und holte sie auf halbem Weg zum Ausgang wieder ein.

»Und wohin jetzt?«, fragte er noch immer schmunzelnd.

»Heim«, knurrte sie.

***

Auch wenn es erst wenige Wochen her war, dass sie ihre Heimatstadt und die Straße, in der ihr Elternhaus stand, gesehen hatte, kam es ihr vor, als wäre ein ganzes Leben vergangen.

In der Nacht hatte es geschneit und von der weißen Pracht war in den engen Gassen nicht mehr geblieben als brauner Matsch. Die vorbei fahrenden Kutschen verspritzten ihn bis hoch zu den Knien ihrer Pferde, deren Hufe über die Pflastersteine klatschten.

Vor dem Haus ihrer Eltern sprang sie vom Pferd. Ein ungutes Gefühl überkam sie. Was hatte man hier von den Vorkommnissen in Westwood mitbekommen? Würden ihre Eltern sie überhaupt mit offenen Armen empfangen? Sie atmete tief durch und betätigte den Türklopfer.

Es dauerte nicht lange, bis ihr der Hauswart öffnete. Sie kannte den Mann schon ihr Leben lang, dennoch sah er sie nur naserümpfend an.

»Ja?«, fragte er knapp.

»Ich bin es. Valeria! Erkennst du mich denn nicht?«

Ungläubig rückte er seine Brille zurecht und sah noch einmal genauer hin. »Miss ... Lancaster? Ihr seid es wirklich? Ihr habt Euch ...«

»Verändert? Ich weiß.« Sie ergriff seine Hände. »Ich bin so froh hier zu sein.«

»Wir alle haben Euch sehnlichst vermisst.« Er küsste ihre Hand.

»Meine Eltern? Sind sie zu Hause?«

»Oh ja, sicher! Ich werde augenblicklich nach ihnen rufen.« Er lief los und ließ Valeria in der offenen Tür stehen.

Sie versuchte Tyran heranzuwinken.

»Komm schon!«

Er hob die Hände und trat einen Schritt zurück.

»Ach, lass mal, ich kümmere mich besser um die Pferde.«

»Es kommt sicher gleich ein Stallbursche, der das übernimmt.«

»Ich BIN ein Stallbursche.«

»Jetzt komm schon«, forderte sie ihn ein weiteres Mal auf.

Widerwillig folgte er ihrer Anweisung.

»Oh mein Gott!«, rief Valerias Mutter voller Bestürzung aus und schlug sich die Hände vor den Mund. »Wie siehst du aus, Kindchen? Was ist mit dir geschehen?«

Sie betrachtete ihre Tochter, wie man ein Kind betrachtet, das beim Spielen in den Dung gefallen ist. Nur zögerlich griff Alannah nach ihren Händen. »Was in Gottes Namen trägst du denn für Kleidung? Und wie sehen deine Haare aus?«

»Es war ein langer Ritt bis hierher«, erklärte Valeria und verschwieg ihrer Mutter den Aufenthalt im Kerker des Königs. Noch vor nicht allzu langer Zeit hätte sie sich für ihre Aufmachung in Grund und Boden geschämt, doch heute hatte sie ganz andere Sorgen.

»Geritten? Geritten bist du?«, fragte ihre Mutter und schnappte nach Luft. Ihr Blick fiel auf Tyran.

»Aber wo bleiben denn deine Manieren? Willst du mir nicht diesen Gentleman an deiner Seite vorstellen?«

Tyran rieb sich die rechte Hand am Hosenboden ab und streckte sie Alannah entgegen.

»Tyran, Ma'am.«

Erschrocken zog Valerias Mutter die Hände an ihre Brust.

»Tyran und weiter?«

Er überlegte. »Tyran der Stallbursche?«

Wieder schnappte sie nach Luft. »Valeria, Liebes, willst du dem netten jungen Mann nicht erklären, wo er den Dienstboteneingang findet?«, fragte sie vorsichtig.

»Nein, Mutter, das will ich nicht. Er ist mein Gast und Freund. Ich werde ihn nicht fortschicken«, antwortete Valeria geradeheraus und unterschlug dabei völlig, dass sie nun eigentlich selbst nicht mehr als ein Gast im Haus ihrer Eltern war.

»Deine Manieren!«, zischte Alannah. Sie lächelte Tyran in aufgesetzter Weise an und drehte sich dann von ihm weg, um mit gesenkter Stimme weiterzusprechen. »Er wird sich unter seinesgleichen doch sicher viel wohler fühlen.«

»Mutter, ich ...«

»Nein, nein! Keine Widerrede, du kommst erst mal rein.« Sie zog Valeria in den Vorraum. »Und deinem Freund werden wir in der Küche eine warme Mahlzeit zubereiten.«

Sie machte eine Handbewegung, als wolle sie einen räudigen Köter von der Hausschwelle vertreiben. »Kümmert Euch doch so lange um die Pferde.«

»Mutter, lass mich doch erst einmal erklären, was passiert ist. Willst du denn nicht wissen, warum ich hier bin?«

»Schon gut«, sagte Tyran. »Klärt das unter der Familie. Ich bleibe gerne bei meinen Leisten.«

Ihre Mutter verzog das Gesicht, als hätte sie auf eine Zitrone gebissen. Sie beugte sich zu ihrer Tochter vor.

»Er ist Schuster?«

»Nein«, seufzte Valeria und verdrehte die Augen.

Alannah winkte ab.

»Wie dem auch sei!« Sie legte Valeria die Hand auf die Schulter und führte sie in Richtung des Empfangszimmers. »Du musst mir gar nichts erklären, Kindchen! Ach, meine Liebe, was tut mir das alles so leid! Aber zumindest ... so traurig es auch ist ... warst du noch nicht verheiratet. Eine Witwe in deinem Alter! Das wäre nicht auszudenken!«

Sie hatte sich schon gedacht, dass die Gerüchte ihr voraus geeilt waren. Sie hatte immerhin den halben Tag im Kerker verbracht, Kiara war sicher auch längst beim König angekommen und nichts verbreitete sich schneller als Tratsch. Doch ganz offensichtlich hielt ihre Mutter Jayden für tot.

Sie sah zurück zum Eingang, doch einen Blick auf Tyran konnte sie nicht mehr erhaschen. Der Hauswart schloss bereits die Tür.

»Vielleicht sollten wir uns erst einmal setzen, Mutter, und ich erzähle dir die ganze Geschichte.«

»Morgen, Liebes, morgen! Du bist sicher völlig erschöpft und nun haben wir ja alle Zeit der Welt.«

»Nein, Mutter, die haben wir ganz bestimmt nicht!«

»Du bist jung, Liebes«, sprach ihre Mutter tröstend auf sie ein. »Es gibt keinen Grund übereilt zu handeln. Lass dir Zeit für die Trauer und in ein oder zwei Monaten ...«

»Mutter!«, unterbrach sie Valeria.

Die Frau trat einen Schritt von ihr weg.

»Jayden ...«

Empört zog ihre Mutter die Luft ein und Valeria verbesserte sich sogleich.

»Lord Westwood ist nicht das, wofür ihn alle halten.«

Alannah zog Valeria an sich heran und drückte sie fest an sich. »Er war ein Held, mein Täubchen«, flüsterte sie ihr ins Ohr und für einen Moment nahm Valeria sie ernst, bis sie weiter sprach. »Wir müssen immer die Haltung und den äußeren Schein wahren. Ganz egal, was er tatsächlich für ein Mensch war. Wir werden an dieser Geschichte festhalten.«

Valeria löste sich von ihr und sah sie entgeistert an. »Wovon sprichst du, Mutter? Jayden lebt!«

Die Frau seufzte, strich ihr über die Wange und fühlte Valerias Stirn. »Es ist eisigkalt dort draußen. Herrje, der Winter steht vor der Tür! Sicher wirst du dich verkühlt haben, du bist fiebrig und verwirrt.«

»Ich bin nicht verwirrt! Mir geht es sehr gut. Jayden ist nicht tot! Er lebt und er braucht meine Hilfe.«

»Ach, Kindchen.« Die Augen ihrer Mutter begannen sich mit Tränen zu füllen. Sie zog ein besticktes Seidentuch hervor und tupfte sie sich damit weg. »Schau dich an! Wie du gekleidet bist, ganz bleich und ungepflegt bist du, sprichst wirr und ungeniert, als wäre deine Kinderstube wie weggewischt. Aber das wird schon wieder!« Sie atmete tief durch, schob die Schultern zurück und das Taschentuch verschwand wieder in ihrem Rock. Sie setzte ein gekünsteltes Lächeln auf und strich ihrer Tochter über die Wange. »Du schläfst dich aus, nimmst ein Bad, isst gut und zur Trauerfeier wirst du wieder auf der Höhe sein.«

»Trauerfeier?«

»Ja, Kleines, natürlich! Die Trauerfeier für Lord Westwood. Der König richtet sie aus und wir werden natürlich daran teilnehmen.«

»Ja …«, murmelte Valeria nachdenklich. »Ja, das werden wir.«

***

Am nächsten Tag betrachtete Valeria das Kleid, das ihre Mutter ihr aufs Bett gelegt hatte, während sie im Badezimmer gewesen war. Es war schwarz, geschlossen bis zum Hals und um den hohen Stehkragen lag ein ebenso schwarzer Seidenschal, der von einer ovalen Brosche gehalten wurde.

Es war die Kleidung einer Witwe. Sie würde zur Trauerfeier gehen, jeder, der etwas auf sich hielt, würde anwesend sein und ihr sein Beileid aussprechen und hinter ihrem Rücken würden sie reden, spekulieren und natürlich würde ihre Mutter die eine oder andere Familie zu Kaffee und Gebäck einladen. Bald schon ständen sie dann mit ihren Söhnen vor ihrer Tür Schlange – keine Grafen oder Fürsten, aber eine gute Partie würde sie immer noch machen können.

Das war zumindest der Plan ihrer Mutter. Valeria hatte sich fest vorgenommen dieses Spiel mit zu spielen. Bis zu einem gewissen Punkt zumindest. Sie musste irgendwie an den König herankommen und ihm berichten, was tatsächlich geschehen war. Wahrscheinlich war Kiara schon bei ihm, hatte ihm ihre Trophäe präsentiert und Valeria konnte nur dafür beten, dass Jayden noch am Leben war. Ebenso konnte es sein, dass der König sich einen Spaß daraus gemacht hatte ihn zu töten.

Nein, sie durfte sich nicht von solchen Gedanken beirren lassen. Sie waren Kiara voraus geeilt, hatten ihre Pferde schweißnass gehetzt und mindestens einen halben Tag Vorsprung. Mit etwas Glück war sie noch nicht beim König eingetroffen. Dann stünden die Chancen gut, dass sie noch nicht mit dem König hatte reden können, geschweige denn ihm den Wolf zum Geschenk machen.

Valeria sah hinüber zu dem Stuhl, auf dem ihre Reitkleidung lag. Sie war gewaschen und feinsäuberlich zusammengelegt worden. Es wunderte sie, dass ihre Mutter sie nicht weggeworfen hatte.

Sie war hin- und hergerissen. Einerseits wusste sie sehr genau, welches Verhalten von ihr erwartet wurde, andererseits war da all die Wut und der Tatendrang in ihr, und dieses Ungetüm von einem Kleid – mit allen Zwängen und Regeln, die daran hafteten – würde ersticken, was in ihr aufkeimte.

Beim bloßen Anblick war ihr bereits, als würde ihr das dazugehörige Mieder die Luft abschnüren.

»Valeria?«, rief ihre Mutter die Treppe hinauf. »Bist du fertig? Die Kutsche wartet bereits.«

Sie lief zur Tür und öffnete sie einen Spalt.

»Nein, Mutter, ich brauche noch eine Weile. Fahrt ihr schon mal vor. Ich folge euch mit der kleinen Kutsche.«

Ihre Mutter nahm die ersten Stufen nach oben. Das Kleid, das sie trug, ähnelte dem, das sie Valeria bereitgelegt hatte, nur die Brosche war etwas auffälliger und auf ihrem Hut prangte eine Feder in derselben Farbe wie der Edelstein.

»Geht es dir nicht gut?«, fragte sie ernsthaft besorgt.

Valeria machte sich das zunutze.

»Nein, Mutter, das alles geht mir sehr nahe. Ich brauche noch einen Moment für mich. Kannst du Tyran Bescheid geben?«

Sie konnte sehen, wie Zweifel in ihrer Mutter aufkamen, doch am Ende überwog das Vertrauen in ihre bisher stets artige und gehorsame Tochter. Sie nickte.

»Sicher, mein Liebes. Aber lass dir nicht allzu viel Zeit. Du weißt ja, was man sagt.«

Valeria lächelte. »Pünktlich sein ist rühmlich, spät erscheinen vornehm, zu spät kommen schändlich.«

Ihre Mutter nickte zufrieden. »Ich lege dir die Einladung auf die Anrichte.«

Valeria knickste zum Abschied. Ja, sie kannte dieses Spiel und es zu spielen war ihr schon immer leicht gefallen. Auch jetzt brauchte es nicht viel, um ihre Mutter zu überzeugen. Ganz schnell war sie wieder in ihrer Rolle und wenn sie nicht achtgab, wäre sie bald wieder das brave Mädchen von früher und würde sich darin verlieren.

Sie schloss die Tür und lehnte sich mit dem Rücken dagegen. Ihr Blick fiel wieder auf ihre Reitkleidung. Sie wusste, was sie zu tun hatte. Eigentlich hatte sie es die ganze Zeit schon gewusst.

Mit deinem Tod fängt alles an

Erschrocken sprangen die schwarz gekleideten Damen zur Seite, als Valeria ihr Pferd über den Vorplatz des Schlosses trieb.

Hinter ihrem Rücken echauffierten sie sich empört über das unziemliche Verhalten der Reiterin, gackerten wie die Gänse und waren sofort wieder still, als Valeria sich zu ihnen umdrehte.

Natürlich war den Damen sofort klar, wer da gerade an ihnen vorbei geritten war. Valeria und der Tod ihres Verlobten waren sicher das Stadtgespräch und selbst in Hosen und zu Pferd, in Begleitung eines einfachen Stallburschen, musste man sie unweigerlich erkennen.

Auch die Wachen am Tor hatten sie sofort als das Mädchen vom Vortag erkannt und waren nur widerwillig bereit gewesen, ihre Einladung zuzulassen. Schlussendlich mussten die Männer sie aber durchlassen und so war sie hier, inmitten der Trauergesellschaft und fiel auf wie ein Veilchen im Schnee.

Genauso hatte sie es sich erhofft, denn sie brauchte jedermanns Aufmerksamkeit, wenn sie auch die des Königs erlangen wollte.

Eigentlich hatte sie sich ausgemalt direkt in den Thronsaal zu reiten. Da die Trauerfeier aber trotz winterlicher Temperaturen im Freien stattfand, blieb ihr dieser Auftritt erspart.

Schwarze Fahnen und Girlanden hingen an den hohen Mauern, die den Vorplatz umschlossen wie Klippen eine Schlucht, und in gusseisernen Feuerkörben loderten mannshohe Flammen. Die Schatten der Figuren, die die Körbe zierten, huschten wie Kobolde über den Boden und die Mauern, tanzten wilde Tänze, während die Trauergesellschaft steif dastand und wartete, was die junge Frau auf dem Pferd vor hatte.

Valeria ihrerseits suchte die Menge ab. Wie oft schon war sie selbst zu solchen Anlässen hier gewesen? Ihre Mutter hatte jede Gelegenheit genutzt sie der Gesellschaft zu präsentieren, ihnen zu zeigen, wie hübsch ihre Tochter doch war, selbst wenn sie Schwarz trug und in Trauer um einen Menschen war, den sie nur vom Namen her kannte. Ebenso war es mit den Damen und Herren, die sich hier versammelt hatten. Wer von ihnen kannte Jayden denn wirklich? Wer hatte ihn auch nur ein einziges Mal zu Gesicht bekommen und wer hatte je eine längere Unterhaltung mit ihm geführt? Wohl keiner dieser Menschen. Drei Tage nach seinem vermeintlichen Tod und zwei Tagesreisen von seiner Grafschaft entfernt, wäre es auch kaum jemandem, der ihm nahe stand, möglich gewesen hier zu sein.

Nein, die Menschen, die sich hier versammelt hatten, waren aus demselben Grund zu diesem Anlass gekommen, aus dem sie auch zu jedem anderen kamen. Um zu essen und zu tanzen, zu trinken und Klatsch und Tratsch zu verbreiten. Wie hohl diese Gesellschaft doch war, wie falsch und trügerisch. Valeria schämte sich dafür, dass sie ihr bisheriges Leben lang so hatte werden wollen wie all die anderen Frauen hier.

Mit Abscheu sah sie nun in diese Gesichter, die selbst doch nur Masken waren, hinter denen sich Menschen verbargen, die all ihre Ecken und Kanten abgeschliffen hatten, um hier hinein zu passen.

»Um Gottes Willen, Valeria!«, stieß ihre Mutter aus und kam zu ihr gelaufen. »Was ist bloß in dich gefahren?«

»Ich bin aufgewacht, Mutter«, antwortete sie knapp.

»Aufgewacht? Kind, das hier ist ein Albtraum!«

»Lass es gut sein, Mutter. Ich weiß was ich tue.«

Sie sprang vom Pferd, denn sie hatte den König entdeckt. Ohne ein weiteres Wort ließ sie ihre Mutter stehen und ging auf ihn zu. Die Gesellschaft teilte sich vor ihr wie vor einer Aussätzigen, doch das störte sie nicht weiter. Sollten sie doch weichen, der König tat es nicht.

Sie verbeugte sich tief vor ihm.

»Eure Majestät, Ihr wurdet betrogen.«

Der König lachte amüsiert und als Valeria aufsah, fiel ihr Blick auf Kiara, die neben ihm stand. Sie war also schon da, hatte ihm sicher bereits ihre Version der Geschichte erzählt und die Zuversicht in ihrem Blick verriet Valeria, dass Kiara nicht damit rechnete das junge Mädchen könne den König von der Wahrheit überzeugen.

»Betrogen? Mein Kind, welche abenteuerlichen Geschichten gehen in Eurem Kopf vor, dass Ihr Euch so etwas ausmalt?«

Valeria richtete sich auf und deutete auf Kiara.

»Hier steht die Frau, die Verrat an Euch begangen hat, mein König.«

Ein Raunen ging durch die Menge. Jeder lauschte auf und wollte hören, was Valeria nun zu sagen hatte, doch Kiara war es, die stattdessen das Wort ergriff.

»Meine Liebe, Ihr scheint verwirrt«, meinte sie in sorgenvollem Ton und mit ungebrochenem Selbstbewusstsein.

Wie hätte es auch anders sein können? Natürlich musste sie damit gerechnet haben, dass Valeria nicht einfach schwieg und sie gewähren ließ. Kiara hatte auch Zeit genug gehabt, sich auf die Möglichkeit vorzubereiten, dass Valeria ihr folgen und sie anklagen würde, statt sich verängstigt zu verkriechen. Sicher hatte sie sich bereits alle Antworten und Erklärungen parat gelegt. Das aber hielt Valeria nicht davon ab an der Wahrheit festzuhalten.

»Ganz gewiss bin ich nicht verwirrt!«

In ihrem Rücken versuchte Alannah zu ihr vorzudringen. Tyran hielt sie aber davon ab.

Als Valeria zurück blickte und die Verzweiflung im Blick ihrer Mutter sah, kamen Skrupel in ihr auf. Mit ihrem Verhalten würde sie womöglich nicht nur sich selbst in Verruf bringen, sondern auch Schande über ihre Familie – ganz egal, ob sie im Recht war oder nicht. Doch jetzt gab es kein Zurück mehr und um Jaydens Willen durfte sie sich nicht beirren lassen.

»Lord Westwood lebt!«, rief sie den Umstehenden zu. »Diese Trauerfeier ist eine Farce.«

Stille legte sich über die Adelsgesellschaft. Nur hier und dort tuschelten die Leute verhalten miteinander. Der König unterbrach das eingekehrte Schweigen mit einem lauten Lachen.

»Ihr seid tatsächlich nicht bei Sinnen, Kindchen.«

»Ja«, rief ihre Mutter ihm zu. »Sie ist in Trauer! Bitte, verzeiht Ihr diese Ungebührlichkeiten.«

»Nein!«, schmetterte Valeria die Aussage ihrer Mutter ab. »Es ist die Wahrheit. Er wurde von dieser Frau verflucht und in einen Wolf verwandelt. Bitte erlaubt mir meine Worte zu beweisen!«

Der König wandte sich Kiara zu. »Ein Wolf? Werte Gräfin, war es nicht ein Wolf, den Ihr mir zum Geschenk machen wolltet?«

Kiaras Zuversicht bekam nicht die kleinsten Risse. Sie schürzte die Lippen, senkte den Blick und knickste vor dem König.

»Ein Wolf war es, der Lord Westwood getötet hat, und dieser Wolf ging meinen Jägern in die Fänge. Wie ich Euch sagte soll er Euch gehören, Eure Majestät.«

»Ihr … Ihr dürft ihr keinen Glauben schenken!«, warf Valeria ein.

Der König wandte sich ihr wieder zu und sein Blick war streng und gnadenlos. »Was ich darf und was nicht, das überlasst mir. Ich bin der König, vergesst das nicht!«

Valerias Herz schlug schneller. Dass er ihre Worte einfach so abschmettern würde, sie nicht einmal anhören wollte, damit hatte sie nicht gerechnet. Sie war fest davon überzeugt gewesen, dass er vor all den Menschen gnädiger sein würde. Sie sah zu Kiara. Ihr kühler, berechnender Blick schnürte ihr die Kehle zu und in ihr wuchs die Angst, dass sie kein vernünftiges Wort mehr über die Lippen bekommen würde.

»Er … er ist einer Eurer treuesten Untertanen!«, stammelte sie und wagte es nicht den König direkt anzusehen. »Sagtet Ihr das nicht selbst? Wenn nicht um meinetwillen, so hört mich um seinetwillen an.«

Kiara trat näher an den König heran und flüsterte ihm etwas ins Ohr. Sie schien ihn bereits um den Finger gewickelt zu haben und Valeria konnte deutlich das Wort *Stallbursche* heraushören. Flüchtig sah sie zu Tyran, begriff dann aber, dass Kiara von Jayden gesprochen hatte. Wollte sie dem König etwa die Treue zu ihm ausreden, indem sie dessen fehlende Blutsverwandtschaft zu den Westwoods anführte? Das hatte die Northweyls schon nicht dazu veranlasst den Fluch zu brechen, als dieser auf ihn übergegangen war, und nun wollte sie es als Argument nutzen?

»Ihr habt bereits gesprochen und ich war so gütig Euch anzuhören«, antwortete der König scharf.

»Ihr seid eine falsche Schlange!«, zischte Valeria Kiara zu. Die schaute erschrocken und empört zugleich und legte sich die Hand auf die Brust, als müsse sie nachfragen, ob Valeria tatsächlich sie gemeint hatte.

Der König strich ihr vertraut über den Arm und Kiara dankte es ihm mit einem Lächeln.

Valerias Hände ballten sich zu Fäusten. Sie hatte Kiara unterschätzt. Sie wollte scheinbar viel mehr erlangen als nur die Gunst des Königs. So vertraut, wie sie mit ihm umging, hatte sie es womöglich auf den Thron selbst abgesehen.

»Ihr habt genug Schaden angerichtet«, begann der König und als Valeria ihm ins Wort fiel, wichen die umstehenden Damen erschrocken einen Schritt zurück.

»Längst noch nicht! Ihr habt mich angehört, mich aber nicht beweisen lassen, was geschehen ist!«

Kiara war es, die nun vortrat. »Ihr seid ganz offensichtlich verrückt geworden. Das ist geschehen. Ihr musstet mit ansehen, wie der Mann, den Ihr liebtet, von Wölfen gerissen wurde und das hat Euch Euren Verstand geraubt. Ich bedaure Euren Verlust und hoffe, Euch kann geholfen werden.«

Der König winkte Valerias Mutter heran. »Nehmt Eure Tochter und bringt sie nach Hause. In Anbetracht der Umstände will ich gnädig sein und sie nicht wegen ihres Verhaltens strafen.«

Ihre Mutter drängte sich an Tyran vorbei und knickste tief vor dem König. »Es tut mir unermesslich leid, Majestät«, sprach sie mit gebrochener Stimme. »Eure Güte kennt keine Grenzen.«

Kiara kam dem König mit einer Antwort zuvor und tat gerade so, als wäre sie die Königin selbst. »Wir alle haben großes Mitleid mit dem armen Mädchen.«

»Ich will Euer Mitleid nicht«, fuhr Valeria sie an. »Ich will, dass Ihr die Wahrheit zugebt!«

Sie machte einen gewagten Schritt auf Kiara zu, da ergriff Tyran ihren Arm und zog sie von ihrer Widersacherin und dem König weg.

»Du gehst zu weit«, ermahnte er sie mit gesenkter Stimme.

Noch einmal knickste ihre Mutter tief und unterwürfig.

»Habt Dank, mein König, tausend Dank! Ihr seid zu gnädig, viel zu gnädig.«

»Gnädig? Grausam, das seid Ihr! Es geht um Jaydens Leben! Diese Hexe hat ihn verflucht und ich kann es beweisen!«

Der König rieb sich seufzend den Nasenrücken. »Nun bringt sie schon fort. Dies hier ist eine Trauerfeier und kein Theaterstück.«

»Aber vielleicht sollten wir sie gewähren lassen«, schlug Kiara plötzlich zur Überraschung aller vor. »Es könnte ihrer Genesung dienen, wenn sie ihren Wahn selbst durchbricht, indem sie versucht ihren Vorwurf zu beweisen. Scheitert sie, wird sie einsehen müssen, dass sie falsch lag.«

Valerias Angst fortgeschleift und weggesperrt zu werden, ehe sie die Wahrheit hätte ans Licht bringen können, wurde schlagartig von der Panik übermannt in Kiaras Falle zu tappen.

»Nun, ich sehe nicht, wie sie ihre These beweisen könnte«, meinte der König, doch Kiaras berechnendes Lächeln bewies, dass sie es sehr wohl wusste – oder vielmehr wusste, wie sie das Gegenteil demonstrieren konnte.

»Wie gedenkt Ihr denn Eure Behauptungen zu untermauern?«, fragte Kiara nun an Valeria gewandt.

Tyran ließ sie los und Valeria drehte sich zu ihm um.

»Zum einen gibt es Zeugen«, sagte sie zögerlich und sah wieder zu Kiara und dem König.

Der König sah an ihr vorbei zu dem Stallburschen. »Habt Ihr etwas dazu zu sagen?«

Kiaras Lächeln wurde breiter und Valeria sah, wie sie eine Handbewegung machte, gerade in dem Moment, als Tyran anhob etwas zu sagen.

»Ich …« Er stockte. »Ich bin mir nicht sicher.« Tyran legte die Stirn in Falten und sah abwechselnd zu Valeria und dem König.

»Ihr verzaubert ihn!«, warf sie Kiara vor und deutete mit dem Finger auf sie.

Der König lachte. »Wenn das alles ist, was Ihr vorzubringen habt …«

»Nein, bringt mich zu Jayden!«, verlangte sie nachdrücklich. »Bringt mich zu dem Wolf und ich werde es Euch beweisen!«

Ihre Mutter packte Valeria am Arm. »Bitte, mein Engel, lass es gut sein!«

Sie riss sich los. Auch wenn sie die Angst in den Augen ihrer Mutter verstand und teilte, konnte sie jetzt keinen Rückzieher machen. Jayden war kein gewöhnlicher Wolf und Kiara würde nichts tun können, um das Offensichtliche zu widerlegen. Kein Zauber dieser Welt konnte stärker sein als ihre Liebe. Niemals. Auch wenn er sie bei ihrer letzten Begegnung angegriffen hatte. Doch bei diesem Gedanken wuchs ihre Angst um ein Vielfaches. Würde er sie denn überhaupt erkennen? Sie musste einfach darauf vertrauen.

»Ich werde es Euch beweisen«, wiederholte sie mit Nachdruck und sah dann zu Kiara. »Und wenn es meinen Tod bedeutet.«

»Wisst Ihr, was Ihr da sprecht, Kind?«, fragte der König.

Seine Worte ließen keinen Zweifel daran, dass er ein gütiger Mann war. Andere Herrscher hätten sie bereits zusammen mit dem Wolf in eine Grube geworfen oder sie gar köpfen lassen, ohne ihren Wunsch zu erfüllen. Für ihre Dreistigkeit hätte sie eine Bestrafung wahrlich verdient und er würde als Schwächling gelten, wenn er es ihr zu einfach machen würde.

Darauf, dass der König sich vor der versammelten Adelsgesellschaft keine Blöße geben wollte, legte Kiara es wohl auch an. Davon war Valeria fest überzeugt. Kiara glaubte, Jayden würde Valeria töten, wenn er ihr gegenüber stände, glaubte, er wäre ein wildes Tier und mehr nicht.

Der König trat einen Schritt zurück und breitete die Arme aus.

»Meine lieben Bürger, Freunde, dieser Tag ist ein Tag der Trauer.« Er deutete auf Valeria. »Und hier seht ihr, welche grausamen Spuren der schmerzliche Verlust eines geliebten Menschen hinterlassen kann. Unsere gute Freundin und enge Vertraute des verstorbenen Lord Westwoods, Gräfin Kiara Northweyl, hat keine Mühen gescheut jene Bestie, die ihm das Leben nahm, in Ketten zu legen. Zu seinen Ehren soll dieses Tier selbst zum Opfer werden. Geplant war ein Kampf bis zum Tod, doch die Pläne haben sich geändert. Bitte begebt Euch zu den Treppen und macht den Platz frei. Wir wollen sehen, ob das Herz der Frau, die Lord Westwood so sehr liebte, dass sie mit ihm auch ihr Verstand verlassen hat, Gnade und Vergebung für dieses Tier empfinden kann, wenn sie ihm gegenüber steht.«

Unter lautem Getuschel strömten die Menschen zu den Treppen, wie ihnen geheißen worden war.

Auch Kiara wandte sich von Valeria ab, doch so einfach wollte sie die Frau nicht gehen lassen.

»Euer Plan wird scheitern!«, rief sie ihr hinterher.

Kiara drehte sich wieder zu ihr um. »Ich empfinde Mitleid mit Euch«, sagte sie, noch in Hörweite des Königs, und kam dann näher, so dass nur Valeria sie verstehen konnte. »Ihr hättet es dabei belassen sollen. Nun müsst Ihr sterben und die Wahrheit mit Euch.«

»Lieber sterbe ich, als mit ansehen zu müssen, wie Ihr Jayden opfert, nur um Eure Macht zu mehren.«

Kiara schmunzelte. »Weder ihn noch Euch wollte ich je opfern. Für wie grausam haltet Ihr mich? Ihr habt Euer Schicksal selbst gewählt, meine Liebe. Und Jayden? Seid versichert, dass es ihm gut geht bei mir. Er wird mich nie wieder verlassen und ich ihn ebenfalls nicht.«

»Kommt Ihr?«, rief der König ihr zu.

Kiara folgte ihm.

»Verzeiht, ich versuchte sie ein letztes Mal zu überzeugen.«

Als Kiara ging, fiel der Bann von Tyran, der ihn bis dahin in Verwirrung gehalten hatte. »Was hat der König vor?«, fragte er und wusste dabei eigentlich schon, was geschehen würde.

»Geh mit den anderen«, bat Valeria ihn. »Jayden wird mir nichts tun und ich werde es ihnen allen beweisen.«

Tyran schüttelte den Kopf. »Du hast den Verstand verloren, wie es der König vermutet hat. Du weißt nicht, was Kiara ihm angetan hat und welcher Zauber womöglich über ihm liegt!«

Eine der königlichen Wachen packte Tyran am Arm. Auch ihre Mutter führten sie fort und sie weinte bitterlich in den Armen ihres Mannes. Valeria sah zu ihrem Vater, doch er hatte keinen Blick mehr für sie übrig.

»Lasst mich los!«, verlangte Tyran.

»Geh jetzt«, widerholte Valeria.

»Du spielst Kiara in die Hände, ist dir das klar?« Er riss sich von dem Mann los, da packten ihn zwei weitere Wachen.

»Sie wird sterben!«, schrie er und wehrte sich gegen die Männer, die ihn wegzerrten. »Das könnt Ihr nicht tun!«

Valeria drehte sich von ihm weg und sah zu Boden. Sie wollte sich von seiner Angst nicht anstecken lassen. Sie wusste, dass es nicht das fehlende Vertrauen in Jayden war, das ihn um ihr Leben bangen ließ. Es war alleine Kiara. Hatte sie Jayden tatsächlich verhext? Würde er sie nicht wiedererkennen? Wenn es tatsächlich einen Zauber gab, der stärker war als ihre Liebe, dann würde sie nicht mehr weiterleben wollen. Denn welche anderen Möglichkeiten blieben ihr sonst noch? Was, außer den Gefühlen, die sie für ihn hegte, hätte Jayden retten können? Und wie hätte sie weiterleben sollen in dem Wissen ihm nicht helfen zu können?

Tyran schrie weiter und sie hörte ihn toben, während die Wachen ihn mit den anderen Gästen zu einer der zahlreichen Türen führten, durch die man auf die Schlossmauer gelangte. Dort oben versammelten sich die Schaulustigen, erpicht darauf dem Spektakel beizuwohnen, das der König ihnen nun bot.

Es dauerte nicht lange, da blieb Valeria allein im Hof zurück. Ruhig stand sie in der Mitte des Platzes, mit erhobenem Haupt und zu Fäusten geballten Händen.

Sie würde es ihnen beweisen, ihnen allen.

Der König trat auf seinen Balkon und unter ihm öffneten sich die Tore zu den Kellergewölben.

Vier Männer zogen einen Karren auf den Platz, auf dem ein abgedeckter Käfig stand. Die Bewegungen des Stoffes und der Schatten, den man dahinter sah, verrieten, was sich darin verbarg. Die Männer bogen nach rechts ab und erlaubten ihr den Blick auf einen zweiten Wagen, der nach links abbog.

Valeria wich zurück. Das war er also, Kiaras Plan. Sie hatte mehr als nur einen Wolf mitgebracht. Doch hinter welchem Tuch verbarg sich Jayden? Würde sie ihn erkennen? Sicher baute Kiara darauf, dass dem nicht so war und Valerias Glaubwürdigkeit damit endgültig verloren ginge.

Die Männer zogen die Planen von den Käfigen und sofort warfen sich die aufgebrachten Wölfe gegen die Gitterstäbe. Knurrend und zähnefletschend verbiss sich der eine im Metall, während der andere seine Krallen in das Holz des Karrens schlug, das Tuch erwischte und in Fetzen riss.

Obwohl die Wölfe eingesperrt waren, schrien die Menschen auf und einige wichen sogar von den Zinnen zurück.

Die beiden Tiere waren groß, pechschwarz und ihre Augen gelb und stechend. Valeria sah vom einen zum anderen.

»Noch könnt Ihr Euren Irrtum eingestehen«, rief der König ihr zu. »Gebt zu, dass Eure Anschuldigungen falsch waren und ich werde erneut gnädig sein.«

»Nein!«, antwortete sie entschlossen.

Der König deutete auf die Käfige. »Dann beweist mir und meinem Volk, dass einer dieser Wölfe verflucht ist. Sagt mir, für welchen der beiden schlägt Euer Herz?«

Einige der Schaulustigen lachten bei den letzten Worten des Königs.

»Für keinen von beiden.«

Kiara lächelte überlegen. »Da habt Ihr es, Eure Majestät. Sie ist bloß ein verwirrtes Mädchen.«

»Hört auf mit Euren Lügen!«, rief Valeria hoch zum Balkon. »Keiner dieser beiden Wölfe ist Jayden, doch ich habe mit eigenen Augen gesehen, wie ihr ihn eingefangen und mitgenommen habt!«

»Ihr saht, wie ich einen schwarzen Wolf einfing, mehr nicht!«

»Es war Jayden! Bringt ihn zu mir und lasst diese Spielchen.«

»Das reicht«, rief der König erzürnt. »Die Käfige öffnen und Euch den Wölfen zum Fraß vorwerfen sollte ich, doch solch ein Herrscher bin ich nicht. Schafft das Mädchen von hier fort und lasst die Wölfe ihren Zorn untereinander austragen.«

Gerührt von der Großzügigkeit ihres Königs und gleichzeitig erpicht auf den Wolfskampf applaudierten die Menschen und jubelten ihrem Herrscher zu. Eine der Wachen packte Valerias Arm, doch sie wehrte sich gegen ihn.

Ihr Schreien wurde von der tobenden Menge übertönt.

»Nein! Ich lasse mich so nicht abspeisen«, rief sie vergebens. »Gebt zu, dass Ihr mehr als zwei Wölfe hierher mitgebracht habt, Kiara! Gebt es zu!«

Tatsächlich drangen ihre Worte zu dem König vor und sofort stand Kiara neben ihm, die ihm wohl eine Erklärung für den dritten Wagen schuldete, mit dem sie angereist war. Valeria konnte nicht hören, was Kiara dem König sagte, erkannte aber sehr wohl sein verständiges Nicken. Er schluckte ihre Lügen ohne Widerworte und gebot dem Mann, der Valeria festhielt, mit einer Handbewegung sie fortzuschaffen.

In ihrer Verzweiflung tat Valeria das Einzige, was ihr als letzter Ausweg in den Sinn kam.

Sie schrie seinen Namen. Sie schrie ihn, so laut sie nur konnte, schrie ihn in das Kellerloch, aus dem sie die anderen Wölfe geholt hatten.

Die Wache hielt sie nun an beiden Armen fest. Dass man sie von dem Tor wegzerrte, hinter dem sie Jayden vermutete, bestätigte ihr nur, dass sie ihn dort gefangen hielten.

Valeria wehrte sich nach Leibeskräften. Tränen stiegen in ihr auf. So konnte und durfte es nicht enden. Kiara durfte nicht siegen.

»Jayden!«, rief sie aus vollem Halse und dachte dabei daran, wie er sie in Kiaras Lager attackiert hatte. Konnte es sein, dass er sie vergessen hatte? Dass nichts mehr von ihm geblieben war, nicht einmal seine Liebe für sie?

Wieder und wieder schrie sie, bis ihr die Stimme versagte und die Stille, die sich über alle gelegt hatte, ihr die Kehle zuschnürte. Entkräftet wehrte sie sich nur noch halbherzig gegen den Mann, der sie festhielt, sah zu Kiara hinauf, deren triumphierender Blick sie wie ein Messerstich traf – als sein Heulen erklang.

Valeria fiel ein Stein vom Herzen und zeitgleich fiel sie auf die Knie.

Er war es. Da war sie sich ganz sicher. Er rief nach ihr, er weinte ein Klagelied, das durch das Kellergewölbe des Schlosses hallte und den Vorplatz erfüllte.

Die beiden anderen Wölfe jaulten mit ihm und warfen sich wieder gegen ihre Käfige.

Valeria sah zum König hinauf. Sie hatte die Worte schon gewählt, die sie an ihn richten wollte, doch kaum hatte sie den Mund geöffnet, sah sie aus dem

Augenwinkel, wie Kiara in seinem Rücken ihre Finger tanzen ließ. Schnell folgte Valeria ihrem Blick zu einem der Käfige und sah, wie sich der Metallbolzen aus der Öse hob. Der Wolf warf sich ein weiteres Mal gegen die Gitterstäbe und die Tür sprang auf.

Die Menschen auf den Zinnen schrien auf. Der Mann, der Valeria gehalten hatte, stellte sich schützend vor sie. Er griff nach seinem Schwert und hatte es noch nicht halb aus der Halterung gezogen, da riss der Wolf ihn von den Füßen.

Valeria wich zurück.

Wieder schrien die Menschen, als der Wolf sich über sein Opfer hermachte.

Auch der zweite Wolf brach jetzt aus.

Panisch flüchteten die verbliebenen Männer vom Platz, eilten auf die Treppen zu, wo sie gegen verschlossene Türen rannten und wild dagegen trommelten.

»Valeria!«, hörte sie Tyran rufen. Er kämpfte sich durch die Menschenmenge, auf dem Weg zu einer der Treppen, die nach unten führten. Er wollte ihr zu Hilfe eilen, doch er hatte den Wölfen ebenso wenig entgegenzusetzen wie die anderen Männer.

»Nein!«, schrie sie ihm zu und zog damit die Aufmerksamkeit der Wölfe auf sich.

»Bogenschützen!«, hörte sie nun den König rufen.

Valeria lief rückwärts. Mit der Hand langte sie nach dem Wagen, auf den sie sich zubewegt hatte.

Der Wolf vor ihr fixierte sie. Von seinen Lefzen tropfte das Blut des Mannes, der sie zu schützen versucht hatte. Achtlos ließ er dessen leblosen Körper liegen und bleckte seine gelben Fangzähne.

Valerias Finger berührten das Holz des Wagens. Sie wirbelte herum, griff nach den Gitterstäben, um sich hochzuziehen, und schrie auf, als der zweite Wolf mit einem Satz auf dem Käfig war, auf den sie sich hatte flüchten wollen.

Sie stolperte von ihm weg und fiel dabei zu Boden. Instinktiv hielt sie schützend ihre Arme vor das Gesicht. Als der Wolf sich auf sie stürzte, hörte sie ihn aufjaulen.

Sie senkte die Arme und sah das Tier neben sich liegen. Benommen schüttelte der Wolf den Kopf. Auf den Zinnen nahmen gerade die Bogenschützen ihre Stellung ein, doch es war kein Pfeil, der das Tier getroffen hatte.

Tyran stand am Rand des Platzes, bewaffnet mit einer Handvoll Steine und den nächsten schon zum Wurf erhoben.

Valeria sprang auf und rannte los.

»Verschwinde von hier, verschwinde!«, rief sie Tyran zu und rannte zu dem Kellergewölbe hin.

Der zweite Wolf sprang ihr in den Weg und sie schlug einen Haken, rannte zurück zu einem der Wagen und kletterte in den Käfig. So schnell es ging, wirbelte sie herum und zog das Gitter hinter sich zu, als der Wolf auch schon mit dem Kopf dagegen schlug. Vor Schreck ließ sie los und die Tür schwang ein Stück weit auf.

Eine Pfeilsalve ließ den Wolf zurückschrecken, so dass Valeria schnell wieder nach vorne greifen und die Tür zuziehen konnte. Flüchtig sah sie sich um. Tyran war nicht mehr zu sehen. Weitere Pfeile flogen, doch die beiden Karren boten den Wölfen einen guten Schutz.

Ein Wolf warf sich seitlich gegen den Käfig, in dem Valeria saß und sie klammerte sich verzweifelt an das Gitter, um die Tür geschlossen zu halten, doch der andere Wolf attackierte sie von vorne und sie musste immer wieder die Hände wegziehen, um nicht gebissen zu werden.

Noch einmal sprang das Tier von der Seite gegen den Käfig. Der kräftige Ruck ließ die Tür aufschnappen und das nutzte der Wolf aus, um vorzupreschen. Valeria zog das Gitter wieder zu und klemmte den Kopf der Bestie darin am Hals ein. Wild schnappte das Tier um sich und versuchte mit den Pranken in den Käfig zu langen.

Mit den Füßen trat Valeria gegen seinen Kopf und vergaß für einen Moment völlig den zweiten Wolf, dessen Krallen sie nun von hinten an der Schulter erwischten. Sie schrie auf. Der Schmerz zog sich ihr durch den ganzen Körper und benebelte für einen Augenblick ihre Sinne.

Sie robbte bis in die hintere Ecke des Käfigs, während sie weiter gegen den Kopf des Wolfes trat, der sich nun mühelos durch die Tür winden konnte und schon halb im Käfig war.

Wieder wackelte der gesamte Wagen und Valeria rutschte von einer Seite zur anderen. Sie schlug mit dem Kopf gegen die Gitterstäbe und ihr wurde schwarz vor Augen.

***

Ihr Schädel dröhnte. Das Knurren der Wölfe klang plötzlich fern und dumpf. Sie griff sich an die Stirn und fühlte warmes Blut.

»Valeria?«

Sie versuchte zu erkennen, was sich vor ihr abspielte. Jemand streckte ihr die Hand entgegen.

»Jayden«, murmelte sie nur.

»Nimm meine Hand.«

Sie griff zu und ließ sich aus dem Käfig ziehen.

Tyran war es, der ihr geholfen hatte und sie nun festhielt, weil ihre zittrigen Beine sie nicht halten wollten.

»Komm schnell.« Er zog sie mit sich, weg von den miteinander kämpfenden Wölfen.

Wieder flogen Pfeile und hinter ihnen heulte eines der Tiere auf.

Sie erkannte ihn an der Stimme. Sofort riss sie sich los und wirbelte herum.

»Nicht schießen!«, rief sie den Bogenschützen mit erhobenen Händen zu.

Es war Jayden, der sich offensichtlich mit den beiden anderen Wölfen angelegt hatte. Tyran musste ihn befreit haben, während Valeria im Käfig gesessen hatte.

Einer der Wölfe lag bereits regungslos und mit Pfeilen übersät in seinem Blut, der andere hatte sich in Jayden verbissen.

Valeria stellte sich zwischen die Bogenschützen, die gerade geschossen hatten, und die beiden Wölfe auf den Platz, doch auch auf den Zinnen in ihrem Rücken standen Männer des Königs und Valeria zuckte zusammen, als sich deren Pfeile hinter ihr in den Boden bohrten

Sie drehte sich den Wölfen zu. Sie waren auseinandergestoben. Zwischen ihnen ragte ein halbes Dutzend Pfeile aus dem Schotter.

Jayden atmete schwer. Die Pfeile hatten ihn verfehlt, doch er war noch immer verletzt. Er schonte seine Vorderpfote. Es war der Arm, den Valeria ihm in eine Schlinge gelegt hatte. Und auch das Fell an seinem Nacken war noch verklebt von der Wunde, die Kiaras Männer ihm zugefügt hatten. Lange würde er nicht durchhalten können.

Der andere Wolf ließ sich von den Bogenschützen nicht beirren. Sein Blick fiel auf Valeria, die ihn in ihrer Angst um Jayden völlig außer Acht gelassen hatte. Ihr blieb nicht einmal die Zeit die Arme zum Schutz hochzureißen, da stürzte er schon auf sie zu.

»Lauf!«, hörte sie Tyran rufen.

Jayden warf sich von der Seite auf den Wolf und riss ihn so knapp vor ihr zu Boden, dass ihr ein Luftsog durch ihre losen Strähnen fegte.

Jayden verbiss sich im Nacken des Wolfes und schüttelte ihn mit solch einer Kraft, dass Valeria sein Genick krachen hören konnte.

Wieder flogen Pfeile und trafen den bereits toten Wolf. Jayden sprang zur Seite und entkam nur knapp.

Ihre Blicke trafen sich und Valeria war nicht sicher, ob er sie wirklich wiedererkannte. Doch es musste so sein. Wieso sonst hätte er sie beschützt? Wieso sonst hätte ihr Anblick ihn so fesseln können? So sehr, dass er dem nächsten Pfeilhagel nicht auswich.

Vor ihren Augen durchbohrten ihn die Pfeile. Sie trafen ihn an der Schulter, der Hüfte und den Hinterläufen. Seine Beine brachen unter ihm weg.

Valerias Schrei wurde von ihren Tränen erstickt, während sie Kiara hörte, die den Bogenschützen vom Balkon aus Anweisung gab. »Feuer einstellen!«, rief sie und klang dabei ebenso verzweifelt, wie Valeria sich fühlte. »Tötet diesen Wolf nicht!«

Doch Kiaras Rufen drang nicht zu allen Schützen vor. Weitere Pfeile flogen und Valeria wusste sich nicht anders zu helfen, als sich Jayden an den Hals zu werfen.

In ihren Armen brach er zusammen, wehrte sich im ersten Moment und sie befürchtete, er würde sie tatsächlich nicht mehr kennen, würde sich aufbäumen, sie gar angreifen.

Sie ließ sich nicht beirren, klammerte sich fest an ihn und vergrub ihre Finger in seinem dichten Fell. Kraftlos ergab er sich ihr und ließ sich fallen. Sein Atem wurde ruhiger und schließlich sank sein Kopf von ihrer Schulter in ihren Schoß.

Sie beugte sich über ihn und legte ihre Stirn in die Kuhle seines Nasenrückens. »Alles gut«, flüsterte sie. »Alles ist gut.«

Keine Pfeile flogen mehr. Stille hatte sich über den Platz gelegt, wo zuvor noch Tumult und Panik geherrscht hatten.

Valeria hörte Tyrans Schritte auf dem Schotter, doch sie sah nicht auf. Sie klammerte sich an Jayden fest, als könne sie seine Seele auf diese Weise in seinem Körper halten.

Sie wollte und konnte ihn nicht loslassen. Auch wenn es nur der Wolf war, wenn sie ihn auch nicht von seinem Fluch befreien konnte und er den Rest der Ewigkeit in dieser Gestalt gefangen wäre – sie wollte nicht mehr ohne ihn sein.

»Reicht Euch das als Beweis?«, rief Tyran zu Kiara und dem König hinauf. »Ihr seht …« Seine Stimme versagte.

Valeria sah sich zu ihm um. Er wich zurück, hatte die Hände auf seine Kehle gelegt und Verzweiflung zeichnete sich auf seinem Gesicht ab.

Sie sah zu Kiara, deren Blick Tyran fixierte. »Euer Zauber kann ihn zum Schweigen bringen, aber die Wahrheit wird er nicht besiegen!«, rief sie.

»Das bedeutet gar nichts!«, rief Kiara und wandte sich dem König zu. »Mag sein, dass die Schönheit dieses Mädchens das Herz dieses sterbenden Biestes erweichen konnte, doch das heißt längst nicht, dass in ihm die Seele eines Menschen wohnt.«

Valerias Hände vergruben sich tiefer in Jaydens Fell. Er war stark, das wusste sie. Stärker als sie selbst es war. Sie hatte keine Kraft mehr gegen Kiara anzukämpfen, doch er würde nicht so leicht aufgeben. Er würde trotz der schweren Verletzungen überleben. Und genau das wollte Kiara unbedingt. Sie hatte es selbst gesagt, hatte den Bogenschützen Einhalt geboten und versuchte nun den König davon zu überzeugen den Wolf in ihre Obhut zu geben.

»Er ist mein schönstes Tier«, hörte sie Kiara argumentieren.

Valeria blickte hinauf zu der Frau, die Jayden einst ewige Liebe geschworen hatte, und als sie die Unsicherheit in ihrem Blick erkannte, wusste sie, was sie zu tun hatte.

»Es ist Lord Westwood, den Ihr hier liegen seht, mein König!«, rief sie. »Er ist verflucht ewig ein Wolf zu bleiben. Er leidet. Doch selbst wenn Ihr mir nicht glaubt, selbst wenn es nur ein einfaches Tier ist, so lasst Gnade walten und erlaubt ihm zu sterben.«

»Was?«, schrie Kiara hysterisch. »Dieser Wolf gehört mir! Du hast nicht über sein Leben zu bestimmen!«

Der König betrachtete Valeria und den Wolf eine Weile. »Euer einziger Beweis ist also das Vertrauen dieses Tieres?«, fragte er.

»Ich verlange nicht, dass Ihr mir glaubt«, rief Valeria zu ihm hoch und es fiel ihr unglaublich schwer die nächsten Worte an den König zu richten. Es kostete sie alle Kraft, die sie aufbringen konnte. »Nur Eure Gnade erbitte ich. Für ihn.«

»Ihr werdet doch wohl nicht auf dieses einfältige Kind hören!«

Mit einer herrischen Geste gebot der König Kiara Einhalt.

»Nun gut, erhebt Euch, Kind und tretet beiseite. Wir wollen dem ein Ende setzen!«

»Nein!«, rief Valeria hastig.

»Was denn nun?«, knurrte der König entnervt.

»Lasst mich es tun.«

Sie löste den Gürtel von ihrer Hüfte und legte ihn Jayden um den Hals.

»Valeria«, flüsterte Tyran ungläubig und tat einen Schritt auf sie zu.

Sie schüttelte den Kopf. »Komm bitte nicht näher«, bat sie und wischte sich die Tränen aus dem Gesicht.

Ruhe hatte sich über den Platz gelegt. Nur Valerias Schluchzen war noch zu hören. Hier und dort stimmten die Frauen auf den Zinnen mit ein. Sie weinten um den Wolf, den sie nicht kannten, um eine Liebe, die sie nicht verstanden, und dennoch konnten sie nicht anders.

»Du musst mir jetzt vertrauen«, flüsterte sie Jayden mit erstickter Stimme zu. Ihre Tränen tropften ihm auf den Nasenrücken. »Bitte, vertrau mir einfach.«

Sie zog den Gürtel sachte immer enger um seinen Hals. Seine Pfoten zuckten, doch er wehrte sich nicht, sah Valeria nur durch trübe, traurige Augen an – Augen, in denen sie Jayden wiedererkannte und sich ihre Liebe zu ihm widerspiegelte.

Sie presste die Lippen zusammen und kämpfte dagegen an sich von ihm abzuwenden. Ihre Hände zitterten, doch sie durfte nicht locker lassen, musste den Gürtel enger und enger um seinen Hals ziehen, bis er röchelte und seine Glieder sich streckten. In seinen letzten Atemzügen und seiner Panik begann er sich nun doch zu wehren, aber es war zu spät.

Noch einmal zog sie fest an und klammerte sich an ihn, während seine Beine über den Boden scharrten, seine Augenhöhlen sich weiteten und er schließlich in ihren Armen erschlaffte.

Sie zog ihn dicht an sich heran und schrie ihren Schmerz und ihre Verzweiflung stumm in sein Fell hinein, während seine Seele den Körper verließ, in den sie gezwungen worden war.

Ein Raunen zog sich durch die Menge und Valeria richtete sich ein Stück weit auf. In ihren Armen lag Jayden. Sein menschlicher Körper war leblos, seine Augen halb geschlossen. Nichts von dem Glanz, den sie einst innegehabt hatten, war mehr geblieben. Er war tot.

Schnell löste sie den Gürtel von seinem Hals und wischte sich die Tränen aus dem Gesicht.

»Du musst jetzt wieder atmen, hörst du?«, bat sie ihn und strich ihm sein Haar aus dem Gesicht.

Sie hatte ihn erdrosseln müssen. Sie hatte keine Wahl gehabt. Wie sonst hätte sie seine wahre Gestalt preisgeben können? Er hatte es gesagt und Valeria hatte nicht zuhören wollen, hatte es erst in letzter Minute begriffen. Nur sein Tod hatte ihn von dem Fluch erlösen können.

Sie beugte sich über ihn, küsste ihn auf die Augen, auf den Mund und versuchte dann seine Lungen mit Luft zu füllen.

»Hörst du? Du musst wieder atmen!«, flehte sie verzweifelt.

Kiara hatte gewusst, dass sein Tod sie verraten würde. Nur deswegen hatte sie nicht gewollt, dass er vor den Augen des Königs starb. Was sonst hätte Valeria also tun können? Es war der einzige Ausweg gewesen, der ihr noch geblieben war.

Und nun musste sie es schaffen ihn wiederzubeleben.

Sie fühlte nach seinem Herzen, doch es schlug noch immer nicht. Es waren doch nur wenige Sekunden gewesen. Nur ein Herzschlag oder zwei. Warum kam er nicht wieder zu sich? Warum gelang es ihr nicht ihn zurück ins Leben zu holen?

»Oh bitte!«, flehte sie und schlug ihm gegen die Brust. »Bitte, komm zurück zu mir, bitte!«

Ein weiteres Mal fühlte sie nach seinem Herzen, küsste ihn, schluchzte und brach dann über seinem leblosen Körper zusammen.

Sie hatte ihn getötet. All ihr Flehen und Weinen nutzte nichts, ihre verzweifelten Versuche ihn wiederzubeleben waren erfolglos gewesen. Sie klammerte sich weinend an ihm fest, während sich Tyrans Schatten über sie legte.

»Er ist jetzt frei«, flüsterte er mit krächzender Stimme.

»Nein, nein! So sollte das nicht sein, so wollte ich das nicht! Ich ... ich wollte doch nur, dass er wieder zum Menschen wird. Es sollte doch nur für einen Moment sein ... Nur bis der Fluch ...« Wieder wischte Valeria sich die Tränen aus dem Gesicht und versuchte erneut voller Verzweiflung ihn wiederzubeleben. »Bitte, gib jetzt nicht einfach auf! Lass mich nicht allein!«

Sie schlug ihm ein weiteres Mal auf die Brust. Schlug wieder und wieder zu, doch er regte sich nicht.

Tyran ergriff ihr Handgelenk und hielt sie davon ab. »Es sind die Verletzungen, sie sind zu schwer. Es ist nicht deine Schuld.«

Sie schüttelte den Kopf. »Was habe ich getan?«, wimmerte sie. »Was habe ich bloß getan?«

Er war tot, doch sie wollte es nicht akzeptieren. Es konnte und durfte nicht wahr sein.

Weitere Menschen füllten langsam den Platz und bildeten eine Gasse, als der König auf Valeria zukam.

Sie sah zu ihm auf. »Da habt Ihr ihn, Euren Beweis«, schluchzte sie und wandte sich gleich wieder von ihm ab.

Von der Seite drang ihre Mutter durch die Menschentraube, die sich um Valeria versammelt hatte.

»Valeria, Liebes«, seufzte sie.

»Geh weg!«, rief Valeria. »Geht alle weg!«

Sie strich Jayden über die Wange, küsste erneut seine geschlossenen Augen, seinen Mund. Sie konnte ihn nicht wieder zurückholen. Sein Herz schlug nicht mehr, seine Haut war kalt und blass geworden und das Blut, das aus seinen Wunden geströmt war, versiegte langsam.

»Bringt das Hexenweib her!«, verlangte der König.

Seine Männer zerrten Kiara zu ihm und sofort fiel sie vor ihm auf die Knie.

»Mein König, bitte, es war nicht mein Fluch! Nicht ich habe ihn ausgesprochen, sondern meine Vorfahren! Bitte glaubt mir!« Sie klammerte sich an seinen Rockzipfel wie ein verängstigtes Kind. »Macht mich nicht für die Taten meiner Familie verantwortlich. Bitte, lasst Gnade walten!«

»Alleine für Eure eigenen Taten müsst Ihr Buße tun«, entgegnete er. »Ihr habt Euren König belogen.« Er stieß sie von sich weg, so dass sie neben Jayden zu Boden fiel. Wimmernd blieb sie liegen.

Hinter ihr baute sich der König auf. Er sah so finster und entschlossen aus, dass es Valeria kalt den Rücken runter lief. Hätte er sie mit diesem Blick bedacht, als sie ihm vorhin die Wahrheit über Kiara an den Kopf geworfen hatte, statt sich über ihren Auftritt zu amüsieren, wären ihr die Worte im Halse stecken geblieben.

»Auf den Verrat an der Krone steht der Tod, das wisst ihr«, erklärte der König auf erschreckend ruhige Weise.

»Ich habe ihn geliebt«, hörte Valeria Kiara leise schluchzen. »Ich habe ihn geliebt.«

Der König packte die Magierin am Schopf und zog sie auf die Knie.

»Bitte, ich will nicht!«, flehte sie in Tränen aufgelöst.

»Unter anderen Umständen würdet Ihr hängen, Gräfin, doch hier liegt ein Mann, der den Tod nicht verdient hat. Ihr wisst, was Ihr zu tun habt.«

Kiara presste die Lippen fest zusammen und nickte widerwillig. Sie hob ergeben die Hände, streckte sie mit den Handflächen nach oben und hielt sie über Jaydens leblosen Körper.

Valeria zog Jayden dichter an sich heran, als Kiara ihren Zauber wirkte. Als würde sich ein Messer über ihre Arme ziehen, rissen ihr die Pulsadern auf. Ihr Blut tropfte auf Jaydens Brust, während sie die Arme weiter erhoben hielt und etwas Unverständliches zu murmeln begann. Sie verfiel in einen melodischen Singsang, wippte leicht auf und ab und ihre Pupillen verdrehten sich, bis nur noch das Weiß ihrer Augen zu sehen war. Tränen erstickten die Worte, die sie nun krächzend und nur mit Widerwillen über die Lippen brachte.

Sie brachte sich um. Das war es also, was der König von ihr verlangte. Mit offenen Augen in den Tod zu gehen, statt am Galgen zu hängen. Doch was nutzte das Jayden?

Es war grausam und Valerias Kehle war wie zugeschnürt. Sie konnte keinen Einspruch erheben und irgendwo tief in ihrem Inneren wollte sie es auch nicht.

Obwohl sie auch nicht vergessen oder gar abstreiten konnte, dass Kiara Jayden geliebt hatte. Auf ihre eigene Art hatte sie das bis zum Schluss getan und war dennoch nicht gewillt gewesen ihm zu helfen – mehr noch, war sie nicht gewillt gewesen ihn gehen zu lassen. Konnte es sein, dass der Fluch alles war, was Kiara erlaubt hatte die Liebe ihres Lebens an sich zu fesseln? Am Ende hatte sie gedacht ihn nur an sich binden zu können, indem sie Jayden in einen Käfig sperrte.

Mit ihrem letzten Atemzug sank Kiara in sich zusammen.

»Leben um Leben«, sprach der König und als der letzte Tropfen von Kiaras Blut sich auf Jaydens Brust mit Valerias Tränen vermischte, schlug er die Augen auf.

Mit einem tiefen Atemzug schnappte er nach Luft, bäumte sich auf und stöhnte vor Schmerzen, die sein von Wunden übersäter Körper ihm bereitete.

Valeria war wie versteinert. Mit halb geöffnetem Mund saß sie da und vergaß alles um sich herum, vergaß zu denken, zu atmen – sogar ihr Herz hielt einen Moment inne, weil sie kaum begreifen konnte, was sie mit eigenen Augen sah.

»Nicht bewegen«, brachte sie schließlich mit tränenerstickter Stimme hervor. Sie legte ihm die Hand auf die Brust und drückte ihn sanft wieder zu Boden. Unter ihrer Berührung konnte sie sein Herz wild schlagen spüren.

Verwirrt und benommen sah Jayden sich um. »Was ... was habe ich getan?«, fragte er und betrachtete voller Entsetzen seine blutverschmierten Hände.

»Nichts«, beteuerte Valeria. »Du hast nichts getan. Es ist vorbei, der Fluch ist gebrochen.«

Jayden sah sie ungläubig an. Dann fiel sein Blick auf Kiaras leblosen Körper. Erschrocken robbte er von ihr weg und auch die Umstehenden wichen zurück, als sich plötzlich ein bläulicher Dunst von ihrem Leichnam erhob.

Mehrere Meter hoch strömte er empor, so dass der König und seine Untertanen ihre Köpfe in den Nacken legen mussten, um sein gesamtes Ausmaß erfassen zu können.

Valeria blickte auf Kiaras Körper. Er war dabei sich aufzulösen, schien vom Nebel gleichsam aufgesogen zu werden.

Niemand schien zu begreifen, was vor sich ging. Valeria sah sich um und es gab keinen Menschen auf dem Vorplatz des Schlosses, der nicht ungläubig und ängstlich zugleich auf den Nebel starrte. Auch sie verstand es nicht. Während die Männer und Frauen um sie herum weiter zurück wichen, kroch sie zu Jayden und schlang ihre Arme um ihn.

Ihr Blick wanderte nach oben, wo der blaue Dunst waberte. Pechschwarze Schatten formten sich darin, wanden sich wie Schlangen durch das immer düsterer werdende Blau der aufsteigenden Wolke.

Valeria schauderte es, als ein Flüstern erklang – nicht nur von der sich aus dem Dunst bildenden Gestalt selbst, sondern auch von überall um sie herum. Es war, als würden tausend Menschen tausend Worte hauchen und niemand verstand, was sie zu sagen hatten.

Im wabernden Dunst, aus sich selbst verschlingenden, aufwirbelnden Nebelfetzen, bildeten sich Gestalten, formten sich Gesichter und jedes einzelne verlor sich sofort wieder und verschmolz zu einem einzelnen Antlitz.

Kiaras Gesicht war es, das auf sie zu schnellte.

Die Schatten waren zu schlangenartigen Haaren geworden, in gleißendem Weiß strahlten hasserfüllte Augen. Es war Kiaras verzerrtes Selbst, das auf Valeria und Jayden herab blickte. Den Mund in einem tausendstimmigen Schrei aufreißend schnellte sie auf die beiden zu.

Sie schrie in einer so ohrenbetäubenden Lautstärke, als hätten all ihre Wut und ihr Hass eine gemeinsame Stimme gefunden.

Valeria hob schützend die Hand zwischen Jayden und Kiaras Schattengestalt empor, klammerte sich dann von Kiaras Angesicht abgewandt an ihn und vergrub ihr Gesicht in seinem Hemd. Sie wusste sich nicht anders zu helfen, hatte Kiara nichts entgegenzusetzen außer ihrer bloßen Handfläche und der Hoffnung, dass ihre Liebe zu Jayden und die Tatsache, dass sie nun endlich wieder vereint waren, mächtiger waren als Kiaras Wut.

Wie Feuer brannte Valerias Hand und ihre Finger zitterten. Sie sah auf, als Kiaras Schreien versiegte. Der Ring an ihrem Finger strahlte blendend hell und tauchte alles um sie herum in gleißendes Licht.

»Malé …«, hauchte Valeria ehrfürchtig.

Für einen kurzen Moment konnte sie die Gestalt jener Frau erkennen, die den Ring an Valerias Finger mit ihrer Liebe, all ihrer Macht und dem letzten Funken ihres Lebens getränkt hatte. Als wäre die Luft um sie herum Wasser, so sanft bewegten sich Malés wallendes Haar, ihr Kleid aus reinem Licht und ihr Körper, der sich dem Dunstwesen zuwandte, das es auf Jayden und Valeria abgesehen hatte.

Sie verdrängte die Schatten, als wäre sie die aufgehende Sonne und Kiara die nächtliche Dunkelheit.

Geblendet von dem Licht und tief berührt von Malés letzter Geste liefen Valeria die Tränen über die Wangen, als Malé durch den blauen Dunst fegte. Sie vertrieb ihn, riss die Schatten aus Kiaras substanzlosem Leib heraus und verglühte mit ihnen, bis von der Gräfin selbst nicht mehr geblieben war als eine Gestalt reinen Lichtes.

»Ich habe dich geliebt«, sprach sie sanft und mit einem Lächeln auf den Lippen, bevor der Wind den letzten Hauch von Kiaras Seele in den sternenklaren Nachthimmel trug.

Die zittrige Hand noch immer erhoben sah Valeria dabei zu, wie der Ring an ihrem Finger zu Staub zerfiel und ebenfalls davon getragen wurde. Sie war so gefesselt von dem Anblick, dass sie sich erst regte, als Jayden seine Finger in ihre hakte und ihre Hand an sich heran zog.

Ein letztes Mal hatte Gräfin Malé von Northweyls, die Geliebte des Lords von Westwood, die Schatten vertrieben. Wenn auch nicht zu Lebzeiten, so war ihre Liebe am Ende doch mächtiger gewesen als der Fluch.

Jayden lehnte seine Stirn an Valerias Schulter und sie küsste ihn auf die Wange und den Hals. Es haftete ihm noch der Geruch des Wolfes an, aber das würde vergehen und auch die Wunden würden heilen – irgendwann.

Epilog

Es war sommerlich warm und roch nach Sonne und Regen. Vögel zwitscherten in den Wipfeln der Bäume und ein ganzer Schwarm von ihnen zog über den Himmel hinweg, durchpflügte die aufbrechende Wolkendecke und verschwand im Glanz gleißender Sonnenstrahlen.

Mit nackten Füßen stand Valeria im Gras. Es war noch feucht vom nächtlichen Regen und kitzelte zwischen ihren Zehen.

Das Kleid, das sie trug, war aus weißer Spitze, einfach geschnitten und bodenlang. Im offenen Haar trug sie einen Kranz aus den Blüten einer Ackerwinde. Jayden war auf den Hügel gestiegen, wo sie beim Grab seiner Mutter wuchsen, und Valeria hatte ihn dabei beobachtet, wie er dort oben gesessen und den Kranz geflochten hatte.

Nun war sie hier, in den Gärten des Herrenhauses, und Jayden stand dort vorne, unter der Eiche, vor dem König. Dort, wo Valeria den Mann, in den sie sich jeden Tag ein Stück mehr verliebte, das erste Mal geküsst hatte, wo das Abbild von Liam verschwunden und mit Jayden eins geworden war.

Neben ihm stand sein bester Freund. Tyran hatte sich zu dem feierlichen Anlass sein bestes Hemd angezogen und den Bart gestutzt. An Jaydens anderer Seite wartete Belltaine. Sie sah so hübsch aus in ihrem blassgrünen Kleid, dass sie selbst die Braut hätte sein können, die heute vom König vermählt werden würde.

Jayden sah ein wenig nervös aus. Aber wahrscheinlich war Valeria die Einzige, die das bemerkte. Er konnte sich gut verstellen, aber sie zu täuschen gelang ihm nicht mehr.

Sie lächelte und er erwiderte es mit diesem verschmitzten, schiefen Grinsen, das sie so sehr an ihm liebte.

Lange stand sie dort und genoss diesen kostbaren Moment, bis der König sich irgendwann räusperte und sie damit aus ihrem Bann riss.

Auch Belltaine und Tyran schienen ungeduldig zu werden, also lief Valeria los, klammerte sich an ihren Brautstrauß und schritt über den Blütenteppich, der sie zu Jayden führte.

Hinter ihr erklang ein Streichorchester und sie warf einen flüchtigen Blick zurück zum Herrenhaus. Die Musik kam aus dem Festsaal, wo ihre Gäste sich an den Fenstern drängten, um einen Blick auf das junge Paar zu erhaschen.

Jayden streckte ihr die Hand entgegen und Valeria nahm sie lächelnd an.

Sie konnte nicht verhindern zu grinsen, konnte die Freudentränen nicht zurück halten, die ihre Augen füllten. Sie verlor sich im Gold seiner Augen, in seinem Lächeln und bei seinem festen Griff um ihre Hand wurden ihr die Knie weich.

Es war so unwirklich ihm hier gegenüberzustehen, nach allem, was geschehen war, nachdem sie ihn so oft verflucht, ihn gehasst hatte und dann, als sie einander endlich nahe gekommen waren, fast verloren hätte.

Doch der steinige Pfad, den sie hatte gehen müssen, um genau hierher zu gelangen, war nun Vergangenheit.

»Wir haben uns hier eingefunden …«, begann der König, doch Valeria konnte sich nicht zurück halten.

Sie beugte sich zu Jayden hinüber und küsste ihn.

»Zu früh«, zischte Belltaine und zupfte an Valerias Ärmel.

Ihr Einspruch hielt Jayden aber nicht davon ab den Kuss zu erwidern. Seine Hände strichen Valeria über die Wangen und vergruben sich in ihrem Haar, während er zärtlich ihre Lippen liebkoste.

Wieder räusperte sich der König und Valeria konnte spüren, wie sich Jaydens Lippen in einem verlegenen Lächeln kräuselten.

Widerwillig löste er sich von ihr.

Noch bevor der König fortfahren konnte, wurden überall die Fenster aufgestoßen und die Menschen jubelten ihnen zu.

Ein Regen aus Blütenblättern und Hirsekörnern ergoss sich über ihnen. Lachend winkte Valeria Claire, ihren Eltern und all den anderen zu, die applaudierten und sich für sie freuten.

»Wollt ihr das hier jetzt durchziehen oder geht ihr gleich zur Hochzeitsnacht über?«, fragte Tyran und handelte sich dafür von Belltaine einen Schlag auf den Hinterkopf ein.

»Autsch!«, beschwerte er sich und rieb sich den Schädel.

»Komm du lieber deiner Pflicht nach und reich dem Bräutigam die Ringe.«

»Ja, schon gut!«, knurrte er.

»Nun, zumindest eine Frage muss noch gestellt werden«, erklärte der König. »Also, wollt ...«

»Ja! Bei Gott, ja!«, unterbrach Valeria ihn abermals und schlug sich sogleich schuldbewusst die Hände vor den Mund.

Der König lachte nur und wandte sich dann Jayden zu. Dieser ließ sich von Tyran die Ringe geben und nahm Valerias Hand.

»Nie gab es etwas, bei dem ich mir sicherer war«, beantwortete er die Frage, die der König stellen wollte und schob ihr den Ring auf den Finger.

»So erkläre ich euch hiermit zu Mann und Frau und *jetzt* dürft Ihr die Braut küssen ... oder die Braut Euch, Lord Westwood«, sagte der König schmunzelnd.

Jayden legte ihr sanft die Hand unters Kinn und zog sie an sich heran, bevor er sie zärtlich küsste.

»Und nun tanzt, feiert!«, forderte der König sie auf.

Jayden nahm Valeria bei der Hand und zog sie mit sich.

Sie hatten den halben Weg zum Herrenhaus zurückgelegt, da blieb Valeria stehen.

»Geht schon mal vor«, bat sie Jayden und die anderen beiden und lief zurück zum König.

Sie knickste knapp vor ihm. »Eure Majestät, verzeiht bitte. Eine Frage habe ich noch.«

»Fragt ruhig, mein Kind.«

»Warum ich?«, wollte sie von ihm wissen.

Er legte den Kopf schief und begutachtete sie wohlwollend.

»Warum schicktet Ihr mich nach Westwood? Warum nicht ein anderes Mädchen?«

»Eurer Schönheit wegen«, antwortete er knapp.

Valeria nickte einsichtig. Was hatte sie auch anderes erwartet? Irgendwie hatte sie gehofft, dass da mehr war – mehr als nur Zufall, der sie und Jayden zusammengeführt hatte.

Der König tippte ihr an die Brust. »Hier drinnen, in Eurem Herzen, diese Schönheit meine ich.«

Verwundert sah sie ihn an.

»So viele junge Mädchen sind schon vor mich getreten. Eine schöner als die andere, aber alle waren sie nur auf eine gute Partie aus, auf Reichtum und Ruhm. Dafür waren sie schließlich da. Ihnen war egal, mit wem sie schlussendlich vermählt werden würden. Manche hatten tatsächlich Weisheit in ihrem Blick, andere waren so einfältig wie ein Stück Holz. Da waren freundliche Wesen dabei und oberflächliche junge Dinger. In Euch aber sah ich ein Feuer, von dem Ihr selbst noch nicht wusstet, dass es dort brannte. Mir war sofort klar, dass Ihr und keine andere das gefrorene Herz des Lords von Westwood zum Schmelzen bringen könntet.«

Valeria strahlte bis über beide Ohren. Sie wusste nicht, ob der König ihr das nur sagte, um ihr den Tag zu versüßen, aber sie wollte ihm gerne glauben. Jedes Wort.

»Natürlich war mir die Sache mit dem Fluch nicht bekannt, aber gut, auch ein König ist nicht allwissend.«

Dankbar senkte Valeria ihr Haupt vor ihm. Sie wollte noch etwas sagen, aber der König kam ihr zuvor. »Jetzt lasst Euren Angetrauten aber nicht länger warten! Geht und genießt diesen Tag!«

»Ich danke Euch! Ich danke Euch von ganzem Herzen!«

Sie rannte los und ließ sich von Jaydens ausgebreiteten Armen auffangen. Gemeinsam gingen sie ins Haus, wo man bereits auf sie wartete und das Streichorchester bis in die frühen Morgenstunden hinein nur für sie spielte.

Die Schönheit hinter dunklen Mauern,
Geheimnis, aus vergang'ner Zeit.
Erwacht die Liebe, kein Bedauern,
Denn Liebe blüht in Dunkelheit.

Wo Bestien in den Schatten schleichen,
Gebannt, verflucht und eingesperrt,
Die Wahrheit trügt, die Schatten weichen,
Was einmal war, ist heimgekehrt.

Verfolgt von der Vergangenheit,
Ein Kampf um das, was werden kann.
Wir sind zum Äußersten bereit,
Mit deinem Tod fängt alles an.

Danksagung

Mein Dank geht an alle, die mich ertragen konnten,
während ich mich selbst nicht mehr ertrug.

© privat

Jennifer Alice Jager, begann ihre schriftstellerische Laufbahn 2014. Nach ihrem Schulabschluss unterrichtete sie Kunst an Volkshochschulen und gab später Privatunterricht in Japan. Heute ist sie wieder in ihrer Heimat, dem Saarland, und widmet sich dem Schreiben, Zeichnen und ihren Tieren. So findet man nicht selten ihren treuen Husky an ihrer Seite oder einen großen, schwarzen Kater auf ihren Schultern. Ihre Devise ist: mit Worten Bilder malen.